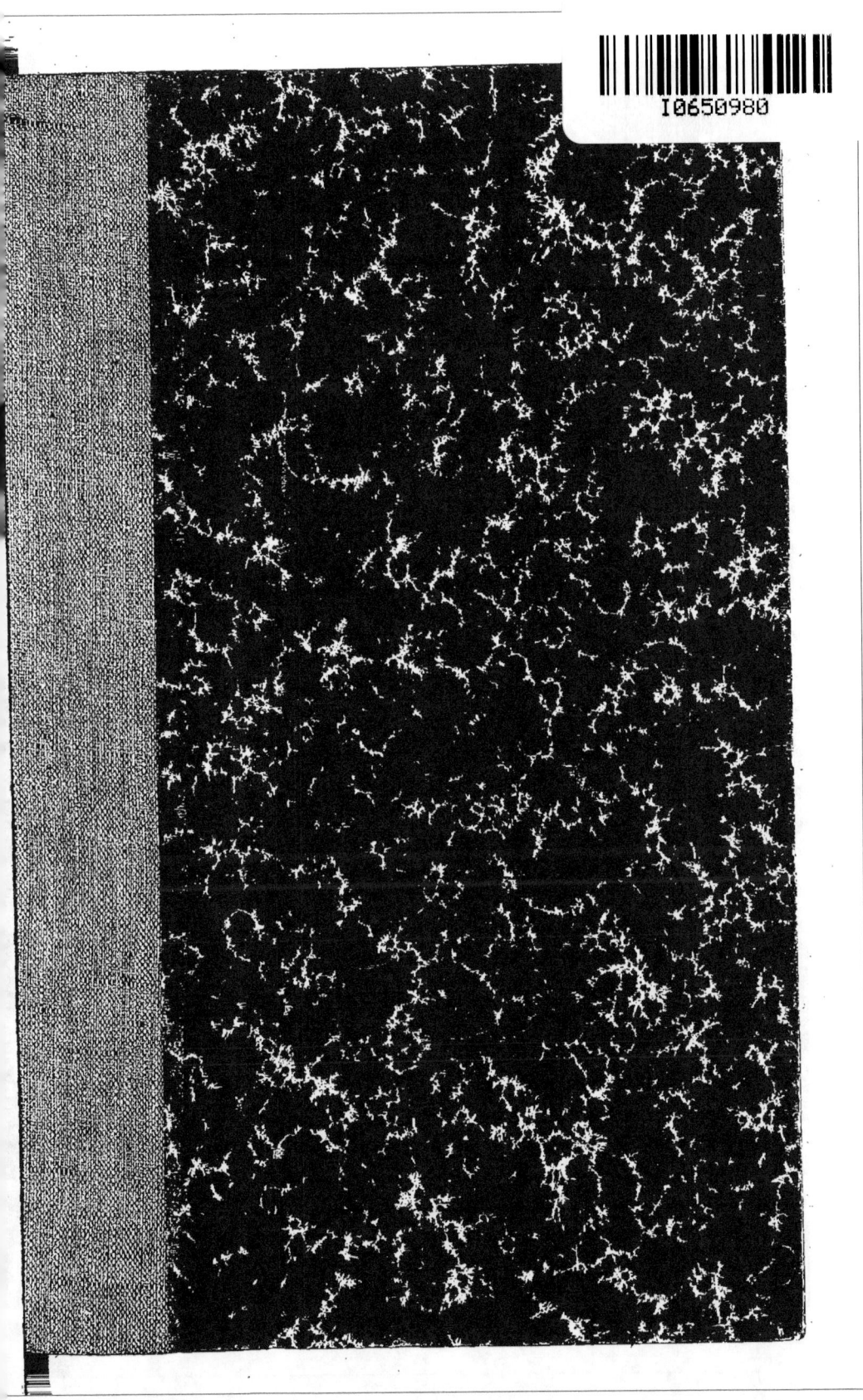

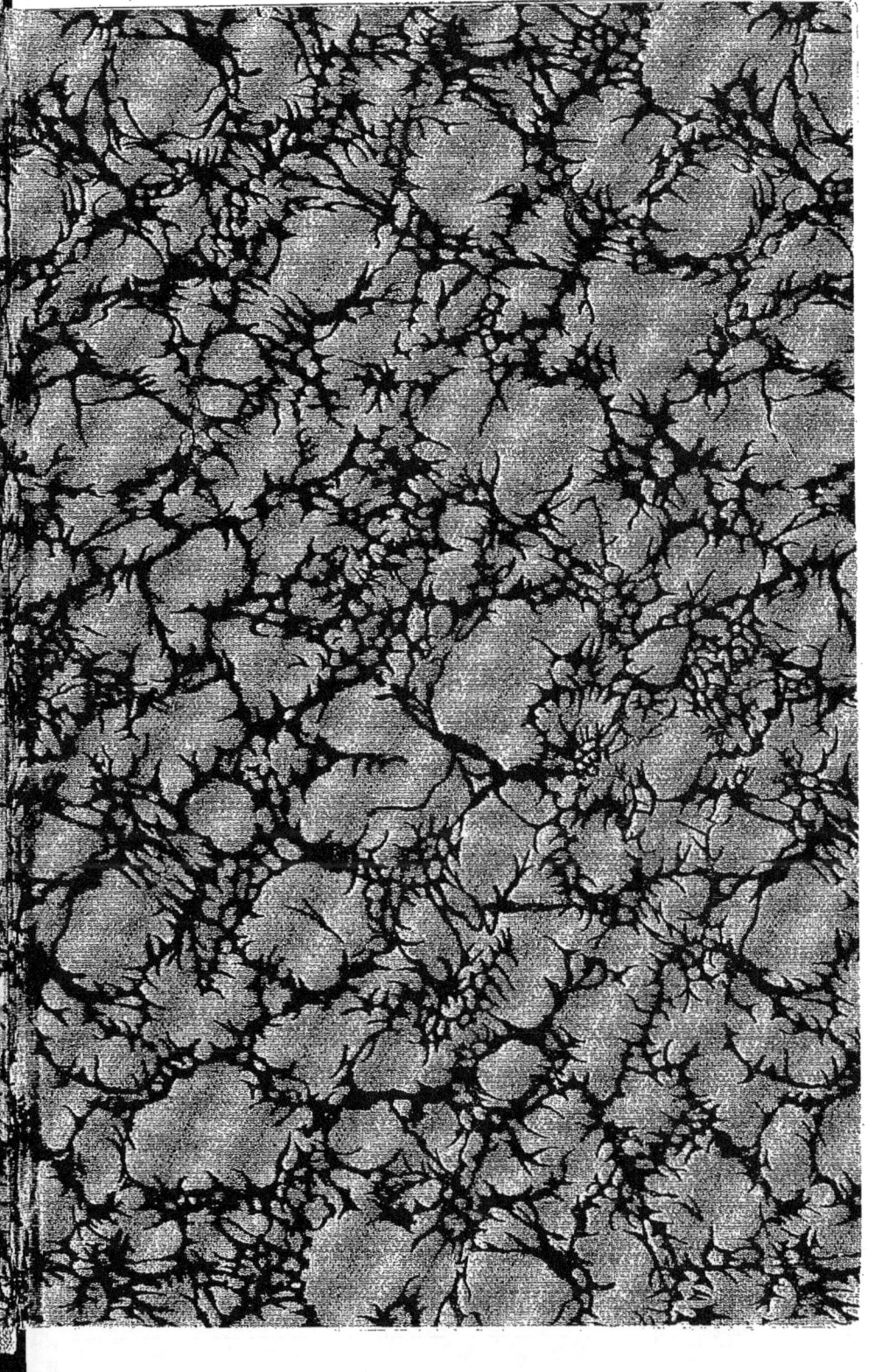

Chanoine GABORIT

Le Beau
dans la Nature

5me ÉDITION

Librairie Emmanuel Vitte

LE BEAU
DANS LA NATURE

1. — Paysage de Poussin.

LE BEAU
DANS LA NATURE

Par l'Abbé GABORIT

ARCHIPRÊTRE DE LA CATHÉDRALE DE NANTES

ANCIEN DIRECTEUR DU PETIT SÉMINAIRE

5e ÉDITION

REVUE AVEC SOIN ET ILLUSTRÉE DE NOUVELLES GRAVURES

Le beau, c'est vers le bien un sentier radieux,
C'est le vêtement d'or qui le pare à nos yeux.

BRIZEUX. *Hymne dédié à M. Ingres.*

LIBRAIRIE CATHOLIQUE EMMANUEL VITTE

LYON | **PARIS**
3, place Bellecour, 3 | 14, rue de l'Abbaye, 14

1913

APPROBATIONS

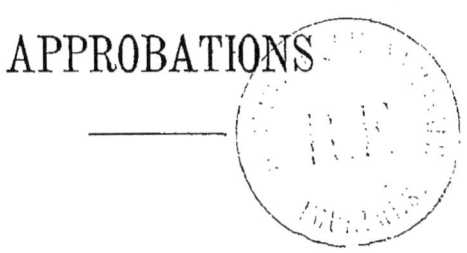

Bref de N. S. P. le Pape LÉON XIII

A L'AUTEUR

POUR LA DEUXIÈME ÉDITION DE CET OUVRAGE

LÉON XIII, PAPE

Cher Fils, salut et bénédiction apostolique.

Nous avons reçu avec un grand plaisir votre ouvrage : *Le Beau dans la Nature, le Beau dans les Arts.* Le sujet est distingué, noble et en même temps très vaste, tellement qu'après avoir été traité depuis longtemps et avec talent par beaucoup d'écrivains, il fournit encore une ample moisson à cueillir dans le champ de la philosophie.

Avec un jugement pénétrant, joint à une érudition variée et peu commune, vous examinez tour à tour, et la raison intime du beau et les différents arts qui le représentent.

Maintenant ce que nous souhaitons, c'est que votre travail soit utile en effet ; nous désirons voir en tirer profit, pour la direction de leur jugement, beaucoup d'hommes qui ont la prétention de poursuivre la raison philosophique des choses, mais s'égarent et se perdent en dehors des sentiers de la vérité.

Comme gage des dons célestes, Nous vous accordons affectueusement la bénédiction apostolique.

Donné à Rome, près Saint-Pierre, le XXIIe jour de janvier, en l'année MDCCCLXXXIX, de Notre Pontificat la onzième.

LÉON XIII, PAPE.

LEO PP. XIII

Dilecte fili, salutem et apostolicam benedictionem.

Tuum opus, in duo tributum volumina, quod inscripsisti : « *Le Beau dans la Nature et le Beau dans les Arts* », scito fuisse Nobis redditum valde libentibus. Elegans enim et nobile argumentum est, idemque latissime pertinet, ita ut, tametsi diu et a multis ingeniose tractatum, uberem tamen usque præbeat philosophandi segetem.

Intimam pulchri rationem, artesque varias quæ illud repræsentant, tu quidem percurris judicio acri cum eruditione varia, eâdemque non vulgari, conjuncto.

Restat, id quod cupimus, ut reipsa utilis sit tuus iste labor, ab eoque capiant aliquid, quo judicium suum dirigant, ii sane non pauci qui se rerum veritatem aiunt consectari, errant tamen et vagantur a veritate longius.

Auspicem cœlestium munerum tibi apostolicam benedictionem peramanter in Domino impertimus.

Datum Romæ apud S. Petrum, die XXIIa januarii anno MDCCCLXXXIX, Pontificatus Nostri undecimo.

LEO PP. XIII.

Lettre de Monseigneur l'évêque de Nantes

A M. l'Abbé P. GABORIT

A L'OCCASION DE LA DEUXIÈME ÉDITION

« Nantes, le 12 mai 1885.

« MONSIEUR LE CURÉ,

« J'apprends avec bonheur que vous vous proposez de publier prochainement une nouvelle édition de votre ouvrage *le Beau dans la Nature, le Beau dans les Arts.*

« Ce travail auquel le public éclairé a déjà fait un si favorable accueil sera, je n'en doute pas, d'autant plus goûté, et mieux apprécié qu'il sera connu davantage. Il s'adresse en même temps à l'historien, au littérateur, au philosophe, au théologien, au poète, à l'artiste. Quiconque le lira avec l'attention qu'il exige et qu'il mérite, y trouvera, à côté d'une analyse des plus remarquables au point de vue psychologique, une science sûre et étendue, des aperçus ingénieux, des considérations élevées, en un mot un foyer de vives lumières pour l'intelligence et de nobles inspirations pour le cœur.

« D'ailleurs, à une époque où d'abjectes théories essaient d'abaisser et de profaner l'art en le mettant au service de viles passions, n'importe-t-il pas, plus que jamais, de dégager l'idée du beau de cet alliage impur et de la maintenir sur ces hauteurs sublimes où elle nous apparaît comme un rayonnement de l'idéal éternel et absolu de Dieu lui-même? Comme le vrai, comme le bien, le beau a son point de départ et son point d'appui en Dieu. L'en détacher, c'est le dénaturer et le flétrir. Tel a été l'ensei-

gnement du christianisme depuis bientôt deux mille ans, et voilà pourquoi il a vu naître dans son sein, à côté de ses docteurs, de ses vierges et
de ses martyrs, toute une génération de grands et véritables artistes.

« C'est sous l'empire de ces fermes convictions, Monsieur le Curé, que
vous avez écrit votre livre. Puisse-t-il obtenir tout le succès dont il est
digne !

« Vous savez unir, Monsieur le Curé, au travail qu'exige chaque jour
la direction d'une importante paroisse, de belles et fortes études ; je
vous en félicite. L'éclat de la science, ajouté à l'éclat des vertus sacer-
dotales, ne peut que rendre de plus en plus fécond un ministère entièrement consacré à la gloire de Dieu et au bien des âmes qui vous sont
confiées.

« Agréez, Monsieur le Curé, l'assurance de mon affectueux et entier
dévouement en N. S.

« † JULES, évêque de Nantes. »

PRÉFACE DE LA PREMIÈRE ÉDITION

« Une poétique digne de notre âge, disait Marmontel, serait un système régulier et complet où tout fût soumis à une loi simple et dont toutes les règles particulières, émanées d'un principe commun, en fussent comme les rameaux (1). »

Etablir ainsi les principes d'une poétique générale, constater la grande loi du beau et en déduire des règles secondaires qui nous dirigent dans nos appréciations ; non seulement établir une théorie, mais de plus juger les phases principales des différents arts, d'après les règles dont nous aurons démontré la vérité, et présenter ainsi une histoire abrégée mais raisonnée de l'art, telle est l'œuvre que nous avons entreprise.

Assurément elle est considérable, et nous n'en ignorons pas les difficultés. Nous savons que depuis plus de deux mille ans la question du beau a été discutée, qu'elle a été étudiée par les esprits les plus élevés, et que cependant jusqu'ici elle ne semble pas avoir été complètemen- résolue.

Nous savons que le beau, quand nous en jouissons, nous paraît simple comme le rayon de soleil qui nous éclaire et nous communique une bienfaisante chaleur, mais que le soumettre au prisme de l'analyse, pour le décomposer et en reconnaître les éléments constitutifs, est une œuvre difficile.

(1) Marmontel : article *Poétique.*

Nous n'ignorons pas non plus quelle science est nécessaire pour embrasser d'un coup d'œil chacune des grandes périodes des différents
arts, et combien il est périlleux d'apprécier certaines œuvres sur lesquelles ont été portés des jugements très différents.

Cependant nous n'avons pas reculé devant ces difficultés, cédant au
désir de faire une œuvre qui nous semblait très utile.

Aujourd'hui, plus que jamais, on semble oublier ou méconnaître les
principes d'après lesquels nous devons juger le beau dans la nature et
le produire avec les ressources de l'art. Le monde artistique paraît livré
à l'anarchie, et la critique, qui devrait donner de sages conseils, émet
très souvent des idées erronées et pernicieuses; loin de former le goût du
public, elle contribue à le fausser. Sans doute, l'art doit procéder avec
liberté, mais il doit aussi respecter les lois éternelles qu'ont suivies les
siècles auxquels nous devons les œuvres les plus dignes de notre admiration, et ce sont ces lois que nous voulons mettre en lumière.

Nous n'avons rien épargné d'ailleurs pour que notre travail fût digne
autant qu'il dépendait de nous, du grand sujet que nous traitons.

Tous les ouvrages publiés jusqu'ici sur l'esthétique ont été analysés
par nous avec soin. Pour les questions philosophiques, nous avons suivi
les avis d'hommes dans lesquels nous avions pleine confiance.

Pour la partie artistique nous n'avons négligé aucune recherche,
aucune étude, et pour les arts qui nous étaient moins familiers, nous
avons été heureux de pouvoir consulter des hommes qui en avaient
fait une étude spéciale. Qu'il nous soit permis d'offrir nos sincères remer-
cîments à M. Bourgault-Ducoudray, dont Paris et Nantes ont déjà
su apprécier la science et l'inspiration musicales, et qui a bien voulu
nous exprimer ses pensées sur la musique moderne ; à M. Achille Joyau,
grand prix de Rome comme M. Bourgault-Ducoudray. Ce jeune architecte nous a permis de considérer à loisir les nombreux et précieux dessins qu'il a rapportés de ses voyages, et ses appréciations sur l'art ne
nous ont pas été moins utiles que la vue de ses croquis.

Ainsi aidé et de plus encouragé par des voix amies qui nous inspi-
raient une confiance que nous n'aurions pas eue si nous avions été aban-

donné à nous-même, nous avons osé entreprendre et nous avons poursuivi notre œuvre.

Humble, mais fervent disciple de la science et de l'art, si nous n'avons pas dit le dernier mot sur la grande question du beau, du moins nous espérons l'avoir fait progresser, et nous serons heureux quand un autre dira ce que nous n'avons pas dit nous-même.

Une considération surtout nous a stimulé pendant les heures et les années que nous avons consacrées à ce travail. Après avoir compris, nous avons espéré faire comprendre à ceux qui nous liraient, la vérité de ces deux beaux vers :

> Le beau, c'est vers le bien un sentier radieux,
> C'est le vêtement d'or qui le pare à nos yeux.

PRÉFACE DE LA DEUXIÈME ÉDITION

Le bon accueil fait à la première édition de notre ouvrage, épuisée depuis plusieurs années déjà, nous encourage à en publier une nouvelle. Dans celle que nous donnons aujourd'hui, nous n'avons point modifié les idées fondamentales de notre théorie ; seulement les observations qui nous ont été faites et nos réflexions personnelles, poursuivies pendant des années, nous ont permis d'arriver à plus de clarté et de précision, et nous avons été heureux de répondre par ces nouveaux efforts aux félicitations et aux témoignages de sympathique bienveillance qui nous ont été accordés.

Une considération surtout nous a inspiré une nouvelle confiance. Plusieurs, parmi ceux qui avaient lu nos volumes, nous disaient que nos théories étaient d'accord avec la doctrine de saint Thomas d'Aquin. Jusqu'ici, nous en faisons l'humble aveu, nous ne connaissions les idées du grand théologien et du grand philosophe que par les citations que nous avions rencontrées éparses dans les ouvrages que nous avions eus entre les mains. Cette fois nous avons étudié dans saint Thomas lui-même toutes les questions qui ont quelque rapport avec notre sujet, lequel d'ailleurs confine à un grand nombre de points importants de la philosophie ou leur est intimement lié ; et nous avons mis nos théories en parfaite harmonie avec les doctrines du saint docteur. Des hommes versés dans ces études ont bien voulu contrôler notre travail à ce point de vue, et ils nous ont donné l'assurance que cette concordance complète existe. Le lecteur pourra d'ailleurs facilement s'en convaincre par lui-même, puisque, après avoir exposé notre théorie, nous donnons les textes de saint Thomas avec les autres théories émises sur le beau.

L'autorité du grand docteur, sous laquelle nous nous abritons, sera une puissante recommandation pour notre ouvrage, aujourd'hui surtout que, sous la haute et sage inspiration du grand Pontife qui gouverne l'Église, on revient aux doctrines de saint Thomas comme à la base la plus solide sur laquelle toutes les sciences ont à s'appuyer.

Nous sommes heureux d'offrir ici l'expression de notre sincère reconnaissance à ceux qui ont bien voulu nous prêter leur utile concours pour l'élaboration de cette nouvelle édition, et spécialement à ceux qui nous ont guidé dans l'étude des doctrines de saint Thomas d'Aquin.

PRÉFACE DE LA TROISIÈME ÉDITION

La lettre que le Souverain Pontife Léon XIII, glorieusement régnant, a daigné nous adresser pour la seconde édition de cet ouvrage, sera à l'avenir notre meilleure recommandation près de nos lecteurs, comme elle a été la plus précieuse récompense que nous puissions recevoir.

Mais cette haute approbation est de plus pour nous un puissant stimulant. Notre deuxième édition avait plus de valeur que la première, parce que nos idées philosophiques s'étaient affermies dans de nouvelles réflexions et que nous les avions mises plus complètement d'accord avec les doctrines de saint Thomas d'Aquin. Cette fois, nous nous sommes efforcé de réaliser un nouveau progrès en donnant plus de fermeté à nos appréciations sur les productions de l'art. Spécialement dans l'histoire de la littérature, tout en accordant à chaque œuvre la part d'éloges qu'elle mérite, nous croyons avoir mieux distribué nos louanges en faisant admirer davantage des œuvres qui en sont dignes, nos livres sacrés, auxquels jusqu'ici nous n'avions pas donné une assez large place. Ainsi nous atteindrons mieux le but principal que nous nous proposons : faire du bien aux âmes.

PRÉLIMINAIRES

**Nous avons tous de la beauté et de la laideur une idée plus ou
moins vague. Il importe d'en posséder une notion approfondie :
marche que nous suivrons pour parvenir à cette fin.**

*1° Dès le principe, dans tous les siècles et dans tous les pays,
les hommes ont aimé à jouir du beau.*

Aucun peuple, aucun siècle n'est resté indifférent aux charmes de
la beauté.

Quand l'homme, au premier jour de son existence, promenant son
regard sur toutes les merveilles qui l'entouraient, considéra le ciel avec
sa voûte d'azur, le soleil inondant la terre de ses feux, la lune et les étoiles
répandant au sein des nuits leur mystérieuse clarté, les arbres balançant
leurs rameaux au souffle des premiers zéphyrs, les fleurs s'épanouissant
avec leurs couleurs variées, les oiseaux planant dans les airs, les animaux
peuplant les vallées et les montagnes, alors il dut éprouver une vive émotion, il eut la jouissance de la beauté.

Après qu'il eut désobéi à Dieu et qu'il eut été exilé du séjour de son
premier bonheur, non seulement il fut obligé de féconder la terre qui
jusque-là produisait d'elle-même, d'arracher les ronces qui envahissaient
le champ ensemencé par ses soins ; mais son âme n'eut plus la même
tranquillité et le même calme pour jouir des beautés qui l'entouraient.
La nature elle-même sembla se décolorer et perdre de son charme.

Beaucoup d'objets qui jusqu'alors ne semblaient destinés qu'à plaire se recommandèrent surtout par leur utilité.

Cependant la beauté ne cessa pas entièrement de rayonner au front des créatures, et l'homme, à travers ses larmes, put toujours la voir briller comme une précieuse lumière. Toujours il lui demanda ses plus douces consolations, ses plus délectables jouissances. Souvent elle troubla son cœur, mais elle ne perdit pas pour cela ses droits imprescriptibles et sacrés.

Le culte de la beauté se perpétua à travers tous les siècles, chez tous les peuples et sous tous les climats. Les ruines des cités antiques nous montrent que les peuples qui les premiers ont marqué leur empreinte sur notre terre aimaient à orner leurs monuments, à donner à leurs œuvres cet éclat que nous appelons la beauté. Nous savons aussi par la tradition que, dès les temps les plus reculés, les poètes et les musiciens captivèrent l'admiration des hommes.

Le pouvoir de la beauté a toujours été reconnu, non seulement par les peuples civilisés, mais même par les peuplades les plus barbares. Le sauvage emprunte sa parure à l'oiseau qu'il a frappé de sa flèche, et mêle à sa chevelure un plumage aux riches couleurs ; il couvre son corps de figures bizarres, mais dans lesquelles il se complaît.

Il n'est aucune région si désolée que la beauté n'éclaire de quelques-uns de ses rayons. Il n'y a point de langue dans laquelle on ne trouve un mot pour la désigner ; et nous pouvons dire que le beau partage avec le vrai et le bien ce privilège : il répond à un besoin du cœur de l'homme·

2° *Chacun de nous a souvent joui du beau.*

Nous-même souvent, et l'on pourrait dire chaque jour, nous avons joui de la beauté. Elle nous est apparue dans les traits candides d'un enfant ; nous avons aimé à la contempler dans une physionomie qui nous exprimait la loyauté et la grandeur d'âme ; nous en avons retrouvé les traces dans les animaux et dans les plantes ; bien des fois nous l'avons admirée dans les grands spectacles de la création ; elle nous a parlé par les grandes voix de la nature et par le silence des forêts profondes ; nous en avons retrouvé l'expression dans les œuvres enfantées par le génie de l'homme, dans les vastes monuments qui étaient la gloire de la cité, dans les statues qui nous rappelaient le souvenir des grands hommes, dans les tableaux qui nous représentaient les scènes les plus diverses, dans une symphonie exécutée avec les ressources de l'instrumentation la plus complète, ou dans un chant que le pâtre, revenant de son travail, ne croyait lancer qu'aux échos du ciel ; nous en avons joui plus d'une fois sans doute en lisant une page de littérature.

La beauté de ces divers objets nous communiquait des émotions différentes ; elle nous charmait quand elle s'échappait comme un doux parfum du calice d'une fleur ; elle nous saisissait d'admiration quand elle rayonnait sur le front de l'homme qui avait accompli un acte de dévouement ; quelquefois elle nous impressionnait plus profondément encore quand elle nous apparaissait dans les grands spectacles de la nature.

Du moins, dans ces différentes circonstances, les émotions que nous éprouvions avaient un caractère par lequel nous les rapprochions et les rapportions à une cause commune, la beauté.

De même que bien des fois nous avons ressenti le charme de la beauté, souvent aussi la vue de la laideur nous a été désagréable.

3° *Incompétence du grand nombre pour apprécier la beauté des objets.*

Tous nous avons quelque idée de la beauté, tous nous aimons à en jouir, à en parler. Chacun aime à dire : tel objet est beau ; tel objet est laid. Mais cette idée vague que nous avons de la beauté et de la laideur est insuffisante pour nous mettre à même de porter avec sûreté des jugements sur cette qualité ou ce défaut des objets. Aussi que de divergences dans les appréciations.

Beaucoup admirent parce qu'ils sont en présence d'œuvres universellement admirées (1). D'autres, nombreux aussi, lancent des paroles de blâme contre des œuvres d'un mérite réel, mais qu'ils ne comprennent pas ; et il en est qui, pour justifier leurs étranges appréciations, prétendent qu'il est permis à chacun d'avoir son opinion, fût-elle en contra-

---

(1) Le peintre Schnetz comparait les œuvres des grands maîtres aux neiges éblouissantes du Soracte que l'on aperçoit à l'horizon de la campagne romaine, et parlant de ceux qui, pour suivre les guides de voyage, gravissent ces montagnes et se font ensuite un devoir d'admirer sans avoir éprouvé une émotion vraie, il disait : « Que de bonnes gens grimpent sur ces hauteurs, crient comme des merles sans rien comprendre, et vous retombent ensuite sur le dos avec tout un bagage d'admiration factice ! En vérité, ajoutait-il, ces gens-là me rendront sceptique. » — Cité par M. Baudry dans un discours à l'Académie. — En étudiant les principes du beau nous nous mettrons en garde contre le scepticisme et nous apprendrons aussi à ne pas crier comme des merles.

diction avec celle de tout le monde ; ils croient cloré la discussion en proclamant que *des goûts et des couleurs on ne discute pas.*

Le plus grand nombre croira qu'il lui suffit d'avoir établi pour son usage personnel une classification de ces mots qui reviennent si souvent dans les appréciations, : le joli, le gracieux, le beau, le sublime. Mais comment appliquer avec à-propos ces qualifications si l'on n'a du beau que des notions vagues, si l'on ne sait pas en quoi consiste le gracieux, si on le confond avec l'agréable, si l'on ne sait pas quel est le caractère propre du sublime (1)?

4° *Même ceux qui font profession de produire le beau ou de l'apprécier n'en connaissent pas suffisamment les lois.*

Non seulement le vulgaire ignore les principes d'après lesquels on peut porter un jugement éclairé sur la beauté, mais, même parmi ceux qui ont consacré leur vie au culte du beau et qui se donnent la mission de l'exprimer dans leurs œuvres, combien en est-il qui aient pris la peine de réfléchir sur les principes et les règles du beau? Ils se placent à des points de vue restreints, ils dépensent toute leur activité à poursuivre des qualités de métier et de forme, ne donnant qu'une attention superficielle à la pensée exprimée, c'est-à-dire qu'ils prennent l'accessoire pour le principal. Combien de maîtres, de musiciens, de littérateurs s'efforcent de capter nos suffrages par une habileté de procédé qui ne donnera jamais à leurs compositions qu'une valeur secondaire !

La critique, qui a la prétention de former l'opinion publique en disant ce qu'il faut penser des œuvres produites, marche souvent à l'aventure, n'a pas de principes arrêtés, et quand elle éprouve le besoin d'appuyer ses jugements sur un semblant de théorie, elle en fabrique une selon ses tendances et dans le sens de ses appréciations.

Ceux qui font appel à l'artiste, trop souvent ignorent les lois de l'art et les principes du beau ; ils ne font que le gêner et l'entraver ; ils lui

---

(1) Nous ne faisons pas entrer dans cette classification les mots retentissants dont on fait aujourd'hui un si fâcheux abus. Il en est qui ne peuvent voir que du magnifique, du merveilleux, du féerique, et l'objet qui n'est pas digne de ces épithètes étincelantes ne peut qu'être affreux, horrible.

dictent parfois un programme défectueux, ou ils faussent l'expression de l'œuvre en imposant des détails qui ne doivent pas y entrer (1).

L'artiste souvent n'a pas, au point de vue religieux, la science et l'esprit qu'il lui faudrait pour réussir dans son œuvre ; mais souvent aussi il est mal conseillé, mal apprécié. « La science religieuse et la sainteté même ne suffisent pas pour bien juger une œuvre d'art et en décider l'orthodoxie au point de vue chrétien. L'art est une langue qu'il faut apprendre pour bien en comprendre les textes, et, faute de savoir les lire, on tombe dans de véritables hérésies (2). »

5º *Malgré les divergences dans les appréciations il y a une science du beau.*

D'abord cette maxime, *des goûts et des couleurs on ne discute pas*, mise en avant par l'ignorance prétentieuse, si elle était vraie, consacrerait l'anarchie dans le domaine de l'art ; et il serait permis à l'homme le plus inepte de se donner raison en niant la beauté dans les œuvres où elle est reconnue par tout le monde civilisé. Il est des œuvres d'art qui sont incontestablement belles ; il est dans la nature des objets et des spectacles qui sont incontestablement beaux.

Il y a une science du beau, comme il y a une science du vrai ; et de ce qu'il y a des divergences dans les jugements portés sur la beauté, il ne faut pas conclure que le beau n'a pas de valeur en lui-même, pas plus qu'on ne le conclut à l'égard du vrai parce que l'erreur est prise parfois pour la vérité.

Sans doute il y a des applications éloignées des principes, et soumises à des influences diverses : il y a la mode et ses caprices. Mais, supposé que l'esthétique ne puisse pas mettre d'accord deux dames discutant sur la meilleure manière de poser un ruban, il lui reste encore à traiter assez de questions importantes qui lui offriront un terrain moins mouvant.

Le paysan trouvera belle une image grossièrement enluminée, une musique qui n'est que du tintamarre ; pour lui la beauté est caractérisée surtout par la vigueur, par le teint frais et l'air de santé ; mais il n'y a

---

(1) J'ai connu un organiste d'un grand talent que l'on tourmentait pour qu'il jouât des faridondaines pendant les cérémonies les plus solennelles. Donnez-nous donc de la musique qui plaise, lui disait-on souvent. Et pour répondre à ce désir il aurait dû exécuter sur son orgue de la musique sautillante et légère.
(2) E. CARTIER, *L'Art chrétien*, I, 44.

rien à conclure de là contre les lois du beau. Il faut dire seulement que le goût, qui a pour objet tout ce qui de près ou de loin a rapport à l'idée du beau, a besoin d'être formé pour être bon juge.

Le beau a une valeur réelle et objective, et nous ne sommes pas comme cet Argien dont parle Horace et qui allait s'asseoir devant le théâtre vide et applaudissait avec enthousiasme des acteurs imaginaires (1). Il s'agit seulement de déterminer les caractères du beau et ses lois afin de bien juger de la beauté dans les objets.

6º *Tous gagneront à acquérir la science du beau.*

D'abord cette science sera très utile à l'artiste lui-même.

Sans doute l'art a précédé les poétiques, et ce n'est pas quand on fait plus de théorie que l'art a plus d'éclat et produit les œuvres les plus brillantes. Mais il est vrai aussi que souvent l'art s'égare et qu'il peut avec profit étudier les grandes œuvres que nous ont léguées les siècles passés, lesquelles ne peuvent être sagement appréciées qu'au moyen de principes basés sur une science sérieuse, la science raisonnée du beau.

On peut reconnaître d'ailleurs que la plupart des grands artistes, s'ils n'ont pas écrit de longues théories, ont aimé à formuler leurs pensées dans des maximes qui jettent une grande lumière sur la science du beau et sont la meilleure base de l'esthétique. L'artiste n'aimera pas la philosophie pour elle-même et ne fera pas volontiers des études purement spéculatives, mais la science du beau arrive promptement à des conclusions qui sont les règles de l'art. De plus, cette science sérieuse ne paralysera point l'inspiration de l'artiste ; elle lui donnera plus de facilité pour atteindre promptement et sûrement son but qui est d'exprimer le beau.

Le critique ne peut se dispenser d'étudier l'esthétique. Ce serait vouloir juger sans règle et sans principe. Ce serait non pas porter des jugements motivés, mais se livrer à des impressions et s'exposer à des contradictions. Il est impossible de bien juger les œuvres produites sans connaître l'his-

(1) Fuit haud ignobilis Argis,
Qui se credebat miros audire tragœdos
In vacuo lætus sessor plausorque theatro.

toire de l'art, et l'histoire de l'art ne peut être bien faite sans que les œuvres soient jugées d'après des principes arrêtés.

Artistes, amateurs et critiques ne peuvent donc que gagner à conquérir une vraie science, une science complète qui leur fasse reconnaître les objets vraiment dignes d'admiration et les élève jusqu'à la contemplation du beau dans son essence.

Ne craignons pas d'ailleurs que cette étude émousse nos sentiments et nous empêche de jouir de la beauté. L'intelligence des lois du beau, loin de diminuer nos jouissances, ne fera que les rendre plus vives et plus complètes (1).

Il est vrai que, pour arriver à une vraie science, il faut triompher d'une paresse d'esprit qui n'est pas seulement de notre temps. Platon, que nous citerons plus d'une fois, disait : « Il en est beaucoup dont la curiosité est toute dans les yeux et dans les oreilles, qui se plaisent à entendre de belles voix, à considérer de belles couleurs, de belles figures et tous les ouvrages de l'art où il entre quelque chose de beau ; mais leur âme est incapable de s'élever jusqu'à l'essence du beau, de la connaître et de s'y attacher (2).

Ce que Platon déplorait existe encore aujourd'hui.

Beaucoup n'ont que la curiosité des belles choses. Or, jouir ainsi du beau sans en connaître les lois, comme le dit encore Platon : « Ce n'est pas avoir une vraie science, mais seulement des opinions. » Et le philosophe d'Athènes ajoutait : « Qu'est-ce donc que la vie d'un homme qui, à la vérité connaît de belles choses, mais n'a aucune idée de la beauté en elle-même, et qui n'est pas capable de suivre ceux qui voudraient la lui faire connaître ? Est-ce un rêve ? Est-ce une réalité ? — C'est un rêve. — Qu'est-ce qu'en effet que rêver ? N'est-ce pas, soit qu'on dorme, soit qu'on veille, prendre la ressemblance d'une chose pour la chose elle-même (3) ?»

Et Platon, nous le verrons, avec un élan admirable s'élevait de la science des belles choses à la contemplation de la science par excellence,

_____

(1) « Pour arriver à une complète jouissance, il faut analyser et éclaircir. Ainsi la contemplation de l'univers ne produira son impression entière que sur celui qui aura pris le loisir de l'observer en détail. Dire que la jouissance tient à l'obscurité de l'impression, ce serait calomnier la Providence qui nous a donné une force active pour observer au profit de nos plaisirs. Nos plaisirs n'ont pas la raison pour ennemie ; leur somme peut s'accroître par une découverte métaphysique aussi bien que par une invention matérielle. » (Mendelssohn cité par Théry, *Tableaux des litt.*, t. II, p. 37.)

(2) *La République*, liv. V.

(3) *Idem.*

de la beauté incréée. Nous ne devons pas avoir des inspirations moins ardentes :

Felix qui potuit rerum cognoscere causas.

7° *Marche que nous suivrons.*

D'abord nous prendrons pied dans le domaine du beau en analysant les émotions qu'excite en nous la beauté. Cette analyse nous conduira à déterminer les caractères du gracieux, du beau et du sublime ; quand nous aurons établi les principes, nous en ferons l'application aux diverses beautés qui s'offrent à nos regards.

Nous étudierons ensuite le beau dans ses effets sur notre âme ; nous verrons comment notre intelligence le perçoit et le juge, comment il réjouit et charme notre sensibilité, et comment il est produit par notre activité. Sans doute en l'étudiant pour le définir, nous aurons déjà reconnu plusieurs de ses effets, mais il nous sera très utile de considérer ces effets dans leur ensemble.

Puis, nous nous élèverons à l'étude du beau dans ses rapports avec Dieu, et nous nous demanderons ce qu'il est en Dieu lui-même.

Enfin nous étudierons les théories émises jusqu'ici sur cette grande question, et le lecteur trouvera, nous l'espérons dans cette dernière discussion, un motif de plus de s'attacher aux doctrines que nous aurons émises nous-même.

Le point le plus important est la recherche de la notion vraie, de la définition philosophique du beau, et pour la déterminer, ainsi que nous venons de le dire, nous procéderons par voie d'analyse. Nous considérerons d'abord les objets et les faits, et, après les avoir analysés, nous nous élèverons aux principes, nous ferons la synthèse, et de cette synthèse sortira la définition. Nous irons du connu à l'inconnu.

Il y aurait beaucoup plus de difficultés et d'inconvénients à donner tout d'abord la définition. En effet, une définition, pour être bien établie et pour être comprise, réclame l'intelligence de la science tout entière. Sans doute elle fait entrer immédiatement en possession du riche domaine qui doit être exploité ; d'un seul bond elle vous transporte au sommet de la vérité, et de ces hauteurs elle vous permet de descendre avec sécurité vers les détails pour les analyser et les discuter. Mais aussi en présentant ainsi dès le début toute la science résumée dans la définition elle met dès le premier instant le lecteur en face de toutes les difficultés réunies ; et par là même celui-ci doit admettre dès la première page une solution qui réclame de longues démonstrations.

En commençant par l'analyse, nous résolvons les difficultés successivement et seulement à mesure qu'elles se présentent. Cette marche nous semble donc préférable, surtout pour les études que nous allons entreprendre.

Dans cette analyse que nous allons faire, nous ne considérerons pas seulement les caractères des objets qui se présentent à nos yeux, nous étudierons aussi les effets que le beau produit sur notre âme ; c'est-à-dire que nous ne jugerons pas le beau seulement par les apparences et que nous ne nous en rapporterons point à des faits purement subjectifs. Nos observations seront puisées à deux sources différentes et contrôlées les unes par les autres.

Nous allons parcourir avec le lecteur la route que nous avons déjà suivie nous-même quand nous allions à la recherche de la vérité. Puisse ce voyage être sans ennui ni fatigue pour tous ceux qui voudront bien nous accompagner ; puisse-t-il surtout les conduire à ce terme désirable : la science précise et l'amour ardent du beau !

LE BEAU DANS LA NATURE

CHAPITRE PREMIER

Sentiment du beau : émotion esthétique

Nous voulons chercher par voie d'analyse la notion vraie de la beauté et de la laideur.

Nous ne pouvons entreprendre d'analyser tous les objets beaux afin de reconnaître les traits communs qui constituent en eux la beauté ; mais il nous est facile de reconnaître que tous ces objets produisent sur nous un effet identique, ils nous font plaisir : *Pulchra dicuntur quæ visa placent* (1). Personne ne nous contestera la vérité de ce fait subjectif et la légitimité de ce point de départ (2).

Mais faut-il conclure que tous les objets qui nous font plaisir sont beaux, ainsi tel objet qui nous procure une sensation agréable, ou tel objet qui nous est utile et qu'il nous est avantageux de posséder? Assurément non. Donc nous allons constater d'abord que la sensation agréable n'est pas la jouissance du beau, et que l'utilité de l'objet ne constitue aucunement la beauté ; puis nous déter-

---

(1) S. Thomas, 1ᵃ *quæst.* V, art. 4.

(2) « Factum vulgatissimum est, quod, sicut *verum* dicit id in cujus cognitione quiescit intellectus, et *bonum* dicit id in cujus quis conquisitione quietatur appetitus ; ita *pulchrum* communiter dicitur illud in cujus cognitione vel aspectu suscitatur in animo complacentia quædam. » (C. Zigliara.)

minerons les caractères distinctifs du plaisir spécial que nous procure la beauté, plaisir, ou, si l'on veut, jouissance que nous appel-
lerons d'un mot consacré par l'usage, émotion esthétique (1).

ARTICLE I.

L'ÉMOTION ESTHÉTIQUE EST DISTINCTE DE LA SENSATION

D'abord deux de nos sens, l'odorat et le goût ne nous font connaître que des qualités matérielles des objets et semblent nous avoir
été donnés seulement pour nous guider dans les fonctions par lesquelles nous réparons nos forces vitales. Ces deux sens ne sont d'aucun secours pour les opérations intellectuelles de notre âme ; ce
sont des sens animaux, et nul n'a jamais songé à dire qu'il faut flairer un objet ou le goûter pour savoir s'il est beau (2).

Le tact, lui aussi, ne nous apprend rien sur la valeur des objets
au point de vue de la beauté. Que l'on palpe un tableau de grand
maître ou une toile médiocre, on ne reconnaîtra aucunement par la
sensation lequel des deux tableaux est le meilleur. Bien des statues
insignifiantes seraient plus agréables au toucher que des œuvres de
Phidias.

Le goût, l'odorat et le tact ne peuvent nous faire connaître dans
son ensemble harmonieux, dans son unité, un objet qui se compose
de différentes parties, et par là même, ils ne peuvent nous faire connaître sa beauté (3).

(1) Le mot esthétique de αἰσθάνομαι : sentir, désigne assez mal l'émotion particulière produite en nous par le beau, puisque l'émotion esthétique c'est *l'émotion sentie*
sans qu'il soit question du beau. Mais nous prenons cette expression avec la signification que l'usage lui a donnée.

(2) Le lecteur qui aurait déjà des idées arrêtées sur ces points élémentaires pourrait
négliger ces premières dissertations qui lui sembleraient inutiles; mais elles sont nécessaires pour l'exposé complet de la doctrine.

(3) Illi sensus respiciunt pulchrum qui maxime cognoscitivi sunt, scilicet visus et
auditus, rationi deservientes : dicimus enim pulchra visibilia et pulchros sonos. In sen-
sibilibus autem aliorum sensuum non utimur nomine pulchritudinis ; non enim dicimus
pulchros sapores aut odores. (S. Thomas, 1ᵃ 2, q. V. art. 1.)

Et Sanseverino ajoute avec raison : « Tactus, gustus, odoratus quippe qui minimam
vim cognoscendi habent unitatem objecti ex multitudine partium coalescentem cognoscere nequeunt. »

Restent la vue et l'ouïe ; sans doute ces deux sens nous servent pour connaître la beauté des objets : mais, hâtons-nous de le dire, la jouissance même du beau diffère complètement des sensations que nous éprouvons par les yeux ou par les oreilles ; il nous est facile de le constater.

En effet les sensations sont à peu près les mêmes devant des tableaux dont les uns sont des chefs-d'œuvre et les autres n'ont aucune valeur. D'un autre côté devant un paysage magnifique, mais inondé d'une lumière trop éblouissante, mes yeux souffrent, bien que j'admire ; au contraire ils se reposent agréablement quand je suis dans ma chambre, avec le demi-jour de ma fenêtre entr'ouverte, bien qu'alors je ne voie rien qui m'intéresse. Donc les sensations que j'éprouve par les yeux ne suffisent pas par elles-mêmes pour m'expliquer les diverses jouissances que me procure le beau.

Les sons moelleux et amples d'une belle voix sont plus aptes pour me faire jouir du beau que les sons d'une voix grêle et cassée ; mais si un artiste n'ayant qu'une voix médiocre me dit avec habileté, avec âme, une mélodie qui exprime de grands sentiments, je serai beaucoup plus ému que si un chanteur me fait entendre la même mélodie avec une voix souple et sonore, mais sans comprendre ce qu'il dit ; peut-être même celui-ci loin de me plaire, ne me causera que de l'irritation, et cependant les sons de sa voix me caressent agréablement l'oreille (1).

Je puis éprouver des sensations très désagréables, par exemple, en entendant le bruit grinçant de la scie coupant de la pierre, sans que l'objet ait aucune laideur ; et je puis jouir de beautés ravissantes qui n'ont aucun rapport avec les sensations que j'éprouve.

Eh quoi ! le spectacle de la vaste mer, calme ou furieuse, le chant du rossignol ou la voix du pâtre que j'entends au loin, le soir, dans la campagne, le bruissement du feuillage agité par la brise ou le fracas de la tempête, ces objets et ces bruits divers me donneraient la jouissance de la beauté, simplement parce qu'ils agiraient d'une

(1) « Les artisans, lorsqu'ils donnent à leurs œuvres un certain fini en les colorant ou les polissant, ne produisent pas pour cela le beau. Comme nous le dirons, le beau emporte essentiellement avec lui *l'expression* d'un concept ; or ces artisans ne font que donner à leurs travaux une perfection qui peut les recommander aux acheteurs et nous procurer une sensation agréable, mais sera toujours impuissante à intéresser les facultés esthétiques de l'esprit. » (Valensise, *Dell'Estetica secondo i principii dell'Angelico Dottore S. Tomaso.* Parte II* *Dell'Arte in genere.*)

certaine façon sur mes organes ! Le silence des grands bois, les profondeurs du désert me pénétreraient d'impressions si profondes
par un effet purement physique ! Nul parmi ceux qui aiment à
jouir des spectacles de la beauté ne songera à le dire.

« La sensation peut être très vive, parfois même plus vive que le
sentiment ; mais elle ne dure guère au-delà d'un moment ; peu à
peu elle s'affaiblit, fait place à une sensation contraire ou nouvelle,
et ne nous laisse qu'un vague souvenir. C'est que la sensation, alors
même qu'elle ébranle les nerfs, ne fait qu'effleurer l'âme ; le plaisir
qui la suit est aussi mobile, aussi éphémère qu'elle-même et que son
objet. Le sentiment, au contraire, repose sur un fondement solide,
sur la claire vue de l'immatériel ; il pénètre jusqu'au fond de l'âme,
de cette partie intime de notre être qui est d'autant moins chan-
geante qu'elle est plus spirituelle (1). »

L'agréable ou le désagréable qui résulte de la sensation est variable, relatif, individuel ; au contraire, s'il s'agit de la beauté et que
vous jugiez beau tel objet, tel spectacle, vous ne supposez pas que
cet objet et ce spectacle sont beaux seulement pour vous, mais
qu'ils sont beaux pour tout le monde, de même que ce qui est vrai
pour l'un doit être vrai pour tous.

La sensation est donc distincte de l'émotion esthétique, et les
propriétés qui l'excitent en nous ne sont pas le principe de la beauté.

(1) P. Vallet, *L'Idée du Beau...* p. 138.

ARTICLE II

L'ÉMOTION ESTHÉTIQUE N'EST PAS PRODUITE EN NOUS PAR L'UTILITÉ
DES OBJETS

L'utile est ce qui répond à quelqu'un de nos besoins. Le beau, lui aussi, répond à l'un de nos besoins, mais d'un ordre supérieur.

« L'homme vit à la fois par l'esprit et par le corps. Ainsi, placé en vertu de sa nature comme dans une double sphère d'action, il éprouve par suite deux sortes de besoins, ou plutôt de tendances auxquelles il est juste qu'il satisfasse. D'un côté la vie physique l'incline à rechercher les moyens propres à sa conservation, le vêtement, les moyens de défense, les secours de la médecine. D'un autre côté la vie de l'esprit, ou plutôt son intelligence et son cœur l'obligent à la recherche du vrai, du bon et du beau, qui seuls peuvent satisfaire les tendances innées qui forment la nature de son âme (1). »

Le corps et l'âme ont donc chacun leurs besoins.

Il nous est facile de reconnaître que, si le beau répond à quelqu'un de nos besoins, c'est à un besoin de notre âme et non à un besoin de notre corps.

Ainsi il est beaucoup d'objets dont nous admirons la beauté, bien qu'ils ne nous procurent aucun avantage matériel, et qui en ce sens nous sont complètement inutiles. J'aperçois un aigle qui plane dans les airs, il est hors de ma portée, et quand je l'aurai suivi du regard pendant quelques instants, il disparaîtra dans les profondeurs du ciel. Cependant j'aime à le considérer dans la hardiesse de son vol et je jouis de sa beauté.

Si le beau et l'utile existent dans le même objet, ils sont complètement distincts à nos yeux ; et ce sont des aspects différents des objets qui ne se font pas valoir mutuellement dans notre esprit :

(1) Valensine, *Dell' Estetica seconda i principii dell' Angelico Dottore S. Tomaso.* Parte le II* : *Dell' Arte in genere.*

voici un fruit dont la forme et la couleur vous plaisent, il est beau pour vous ; vous êtes altéré et vous pensez à vous en servir pour apaiser votre soif, vous ne voyez plus sa beauté, mais son utilité.

Si un objet vous a plu et que vous vous décidiez à en faire l'acquisition, certainement vous n'oubliez pas sa beauté, et c'est précisément la valeur qu'il a à vos yeux à ce point de vue qui vous fera débourser une somme peut-être considérable pour que vous en deveniez l'heureux propriétaire ; mais ces deux valeurs, la valeur artistique et la valeur vénale, restent très distinctes dans votre esprit : admirer un objet, calculer le gain que l'on pourra en retirer sont des opérations intellectuelles très différentes.

Les brocanteurs ont une érudition toute positive qui les guide dans l'achat et dans la vente des objets, mais l'émotion chez eux est peu vive : leur âme est blasée. Les hommes qui s'entendent le mieux aux choses utiles, loin de mieux juger du beau, manquent le plus souvent du sens esthétique.

Ajoutons encore cette observation très caractéristique :

L'utilité matérielle de l'objet profite à celui-là seulement qui est le propriétaire de l'objet et qui a droit de s'en servir. Sans doute le même objet peut être utile à un grand nombre ; c'est ainsi que toute une armée peut se désaltérer au cours d'un fleuve et que nous jouissons tous de la lumière du soleil. Mais il est vrai aussi que l'utile est un domaine que chacun exploite à son profit, et le sentiment qu'il provoque est égoïste.

Au contraire, non seulement la jouissance du beau n'est pas égoïste, exclusive, mais elle est désintéressée, généreuse et communicative. Celui qui jouit d'un beau spectacle aime à faire partager son admiration.

Ces observations sont vraies et elles ont leur application soit que nous considérions les objets de la nature, soit que nous considérions ceux que l'art produit.

Les différents arts, les arts industriels et les arts libéraux se donnent des missions très diverses.

Les arts industriels se proposent surtout de satisfaire nos besoins matériels, les besoins de notre corps ; ils pourront produire des objets qui nous seront très utiles, très commodes, qui nous satisferont, mais sans nous faire jouir du beau.

Un art industriel, la menuiserie, par exemple, pourra s'élever à produire des objets très étudiés, très ornés, et qui seront des objets d'art, mais ces objets rentreront par là même dans une autre catégorie.

Les arts libéraux, la poésie, la musique, la peinture, la sculpture, l'architecture se donnent une mission plus élevée ; ils veulent satisfaire des besoins de l'esprit et du cœur ; ils ont pour objet spécial la manifestation du beau ; ce sont les beaux-arts.

Nous n'indiquons pas l'éloquence parmi les arts qui ont pour mission de nous faire jouir du beau. En effet, elle se met tout d'abord au service de la vérité et de la justice. Elle pourra dans ses développements, par des considérations, par des descriptions, par la mise en scène de sentiments généreux, héroïques nous faire jouir du beau. Mais ce n'est pas le but qu'elle se propose. De plus, en faisant triompher la vérité et la justice, elle nous donnera les plus légitimes satisfactions, mais c'est l'utile qu'elle réalise ainsi et la jouissance du beau est « un plaisir libéral », comme le dit très bien Schiller.

L'architecture, bien qu'elle ait un but d'utilité, est cependant classée parmi les beaux-arts, parce qu'elle ne se borne pas à nous procurer des abris contre les intempéries des saisons et à satisfaire nos besoins matériels ; mais elle s'efforce de donner à ses productions, quand elle en a la possibilité, des dispositions qui satisfont notre regard et notre esprit. Il faut que le monument réponde aux besoins pour lesquels il a été construit, et nous le condamnerions s'il n'avait pas cette qualité première ; mais il peut de plus nous plaire par ses belles proportions et sa décoration. Il nous satisfera au point de vue de l'utilité ; mais de plus nous jouirons de sa beauté. Toutefois, même ici, la beauté sera très distincte de l'utilité : une construction pourrait répondre à tous les besoins de ceux qui l'habitent et être très laide.

Concluons : l'émotion esthétique n'est pas produite par ce que l'on appelle communément l'utile.

L'utilité matérielle des objets répond aux besoins de nos corps ; au contraire, la jouissance du beau est tout entière pour la satisfaction de notre cœur.

D'ailleurs, ainsi que nous l'avons reconnu d'abord, l'émotion esthétique diffère complètement de la sensation. Après avoir dit ce qu'elle n'est pas, essayons de dire ce qu'elle est.

ARTICLE III

CARACTÈRES DISTINCTIFS DE L'ÉMOTION ESTHÉTIQUE

1º L'émotion esthétique est désintéressée.

Elle est désintéressée, non en ce sens qu'elle ne satisfait aucun de nos besoins ; en effet, elle répond à l'un des besoins les plus élevés de nos âmes ; mais elle est désintéressée parce qu'elle est produite par l'objet considéré en lui-même.

Si j'admire la physionomie d'un homme, un paysage, une statue, si c'est vraiment la beauté qui me captive dans ces objets, je ne songe aucunement à des rapports que je pourrais avoir avec eux, je les considère en eux-mêmes, je les admire uniquement parce qu'ils me donnent le spectacle de la beauté.

L'utilité est une idée toute de relation et de rapport ; la beauté est une idée absolue, qui s'associe aux idées relatives, mais n'abdique pas son titre en leur faveur.

Ce n'est pas que l'émotion esthétique nous laisse indifférents. Au contraire, elle nous touche et nous captive d'une façon très vive. Mais, en agissant sur l'âme avec un pouvoir qui l'élève au-dessus d'elle-même et la transporte jusqu'au ravissement, elle la laisse en possession d'elle-même ; elle ne l'enivre pas de vapeurs épaisses et malsaines qui lui seraient funestes ; elle ne l'aveugle pas. Le caractère de l'émotion esthétique n'est pas d'exciter de grossiers désirs qui porteraient à s'emparer de l'objet pour en jouir et peut-être le profaner ; elle nous fait admirer l'objet.

Nous distinguerons plus tard les différents genres et les différents degrés de la beauté, celle qui semble résider complètement dans la matière et celle qui est plus élevée et qui est l'expression des qualités de l'âme ; il nous suffit de dire ici et de faire connaître que la jouissance de la beauté, quelle qu'elle soit, et quelle que soit la

puissance avec laquelle elle agit sur l'âme, trouve sa propre satisfaction en elle-même, et qu'ainsi elle est désintéressée (1).

2º L'émotion esthétique est agréable et sympathique quand elle
est produite par la beauté, désagréable et antipathique si elle est
produite par la laideur.

Qu'est-ce que la sympathie? C'est une correspondance qui s'établit entre deux âmes et qui fait qu'elles éprouvent les mêmes sentiments, comme deux instruments qui ont les mêmes vibrations et
rendent les mêmes sons, ou qui du moins se font écho, les notes qui
ont été données par celui qui a parlé le premier étant aussitôt données par l'autre. Voilà ce qu'est la sympathie parfaite.

La sympathie, telle qu'il faut l'entendre dans l'émotion esthétique
peut exister sans qu'il y ait égalité entre les deux objets, sans qu'ils
aient la même nature. Ainsi l'objet, dans lequel brille la beauté et
qui provoque la sympathie peut n'être point doué d'une âme, il peut
n'avoir en lui que l'image ou un reflet de la vie. Mais, du moins, ce
qui constitue la beauté dans cet objet et provoque en nous l'émotion
esthétique, la sympathie, c'est quelque chose de réussi, et cette
perfection de l'être ou de l'objet excite en nous un sentiment agréable. Au contraire, si c'est la laideur qui nous apparaît dans l'objet,
il y a en lui quelque chose de défectueux, d'incomplet, d'incorrect,
qui nous choque, qui nous fait peine, nous est désagréable, c'est-à-
dire antipathique.

L'émotion esthétique, tout en étant désintéressée, est donc sympathique ou antipathique, et ainsi elle se caractérise à nos yeux par
des traits divers qui la distinguent parfaitement de toute autre.

Nous n'avons fait d'ailleurs qu'expliquer ces deux mots : la beauté
nous plaît, la laideur nous déplaît.

Jouffroy, dans son cours d'esthétique, a fait une analyse très
complète de la sympathie et de l'antipathie provoquées en nous par
la beauté et la laideur. Il donne à ces sentiments une telle importance qu'il en fait le signe auquel on doit reconnaître que l'objet

---

(1) L'admiration, de sa nature, est respectueuse, tandis que le désir tend à profaner
son objet. « Qu'est-ce que le désir? un mouvement de l'âme qui a pour fin avouée ou
secrète la possession... il est le fils du besoin ; il suppose en celui qui l'éprouve un manque, un défaut et, jusqu'à ce certain point, une souffrance. Il est enflammé, impétueux,
douloureux. Le sentiment du beau, libre de tout désir et en même temps de toute crainte,
élève et échauffe l'âme et peut la transporter jusqu'à l'enthousiasme sans lui faire connaître les troubles de la passion. » (Victor Cousin, *Du Vrai, du Beau*, p. 162.)

est beau ou laid. Nous n'allons pas jusque-là. La sympathie et l'antipathie sont des faits subjectifs, c'est un effet du beau ou du laid (1);
or nous devons prendre les caractères de la beauté et de la laideur
dans l'objet considéré en lui-même.

Nous allons donc chercher quels sont les objets doués de la propriété esthétique. En faisant cette exploration, en considérant les
objets en dehors de nous, nous ne cesserons pas de consulter nos
sentiments, et l'analyse que nous avons faite des faits subjectifs,
tout en nous servant dans ce qui va suivre, se complétera elle-même
par les études que nous allons faire.

---

(1) Hæc notio pulchri (pulchrum est id cujus apprehensio placet) præterquam quod
vulgi persuasioni loquendique consuetudini consentanea est, post Platonem et sanctum
Augustinum, a cunctis philosophis tum antiquis tum novis tradita fuit. Verum ipsa
nonnisi *effectum*, quem illud in nobis gignit, significat (SANSEVERINO).

CHAPITRE II

Objets qui produisent en nous l'émotion esthétique

Jusqu'ici nos observations ont porté à peu près exclusivement sur des faits psychologiques, mais nous allons maintenant fixer davantage notre regard sur les objets dans lesquels nous apparaissent la beauté et la laideur. Et il doit en être ainsi. Par une analyse purement psychologique nous n'arriverions qu'à une notion du beau qui serait subjective, comme l'ont fait Jouffroy, Smith et Gioberthi, ainsi que nous le reconnaîtrons quand nous analyserons les systèmes.

Or, la notion du beau, ses caractères, doivent être pris, non pas dans nos sentiments et dans les effets que le beau produit sur nous ; ils doivent être pris dans l'objet lui-même.

Ainsi Smith dit qu'une chose est belle parce qu'elle nous plaît, *eo quod est delectabile.* Ce n'est pas résoudre la question. En effet, nous savons tous que le beau nous plaît, mais ce que nous ne savons pas, et ce qu'il nous importe de savoir, c'est pourquoi le beau nous plaît, quels sont ses caractères, afin que nous ne nous égarions pas dans nos admirations, et que, si nous croyons voir le beau, si nous sommes tentés d'admirer, nous puissions constater que c'est bien le beau que nous avons devant les yeux (1). L'artiste, lui aussi, a besoin de connaître les caractères du beau, afin de savoir comment il le produira sûrement dans ses œuvres.

Donc, connaissant le caractère de l'émotion esthétique, nous allons chercher d'abord quels sont les objets qui l'excitent en nous, et nous constaterons ainsi que ces objets ont ce que nous pouvons

---

(1) Saint Augustin raisonnait mieux que Smith : « Si prius quæram utrum ideo pulchra sunt quæ delectant, an ideo delectent quia pulchra sunt. Hic mihi sine ulla dubitatione respondebitur, ideo delectare quia pulchra sunt. » (*De Vera Religione*, cap. 33, n° 19.) Cf. SANSEVERINO.

appeler la propriété esthétique. Ceux qui ne peuvent exciter en nous l'émotion esthétique ne peuvent avoir ni beauté, ni laideur ; ils ne sont pas compris dans le domaine du beau.

Dans le présent chapitre, nous n'établissons pas encore pourquoi les objets sont beaux et pourquoi ils sont laids ; seulement nous excluons du domaine du beau ce qui ne peut nous donner l'émotion esthétique, et, en circonscrivant ainsi ce domaine, nous allons constater qu'il est immense.

ARTICLE I

LES OBJETS DU MONDE SENSIBLE PRODUISENT EN NOUS L'ÉMOTION ESTHÉTIQUE

Est-il besoin de constater d'abord que les objets du monde sensible ont ce qu'il faut pour exciter en nous l'émotion esthétique? La beauté nous apparaît avec éclat dans le corps de l'homme, nous la voyons aussi dans les animaux et dans les plantes, et même dans des êtres ou dans des objets qui sont privés de la vie : ainsi dans les eaux d'un lac qui réfléchit l'azur des cieux ; elle brille au front des astres dans le calme d'une belle nuit, et elle s'épanouit dans le calice des fleurs. Inutile de multiplier ces exemples. De plus, dans le monde sensible, la laideur ne fait pas plus défaut que la beauté.

Il n'y a pas que les objets qui parlent à nos yeux, mais les sons que nous percevons et qui nous expriment des sentiments nous procureront aussi, et à un haut degré, l'émotion esthétique.

Ajoutons encore que nous pourrons jouir de la beauté ou être affligés par le sentiment de la laideur, non seulement quand nous contemplerons en réalité les objets qui nous entourent, mais aussi quand ils nous seront décrits par le langage ou même quand nous les verrons dans notre imagination.

Et dans mon cabinet, assis au pied des hêtres,

comme le dit Boileau, dans la solitude muette de ma chambre, je puis me représenter les scènes, les objets les plus variés, et ces représentations suffiront pour me donner le spectacle de la beauté ou de la laideur.

La beauté et la laideur nous apparaissent donc dans les objets du monde sensible vus en réalité, ou décrits par le langage, ou vus dans notre imagination.

En dehors du monde sensible, en y comprenant les sons qui sont l'élément du chant et de la musique, quels objets pourraient nous présenter la beauté ou la laideur?

En dehors du monde sensible il y a Dieu, l'âme humaine et les êtres immatériels ; examinons dans quelles conditions nous pouvons jouir de leur beauté.

ARTICLE II

LES ÊTRES IMMATÉRIELS NOUS APPARAISSENT SOUS DES FORMES SENSIBLES, EXCITENT EN NOUS L'ÉMOTION ESTHÉTIQUE ; DÉPOUILLÉS DE CES FORMES, ILS NE LE PEUVENT

Plus tard nous verrons avec plus de précision jusqu'à quel point les grands spectacles de la création nous révèlent Dieu lui-même ; mais dès maintenant il nous est facile de reconnaître d'une manière simple et générale, comment ils nous élèvent vers la puissance souveraine qui domine l'univers. Il semble que sa voix retentit dans les éclats du tonnerre, et que sa majesté plane sur l'immensité des mers. L'harmonie parfaite et l'ordre invariable qui règnent dans l'univers nous redisent sa sagesse et sa providence. Or ces grandes révélations nous impressionnent profondément, elles ont une beauté merveilleuse et nous pouvons dire que cette beauté, indirectement du moins, nous fait entrevoir celle de Dieu. Ainsi que nous le dit l'apôtre saint Paul, Dieu s'est révélé au point que ceux qui n'ont pas voulu le reconnaître sont coupables ; le monde sensible nous redit non seulement sa sagesse et sa bonté, mais sa gloire et sa beauté : *Cœli enarrant gloriam Dei.*

De plus, pour nous chrétiens, le Verbe de Dieu s'est in-carné, il a pris un corps comme le nôtre, *visus est in terra et cum hominibus conversatus est*, et nous aimons à voir le fils de Dieu dans les images plus ou moins parfaites que l'art nous a tracées de ses traits divins : nous aimons à voir Dieu lui-même comme Michel-Ange, Raphaël, Schnorr nous l'ont montré dans les grandes scènes de la création.

Toutes ces représentations ne nous font pas voir l'être divin ; mais elles nous captivent, nous donnent de grandes émotions et nous font jouir de beautés d'un ordre supérieur.

De même l'âme humaine, cette flamme immatérielle que les yeux de notre corps ne pourraient contempler en elle-même, nous est révélée bien plus directement encore et avec bien plus de clarté par les paroles, par les actes de l'homme, par les traits de son visage et par tout l'ensemble de sa physionomie ; elle devient pour nous comme sensible à travers cette enveloppe qui nous la manifeste, et ainsi nous jouissons de sa beauté ou nous sommes affligés de sa laideur.

Les êtres immatériels sont donc souvent associés aux objets du monde sensible pour nous donner avec eux le spectacle de la beauté.

Mais pouvons-nous jouir de la beauté de Dieu, de celle de l'âme humaine, ou des autres êtres immatériels dégagés de toute forme sensible?

Qu'on le remarque bien, nous raisonnons dans l'hypothèse de notre condition actuelle. Nous n'avons point à établir les lois de la beauté telle qu'elle peut apparaître à de purs esprits.

Nous ne nous demandons pas non plus ce qu'est la beauté de Dieu lui-même. Plus tard nous essayerons de répondre à cette question. Nous nous demandons seulement si, dans notre état actuel, les êtres immatériels considérés en eux-mêmes, isolés de toute forme sensible, sont susceptibles de nous paraître beaux ou laids, et nous répondons sans hésiter que non.

Nous ne jouissons pas de la beauté de Dieu et même nous ne le voyons pas en action sans lui donner pour ainsi dire un corps, une physionomie, si nous ne le voyons avec les formes sous lesquelles il apparut quand il se manifesta aux hommes, sous lesquelles les arts l'ont représenté et que nous lui prêtons dans notre imagination.

De même, nous ne pouvons jouir de la beauté de l'âme humaine si nous ne la voyons pas exprimée par le corps, par les traits du visage, par le geste, par le langage et par toutes les formes sensibles qui nous la traduisent (1).

De même encore, nous ne jouissons pas de la beauté de tous les êtres immatériels qui sont en relation avec notre monde, si nous ne leur attribuons pas la forme humaine ou toute autre forme plus ou moins fantastique, soit que nous en fassions des anges de lumière, soit que nous en fassions des anges de ténèbres.

Nous pouvons dire de l'âme humaine et de toute autre existence immatérielle ce que nous avons dit de Dieu : elles ne sont pas infinies, mais avec le caractère d'immatérialité que nous leur reconnaissons, nous ne pourrions les mettre en scène, nous les figurer, sans les revêtir, dans notre imagination, de ces formes sans lesquelles le regard de notre âme ne les verrait pas ; et par là même, sans ces formes, leur beauté n'existe pas pour nous (2).

---

(1) Objectum quodcumque spirituale nude ut in se est nunquam ordinarie mente nostra in præsenti rerum conditione percipitur, sed semper ut consociatum elemento sensibili a phantasia exhibito ; quamvis ab elemento illo sit distinctum, prout conscientia quotidie cuique testatur. Idem absolute de pulchro relative ad nos est pronuntiandum. Pulchrum spirituale a materiali distinctum esse mentique nostræ aptissimum ac proprium et scimus et fatemur ; at non illud nudum et ut in se est attingitur, sed consociatum elemento phantastico. Hoc pulchrum ex duobus illis elementis constans, distinctis sed unitis voco pulchrum humanum, et, nisi fallor, satis congrue... Pulchrum spirituale nude et in se, in præsenti vita attingere non valemus. (ZIGLIARIA : *Summa phil.* Ontologia, lib. II, art. VII.)

Ita LIBERATORE, p. 347, n. 66.

(2) Jouffroy discute très bien ce point : les sentiments de l'âme dépouillée de toute forme sensible peuvent-ils nous faire jouir de la beauté ?

Et d'abord il se pose cette question : « Au moyen du langage abstrait n'est-il pas possible de se représenter un état quelconque de l'âme, sans l'intervention des formes matérielles ? » et il répond : « Qu'un métaphysicien vienne fidèlement analyser les divers mouvements de l'âme que l'amour ou l'envie possède, et ces analyses offrent à l'intelligence l'invisible tout seul et dépouillé de formes. » Mais l'auteur ajoute : « Dans ce cas l'invisible n'agit pas esthétiquement sur l'intelligence. L'on s'armerait de la métaphysique la plus ingénieuse, l'on étalerait les analyses les plus fines et les plus délicates de ce qui se passe au sein du cœur humain, l'émotion esthétique ne se produirait pas cependant en nous. Lisons toutes les descriptions métaphysiques possibles et nous ne ressentons rien. Si parfois néanmoins nous sentons quelque chose, c'est que nous nous mettons à construire en imagination, sous nos yeux, un homme possédé par les passions dont nous lisons les descriptions analytiques ou métaphysiques ; c'est qu'alors nous animons un personnage, et que, dans les traits, dans les regards, dans la contenance de ce personnage, nous voyons s'exprimer et se traduire les passions que nous lui prêtons. Voilà pourquoi nous sentons quelque chose de l'émotion esthétique. Bornons-nous à la simple description métaphysique, et rien de semblable n'arrive. Tout ce qu'il y a c'est un jugement de l'intelligence sur la bonté de la passion qu'on décrit métaphysiquement, ou sur sa méchanceté ; nous jugeons que la passion qu'on décrit peut répugner, plaire ; du reste, en nous, ni répugnance ni plaisir. Nous savons que l'état du cœur

Nous ne pouvons donc jouir de la beauté de Dieu, de l'âme humaine et de tous les autres êtres immatériels, sans que cette beauté nous soit exprimée par des formes sensibles.

ARTICLE III

LA VÉRITÉ ABSTRAITE NE SUFFIT PAS POUR NOUS FAIRE JOUIR DE LA BEAUTÉ

Nous venons de reconnaître que tous les objets du monde sensible vus en réalité ou dans notre imagination, ou décrits par le langage, peuvent nous faire jouir du beau, que les êtres immatériels nous apparaissant sous des formes sensibles peuvent aussi nous en faire jouir.

Nous considérons maintenant le monde des sciences, le champ de la vérité et des idées.

Constatons d'abord que les vérités morales et scientifiques peuvent nous apparaître dans le monde sensible et comment ainsi elles entrent dans le domaine du beau.

humain que l'on analyse nous est antipathique ou sympathique, mais nous n'éprouvons réellement pas plus d'antipathie que de sympathie ; nous n'éprouvons rien. »

Pour éprouver l'émotion esthétique « il faut voir et non pas seulement comprendre... il n'y a dans l'état actuel que l'*invisible exprimé* qui nous émeuve... Source première, principe fondamental de l'affection esthétique, dans les objets de la nature et de l'art, l'invisible ne peut pas seul ici-bas nous affecter esthétiquement. Le fond ne peut pas actuellement nous toucher sans la forme, l'invisible sans le visible. Nous ne saisissons jamais l'âme indépendamment des apparences artificielles ou naturelles. Comment les descriptions poétiques mêmes parviennent-elles à nous émouvoir? N'est-ce pas en provoquant chez nous la reproduction des réalités que la poésie décrit? Il faut absolument dans l'état actuel, pour nous émouvoir, l'alliance de la forme et du fond. »

« Il suit que l'art doit s'occuper non moins de la forme que du fond. L'artiste ne doit pas tant faire comprendre l'invisible que le montrer ; et le montrer, c'est le revêtir de formes matérielles. Vainement un homme distinguera profondément les replis du cœur humain, ses mouvements les plus cachés, ses passions les plus secrètes ; si cet homme ignore de quelles manières les passions s'expriment par les traits, par les attitudes, par les yeux, par tous les signes ou symboles qui traduisent et trahissent l'invisible, par les gestes, par les actions, par les intonations de la voix, s'il ne connaît pas le cœur humain complet, s'il ne connaît que le cœur humain de la métaphysique, cet homme n'est pas artiste ; il analysera philosophiquement l'invisible, sans jamais le réaliser, le perfectionner ; et c'est l'invisible réalisé perfectionné qui seul nous touche esthétiquement. Cet homme est métaphysicien, cet homme est Condillac ou Descartes, et ni Descartes, ni Condillac ne produisent en nous les plaisirs du goût. » (*Cours d'Esthétique*, 25e leçon.)

Les vérités morales et scientifiques peuvent nous être montrées dans des applications qui en sont faites ; ainsi les lois morales dans ceux qui pratiquent le bien, les vérités scientifiques et mathématiques dans les objets et les spectacles de la création, dont elles expliquent les merveilles ; et les vérités ainsi réalisées peuvent nous faire jouir de la beauté, parce que nous les voyons dans le monde des existences, dans le monde sensible.

Indépendamment des applications dans lesquelles les vérités nous apparaissent réalisées, elles peuvent aussi rentrer dans le monde sensible par la manière dont elles nous sont exprimées dans le discours. En effet, par la comparaison ou la métaphore, qui n'est qu'une comparaison abrégée, elles s'enveloppent d'un vêtement qui appartient aux objets de la création.

Nous n'avons point à discuter ici les avantages du style figuré ; l'idée présentée dans sa nudité peut avoir plus de clarté et de précision que sous les voiles d'une métaphore, mais, il faut le reconnaître aussi, par ce procédé l'écrivain peut donner un plus grand charme à ce qu'il dit.

Un moraliste ou un historien nous montre un fils qui, accusé devant son père, se disculpe par ces paroles : « Je vous affirme que je suis innocent. » Cette affirmation n'a rien dans sa forme que de très ordinaire ; elle n'a rien qui puisse nous émouvoir. Mais voici que, dans la tragédie de *Phèdre*, nous lisons ces paroles d'Hippolyte se justifiant devant Thésée son père :

> Le jour n'est pas plus pur que le fond de mon cœur.

Cette défense aura un tout autre pouvoir pour nous captiver. Comme dans la phrase citée précédemment, c'est la conscience de l'accusé qui est en jeu, mais, de plus, dans le vers de Racine, la conscience est symbolisée par le cœur, par cet organe dont les battements règlent la vie de l'homme ; ce cœur lui-même nous apparaît comme un vase qui peut être souillé par les pensées qui le traversent, par les sentiments qui l'agitent. Celui d'Hippolyte est resté pur ; si l'on en pénétrait les profondeurs, on n'y apercevrait pas de tache, pas plus que dans le cristal des cieux.

Par la métaphore, l'idée qui serait abstraite rentre dans le monde sensible.

Ajoutons que dans les langues, comme le dit Quintilien, « presque toutes les locutions sont figurées (1) », c'est-à-dire que pour exprimer ce qui est immatériel elles se servent de mots qui désignent tout d'abord des objets matériels. Ainsi on parle de la légèreté du cœur, de la profondeur et de l'étendue de la pensée, de l'orgueil qui est abaissé; on parle d'agrandir l'âme, d'alimenter l'esprit etc., etc.(2); et il serait très difficile d'exprimer une série d'idées appartenant au monde moral et scientifique en rejetant les mots qui appartiennent au monde physique.

De là il résulte que, dans des dissertations scientifiques et traitant même, si l'on veut, de la vérité abstraite, il y aura le monde sensible mis en scène, et des beautés de détail seront produites par les métaphores employées.

Toutefois, il faut le reconnaître aussi, nous pouvons formuler dans notre esprit la vérité abstraite. Or, la vérité abstraite, par exemple ces principes : les trois angles d'un triangle sont égaux à deux droits ; la même chose ne peut pas à la fois être et ne pas être ; ces vérités ou d'autres de ce genre, vues dans notre esprit d'une façon abstraite, peuvent-elles exciter en nous l'émotion esthétique?

Sans doute la vérité éclaire notre intelligence ; la voir est une jouissance, conquérir quelque vérité est une jouissance plus grande encore. Tous savent l'histoire d'Archimède qui ayant trouvé la solution du problème de la flottaison des corps, sort précipitamment du bain et court par la ville en criant : j'ai trouvé, ευρηκα. Mais, pour peu que nous réfléchissions, nous reconnaîtrons que la jouissance éprouvée par nous dans une solution heureusement trouvée diffère complètement de celle que nous éprouverons en voyant un bel arbre, une belle physionomie ; dans le premier cas nous disons : c'est vrai ; dans le second : c'est beau.

La vérité brillant devant le regard de notre intelligence de toute la clarté désirable ne nous fera pas jouir de la beauté sans nous apparaître dans un sensible, dans un signe qui l'exprime naturellement et, l'on pourrait dire qui la fasse vivre (3).

---

(1) Pene jam quidquid loquimur, figura est. (QUINTILIEN : liv. IX, chap. III).

(2) On peut voir dans le *Symbolisme*, de Mgr Landriot, une longue nomenclature de mots qui ont deux sens, l'un spirituel et l'autre matériel.

(3) Potest aliquid esse plenissime verum, ita ut omne dubium prorsus excludat, nec tamen idcirco pulchri naturam induit. Et sane quid verius hoc principio : non potest idem esse simul et non esse? Et tamen nemo ipsum audiens exclamat : Quam pulchrum est? (LIBERATORE : *Metaph. gener.*, p. 305.)

Il y a des différences essentielles entre la vérité abstraite et la beauté, et, à cause de cela, elles n'agissent pas de la même manière sur notre âme.

La vérité abstraite suppose seulement une relation entre des idées qui se conviennent et nous en prenons possession par un jugement de notre esprit.

Le beau a une physionomie que contemple notre regard ou que du moins se représente notre imagination ; il réside dans une existence, c'est une qualité de l'être.

La vérité, quand je la comprends, est possédée par moi, elle est en moi (*apprehendere, comprehendere*). Sans doute elle a sa valeur objective, et d'autres la voient de la même manière que moi ; mais comprise par moi, elle ne semble faire qu'un avec moi. — Au contraire, quand le beau m'apparaît, il y a en dehors de moi un objet que voient les yeux de mon corps ou le regard de mon imagination : nous somme deux.

La vérité, les principes ne changent pas, ils ne sauraient avoir du plus ou du moins. Je puis ne pas voir la vérité, ou bien voir des vérités plus ou moins nombreuses enchaînées dans une démonstration plus ou moins savante, mais la vérité que je vois, je vois en même temps qu'elle a toujours été et qu'elle sera toujours la même. — Au contraire, la beauté peut avoir du plus ou du moins. Ainsi, dans le monde sensible il y a des objets d'une beauté incomplète et sur lesquels on peut porter des jugements divers ; et cependant nous voyons clairement qu'ils sont du domaine où se trouvent la beauté et la laideur. Si l'objet n'est pas beau, il pourrait le devenir par la transformation de ses propriétés accidentelles. Il n'en est pas ainsi de la vérité abstraite ; pour qu'elle nous fît jouir de la beauté, il ne suffirait pas de la compléter comme vérité, et qu'elle fût plus vraie, si cela était possible, mais il faudrait la faire entrer dans un ordre de choses tout différent.

La vérité abstraite, précisément parce qu'elle est immuable, ne peut agir sur ma sensibilité, elle ne peut exciter ma sympathie ou mon antipathie. — Au contraire, si un objet me fait jouir de la beauté, c'est qu'il m'apparaît dans telle et telle condition, avec telle qualité qu'il pourrait ne pas avoir, et c'est parce qu'il a ces qualités que je me sens porté vers lui par un mouvement sympathique et qu'il me plaît. Si, à la place de ces qualités il avait des défauts, il me déplairait et j'éprouverais de la répulsion (1).

Quelques auteurs, V. Cousin, M. Ch. Lévesque et d'autres, disent que la vérité peut, par elle-même, nous faire jouir du beau ; mais par les explications qu'ils donnent et par les exemples qu'ils présentent, ils détruisent leur assertion.

Ainsi V. Cousin nous dit que nous pouvons jouir du beau « à la pensée des vérités les plus abstraites puissamment enchaînées entre elles dans un système admirable à la fois par sa simplicité et sa fécondité (2) ». Mais, dans un autre endroit il dit : « En mathématiques, ce qui est beau, ce n'est pas un principe abstrait, c'est un principe traînant avec soi toute une longue chaîne de conséquences (3). » Or les conséquences dans lequelles V. Cousin voit la beauté ne nous apparaîtront que dans le monde des existences, et en entrant dans le monde des existences et des réalités nous entrons aussi dans le domaine du beau, nous le reconnaissons avec V. Cousin.

Les démonstrations mathématiques peuvent nous conduire à la contemplation et à la jouissance de la beauté, quand, à travers les démonstrations de la cosmographie, elles arrivent à nous expliquer les grandes lois de la nature. En effet, elles nous font comprendre alors les merveilles de la création dans lesquelles apparaissent la sagesse et la puissance de Dieu. Mais la démonstration n'est que le chemin à parcourir pour arriver à la contemplation et à la jouisance de ces merveilles, et c'est dans la nature elle-même et dans ses grands spectacles que la beauté réside.

De même encore, pour que la vérité abstraite nous donne le spectacle de la beauté, V. Cousin réclame « un système admirable à la fois par sa simplicité et sa *fécondité* ». Mais il est évident que la vérité pour être féconde doit passer, dans le monde réel. V. Cousin dit encore ailleurs : « Il n'y a pas de beauté sans la vie (4) ». Mais la

---

(1) « Qua in re adverte suavitatem, de qua loquimur, non esse confundendam cum generali illa et commune quiete, quam cognoscens experitur quoad objectum quod detegit et quæ certitudo nominatur. Hæc enim propria est cujuslibet cognitionis, sive versetur circa objectum cujus contemplatio placet, sive non. Sed pro suavitate de qua loquimur, intelligendus est peculiaris ille sensus voluptatis, qui excitatur in animo propter *peculiarem conditionem objecti* cujus contemplatio, in quantum contemplatio est, delectet. » (LIBERATORE : *Metaph. gener.*)

(2) *Du Vrai, du Beau*, p. 137.

(3) *Ibid.*, p. 16.

(4) *Ibid.*

vie et la fécondité ne se trouvent pas dans l'abstrait. Il faut en conclure que, s'il n'y a que la vérité, seraient-ce tous les théorèmes de géométrie présentés avec la plus parfaite clarté et enchaînés dans l'ordre le plus rigoureux, s'il n'y a que la vérité, nous ne jouirons pas de la beauté, nous n'aurons pas l'émotion esthétique.

Peut-être, dans ces « vérités enchaînées dans un système admirable », V. Cousin et d'autres voient un principe d'ordre et croient que ce principe suffit pour constituer le beau.

Nous reconnaîtrons bientôt que l'ordre est un élément du beau, mais, comme la vérité elle-même, pour constituer le beau, l'ordre doit nous apparaître dans les existences, dans un signe qui l'exprime et le fasse vivre.

M. C. Lévesque, distinguant entre les vérités qui ne sont que vraies et celles qui sont grandes et belles, range sans peine parmi les premières cette vérité mathématique, deux et deux font quatre, et de même la fixation d'une date trouvée après des recherches persistantes, vérité qui présente de l'intérêt, mais ne peut nous donner l'émotion esthétique. Puis il arrive à cette vérité proclamée par un génie puissant : « Tous les corps de la nature s'attirent mutuellement en raison directe des masses et en raison inverse du carré des distances », et il ajoute : « Ah ! pour le coup, je suis ému, j'admire. » — « J'admire aussi, dit-il, et je suis ému quand je lis ces paroles de Descartes : « Je doute, donc je pense, donc je suis une âme », et il conclut en disant : « Voilà des vérités qui sont plus vraies ; elles sont en outre éclatantes, grandes ; elles enferment mille autres vérités dans leurs vastes flancs. Les mots qui les expriment sont les signes brillants des lois où éclatent l'ordre du monde et la puissance qui l'a établi (1). » Nous reconnaissons avec M. C. Lévesque que le beau nous apparaît dans ces vérités, et, comme il le dit très bien, les paroles de Newton nous montrent les « lois où éclatent l'ordre du monde et la puissance qui l'a établi » ; elles nous expriment la grande loi de la gravitation universelle qui maintient les corps célestes dans le mouvement régulier qui leur a été imprimé. Assurément il y a là le beau au plus haut degré : c'est le sublime. Mais ce n'est plus la vérité abstraite.

De même, sans discuter la valeur du raisonnement que Descartes

_____

(1) *Science du beau*, 1re part., ch. IV.

a pris comme base de tout son système de philosophie, nous dirons volontiers que le philosophe, réfléchissant sur lui-même, sur la faculté qu'il a de penser, et produisant un système de philosophie nouveau qui aura le pouvoir de captiver des générations nombreuses, ce philosophe, tel que nous le voyons dans une statue qu'on lui a érigée sur une des places de Tours et qui le représente réfléchissant. sur cette pensée : *Cogito, ergo sum*, ce philosophe est beau pour nous. Mais il est évident aussi que nous ne sommes plus dans la vérité abstraite, mais dans le monde des réalités.

A ceux qui prennent comme point de départ la définition du beau attribuée à Platon : « Le beau est la splendeur du vrai », ou bien le vers de Boileau :

Rien n'est beau que le vrai, le vrai seul est aimable.

et en concluent que la vérité suffit pour constituer la beauté, nous dirons que le beau est inséparable du vrai, et nous le reconnaîtrons bientôt ; mais, si le beau est toujours vrai, le vrai n'est pas toujours beau. Nous croyons l'avoir démontré.

D'ailleurs nous raisonnons dans l'hypothèse du monde actuel. Dans la vie future nous verrons Dieu, non plus à travers des énigmes et des symboles, mais en lui-même. Nous verrons aussi en lui la vérité et la beauté. Sans doute le beau ne différera pas du vrai et du bien. Ces trois formes : le vrai, le bien et le beau, nous apparaîtront dans son être divin. Mais actuellement, dans notre monde, comme le dit saint Thomas, la beauté réside dans les essences substantielles des existences. Pour que nous jouissions de la beauté, il faut donc que nous voyions les essences réalisées dans les existences, dans la réalité. C'est donc avec l'Ange de l'Ecole que nous excluons la vérité abstraite du domaine de la beauté.

Nous n'avons pas craint de discuter longuement cette question. Jusqu'ici elle a été négligée à tort, et, de plus, avec la marche que nous suivons, nous devions mettre ce point dans tout son jour.

Nous avons donc circonscrit une première fois le domaine de la beauté et de la laideur, mais il reste encore assez vaste, puisqu'il comprend la création tout entière.

CHAPITRE III

**C'est par l'expression que les objets du monde sensible
produisent en nous l'émotion esthétique.**

ARTICLE I

LES FORMES DÉPOURVUES D'EXPRESSION SONT INSUFFISANTES POUR
NOUS DONNER L'ÉMOTION ESTHÉTIQUE : UNITÉ, VARIÉTÉ, PROPOR-
TION, HARMONIE, ORDRE.

Nous allons voir dans le prochain article ce qu'est l'expression,
comment les formes et les mouvements du corps de l'homme expriment la vie physique qui est en lui ; nous verrons aussi comment les
traits de son visage dans leur mobilité révèlent les sentiments qui
agitent son âme, et nous reconnaîtrons que dans toute la nature les
formes de presque tous les objets prennent à nos yeux une signification et nous tiennent un riche langage.

Mais nous considérons tout d'abord les formes matérielles des objets en elles-mêmes, indépendamment de toute expression, avec leurs
surfaces qui présentent des dimensions et des dispositions différentes, avec les couleurs dont elles sont nuancées, et nous nous demandons si ces formes et ces couleurs peuvent par elles-mêmes constituer la beauté.

Si les formes matérielles pouvaient constituer la beauté, ce serait
par des qualités de proportion, d'harmonie, d'unité, de variété, qui
satisferaient notre regard. Essayons d'abord de définir ces qualités,
envisagées à un point de vue complètement matériel.

La proportion est la dimension des parties les unes par rapport aux autres, ces différentes parties étant évaluées d'après une mesure prise en dehors de l'objet ou bien une des parties de l'objet étant prise en dehors comme unité de mesure. Ainsi, la tête, le nez ou le doigt peuvent être pris comme unité de mesure dans le corps de l'homme. Dans un objet bien proportionné toutes les parties auront les dimensions qu'elles doivent avoir.

L'harmonie est l'accord entre des sons, ou des couleurs, ou des lignes ou des formes.

L'unité est cette qualité par laquelle toutes les parties du même objet, tous les objets d'un même ensemble se laissent embrasser d'un seul coup d'œil ou du moins sont ordonnés d'après une même pensée.

La variété est une qualité par laquelle l'objet offre à notre œil ou à notre pensée des formes qui ne sont pas toutes les mêmes, qui ne sont pas la répétition les unes des autres.

Nous pouvons reconnaître que ces qualités non seulement accompagnent la beauté et lui font cortège, mais, dans certains objets, elles lui sont tellement inhérentes que des auteurs ont cru qu'elles étaient la raison même de la beauté ; d'après plusieurs, en effet, le beau est constitué par l'unité dans la variété.

Sans doute ces qualités de proportion, d'harmonie, d'unité, de variété, peuvent ne pas être entendues seulement dans un sens matériel et être appliquées au monde moral : ainsi l'on peut dire d'un acte bon, d'un acte de générosité et de dévouement, qu'il est bien proportionné, qu'il a de l'harmonie, de l'unité et de la variété ; mais pour apprécier ainsi ces actes avec précision et les qualifier comme ils le méritent, il faut les mettre en face de la loi du devoir et ne pas parler seulement d'unité et de variété, de proportion et d'harmonie. Or, actuellement, nous discutons la question en envisageant les formes à un point de vue complètement matériel et nous nous demandons si ces qualités ainsi comprises peuvent suffire à nous donner raison de la beauté. Nous disons que non, mais pour le constater nous allons les considérer dans un principe général qui en donne comme la synthèse.

Nous pouvions réduire ces qualités, la proportion, l'harmonie, l'unité, la variété, à un seul principe, à un principe d'ordre. En effet, si les différentes parties d'un objet, ou si les objets d'un ensemble sont bien proportionnés et sont à leur place, si tout est bien harmonisé, s'il y a de l'unité et de la variété, nous constatons que l'ordre existe.

Mais nous pouvons ajouter aussi qu'il n'y a pas d'ordre purement matériel, car l'ordre qui est établi sur des éléments matériels et règle leurs dispositions, répond à une conception qui a déterminé ces dimensions et ces dispositions, et, si l'on ne jugeait pas les différentes parties de l'objet, leurs dimensions et leur arrangement d'après une idée quelconque, on ne verrait que de la matière.

L'ordre est donc le fruit d'une conception ou bien il résulte de l'application d'une loi.

Or, nous le reconnaissons, l'ordre ainsi compris peut nous faire jouir du beau, et la beauté sera plus digne d'admiration à mesure que la conception aura plus de valeur, que la loi sera d'un ordre plus élevé et aussi à mesure que la réalisation de la conception ou l'application de la loi sera plus réussie. Mais il est facile de constater que dans ces conditions il ne s'agit plus seulement d'ordre matériel ; nous sommes en présence d'une loi, d'une pensée qui détermine cet ordre.

Si un propriétaire impose pour les meubles de son appartement des formes selon ses goûts particuliers avec un arrangement spécial, ce qui est de l'ordre à ses yeux peut n'être qu'une fantaisie ridicule ; nous n'avons rien à y voir.

Mais si l'ordre qui préside à la confection d'un objet, d'un monument exprime une loi générale dont tous reconnaissent la valeur, ainsi cette loi générale : les moyens doivent être bien choisis et bien disposés pour la fin voulue, les résultats pourront être dignes de notre admiration. Voici un navire qui est bien fait pour se soutenir sur les flots et les fendre sous l'impulsion du vent qui enfle ses voiles: ses justes proportions, ses formes parfaitement calculées dans toutes leurs parties, l'excellente disposition de sa mâture et de tous ses agrès, tout cet ensemble est à mes yeux la brillante manifestation de la grande loi que nous venons de formuler. Peut-être il fait surgir dans mon esprit les idées diverses du commerce, de l'industrie de l'homme affrontant les périls pour se créer des moyens d'existence ou pour des motifs plus généreux, et ces idées contribuent à exciter mon admiration ; mais rien que par ses formes, qui répondent parfaitement à sa destination, il est beau pour moi.

4

Il y a des lois nombreuses dont l'application produit l'ordre et qui n'ont pas été conçues par l'esprit humain, mais par l'intelligence divine : ainsi les lois d'après lesquelles tout les êtres ont été créés, les lois morales qui s'imposent à l'être intelligent et libre ; la réalisation de ces lois nous fait jouir du beau. L'homme qui agit conformément à la loi et en prenant les moyens convenables pour arriver à sa fin est dans l'ordre ; son individualité et ses actions peuvent nous faire jouir du beau. L'ordre de l'univers nous ravit d'admiration.

Mais, dans cette hypothèse et dans les exemples que nous venons de citer, il est évident que nous sortons de l'ordre matériel : nous arrivons à un ordre qui dépend de lois diverses, et pour juger si les êtres et les objets sont conformes à cet ordre basé sur des principes plus ou moins élevés, il faudrait reconnaître d'abord les lois d'après lesquelles ils doivent être conformés ou qui règlent leur conduite. Pour constater qu'un navire ou un monument est dans l'ordre, il faut considérer non seulement les formes elles-mêmes, mais les idées et les besoins qui ont déterminé ces formes. De même, pour juger la beauté morale dans l'homme, il faut considérer les lois qui règlent sa conduite.

Conclusion. — Donc nous pouvons conclure que, dans les objets qui sont beaux, il y a des qualités matérielles ; mais les qualités matérielles sont insuffisantes pour nous donner la raison de la beauté. Et, en effet, si tel regard nous touche et nous pénètre jusqu'au fond de l'âme, ce n'est pas parce que nous avons remarqué dans la forme des paupières la proportion, l'harmonie, l'unité, la variété ; si telle physionomie, en exprimant la grandeur d'âme, la générosité et le dévouement me ravit par sa beauté, si telle autre ne me révèle que le vice et m'afflige par sa laideur, ce n'est pas que j'ai mesuré les formes de ces visages comme des figures géométriques et que dans le premier j'ai trouvé des dimensions requises qui font défaut dans le second. Non, et il y a dans ces visages quelque chose de plus que des qualités ou des défauts matériels de forme.

Nous pourrions ajouter avec le fabuliste :

Qui vous dit qu'une forme est plus belle qu'une autre?

Des qualités matérielles ne pourraient nous expliquer que des beautés matérielles et nous conduiraient au matérialisme. Cette seule considération suffirait pour établir la valeur du système.

Victor Cousin, après avoir rappelé avec éloge la définition du beau donnée par le Père André, « l'unité dans la variété », et l'avoir adoptée (1), distingue trois sortes de beautés : la beauté physique, la beauté intellectuelle et la beauté morale, et il ajoute que ces trois sortes de beautés se résolvent, en dernière analyse, en une seule et même beauté : la beauté morale, en comprenant dans la beauté morale toute beauté spirituelle ; mais nous nous demandons comment l'unité et la variété pourront servir à contrôler et à mesurer la beauté morale.

Le même écrivain est mieux inspiré dans une des pages qui suivent, où il reconnaît une propriété identique dans tous les objets qui ont à ses yeux quelque beauté : l'expression. Et quand, parcourant les objets de la nature, il arrive « à quelque morceau de matière qui n'exprime rien », il déclare que « l'idée du beau ne s'y applique plus (2) ». Et il a raison.

Nous allons donc étudier l'expression, en constater les lois, et par elle nous expliquerons non seulement la beauté morale, mais tous les genres de beauté.

ARTICLE II

LES OBJETS NOUS DONNENT L'ÉMOTION ESTHÉTIQUE PAR L'EXPRESSION

§ I. *Ce qu'est l'expression qui peut nous donner l'émotion esthétique.*

I. — DE L'EXPRESSION EN GÉNÉRAL ; DIFFÉRENTES SORTES D'EXPRESSIONS.

L'expression est la révélation ou l'indication d'un invisible, d'une idée, d'un sentiment, par un sensible, par des formes, des mouvements, des mots, des sons ; elle suppose donc un rapport entre les

(1) « La plus vraisemblable théorie du beau est encore celle qui le compose de deux éléments contraires et également nécessaires : l'unité et la variété. » (*Du Vrai, du Beau, et du Bien*, leçon 7ᵉ.)
(2) Ouvr. cit., p. 167.

deux éléments : l'élément sensible et l'élément invisible, le premier nous révélant le second.

Voici un homme dont le regard est enflammé, qui gesticule avec véhémence et pousse des cris violents et saccadés : nous disons que son regard, ses gestes, ses cris expriment la colère.

Telle personne porte un anneau au doigt de la main gauche que l'on nomme l'annulaire : nous en concluons que cette personne est mariée.

Si le rapport entre le signe et la chose signifiée a été établi par la nature elle-même, comme dans l'expression de la colère, c'est l'expression naturelle.

Si le rapport résulte d'une convention, repose sur un usage, comme la signification de l'anneau pour le mariage, l'expression est conventionnelle. Peut-être quelqu'un dira que l'anneau est un signe naturel parce qu'il représente l'un des anneaux de la chaîne morale qui lie les époux. Oui, sans doute, on peut voir ce rapport, mais l'anneau ne dit pas par lui-même et par ses propres ressources d'expression que la personne qui le porte est mariée : une preuve, c'est que mis à tel autre doigt, il n'a plus la même signification.

Certains usages ont une signification tellement conventionnelle, que cette signification n'est pas la même dans les différents pays. En Chine, le cérémonial n'est pas le même qu'en Europe : celui qui fait une visite garde le chapeau sur la tête. Celui qui rencontre son ami ne lui donne pas la main, mais serre les poings, les rapproche, les élève jusqu'au front et s'incline profondément. En Europe, ces procédés nous sembleraient étranges. Nous trouvons que serrer la main d'un ami exprime bien la sympathie que l'on a pour lui, et le cérémonial chinois nous semble peu naturel. Peut-être les Chinois de leur côté, par le fait de l'habitude et des idées dans lesquelles ils vivent, trouvent-ils que leur cérémonial est très expressif. Concluons qu'il y a du convenu chez les uns et chez les autres.

Sans doute, même dans l'expression conventionnelle, il y a toujours quelque rapport entre le signe et la chose signifiée, sans cela on n'aurait pas choisi le signe pour exprimer la pensée. Mais malgré ce rapport, le signe n'aurait pas toute sa signification aux yeux de tous, si la convention ne complétait pas cette signification en se faisant connaître, en entrant dans le domaine des connaissances courantes.

L'instrument que l'on appelle sablier sert à marquer le temps qui s'est écoulé : c'est une horloge. Quand on veut lui faire symboliser le temps lui-même dans sa marche fugitive on le représente avec des ailes, les ailes avec lesquelles l'oiseau prend son vol et s'enfuit. Dans une certaine mesure le sablier est donc le symbole naturel du temps. Mais, si l'usage et la convention ne complétaient pas ses ressources d'expression, même avec les ailes qu'on lui donne, il n'aurait pas cette signification.

Au contraire, nous n'avons rien à prêter aux larmes pour qu'elles soient l'expression de la douleur et le poing fermé et montré avec le bras énergiquement raidi sera dans tous les pays l'expression naturelle de la colère et de la menace.

Il y a donc une expression naturelle et une expression conventionnelle.

Quelquefois l'expression ne sera pas lue de la même manière par différentes personnes, lesquelles se placent à différents points de vue.

Voici un chêne qui se dresse sur le sommet du coteau.

Un géomètre le mesure du regard, évalue sa hauteur, le développement de sa silhouette, il ne voit que ses formes matérielles, ses dimensions, et il ne lui prête aucune expression.

Arrive un industriel qui le mesure aussi, mais de plus il se demande à quel usage il serait bon, quelle quantité de bois il pourrait en retirer, combien il le pourrait payer pour réaliser ensuite un gain convenable. Cet industriel voit dans l'arbre quelque chose que n'y voyait pas le géomètre ; il se place au point de vue de l'utilité, mais, comme géomètre, il n'attribue à l'arbre aucune expression.

Survient un naturaliste qui considère le superbe développement de l'arbre, la belle disposition de ses branches, la fraîcheur de son feuillage, il voit qu'il est plein de vie, que c'est un beau sujet dans l'espèce. Ce naturaliste voit donc dans les formes extérieures du chêne quelque chose de plus que leur réalité visible et tangible ; ces formes expriment à ses yeux la vie qui s'est développée dans l'arbre et circule dans toutes ses branches, la vie végétative.

Passe un poète qui ne se borne pas à remarquer les belles proportions et les belles formes de cet arbre : il donne cours à son imagination. Considérant ce chêne, dont la vaste silhouette se découpe sur l'horizon, dont les racines se cramponnent au sol et dont les branches s'élèvent vers le ciel comme des bras puissants qui défient la tempête, il voit en lui le symbole d'une force qui n'est aucunement dans l'arbre lui-même, le symbole de la force morale.

Sans doute, cette expression de la force morale par la physionomie du chêne est moins précise que l'expression de la vie végétative par sa ramure et la richesse de son feuillage ; cependant elle est elle est naturelle et non pas le résultat d'une convention.

L'expression est quelquefois appelée symbolisme (de συμϐαλλείν, lier ensemble), mais il paraît plus exact de réserver le nom de symbole pour désigner les objets auxquels on fait signifier une qualité qui ne réside pas en eux et leur est attribuée par nous : ainsi le chêne est le symbole de la force morale ; mais dans l'abondance et dans l'éclat de son feuillage il y a l'expression et non le symbole de sa vie végétative.

De plus, pour nous, l'expression conventionnelle ne diffère pas du symbolisme conventionnel. Mais l'expression naturelle telle que nous l'entendons, est plus étendue que le symbolisme que l'on appelle aussi naturel ; ainsi les larmes sont l'expression de la douleur, mais elles n'en sont pas le symbole. Toutefois, nous emploierons à l'occasion le mot symbole, quand il sera suffisant pour exprimer notre pensée.

II. — Caractère de l'expression qui nous donne l'émotion esthétique.

Nous n'avançons que graduellement et nous prenons peu à peu possession de la vérité. Nous ne pouvons établir en même temps tous les points de notre théorie. Bientôt nous constaterons que les propriétés esthétiques et les propriétés expressives des objets sont identiques.

Mais nous ne pouvons dès maintenant aller jusque-là. Nous nous demandons seulement si les deux genres d'expression naturelle et conventionnelle sont aptes à nous donner l'émotion esthétique, car nous n'aurions point à étudier le genre d'expression qui ne produirait pas cet effet. Or il nous est facile de reconnaître que l'expression naturelle seule peut, par elle-même, nous faire jouir du beau ; l'expression conventionnelle ne peut y concourir que très indirectement.

Ainsi, une physionomie qui nous exprime la grandeur d'âme, le dévouement, captive notre admiration. Promenez-vous dans un musée de peinture et de sculpture, et toutes ces représentations qui s'animent devant votre regard, tous ces objets qui vous parlent, vous donnent des émotions qui sont bien du genre de celles que l'on éprouve devant les objets qui, de l'aveu de tous, ont de la beauté ou de la laideur. L'expression conventionnelle ne vous tient pas le même langage, elle n'a pas les mêmes ressources pour vous émouvoir. Ainsi, que l'artiste, pour représenter la mort, mette une faux aux mains d'un squelette ; que, pour représenter la justice, il mette dans l'une des mains de son personnage une balance et dans l'autre un glaive, ces différents attributs : la faux, la balance, le glaive, mis aux mains de ces différents personnages, seront comme une enseigne qui frappera aussitôt les yeux du spectateur et contribuera à fixer sa pensée : mais seuls ils n'auraient aucune valeur pour exprimer les personnifications de la mort, de la justice et de la loi, et ils seraient complètement insuffisants pour nous donner l'émotion esthétique.

Pour que l'expression nous fasse jouir de la beauté, il faut que l'invisible prenne dans le signe une forme, et, l'on pourrait dire *une physionomie qui le fasse vivre* et dont tous puissent comprendre la signification.

Remarquons que dans la musique les sons expriment directement et par eux-mêmes les sentiments les plus variés, et ils nous font jouir ainsi de la beauté.

Les signes alphabétiques, par eux-mêmes, dans leurs formes et dans l'usage que nous en faisons, sont des signes complètement conventionnels ; mais ils mettent les mots devant nos yeux et les mots eux-mêmes nous font jouir de la beauté en décrivant des objets, en exprimant des pensées et des sentiments dans lesquels elle réside.

Nous ne devons point discuter ici les questions qui ont rapport à l'art ; toutefois en voici une qui n'est pas sans intérêt et qui est ici à sa place.

Les arts ajoutent beaucoup à l'expression des objets, et certains objets, qui, dans la réalité, n'attireraient aucunement notre attention, transportés dans l'œuvre d'art et transformés par elle, nous intéresseront vivement : c'est qu'ils ont reçu une expression plus claire, plus précise.

Nous pouvons donc présumer que l'expression joue un grand rôle dans la beauté des objets, et, puisqu'elle a cette importance, il faut qu'elle soit bien connue de nous et qu'il ne nous reste aucune difficulté sur ce point capital.

Nous allons voir d'abord comment nous constatons la loi de l'expression, puis nous étudierons l'expression dans les différents objets de la nature.

§ II. *Comment nous constatons la loi de l'expression.*

Le premier type d'expression que nous connaissons, celui qui nous apprend à connaitre tous les autres, c'est nous-mêmes.

Voici d'abord comment, dans les formes extérieures de notre corps, nous voyons l'expression de la vie physique : par un sentiment qu'il est difficile de définir, mais dont chacun de nous a conscience, nous sentons en nous cette vie de notre corps qu'il faut bien appeler du nom de vie animale. De plus nous voyons qu'entre les phases, les accidents de cette vie qui circule dans nos membres et les différents aspects de notre corps, il y a des relations constantes et faciles à constater. Quand notre vie physique ne nous donne qu'un sentiment de bien-être, ne nous fait éprouver aucun malaise, la chair de notre corps est brillante et rosée, les mouvements de nos membres sont faciles et souples ; ils montrent bien la force qui les anime. Si notre corps est en souffrance, notre teint se décolore et se plombe, nos mouvements sont faibles et languissants. Les mêmes apparences extérieures se présentant toujours avec les mêmes situations de notre vie physique, nous en concluons qu'il y a une relation entre ces apparences et les situations qu'elles accompagnent.

De même, quand notre âme éprouve tel ou tel sentiment, l'amour ou la haine, l'attendrissement ou la colère, la joie ou la douleur, les traits de notre visage s'animent ou se contractent de telle ou telle manière, selon le sentiment que nous éprouvons ; si c'est de la tristesse, les extrémités de la ligne des lèvres s'abaissent ; quand c'est de la joie, elles s'élèvent, au contraire ; quand nous sommes portés vers quelqu'un par un sentiment de sympathie, nos gestes sont mesurés, moelleux et suivis ; si nous sommes transportés de colère, ils sont précipités, interrompus et saccadés. L'ardeur de l'affection peut les précipiter, mais d'une manière toute différente. La même

5. — Le Moulin a eau, par Ruysdael.

disposition des traits accompagnant toujours les mêmes sentiments, elle en devient à nos yeux l'expression.

Nous sommes portés à généraliser les lois de la nature. Cette loi que nous avons reconnue en nous, nous croyons à bon droit pouvoir la retrouver dans les autres hommes. Quand nous voyons dans leur physionomie, dans les formes de leur corps, dans leurs gestes, tel signe que nous avons remarqué en nous, nous concluons qu'il est en eux aussi l'indice de telle situation physique ou morale à laquelle il est toujours associé en nous. Voici un homme sur le visage duquel nous voyons couler des larmes, des sanglots entrecoupés s'échappent de sa poitrine ; quand ces symptômes ont paru en nous, nous éprouvions une profonde tristesse, nous supposons que celui dans lequel nous les remarquons est dans une situation semblable. Et c'est ainsi qu'après avoir découvert la loi de l'expression, nous arrivons à nous en servir, instinctivement sans doute, puisque nul ne la discute et que tous en font usage.

Ces lois de l'expression, nous les appliquons non seulement aux autres hommes, mais aux animaux, aux plantes, et même à la nature inanimée ; elle est de la plus haute importance dans le sujet qui nous occupe. Nous avons dit en quoi elle consiste, la base sur laquelle elle repose ; nous devons maintenant en étudier les applications.

L'expression est un langage ; il nous faut donc comprendre ce langage, nous familiariser avec ses ressources et ses lois. Nous devons apprendre à lire dans le grand livre de la nature, écrit par Dieu lui-même et dans lequel, dit Aristote, il n'y a point de mensonge.

§ III. *Étude des objets qui ont de l'expression.*

I. — L'HOMME, EXPRESSION DE SA VIE PHYSIQUE, DE SA VIE INTELLECTUELLE ET MORALE.

L'homme de la nature est le chef et le roi (1) ;

il se recommande tout d'abord et spécialement à notre étude.

D'abord, les apparences sensibles du corps de l'homme, la coloration de ses chairs, le mouvement de ses membres nous révèlent en lui la vie physique, la vie animale. Inutile d'insister sur cette

(1) BOILEAU : *Satire* VIII.

première révélation. Aussitôt que la vie a quitté un corps, il ne tarde pas à prendre un aspect qui nous dit que ce n'est plus qu'un cadavre inanimé.

De plus, la vie intellectuelle et morale de l'homme, la vie de son âme nous est révélée par sa physionomie et c'est de cette révélation qu'il est nécessaire de se bien rendre compte.

I. Mesure dans laquelle nous prétendons vraie la révélation de l'âme par le corps.

Nous prenons cette révélation dans la mesure où elle est admise par tout le monde et dans la mesure où elle est requise pour les arts.

1º Nous la prenons dans la mesure où elle est nécessaire pour les arts.

La grande valeur des arts plastiques, de la peinture et de la sculpture suppose cette révélation de l'âme, de la pensée, des sentiments par les traits de la physionomie, par le regard, par le geste, par les autres signes qui concourent à cette manifestation, et c'est surtout par cette révélation qu'ils nous captivent et qu'ils se rendent dignes de notre admiration.

En effet, si les formes réalisées par le peintre et le sculpteur n'avaient pas cette signification, elles auraient pour but unique de représenter la beauté du corps. Nul n'osera dire que la peinture et la sculpture n'ont rien de plus à nous donner et que nous n'avons rien de plus à leur demander. Sans doute il est des œuvres qui présentent à notre admiration surtout la beauté corporelle, mais même celles qui possèdent au plus haut degré ce genre de mérite ne sont pas muettes au point de vue de la pensée et du sentiment; quelques-unes ne brilleront pas de l'éclat de la beauté morale, mais toutes avec les corps nous montreront des âmes. Ecoutez Winkelmann devant l'*Apollon du Belvédère*. Sans doute il admire « son beau corps et la fière structure de ses membres », mais il est surtout ravi par les sentiments merveilleux qui brillent dans la physionomie du dieu et dans toute sa pose, et, comme le dit très bien V. Cousin citant ce passage, « son analyse devient un hymne à la beauté spirituelle (1). »

_____

(1) « L'Apollon du Vatican (gravure 7) nous offre ce dieu dans un mouvement d'indignation contre le serpent Python, qu'il vient de tuer à coups de flèches, et dans un sentiment de mépris sur une victoire si peu digne d'une divinité. Le savant artiste, qui

2. — La Cène, de Léonard de Vinci.

Et c'est ainsi que nous procédons nous-mêmes dans nos appréciations. Devant tous les tableaux et toutes les œuvres de sculpture qui
mettent l'homme en scène, nous ne considérons pas seulement les
formes matérielles, les corps, mais nous lisons les situations morales, les pensées, les sentiments exprimés. Allez au Louvre, et quel
que soit le tableau devant lequel vous vous placerez, pour l'apprécier, l'analyser et le décrire, vous indiquerez les sentiments et les
pensées que vous attribuerez tout naturellement aux personnages
qui sont représentés.

Considérez la gravure de la *Cène* de Léonard de Vinci, vous voyez
treize personnages dans des poses différentes. Est-ce qu'il n'y a là
pour vous que des formes matérielles, des têtes, des bras et des
mains? Non certainement. Vous attribuez un rôle particulier à celui
qui est au milieu et dont les yeux baissés et toute la physionomie
ont tant de douceur, de tristese et de calme ; de même ceux qui l'entourent et qui s'agitent, se parlent les uns aux autres, interrogent,
font des protestations, tous ces personnages évidemment sont animés de sentiments très divers. Un critique, Stendhal, a indiqué avec
précision les sentiments exprimés par chacun des douze apôtres.
Si vous ne le faites pas avec autant d'habileté, vous comprenez cependant ce que disent ces poses, ces gestes, ces airs de visage ; vous
leur attribuez assurément une signification.

Voici un tableau de Poussin : c'est *Eliézer et Rébecca*. Dans
l'analyse qu'en fait Charles Blanc, la description matérielle de la
composition et des personnages comprend à peine quelques lignes,
et aussitôt le critique note les sentiments que montrent les douze
jeunes filles qui entourent Rébecca. « Chacune a son tempéra-

---

se proposait de représenter le plus beau des dieux, a placé la colère dans le nez, qui en
est le signe selon les anciens et le dédain sur les lèvres. Il a exprimé la colère par le gon-
flement des narines, et le dédain par l'élévation de la lèvre inférieure, ce qui cause le
même mouvement dans le menton. Ce corps dont aucune veine n'interrompt les formes,
et qui n'est agité par aucun nerf, semble animé d'un esprit céleste qui circule comme
une douce vapeur dans tous les contours de cette admirable figure. Ce dieu vient de poursuivre Python, contre lequel il a tendu pour la première fois son arc redoutable ; dans
sa course rapide, il l'a atteint et vient de lui porter le coup mortel. Pénétré de la conviction de sa puissance, et comme abîmé dans une joie concentrée, son auguste regard pénètre au loin dans l'infini et s'étend bien au delà de sa victoire. Le dédain siège sur ses
lèvres ; l'indignation qu'il respire gonfle ses narines et monte jusqu'à ses sourcils ; mais
une paix inaltérable est peinte sur son front, et son œil est plein de douceur. » (*De l'Art
chez les Grecs*, t. I, liv. IV, ch. II.)

ment, sa passion. Rébecca jette un regard modeste et ravi sur les présents que lui offre Eliézer. L'honneur d'être distinguée ainsi parmi ses compagnes, l'embarrasse, la trouble et l'enchante ; autour d'elle s'agitent tous les sentiments que peut trahir un visage de femme : l'innocence, la curiosité, la coquetterie, la pudeur, le désir, l'indifférence, la jalousie, la tendresse, tous les secrets du cœur, toutes les variétés de l'amour (1). » Et le critique désigne chacune des figures auxquelles il attribue ces sentiments divers.

On pourrait multiplier à l'infini les citations de ce genre. Même devant un portrait on pourra discuter les qualités de métier, mais, en analysant les traits de la physionomie, on appréciera les qualités morales exprimées par les formes, par le front, par le regard, par la bouche, et, pour caractériser les formes, on parlera de l'âme encore plus que du corps.

Si parfois le peintre et le sculpteur se préoccupent surtout de représenter la beauté corporelle, ce n'est pas alors qu'ils produiront les œuvres qui nous intéresseront davantage, et s'ils tiennent à faire des corps sans âme nous ne les en félicitons pas.

Il serait superflu d'insister, nous tirerons seulement en notre faveur cette conclusion, que les formes ne pourraient avoir cette signification dans la peinture et la sculpture si elles ne l'avaient pas dans la nature.

2° Nous prenons cette révélation dans la mesure où elle est admise par tout le monde.

Chaque jour nous nous servons des révélations qui nous sont faites par la physionomie. Combien ne nous servent-elles pas pour connaître ceux avec lesquels nous sommes en relations. Si nous jugeons les hommes surtout d'après leur conduite et leurs discours, si les impressions que nous recevons de leur physionomie sont le plus souvent très vagues, cependant elles nous donnent les indications les plus précieuses.

Chaque physionomie sur laquelle s'arrête votre regard ne vous laisse-t-elle pas une impression différente ?

_____

(1) POUSSIN, *Histoire des Peintres*.

3. — Éliézer et Rébecca, d'après Poussin.

Quand un homme vient vers vous, ne le jugez-vous pas d'après sa pose, sa démarche, le timbre de sa voix, son langage (1)?

La sympathie ou l'antipathie naît souvent dans notre cœur dès le premier instant.

Ne dit-on pas chaque jour : Je lis dans ses yeux, il suffit de le voir, et l'on ne s'y trompe pas. — On voit bien, à ses traits que c'est une âme simple et sans détours. — Il a une physionomie franche. — Il a un regard dissimulé, il n'ose pas regarder en face. — Il y a de la noblesse dans sa pose.

Quel est le maître ou la maîtresse de maison qui prendra un domestique à son service sans avoir considéré d'abord sa physionomie et sans que cette vue ait influé sur son choix? Le maître qui se serait déterminé sans cette précaution ne serait-il pas impatient de voir par lui-même celui qu'il aurait accepté sur des recommandations?

Quand nous conversons, nos discours ne dépendent-ils pas de l'impression que nous lisons sur les traits de notre interlocuteur? Nous avions conçu tel raisonnement, préparé telle forme de langage, et nous jugeons plus sage, d'après l'expression de la physionomie de celui auquel nous nous adressons, de parler tout différemment. Nous reconnaissons de la même manière si nous devons nous taire ou parler, consoler ou reprendre, censurer ou donner des encouragements.

Il est vrai que souvent nous avons à peine conscience des impressions que nous recevons, nous raisonnons peu les jugements que nous portons, et c'est presque instinctivement que nous nous prononçons. Mais que faut-il conclure de là? Faut-il nier l'existence des révélations faites par la physionomie? Au contraire, nous devons en reconnaître d'autant plus volontiers l'évidence. Nous devons reconnaître que cette science, dont nous nous servons sans l'avoir étudiée, et comme instinctivement, repose sur une loi de la nature que Dieu lui-même a instituée, et dont il nous a révélé les secrets.

Il a fait le son pour l'oreille, et l'oreille pour le son. Il créa la lumière pour l'œil et l'œil pour la lumière. De même, en faisant paraître les dispositions intérieures, les facultés sous des formes exté-

_____

(1) Ex visu cognoscitur vir et ab occursu faciei cognoscitur sensatus. Amictus corporis et risus dentium et ingressus hominis enuntiant de illo. (*Eccli.*, XIX, 26, 27).

rieures infiniment variées, il a donné à l'homme un instinct, un sentiment propre à saisir l'invisible dans le visible ; et c'est d'après cet
instinct que nous nous prononçons et que nous ne songeons même pas
à discuter les jugements que nous portons.

Nous acquérons de l'expérience sans nous en douter. De même que
l'homme bien portant digère sans penser à son estomac, de même il
voit, il apprend, il combine ses expériences sans s'en apercevoir.
C'est ainsi qu'il sent, s'il doit approcher ou fuir ; ou plutôt il se sent
attiré ou repoussé. C'est ainsi que la plupart sont physionomistes
sans s'en douter et que tous se servent habituellement de cette
science.

Sans doute, il en est qui jugent avec plus d'habileté, qui ont un
tact plus développé, plus de finesse dans le coup d'œil, et qui ont,
pour nous servir d'un mot qui exprime bien ce genre d'observation,
un diagnostic plus parfait ; il en est d'autres qui se tromperont grossièrement dans leurs appréciations. Souvent, il est vrai, ceux qui
prononcent à tort des sentences sans appel et commettent des erreurs déplorables, sont ceux qui dénieront toute valeur aux révélations faites par la physionomie. Les gens portés à l'exagération ne
gardent de mesure en aucun point. Mais, en tout cas, ceux-là mêmes
qui se trompent, puisqu'ils se servent de ces révélations, peuvent
être invoqués par nous comme des autorités à l'appui de notre thèse,
puisque, par l'usage qu'ils en font, ils montrent qu'ils croient à ces
révélations.

Nous prenons donc les révélations faites par la physionomie dans
la mesure où elles sont reconnues et acceptées par tous, et nous n'a-
vons aucunement besoin de dépasser ces limites pour toute la suite
de notre théorie.

II. Eléments qui concourent à l'expression et révélations qu'ils
nous font.

Nous ne prenons point cette révélation en l'attribuant à quelques
traits en particulier, mais nous la prenons avec tous les signes qui
peuvent y contribuer.

Nous n'examinons point, à la manière de Lavater, si l'on peut
considérer tel trait, telle forme du visage, comme l'indice certain de
telle faculté, de telle qualité, de tel défaut. Encore moins songeons-
nous à déterminer avec Gall et Spurzheim, par la conformation du

crâne de chaque individu, la valeur de ses facultés, de ses tendances bonnes ou mauvaises. Nous n'avons point à déterminer les règles de la physiognomonie.

Nous voulons simplement préciser les notions qui sont vagues dans les esprits, en les groupant autour de quelques principes.

Nous croyons pouvoir énoncer cette loi générale : Dans l'homme, l'ensemble de sa physionomie, les traits de son visage, sa pose, ses gestes, sa démarche, sa voix, son langage, nous révèlent les dispositions et les facultés qu'il a reçues de la nature et les qualités qu'il a acquises par l'exercice de sa volonté. Les mêmes signes peuvent aussi nous dévoiler ses défauts.

Pour discuter cette loi, en entrant dans quelques détails, nous considérerons la physionomie dans les deux conditions très différentes des traits au repos et des traits mis en mouvement par les passions, et nous constaterons ces deux lois : 1º les traits de la physionomie, même immobiles, c'est-à-dire à l'état de repos, révèlent les facultés naturelles de l'âme et les qualités acquises ; 2º les traits mis en mouvement par les sentiments, par les passions, non seulement révéleront avec bien plus de clarté encore les facultés de l'âme, ses qualités ou ses défauts, mais ils nous diront aussi ses agitations transitoires aveec leurs nuances et leurs variations.

1º Révélations faites par les traits au repos.

Afin que les objections n'empêchent pas la lumière de se faire dans certains esprits, reconnaissons d'abord que parfois des aptitudes précieuses appartiendront à des personnes dont les traits n'ont rien d'agréable. L'intelligence la plus brillante, la volonté la plus énergique se manifesteront parfois à travers des formes disgracieuses, étranges peut-être. Tout le monde le sait, de grandes facultés intellectuelles peuvent être associées à un extérieur désagréable ; nous n'avons point à le nier, loin de là. Nous reconnaissons ces sortes d'anomalies. Dans un instant nous les réduirons à leur valeur ; et nous apprécierons ces physionomies au point de vue de la beauté.

De plus nous ne prétendons pas que toutes les physionomies ont une expression très marquée et dans laquelle il est facile de reconnaître telle ou telle aptitude, telle ou telle disposition. Il en est beaucoup dont la vue nous laisse froids et indifférents, mais aussi combien d'hommes sont sans élan pour la vertu, et ne sont d'ailleurs sollicités au vice par aucun entraînement violent ! caractères indécis qui flotteront sans cesse entre le bien et le mal ; de même bien des hommes ne sont pas dénués d'intelligence, mais n'ont cependant que des facultés très ordinaires. Les physionomies qui expriment ces caractères sont peu expressives, mais on peut dire aussi qu'elles ont peu à exprimer. On peut ajouter que le sort de la plupart des hommes est d'entrer dans cette innombrable catégorie qui présente des aptitudes ordinaires, des natures complexes, un mélange de bien et de mal. Les hommes complètement ineptes ou mauvais, de même que les génies ne sont que l'exception.

Nous ne devons donc pas demander à la physionomie des révélations qu'elle n'est point chargée de nous faire. Mais nous disons que les principales facultés, les aptitudes de l'âme, ses tendances bonnes ou mauvaises se révèlent par la physionomie.

Il est facile de reconnaître d'ailleurs que, en niant ces lois, on arriverait aux conclusions les plus étranges.

Il serait possible, alors que la figure de Bossuet n'eût exprimé aucune intelligence, que Newton eût ressemblé à un imbécile de naissance !

Celui dont le caractère est vif et impétueux pourrait ressembler à l'homme doux et qui ne s'émeut jamais.

Pourquoi aussi l'homme robuste ne ressemblerait-il pas à l'homme infirme ; celui qui est plein de santé à celui qui meurt de consomption ?

Ne craignons donc pas de dire que l'âme se manifeste à travers les traits de la physionomie, comme à travers un voile transparent, et laisse voir avec ses trésors cachés les dons qu'elle a reçus de Dieu, ses facultés, les ressources de son intelligence, l'énergie de sa volonté, la générosité de ses sentiments (1).

Ainsi que nous l'avons déjà dit, certaines physionomies semblent ne pas traduire l'âme qu'elles enveloppent. On croit rencontrer même parfois de véritables *anomalies*.

Telle physionomie par exemple, exprimant la bienveillance, ne recèle que la méchanceté ; mais les signes de la bienveillance n'en

---

(1) Ainsi que nous l'avons remarqué, nous ne pouvons entrer dans des détails à la manière de Lavater. — Pour connaître quelque chose de ces lois, on peut consulter la note renvoyée à la fin du volume et dans laquelle nous donnons des observations faites par les hommes les plus sérieux, ainsi saint Bonaventure. Pour notre théorie, nous avons simplement à constater les lois générales.

restent pas moins les mêmes. Des lois qui nous dirigent dans l'étude des révélations faites par la physionomie il faut dire, comme de toutes les autres lois, que l'exception confirme la règle.

De plus, qu'on le remarque bien, quand même parfois le masque serait menteur, l'expression garde toujours sa valeur au point de vue où nous nous plaçons. C'est l'enseigne que nous jugeons, et c'est d'après elle que nous établirons les lois du beau dans la nature et dans les arts.

2° Les traits mis en mouvement par les sentiments et les passions, non seulement nous révèlent avec plus de clarté les facultés de l'âme, ses qualités et ses défauts, mais nous révèlent aussi ses émotions, ses agitations, ses impressions passagères avec leurs nuances diverses.

C'est ainsi que nous reconnaissons qu'un homme est dans la joie ou dans la tristesse, qu'il éprouve du plaisir ou de la douleur, qu'il est saisi de crainte ou d'horreur, qu'il est transporté de haine ou de colère ; et, par le jeu de la physionomie, nous saisissons non seulement ce qu'il y a de violent dans ses mouvements, mais les nuances délicates qui les modifient.

La face de l'homme est pourvue de tous les organes au moyen desquels l'âme se met en communication avec tout le monde sensible, avec toute la nature ; mais de plus elle a tout ce qu'il faut pour faire des révélations : elle a les yeux, la bouche, le teint qui se colore ou qui se plombe, des muscles nombreux qui font mouvoir les parties molles, et, en combinant leur action de mille façons diverses, donnent à la physionomie cette variété d'expression qu'on lui connaît. Chaque passion, chaque pensée, chaque sentiment agit d'une façon particulière sur ces différents ressorts ; chaque état de l'âme fait vibrer une des cordes de cet instrument docile. La face est comme spiritualisée par la pensée ; aussi chez tous les peuples elle est découverte, c'est le livre du cœur ouvert à quiconque sait y lire.

« Lorsque l'âme est tranquille, dit Buffon, toutes les parties du visage sont dans un état de repos; leur proportion, leur union, leur ensemble marquent encore assez la douce harmonie des pensées et répondent au calme de l'intérieur ; mais, lorsque l'âme est agitée, la face humaine devient un tableau vivant où les passions sont rendues avec autant de délicatesse que d'énergie, où chaque mouvement de l'âme est exprimé par un trait, chaque action par un carac-

tère dont l'impression vive et prompte devance la volonté, nous décèle et rend au dehors, par des signes pathétiques, les images de nos
secrètes agitations.

« C'est surtout dans les yeux que se peignent nos sentiments et
qu'on peut les reconnaître. L'œil appartient à l'âme plus que tout
autre organe, il semble y toucher et participer à tous ses mouvements ; il en exprime les passions les plus vives et les émotions les
plus tumultueuses, comme les mouvements les plus doux et les sentiments les plus délicats ; il les rend dans toute leur force, dans toute
leur pureté, tels qu'ils viennent de naître ; il les transmet par des
traits rapides, qui portent dans une autre âme le feu, l'action, l'i-
mage de ceux dont ils partent. L'œil reçoit et réfléchit en même
temps la lumière de la pensée et la chaleur du sentiment. C'est le
sens de l'esprit et la langue de l'intelligence (1). »

Les larmes n'ont-elles donc pas leur signification? Il en est qui
pénètrent les cieux ; il en est d'autres qui provoquent l'indignation
et le mépris.

Celui-là n'avait pas raison qui se plaignait autrefois de ce que la
nature n'avait pas mis au-devant du cœur de l'homme une fenêtre
par laquelle on pût voir ses sentiments et ses desseins. Elle a, pour
ainsi dire, répandu l'âme tout entière au dehors, et nous pouvons
lire toutes ses émotions, toutes ses agitations sur les traits du visage.

Telle est la relation établie par Dieu entre le corps et l'âme, que
souvent celui qui tient le plus à dissimuler ses pensées ne peut les
recouvrir d'un voile assez épais pour qu'elles ne se manifestent pas
au dehors par l'expression rapide peut-être, mais non douteuse de
son visage. La vérité qu'il voulait fausser par ses paroles est recti-
fiée malgré lui par le miroir fidèle que Dieu lui a imposé et qu'il ne
peut détruire.

« L'acte le plus grand et le plus inconcevable de la nature est
d'avoir su tellement modeler une masse de matière brute, qu'on y
voit l'empreinte de la vie, de la pensée, du sentiment et d'un caractère moral. Si nous ne sommes pas saisis d'admiration et d'étonne-
ment à la vue de l'homme, c'est uniquement l'effet de l'habitude
qui nous familiarise avec les choses les plus merveilleuses. De là
vient que la figure humaine et même le visage n'excitent point l'at-

(1) BUFFON, t. II, p. 101.

tention du vulgaire. Mais pour celui qui s'élève au-dessus du préjugé de la coutume et qui sait envisager les objets attentivement et avec réflexion, chaque physionomie est un objet remarquable. N'est-il pas merveilleux que tout homme qui a de la sensibilité et un peu l'esprit d'observation puisse lire dans la physionomie et le maintien d'un homme ce qui au moment actuel se passe dans son intérieur? Nous disons souvent, avec la plus grande persuasion, qu'un homme est gai ou triste, qu'il est pensif, inquiet, chagrin, etc., et nous serions fort surpris qu'on s'avisât de nous contredire là-dessus. Il est donc certain que nous pouvons démêler dans la figure d'un homme et surtout dans son visage quelque chose de ce qui se passe dans son âme. Nous voyons l'âme dans le corps. Aussi nous pouvons dire : « Le corps est l'image de l'âme, ou l'âme elle-même rendue visible (1). »

La difficulté serait de préciser et de dire quel trait de la physionomie et quel mouvement révèle telle disposition, tel sentiment. « La ligne qui sépare dans la nature l'assez du trop, dit Winckelman, est presque imperceptible. » Comment marquer l'aurore ou le déclin du désir? Comment définir la courbe de cette paupière qui me montre l'attendrissement, la pitié envers la misère du pauvre? Comment caractériser la prunelle de cet œil d'où jaillit la flamme du génie?

Mais si nous ne pouvons préciser ces caractères, les révélations n'en existent pas moins, et à mesure que l'œil est plus exercé, il les comprend mieux.

Nous ne résistons pas au désir de citer encore la belle page suivante, bien qu'elle parle non seulement de l'expression, mais de la manière dont elle doit être reproduite par la peinture et la sculpture :

« Si on savait bien lire sur la physionomie, on y lirait tout ce qui se passe dans l'âme : tel dissimule, on y lirait la dissimulation ; tel est indécis, on y lirait l'indécision. Est-ce à dire que vous verriez l'homme tout entier? Nous ne le prétendons pas. Lors même que vous pénétreriez au plus profond de son âme, vous ne le connaîtriez pas parfaitement : il ne se connaît pas lui-même. Vous verriez la pensée du moment, l'impression qui passe, l'acte fugitif, toutes cho-

(1) SULZER, *Théorie générale des Beaux-Arts.*

ses qui ont leurs reflets, la plupart inaperçus, sur la physionomie. Tenons-nous-en à ce qu'on peut communément apprendre : pour qui sait observer la moisson sera riche encore, si riche qu'entreprendre d'en faire l'anlyse en gros seulement serait se bercer d'une chimère. Rien de plus varié, de plus délicat, souvent de plus rapide que le jeu d'une physionomie. Elle vous a transmis une impression : voulez-vous vous rendre compte de ce mouvement presque insensible du front, de l'œil, de la bouche? Impossible. Et cependant c'est un des privilèges de l'art, l'un des titres de sa dignité, que de pouvoir fixer sur une matière inanimée ce signe insaisissable de la vie, de la pensée, d'une affection. Vous avez vu vous avez senti, vous avez compris ; vous prenez un pinceau, vous tracez des lignes, vous distribuez des ombres et des couleurs, et en présence de votre œuvre, pendant des siècles il se trouvera des hommes qui verront, qui sentiront, qui comprendront comme vous l'avez fait... Et comment cette œuvre morte a-t-elle atteint l'efficacité de la vie? Quels sont donc ces contours, cet empâtement si habile? Quelle est cette inclinaison feinte du sourcil et des lèvres capable de parler à ce point? Le compas à la main, grâce à l'immobilité du bois ou de la toile, vous pourrez, ce qui vous eût été impossible sur la nature vivante, nous dire jusqu'où s'étend cette teinte, où fléchit tel muscle, où il se relève ; mais ce sera pour nous faire mieux sentir la disproportion entre ce moyen ainsi calculé et le résultat obtenu. Nous n'avons pas besoin de demander à quoi on aboutirait en faisant de l'expression avec de telles mesures et de semblables calculs. Les dessins de Lebrun peuvent certainement être utiles comme des jalons qui indiquent une direction générale (1). Eût-on réussi à produire d'abord un certain effet, en s'en servant à la matière d'un écolier qui cherche dans son dictionnaire le tour et le mot propres à la phrase, on paraîtrait bientôt d'autant plus froid que l'on se serait servi de sourcils plus froncés, de bouches plus ouvertes, que l'on aurait en un mot tenté de mettre plus de vigueur factice dans l'expression.

« Que l'on essaie de copier à froid, après les avoir disséquées et réduites à des lignes analytiques, les expressions si douces et pour-

_____

(1) Dans ces dessins, Lebrun montrait le mouvement imprimé aux traits du visage par les principaux sentiments : la tristesse, la joie, la colère ; dans la joie, les lignes de la bouche et des yeux remontent vers leurs extrémités ; dans la tristesse, les mêmes lignes s'abaissent.

tant si pénétrantes du Beato Angelico : l'effet sera d'une insignifiance absolue.

« Evidemment, pour exercer un entraînement sympathique, il faut d'autres procédés.

« Admirable mystère de la communication des âmes ! on sent, on veut faire sentir, et l'on fait sentir. Le savoir-faire de la main, la finesse du coup d'œil y sont sans doute pour beaucoup : l'artiste ne peut s'en passer, ils ne pourraient surtout lui suffire. Tout repose sur un trait, sur une simple indication. Mais de même que, sentant ce que l'on veut faire sentir, comprenant ce que l'on veut faire comprendre, on subira soi-même, sans y penser, dans les muscles si sensibles du front, des joues ou des lèvres, les délicates impressions qui correspodent précisément aux passions et aux affections qui sont en action, de même la main, si elle est assez expérimentée, comme instrument d'exécution, obéit aux impulsions de l'âme : elle met dans ce trait, dans cette indication, justement ce qu'il faut pour faire sentir, comme vous sentez vous-même, toutes les âmes qui résonneront à l'unisson de la vôtre. Une vie se transporte dans une vie. Et nos bons anges ne se mettent-ils pas de la partie? Pourquoi ne le penserions-nous pas quand il s'agit de sentiments nobles, généreux d'affections pures? Lorsque le peintre, au contraire, se laisse dominer au-dedans par des pensées criminelles, de vaines fantaisies, des images impures, il est difficile que les expressions sorties de son pinceau ne servent pas à l'ennemi de tout bien pour propager de semblables souillures.

« Imprégnez-vous vivement, profondément, des pensées, des sentiments que vous voulez exprimer : c'est prendre le grand, l'essentiel moyen de les exprimer (1). »

Nous avons dit que dans l'homme, tous les détails de la physionomie contribuent à l'expression. Il est, en effet, dans les détails accessoires de la physionomie, des indices très significatifs et qui contribuent à compléter l'impression que nous recevons ; ainsi le son de la voix, la démarche, la pose, le geste, et même la manière d'ajuster ses habits.

---

(1) Le comte de GRIMOUARD DE SAINT-LAURENT, *Guide de l'Art chrétien*, t. I, p. 250 et suiv.

Le son de la voix, sa douceur ou sa rudesse, sa faiblesse et son étendue, ses inflexions, la volubilité ou l'embarras de la langue, tout cela est très caractéristique. Il y a un certain ton qui décèle le manque d'idées et que l'on perdrait en apprenant à penser. « C'est le cœur qui est l'âme de la voix ; il est presque impossible qu'un ton déguisé puisse échapper à une oreille délicate. Quand mon oreille est frappée de ce ton simple et naturel qui n'appartient qu'à la plus exacte probité, quand j'entends ce langage de l'honnêteté qui n'est altéré par aucun mélange d'intérêt, si rare, hélas ! dans le commerce de la vie, mon cœur tressaille de joie (1). »

Rien de plus significatif surtout que les gestes qui accompagnent les paroles et la démarche. Naturel ou affecté, rapide ou lent, passionné ou froid, uniforme ou varié, grave ou badin, aisé ou forcé, dégagé ou raide, noble ou bas, fier ou humble, hardi ou timide, décent ou ridicule, agréable, imposant, menaçant, le geste est différencié de mille manières ; et dans chacune de ces variétés si nombreuses, il a une signification particulière (2).

---

(1) LAVATER, t. II, p. 212.

(2) « Avec la main, dit Montaigne, nous requérons, nous promettons, appelons, congédions, menaçons, prions, supplions, nions, refusons, interrogeons, admirons, nombrons, confessons, repentons, craignons, vergoignons, doublons, instruisons, commandons, imitons, encourageons, jurons, témoignons, accusons, condamnons, absolvons, injurions, méprisons, défions, dépitons, flattons, applaudissons, bénissons, humilions, mocquons, réconcilions, recommandons, exaltons, festoyons, réjouissons, complaignons, attristons, déconfortons, désespérons, estonnons, escrions, taisons, et quoy non ? d'une variation et multiplication à l'envy de la langue. » (*Essais*, liv II, chap. xii)

Nous mettons encore volontiers sous les yeux du lecteur les observations suivantes de M. de Grimoüard de Saint-Laurent ; elles sont ingénieuses et vraies :

« La main appuyée sur le front indique le travail de l'intelligence, une méditation dirigée avec certain effort vers un objet cherché : effort léger et facile si la main ne fait que toucher doucement le front, effort d'autant plus laborieux, d'autant plus opiniâtre qu'elle s'y imprime plus profondément.

« Possède-t-on mieux l'objet de ses investigations, s'agit-il plutôt de l'examiner que de le découvrir ? la main descend facilement sous le menton et la tête s'y appuie à son tour dans un sentiment de repos.

« La main se relève-t-elle en s'avançant vers la bouche, un doigt surtout s'en détache-t-il pour envelopper celle-ci en se courbant ? c'est que l'esprit s'est remis à chercher, mais non plus seulement en s'attachant à des questions purement spéculatives ; il a une résolution à prendre ; si la main se ferme mollement dans cette position, il y met de l'indécision ; s'y fixe-t-elle, s'y enfonce-t-elle avec fermeté, comme dans le *Pensiero* de Michel-Ange, vous avez devant vous, soyez-en sûr, un homme qui a beaucoup de choses à considérer, qui voit beaucoup, et qui cependant ne voit pas tout ce qu'il lui faudrait savoir pour prendre un parti. Il ne se résout pas, mais il n'est pas irrésolu : il pense. Ce n'est plus l'étude du savant, c'est la méditation du politique.

« La méditation faite avec un sentiment d'amour entraîne la main du côté de la joue, soit que la tête se relève comme pour posséder un objet de complaisance, soit que cet

Nos moindres actes extérieurs prennent pour l'œil attentif une signification. « Le sage, dit Sterne, prend son chapeau où il l'a laissé, tout autrement que le sot. »

L'harmonie qui existe entre la démarche, la voix et le geste ne se dément jamais.

On reconnaît dès le premier coup d'œil à son ajustement, l'homme simple et l'homme qui veut plaire ; celui qui a bon goût et celui qui a mauvais goût. Le sage est aussi simple que propre dans son extérieur ; il s'habille selon son rang et ne se pare pas ; il ne suit pas la mode avec ostentation, mais il évite de la choquer (1).

Quelquefois, celui que nous avons devant les yeux n'est recouvert que de misérables lambeaux ; notre regard est affligé, et cependant

---

objet étant éloigné, elle se penche par un mouvement de tristesse et de mélancolie : la main alors tend à se rapprocher des yeux ; elle les atteint dans la douleur et les recouvre dans la douleur profonde.

« Toutes les fois qu'elle se soulève dans une attitude voisine de chacune de ces positions, elle témoigne d'une solution correspondante : elle s'est détachée du front, c'est qu'on a trouvé ; du menton, c'est qu'on a conclu ; de la bouche, de la joue, c'est qu'on a résolu et tiré une conséquence pratique des pensées et des sentiments auxquels l'âme était livrée ; mais si alors la main, au lieu de s'élever et de se soutenir, se laisse retomber, vous avez la preuve du contraire : on renonce à une recherche infructueuse, on se sent impuissant à conclure, à résoudre, à diriger, à maîtriser des impressions ou trop fortes ou tirant trop à la langueur.

« Si la main pèse sur le sommet de la tête, c'est que l'esprit tout au moins est aux prises avec une lourde difficulté ; et lorsque les deux mains s'y appesantissent à la fois, c'est le geste du désespoir. Orcagna, Fra Angelico, Michel-Ange, dans leurs *Jugements derniers*, n'en ont pas trouvé de plus expressifs pour rendre celui des damnés.

« Une seule main levée en s'allongeant constitue la forme à la fois naturelle et légale du serment. Veut-on diriger sa pensée vers le ciel, non plus pour invoquer son témoignage, mais dans un but d'enseignement, la main se ferme en plus grande partie et un doigt seul reste entièrement levé, — geste qui a toujours pour objet une action à exercer sur les autres, démonstrations ou injonctions diverses, selon la hauteur, la direction, la tension de la main et l'allongement du bras. C'est ainsi que le doigt, rapproché de la bouche, invitera au silence ou enjoindra avec autorité de le garder.

« De même que, rapprochée de la tête, la main indique les opérations de l'esprit, rapprochée de la poitrine, elle s'applique aux dispositions de la volonté, aux mouvements des affections. On pose la main sur son cœur afin de protester qu'il bat pour le bien. Est-ce une protestation d'amour, une protestation de courage ? l'autre main le dira. Se joint-elle à la première, il n'y a pas d'équivoque, c'est l'affection qui proteste : et tout mouvement qu'elle fait pour s'en rapprocher implique le même sentiment à des degrés divers. Sous l'impression du courage, la main gauche retombe à demi-fermée par la tension des muscles qui se préparent à l'action.

« La protestation est-elle plus vive, dans l'un ou l'autre cas la main se ferme à moitié sur le cœur comme si on voulait le saisir pour le donner. » (*Guide de l'Art chrétien*, t. II, p. 246 et suivantes.)

(1) « Il y a autant de différence entre la femme de goût et la femme à la mode qu'entre une rose parée de la rosée du matin ou celle qui est détrempée par la pluie : c'est une question de mesure. » (STERNE.)

notre âme se réjouit, parce que dans cette mise nous reconnaissons une propreté et un soin qui sont l'indice d'habitudes d'ordre, de décence et de vertu. Souvent aussi, sous le factice éclat du luxe, nous reconnaissons une âme indigente. Et c'est le vêtement, quelque chose du vêtement, qui nous fait ces révélations.

Tout ce qui entoure l'homme agit sur lui, et il agit sur tout ce qui l'entoure. C'est la nature qui nous forme : mais nous transformons aussi son ouvrage, et cette métamorphose même nous devient naturelle. Placé dans ce vaste univers, l'homme s'y ménage un petit monde à part qu'il fortifie et arrange à sa manière, et dans lequel on retrouve son image.

Le style c'est l'homme, et l'homme met son style dans tout ce qu'il façonne ou modifie (1).

3° Troisième loi qui est la conséquence des deux premières.

Les lois que nous avons formulées supposent ce fait que l'âme agit sur le corps et le transforme. En effet, si l'âme ne transformait pas le corps à mesure qu'elle se transforme elle-même, à mesure qu'elle acquiert des qualités ou qu'elle contracte des défauts, bientôt elle ne serait plus exprimée par la physionomie : il y aurait désaccord entre l'âme et les traits qui doivent la traduire.

Du reste, ce fait, lui aussi, nous semble incontestable, et il nous est prouvé par l'expérience. Ne voit-on pas trop souvent le vice imprimer ses honteux stigmates sur des physionomies qui n'auraient dû exprimer que la vertu? Ne voit-on pas aussi des physionomies très communes, désagréables, se transformer peu à peu, s'ennoblir, et exprimer enfin la probité, l'honneur, la vertu? Assurément, ces métamorphoses ne sont pas seulement des transformations organiques, mais elles sont le résultat d'un travail intérieur.

Le cœur de l'homme change son visage, soit en bien, soit en mal.

On comprend facilement comment l'âme façonne ainsi sa demeure. Dans la colère, par exemple, le front se plisse, les lèvres se contractent, les paupières se roidissent, tous les muscles se gonflent. Comment ces phénomènes, s'ils se produisent souvent, ne laisseraient-ils pas leur empreinte? Comment l'expression de la colère

---

(1) On dit peut-être avec raison, que l'écriture elle-même peut faire des révélations très intéressantes, mais elle ne donne pas directement la manifestation sensible de l'âme par des signes naturels et pour cela elle ne peut pas servir par elle-même à l'expression de la beauté.

4. — Apollon du Belvédère.

ne s'imprimerait-elle pas peu à peu dans la physionomie de celui qui se livre fréquemment aux accès de cette passion? Il en est ainsi de tous les autres mouvements de l'âme qui se renouvellent, de ces émotions et de ces sentiments qui deviennent l'état habituel de l'individu et finissent par constituer son caractère. A mesure que l'âme prend ses habitudes, fixe les allures qui déterminent sa valeur, elle façonne son enveloppe ; les traits de la figure se modèlent sous son action incessante.

Chaque année, il se fait en nous un nœud comme dans les arbres ; quelque branche d'intelligence se développe ou se couronne et se durcit. De même notre physionomie prend un accent qui est en rapport avec les transformations de notre âme.

« L'esprit est l'ouvrier de sa demeure, dit Michelet ; voyez comme il travaille la figure humaine dans laquelle il est enfermé, comme il imprime la physionomie, comme il en forme et déforme les traits. Il creuse l'œil de méditations, d'expérience et de douleurs ; il laboure le front de rides et de pensées ; les os mêmes la puissante charpente du corps, il la plie et la courbe au mouvement de la vie intérieure (1). »

Un dessinateur, Berthall, a montré dans une double série de portraits la physionomie se développant de deux manières complètement différentes (2). C'est d'abord l'enfant, avec les dons qu'il a reçus de la nature, et dont on peut dire : que sera-t-il? Dans une première série, on voit cet enfant grandir, se développer et nous apparaître avec des transformations et des traits qui sont à son avantage. On le voit à l'âge de l'écolier : sa tenue annonce un bon élève, enfant qui se respecte et fait concevoir déjà des espérances. Ensuite c'est le jeune homme, puis le père de famille, dans lequel on reconnaît l'homme honnête et préoccupé de l'accomplissement de ses devoirs. Enfin, c'est le vieillard : son front est dénudé, mais toute sa physionomie semble rayonner de l'éclat d'une vie consacrée tout entière à la probité et à la vertu.

Au-dessous, vous voyez la même physionomie se développer dans un sens très différent. C'est d'abord l'écolier négligent et malpropre, ensuite le jeune homme débraillé, puis l'homme qui fréquente

(1) *Histoire de France.*
(2) *Magasin Pittoresque.* t. XV, p. 360.

assidûment l'estaminet et ne fait aucun cas des joies honnêtes du foyer domestique ; enfin, c'est le vieillard, dont la physionomie n'exprime qu'une vie usée dans la débauche et n'inspire que le dégoût et le mépris. Et dans ces deux séries de portraits, qui aboutissent à des physionomies si différentes, on reconnaît bien les transformations du même personnage ; ces transformations se suivent et s'enchaînent, seulement dès l'âge de l'adolescence, elles prennent un caractère très différent.

C'est ainsi que l'homme se modifie tout entier, et sa physionomie exprime le travail de son âme.

Nous n'apprécions point encore la valeur de l'invisible qui nous est révélé, ni des formes sensibles qui sont comme le support de cet invisible ; et nous rappellerons en finissant cette observation que nous avons déjà faite : l'âme nous est révélée par la physionomie, mais il peut arriver que des formes extérieures disgracieuses nous révèlent une âme digne de toutes nos sympathies.

Nous avons dit que la voix de l'homme, son langage, prêtent à sa physionomie leur concours pour révéler son âme.

Mais la voix et le langage nous font eux-mêmes des révélations spéciales dignes de fixer notre attention.

1° La voix humaine, surtout si elle développe ses modulations dans un chant, révèle les sentiments de l'âme avec une merveilleuse puissance. Cette révélation, il est vrai, est vague et indécise ; elle n'exprime que les principaux sentiments, et si la voix n'emploie que ses ressources pour les exprimer, elle ne dira jamais par quelle cause ces sentiments ont été excités. En exprimant la joie, la tristesse, la colère, l'amour, la haine, l'effroi, elle ne dira pas pourquoi l'âme éprouve ces différentes émotions. En d'autres termes, on peut dire que la voix exprime le sentiment, mais que, par elle-même, elle ne peut exprimer l'idée. Cependant, malgré les limites dans lesquelles sa puissance est circonscrite, malgré ce vague et cette indécision, la voix humaine nous communiquera les impressions les plus vives et les plus variées.

2° Le langage, et nous comprenons ici le langage parlé ou écrit, nous traduit tout ce que les autres signes peuvent nous représenter. De plus, il peut analyser, discuter, reproduire une série d'événements. Il nous révèle la pensée, l'idée, toutes les nuances des sentiments et des situations de l'âme ; il nous transmet la vérité qui est

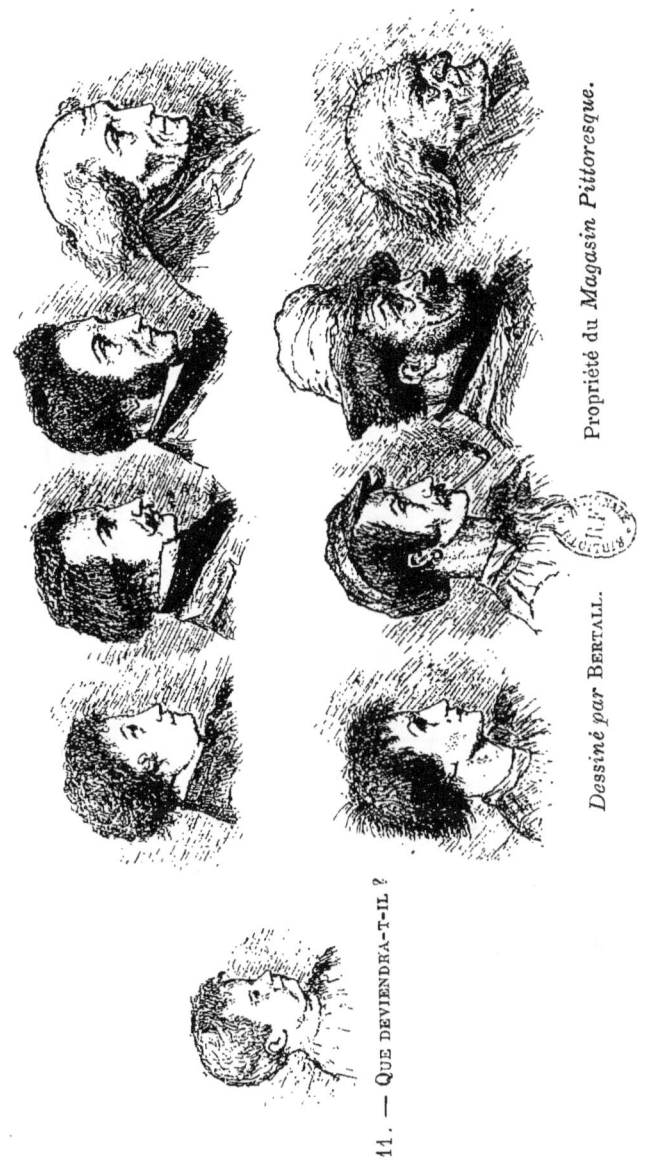

Propriété du *Magasin Pittoresque.*

Dessiné par BERTALL.

11. — QUE DEVIENDRA-T-IL ?

la vie de notre intelligence ; il est à la fois le signe le plus précis et le voile le plus transparent du monde invisible.

Dans l'homme, les formes sensibles nous ont révélé la vie physique, intellectuelle et morale ; interrogeons les autres êtres qui font partie du règne animal.

II. — DE L'EXPRESSION DANS LES ANIMAUX.

Pour bien comprendre l'expression que nous voyons dans les animaux, nous devons distinguer ce qu'il y a en eux et ce que nous leur attribuons.

I. — Ce qu'il y a dans les animaux.

1º Il y a l'expression de la vie physique qui nous est révélée par leurs formes et leurs mouvements.

Cette vie est pleine, abondante, active dans un grand nombre. Nous la voyons décroître à mesure que nous descendons vers des espèces qui semblent se rapprocher davantage du règne végétal. Ainsi la vie est déjà plus faible dans certains coquillages ; puis, dans les zoophytes ou animaux-plantes, comme les oursins, les étoiles de mer, les éponges, elle conserve à peine les caractères de la sensibilité.

2º Leurs formes et leurs mouvements révèlent une vie qui, de prime abord, semble être un diminutif de la vie intellectuelle et morale de l'homme, mais en diffère essentiellement.

Les animaux n'ont pas le libre arbitre, et par là même la responsabilité de leurs actes. Il est indispensable que cette vérité soit bien établie, afin que nous reconnaissions ce qui leur appartient et ce que nous leur prêtons, et qu'ainsi plus tard nous puissions distinguer les différentes sources d'où provient leur beauté.

Ils n'ont point le libre arbitre. Voici d'abord les faits tels qu'ils nous apparaissent (1).

Les animaux, surtout quelques-uns, semblent doués d'intelligence. Ils évitent des périls, se défendent, attaquent avec une merveilleuse industrie. Non seulement ils se servent de ruses, mais ils prévien-

_____

(1) Nous empruntons plusieurs des considérations suivantes au *Traité de la Connaissance de Dieu et de soi-même* de Bossuet.

nent parfois celles dont l'homme et les autres animaux voudraient user à leur égard. Les chiens ne montrent-ils pas, à la chasse, une subtilité exquise? Ne les forme-t-on pas à des jeux d'adresse, à des exercices dont ils s'acquittent de manière à nous étonner? Non seulement ils se souviennent des coups et des mauvais traitements, mais on croirait qu'ils ont de la reconnaissance pour le bien qu'on leur a fait.

Pour expliquer ces faits, considérons ce qui se passe dans l'homme.

L'homme fait beaucoup de mouvements sans que sa raison y prenne part. Si nous sommes menacés d'un coup, avant d'y avoir réfléchi, nous avançons la main pour nous mettre à l'abri de ce coup. Si nous tombons, nous éloignons la tête et nous portons les bras en avant, sans avoir calculé ces mouvements.

Ces différents mouvements que nous venons de rappeler sont dits instinctifs. Les sensations se répercutent au cerveau, éveillent nos facultés, agissent sur nos organes, et déterminent ainsi ces actes.

Il s'établit entre certaines impressions, certaines sensations reçues par nous et certains actes, un lien tellement naturel, que recevant l'impression, nous accomplissons l'acte sans le secours de la réflexion. C'est ainsi qu'après avoir appris à écrire, à jouer d'un instrument, nos doigts font les mouvements nécessaires à ces différents exercices, guidés beaucoup moins par le raisonnement que par l'habitude ; notre pensée s'applique au sens des mots, à l'expression de la phrase musicale, et nos doigts agissent sous une impulsion toute machinale.

Maintenant, si nous admettons que les animaux éprouvent des sensations, et nous devons l'admettre, nous avons tous les éléments pour résoudre la question.

En effet, les animaux recevant des sensations agréables ou désagréables, sont portés à agir de telle ou telle manière, et produisent des mouvements dans le genre de ceux que l'homme accomplit par instinct et par habitude.

Il nous est facile de comprendre comment l'homme peut faire leur éducation. Il les dresse en agissant sur eux par les sensations, en les attirant par la nourriture qu'il leur donne et les caresses qu'il leur fait, en les contraignant par le bâton et par les coups. Il n'arrive pas à son but en leur parlant ; sans doute il leur parle parfois, mais l'animal n'attribue aucun sens aux paroles qui lui sont adressées ;

parmi les animaux, ceux qui reproduisent les mots qu'ils ont enten-
dus les reproduisent sans attacher à ces sons aucune signification (1)

Si l'on frappe les animaux en certains temps et devant certains
objets, on unit dans le cerveau l'impression qu'y fait le coup avec
celle produite par l'objet, et de la sorte on va jusqu'à modifier leurs
instincts.

Par exemple, si l'on bat un chien en la présence d'une perdrix
qu'il allait manger, il se fait dans son cerveau une autre impression
que celle éveillée par la perdrix seule. Les deux impressions se réu-
nissent et leur concours déterminera la conduite du chien. Si l'impression causée par une première correction a été insuffisante, re-
nouvelée et donnée plus forte, elle l'emportera dans la suite. C'est
ainsi que les animaux sont poussés ou retenus par les coups sans
qu'ils aient besoin de raisonner ; et de la même manière ils s'habituent à certaines voix et à certains sons, car la voix frappe à sa manière : le coup est donné à l'oreille et le contre-coup au cerveau.

Nous dressons les animaux comme nous accordons un instrument:
nous mettons la corde au point que nous désirons ; de même nous
essayons un chien que nous dressons à la chasse jusqu'à ce qu'il
fasse ce que nous voulons, et nous ne songeons pas à le faire entrer
dans nos idées plus que la corde de l'instrument, parce que nous
sentons qu'il n'a point d'idées qui répondent aux nôtres. Nous pouvons même remarquer que ce sont des hommes grossiers et relativement inintelligents qui sont employés à conduire les animaux.

Dans leurs travaux que les animaux exécutent d'eux-mêmes,
dans leurs mœurs et leurs habitudes, ils suivent l'entraînement de
leur nature. Dans tous ces actes, il y a de la raison et de la convenance, mais c'est au Créateur que tout l'honneur en revient. Nous
remarquons, en effet, le même ordre dans tout ce qu'il a fait. Chaque plante, chaque arbre choisit dans les sucs de la terre celui qui
lui est nécessaire. Le lierre qui doit s'attacher aux grands arbres et
aux rochers sait trouver les creux et les aspérités qui le soutiendront,
Les graines tant qu'elles sont vertes, demeurent attachées à l'ar-

(1) L'animal rugit, miaule, ou aboie, glapit, hurle ou mugit, siffle, bourdonne ou
croasse ; il a le cri de la douleur et celui de la joie, le grondement de la colère, mais il
ne parle pas. Si la pensée, ainsi que le dit Platon, est le discours que l'esprit se tient à
lui-même, la parole n'est que la pensée rendue sensible et manifestée extérieurement
par des sons articulés.

bre ; elles se détachent d'elles-mêmes quand elles sont mûres ; elles tombent au pied de leur arbre et les feuilles tombent dessus, le pluies viennent, les feuilles pourrissent, et les semences ramollies par l'humidité et la chaleur, germent et se développent.

De même, les animaux font des œuvres qui nous étonnent : ils prennent pour se nourrir et se bien porter des moyens convenables, mais nous ne devons pas pour cela conclure qu'ils agissent avec raison et librement ; ils suivent les instincts que la nature leur a donnés, ils font les mouvements et les actes qu'elle leur inspire, et bien qu'il y en ait en eux plus que dans les plantes, il n'y a cependant ni raison, ni liberté.

Pour raisonner, il faut que l'esprit se replie sur lui-même, considère ses pensées, les discute et les enchaîne. Les animaux voient, mais ne discutent pas ce qu'ils voient.

Si les animaux réfléchissaient, ils se rendraient compte de leurs procédés, les analyseraient, en contrôleraient la valeur, et par là même seraient un jour ou l'autre, portés à les perfectionner. Or, dans les travaux qu'ils exécutent, et dont nous sommes étonnés, ils sont enchaînés à des habitudes dont ils ne sauraient s'affranchir ; ils n'ont jamais rien perfectionné, rien inventé ; ils n'ont rien ajouté à ce que la nature leur a donné. Les castors en façonnant leurs retraites, les abeilles en construisant leurs cellules, les hirondelles en bâtissant leur nid, ont toujours procédé et procéderont toujours de la même manière.

Il y a donc de la raison dans ce que font les animaux, mais cette raison tient aux lois de leur organisation et la gloire en revient à Dieu.

L'homme, contre tous ses instincts et par raison, se précipite vers une mort certaine : cet acte me fait reconnaître en lui un principe supérieur à la vie animale. Rien de semblable ne m'apparaît dans les animaux : ils se précipiteront vers le péril, mais seulement pour satisfaire leurs appétits naturels, ou conduits par la volonté de l'homme.

Les animaux sont privés de cette liberté sans laquelle la moralité des actes n'existe pas. Ils ne sauraient arriver à la connaissance d'une loi. Or c'est l'observation ou la violation de la loi qui rend un acte bon ou mauvais. Privés de raison, ils n'ont pas la responsabilité de leurs actes, ils ne goûteront jamais ces joies de la conscience qui sont pour l'âme une fête délicieuse (1), et ne connaîtront pas non plus les déchirements du remords.

De là on voit à quoi se réduit ce semblant d'intelligence auquel on a donné le nom d'instinct, et qui paraît dans les animaux à différents degrés.

Le chien et le cheval, en général les animaux que l'on a appelés domestiques, comprennent plus facilement que ne le feraient d'autres animaux les exercices auxquels on veut les dresser.

Il est bien des espèces qui ne semblent susceptibles d'aucune formation et ne rendent de service à l'homme qu'en devenant sa nourriture, par exemple les animaux de basse-cour et les poissons.

Avec l'instinct, nous pouvons reconnaître dans les animaux des habitudes diverses, des tempéraments, des caractères différents, qui leur donnent, à nos yeux, une physionomie spéciale : le lion est plein de vigueur et de force ; le cheval est à la fois souple et agile, il a été bien doué par la nature pour soutenir les fatigues d'une course prolongée ; le bœuf est plus lent ; le tigre a besoin de carnage, il est avide de sang ; le porc ne semble fait que pour absorber de la nourriture et se vautrer dans la fange.

Les animaux tiennent d'ailleurs complètement de la nature ces habitudes, ces tempéraments particuliers qui sont en rapport avec leur constitution.

Voilà donc ce qui appartient aux animaux ; mais il est aussi des qualités et des défauts que nous leur prêtons.

II. Ce que nous prêtons aux animaux.

L'homme aime à retrouver l'image de la vie de son âme dans tous les êtres qui lui sont inférieurs et il prête aux animaux l'expression de sa vie intellectuelle et morale ; il les considère comme ayant dans leurs actes une responsabilité qu'ils n'ont pas ; leurs instincts deviennent à ses yeux, des passions du même caractère que celles qu'il éprouve lui-même.

Certains animaux ont une physionomie qui se rapproche davantage de celle de l'homme ; ils possèdent à un degrés plus élevé ce semblant de vie intellectuelle et morale que l'on appelle l'instinct. C'est donc aussi dans ces animaux que l'homme pourra trouver les

---

(1) *Secura mens quasi jugé convivium.* (Prov. xv, 15.)

images les plus frappantes de ses pensées et de ses sentiments. La ressemblance lui paraîtra plus incomplète dans les animaux dont l'instinct est moins développé.

Sous tous les rapports, les poissons ne sont-ils pas éloignés de l'homme plus que le cheval et le lion? Ce front déprimé, ou plutôt absent, cette bouche droite qui ne semble s'ouvrir que pour engloutir la nourriture sans même la goûter, en faisant perdre le souvenir de la physionomie humaine, ne dénotent-ils pas l'absence d'intelligence ?

Assurément, nous ne voulons point établir une gradation conti-nue depuis l'homme jusqu'aux êtres inférieurs de la création : nous laissons ces théories à ceux qui consentent à n'être que des singes perfectionnés. Pour nous, il y a tout un abîme entre l'homme et le plus parfait des animaux ; il y a toute la distance qui sépare l'être responsable de ses actes de celui qui n'en a pas conscience.

L'homme se dégrade et descend vers la brute ; mais l'animal ne se perfectionne pas pour monter vers l'homme. Quelquefois on a voulu montrer le type humain dans l'expression de certaines phy-sionomies d'animaux, mais ces ressemblances étaient fausses et in-jurieuses au Créateur et à l'homme. La physionomie de l'homme le plus dégradé diffère toujours absolument de ces physionomies étran-ges faites à plaisir. Il ne s'agit point d'ailleurs de certains monstres de l'espèce humaine que l'on n'avait point en vue : nous ne parlons que de l'être suffisamment organisé pour qu'il soit digne de porter le nom d'homme.

Nous mettons donc de côté ces exagérations déraisonnables et ces erreurs ridicules qui semblent vouloir élever les animaux jusqu'à l'homme, afin de donner à l'homme le droit de descendre jusqu'à la brute. Nous cherchons dans le règne animal seulement les révé-lations que nous pouvons lui demander sans compromettre aucune-ment notre dignité.

Ces révélations sont nombreuses. Depuis le plus faible des insec-tes ailés jusqu'à l'aigle qui plane dans les cieux, depuis le ver qui rampe sous nos pieds jusqu'au lion dont la vigueur nous étonne, tous les animaux ont des caractères différents ; dans chacun d'eux on reconnaît diverses nuances d'expression. Si on nous montrait les animaux pour la première fois, nous n'hésiterions pas à attribuer à l'un la force, à l'autre l'intrépidité, à celui-ci la douceur, à celui-là la faiblesse, à tel autre la timidité ou la patience.

Comment n'attribuerait-on pas de la vaillance ou du courage au coursier qui frémit et s'élance aussitôt que résonne le signal du clairon? C'est à bon droit que l'on voit dans le chien l'emblème de la fidélité ; ne s'attache-t-il pas à son maître et ne le suit-il pas jusqu'au tombeau? L'aigle est appelé le roi des airs ; il semble en effet régner dans les hautes régions, soit que d'un vol rapide il se précipite au sein des nues orageuses, soit qu'il plane sous un ciel inondé de lumière. Le lion, soit par les lignes de sa face, soit par la vigueur de ses mouvements, exprime bien la force quand il bondit et secoue son épaisse crinière. Sur la physionomie de l'ours, ne lit-on pas la férocité, la fureur, une tendance à fuir les hommes et à se retirer dans les déserts? Qui ne s'aperçoit que le sanglier est un animal sauvage, lourd, vorace et grossier? Ne reconnaît-on pas facilement dans le loup un caractère dur, féroce? Le cerf et la biche sont doués d'agilité ; leur regard, la pose de leur tête expriment l'attention ; on leur attribuerait volontiers une paisible innocence. Dans le renard il y a de la faiblesse, mais en même temps de la ruse et de l'avidité ; dans le lièvre, de la timidité et de la gourmandise.

Le vautour a les mêmes habitudes que l'aigle, mais sans en avoir la noblesse et la fierté. Dans le perroquet paraît de la suffisance ; dans le pigeon, de la timidité et de la douceur. Le serpent, par la forme de sa tête et tous ses mouvements, n'exprime-t-il pas la ruse? Dans les yeux et le mufle du tigre, quelle expression de perfidie, quelle fureur sanguinaire ! Les chats sont comme des tigres dégénérés pour la taille et améliorés par l'éducation domestique, mais ils gardent toujours les mauvais instincts de leur nature. Ne sont-ils pas pour les oiseaux et les souris ce que le tigre est pour la brebis? Ils le surpassent même en cruauté par le plaisir qu'ils prennent à prolonger les souffrances de leurs victimes. Comment ne pas attribuer au bœuf la force unie à la patience? N'est-ce pas avec raison que l'on appelle demoiselle l'insecte ailé qui se balance avec tant de vivacité? Quelle lenteur, au contraire, dans la chenille !

L'aï, avec ses pieds privés de doigts qui puissent se mouvoir séparément et composés de deux ou trois griffes d'une longueur excessive, recourbées en dedans et agissant toutes à la fois, avec les formes molles et arrondies de son corps, n'est-il pas l'image du paresseux, dont on lui a donné le nom? On ne saurait se figurer un animal plus lent, plus stupide, plus insouciant sur tout ce qui le concerne.

6

D'après ce qui a été dit précédemment, ces qualités ou ces défauts
que nous attribuons aux animaux : la fierté, la noblesse, l'innocence,
la ruse, la cruauté, la patience, la paresse, n'ont point en eux ce caractère moral qui implique la responsabilité des actes ; pour cela, il
faudrait que les animaux fussent doués d'intelligence et de raison,
et ils ne suivent que leurs instincts naturels.

Le mouton n'a pas le mérite de sa douceur, et le tigre n'est pas
coupable de sa soif de sang. Seulement, nous cherchons dans les animaux une image de ce qui est en nous, et ce qui en nous serait digne d'éloges ou devrait encourir un blâme nous apparaît en eux
avec le même caractère.

Les fabulistes, quand ils font parler et agir les animaux, procèdent d'après cette loi, et ils peuvent se dispenser de nous dire que
dans les petits drames qu'ils mettent sous nos yeux nous devons reconnaître nos actions et nos procédés, nous le savons assez.

« Il semble que Dieu ait voulu nous donner dans les animaux
une image de raisonnement et une image de finesse, bien plus, une
image de vertu et une image de vice ; une image de piété dans le soin
qu'ils montrent tous pour leurs petits et quelques-uns pour leurs
frères ; une image de prévoyance, une image de fidélité, une image
de flatterie ; une image de jalousie et d'orgueil, une image de
fierté et de courage. Aussi, les animaux nous sont un spectacle
où nous voyons nos devoirs et nos manquements dépeints. Chaque
animal est chargé de sa représentation ; il étale comme un tableau
la ressemblance qu'on lui a donnée ; mais il n'ajoute non plus qu'un
tableau, rien à ses traits. Il ne montre d'autre invention que celle
de son auteur (1). »

III. — DE L'EXPRESSION DANS LE RÈGNE VÉGÉTAL.

Afin de bien comprendre l'expression que revêtent à nos yeux les
différents sujets du règne végétal, comme nous l'avons fait pour ceux
du règne animal, nous pouvons distinguer ce qu'il y a en eux et ce
que nous leur prêtons.

I. Ce que les arbres et les plantes ont par eux-mêmes pour l'expression.

(1) BOSSUET.

D'abord, les formes extérieures des plantes et des arbres nous révèlent la vie végétative qui circule en eux. Pendant l'hiver cette vie s'assoupit, l'arbre se dépouille de ses feuilles, prend un aspect de mort ; au printemps la vie reprend son cours, l'arbre se revêt alors d'un nouveau feuillage et semble renaître.

Dans un arbre, la ramure bien développée, le vert feuillage nous nous annoncent une vie riche, abondante ; et nous pouvons appeler expression cette manifestation de la vie végétative, de même que nous avons appelé expression la manifestation de la vie par les formes extérieures de l'animal.

Ajoutons cette observation : à mesure que l'invisible qui nous est manifesté par les formes sensibles des êtres a moins de valeur, les formes elles-mêmes arrêtent davantage notre regard. Certaines qualités qui résultent de ces formes, et qui résident pour ainsi dire sur la face extérieure de l'objet, fixent davantage notre attention : l'unité, la variété, la proportion, l'ordre, l'harmonie. Nous avons dit que ces qualités matérielles sont insuffisantes pour nous donner complètement la raison du beau, mais cependant elles jouent un rôle plus important à mesure que l'invisible qui nous est révélé a moins de valeur. Nous ne déterminons pas ici l'importance de ce rôle. Seulement, en étudiant les révélations de la nature, nous constatons ce fait : l'invisible s'amoindrissant, son vêtement, son enveloppe fixe davantage notre attention, prend à nos yeux plus d'importance.

Or la vie végétative qui nous est révélée par les formes extérieures de l'arbre est d'un ordre moins élevé que la vie animale, laquelle a moins de valeur que la vie intellectuelle et morale.

II. Ce que nous prêtons aux arbres et aux plantes.

Sans doute nous ne sommes point tentés d'attribuer aux arbres et aux plantes, comme aux animaux un commencement de liberté et de raison, mais nous voyons en eux cependant l'expression de certains de nos sentiments, de différentes situations de notre âme.

Je vois cet arbre que l'on a si bien nommé le saule pleureur ; il ombrage une tombe en la caressant de ses longs et flexibles rameaux, ou il incline sa verte chevelure sur la surface d'un étang, et l'on serait tenté de prendre pour les larmes qu'il a versées cette eau dans laquelle son pied est baigné. Comment ne rappellerait-il pas à notre imagination l'homme accablé sous le poids de sa douleur, avec la tête inclinée et le regard attaché sur la terre qu'il arrose de ses pleurs?

C'est de la poésie et de l'imagination, dira-t-on peut-être. — Certainement, et nous ne le nions pas ; mais l'imagination et le sentiment poétique jouent un rôle immense dans le domaine du beau, dans la littérature et dans tous les arts ; libre à vous de ne pas comprendre ce qui nous procure de si douce jouissances et de ne pas entendre ce langage que nous tient la nature.

Il en est qui ne verront dans des arbres que du bois de chauffage ou tout au plus des matériaux bons pour faire des meubles. Ce sont des hommes positifs, mais ils ne voient ni loin, ni haut. Ils sont heureux pourvu que leur dîner soit servi à l'heure ; ils se mettent en garde contre les émotions, et ils n'en éprouvent pas beaucoup dans le terre-à-terre où ils vivent ; leur sensibilité n'est pas plus développée que leur imagination. Tant mieux s'ils sont retenus par des principes d'équité qui les empêchent d'augmenter leur confortable en empiétant sur le champ du voisin ; d'ailleurs il est à croire qu'ils ne se mettront pas en campagne pour défendre la veuve et l'orphelin. L'homme qui n'a pas de sensibilité tombe facilement dans l'égoïsme ; il peut faire un commerçant honnête, mais il ne sera jamais un homme éloquent ; s'il entre dans la magistrature, il pourra prononcer des arrêts selon la justice et livrer le coupable, quel qu'il soit, à l'exécuteur des hautes œuvres sans s'attendrir aucunement ; mais peut-être aussi dans ses augustes fonctions, il n'aura pas le sentiment qui lui ferait comprendre ce principe : *summum jus, summa injuria*, qui nous dit que l'on peut être injuste en usant de tout son droit et que le code a parfois besoin d'une explication qui tempère la rigueur du texte ; de même que pour l'Evangile nous disons que la lettre tue et l'esprit vivifie. — En tout cas, cet homme tout positif ne comprendra jamais les beautés de la nature et celles de l'art. — Mais il n'en est pas ainsi de vous, ami lecteur, puisque vous nous avez suivi jusqu'ici dans les pérégrinations laborieuses que nous faisons ensemble pour arriver à la connaissance approfondie du beau.

Sans doute l'intelligence du symbolisme réclame non seulement le goût et l'aptitude, mais l'éducation et la formation intellectuelle. L'homme le plus ignorant, quand il considère un arbre et une pierre, reconnaît bien que l'un a la vie et que l'autre ne l'a pas ; mais il ne comprendra pas ce langage si riche et si plein de charme que la nature fait entendre aux âmes délicates et aux esprits cultivés.

Ces révélations plus éloignées sont le résultat d'une association d'idées, d'un rapport conçu par notre esprit entre tel objet et tel sentiment, tel invisible. Ainsi, nous avons l'idée de cet arbre que l'on appelle le saule pleureur et l'idée de deuil, et nous associons ces idées.

C'est surtout pour apercevoir de nouvelles relations, pour créer de nouvelles associations d'idées, qu'il faut de la clairvoyance et l'esprit d'observation.

Quelquefois le symbolisme se présente comme de lui-même ; mais quelquefois il est difficile à saisir, et cependant, après qu'il nous a été exposé dans un langage clair et précis, nous en comprenons la vérité. Ainsi Mme Swetchine voit dans le peuplier l'image du chrétien. « Son tronc dépouillé est sans défense contre les éléments, et ses racines, légèrement recourbées sous le gazon, ne demandent à la terre que peu de substance. Sa tige droite et unie s'élance d'un seul jet vers les cieux ; les branches se pressent autour d'elle suppliantes et les bras levés pour la prière...

« Le peuplier cherche les eaux vives, le chrétien s'y désaltère... Le moindre souffle des airs émeut la feuille du peuplier, comme s'émeut le chrétien aux plus légers mouvements de la grâce, et la mélodie de son feuillage, unie au frémissement des roseaux et de l'onde, n'est surpassé que par le chant de douce et ineffable allégresse qui s'échappe sans cesse du cœur chrétien, hymne que la nature commence et que l'amour achève.

« Tous deux verdissent jusqu'à leur sommet ; mais le peuplier en attendant qu'il décroisse et qu'il tombe, le chrétien puisant plus de force et de vie à mesure qu'il approche de ses immortelles espérances. »

Assurément il y a dans ce symbolisme un ensemble d'associations d'idées justes, mais que peu auraient remarquées.

Inutile de donner ici de nombreux exemples ; chacun connaît assez le symbolisme du chêne, du roseau, du lierre, du lis, de la violette, etc.

Non seulement nous voyons dans le règne végétal des types qui n'ont pas la même physionomie, la même expression, mais le même arbre peut se présenter dans des conditions qui nous communiquent des impressions très différentes.

Celui-ci est jeune et porte ses premiers fruits : n'est-ce pas une image de l'adolescence? Celui-là nous apparaît dans tout l'épanouissement de sa force et de sa beauté ; n'est-ce pas l'image de l'âge viril? En voici un autre qui a vieilli, il a été mutilé par le temps, son écorce est entamée, et il ne se couvre plus au printemps que d'un rare feuillage ; ne croirait-on pas ici voir un vieillard au front dénudé, qui ne fait plus que compter les années et considérer les événements sans y prendre une part active?

Quelquefois le même objet sera pris pour symbole d'idées très différentes ; quelquefois aussi la même idée sera exprimée par plusieurs objets. C'est ainsi que nous ombrageons les champs de la mort par des saules pleureurs, des ifs et des cyprès ; et tous ces arbres expriment bien le deuil et la tristesse.

Peut-être, il est vrai, le saule pleureur n'exprime que des sentiments de tendre mélancolie, tandis que l'if et le cyprès avec leur feuillage sombre, pressé, et dans lequel l'air même semble ne pouvoir circuler, expriment mieux le deuil profond de la mort. De plus, l'if, par la sévérité de son expression, par la dureté inaltérable de son bois, par la verdure perpétuelle dont il est resté couronné, enfin par sa forme conique qui s'élance vers le ciel avec un jet plein d'élan, nous fait pressentir aussi l'espoir de la résurrection.

Quoi qu'il en soit de la vérité de ces nuances d'expression et de la légitimité de ces interprétations différentes, la valeur réelle du symbolisme, du moins dans son ensemble, est incontestable ; aussi a-t-il été toujours en usage.

IV. — DE L'EXPRESSION DANS LE RÈGNE MINÉRAL.

Après le règne animal et le règne végétal, nous devons interroger toute la partie de la création qui est privée de la vie.

Nous pouvons reconnaître dans les minéraux cette force latente qui existe dans toute substance : la cohésion qui retient liées ensemble les molécules d'une pierre est assurément le résultat d'une force ; mais cette force n'a pas le caractère de la vie qui nous est apparue dans les animaux et les végétaux, de la vie qui se développe spontanément ou avec liberté, et nous ne croyons pas que par elle-même elle puisse exciter en nous l'émotion esthétique.

De même certaines substances agissent les unes sur les autres c'est ainsi que le feu agit sur les corps pour raffermir les uns et ramollir les autres. Mais cette action n'a point le caractère de cette vie qui excite par elle-même notre sympathie ou notre antipathie.

D'ailleurs, par elle-même et considérée dans des proportions restreintes, toute cette partie de la création qui est privée de la vie ne semble pas avoir d'autre signification que cette force latente et cette action limitée.

Cependant l'homme, porté à chercher dans tout ce qui l'entoure une expression de ses sentiments et des situations de son âme, prête souvent un langage même à ces objets.

Comme pour les autres règnes de la nature, nous ne pouvons que citer quelques exemples : l'or, le plomb, le fer, l'airain ont un symbolisme qu'il est inutile de rappeler.

> Comment en un plomb vil l'or pur s'est-il changé?

dit le grand-prêtre Joad dans *Athalie*. Le marbre exprime la dureté, l'insensibilité du cœur. L'eau, quand elle est limpide et tranquille, nous représente le calme de l'âme ; elle peut nous représenter ses agitations quand elle est elle-même plus ou moins agitée par la tempête.

Quel jeune littérateur n'a exploité le symbolisme du ruisseau glissant sur un lit de gazon émaillé de fleurs ou se brisant sur les rochers, et, dans sa course incertaine, rappelant le cours de notre vie avec ses variations? Le fleuve, dont les eaux réfléchissent les objets placés sur ses rives, est bien aussi l'image de notre âme recevant l'influence de tout ce qui nous entoure.

Le nuage flottant sur l'azur du ciel, prenant des formes variées que le vent détruit en un instant, se nuançant de riches couleurs que la nuit vient promptement envelopper de ses ombres, nous rappelle nos désirs, nos espérances, les rêves brillants qui traversent notre imagination et se dissipent en se heurtant contre la réalité.

« O mer ! disait M. Cochin, dans un de ses discours, tu n'es plus seulement une route pour mon commerce, tes flots ne se courbent plus seulement sous un sillon de mon navire ; mais avec tes écueils et tes orages, tu es à jamais l'image de ma vie. »

Et trouvant dans le navire une image de l'homme vivant à la fois dans le monde sensible et dans le monde invisible, il disait : « Semblable au vaisseau qui plongeant dans les ondes agitées et confuses sa partie inférieure, élève ses mâts et déploie ses voiles dans un élément plus pur, sous le soleil et à l'air libre, l'homme vit sur la terre par son corps, et par son âme dans le monde invisible (1). »

Rien que par leurs formés, leurs dispositions, les accidents de leurs surfaces, les objets matériels prennent de l'expression quand nous les considérons sous l'empire d'une préoccupation morale ; et quand ils nous frappent, c'est ainsi que nous les voyons et non en eux-mêmes et avec leur nature propre.

C'est ainsi que nous disons de telles formes qu'elles sont élancées et élégantes, de telles autres qu'elles sont pesantes et disgracieuses.

Ce symbolisme n'a pas l'évidence d'une démonstration mathématique. A mesure que nous sommes descendus vers les objets privés de la vie, nous avons pu remarquer que ce langage de la nature devenait moins précis. Mais, bien qu'il soit vague, nous ne devons pas le nier.

V. — LES GRANDS SPECTACLES DE LA CRÉATION.

Si nous ne nous arrêtons plus aux limites de ce que l'on peut appeler le paysage ; si, considérant dans des proportions plus vastes cette partie de la création qui est privée de la vie, nous ne la voyons plus seulement dans la mesure où l'homme en fait la matière de ses œuvres, le champ de son travail et de ses exploitations ; si nous envisageons les grands spectacles de la nature, les éléments avec les grandes scènes auxquelles ils concourent, nous sommes en présence de révélations importantes et nous recevons les impressions les plus profondes, des impressions qui sont vagues parfois, mais qui n'en sont pas moins vraies et dont nous devons nous rendre compte.

La mer et son immensité, le ciel avec sa voûte d'azur, les montagnes avec leurs cimes qui se perdent dans les nues, le désert lui-même avec ses profondeurs silencieuses, le calme d'une belle nuit

(1) Discours au Congrès de Malines.

qui fait scintiller sur nos têtes des myriades d'étoiles, le fracas d'une tempête qui bouleverse tous les éléments, tous ces spectacles nous font des révélations immenses, et excitent en nous les émotions les plus profondes. Nous n'avons plus seulement devant les yeux ce qui est de notre domaine. Notre regard ne peut mesurer la surface des mers ; il ne peut sonder les profondeurs du ciel. Quand la tempête souffle, cette force merveilleuse qui agite les éléments pour les apaiser ensuite nous domine, elle est hors de notre portée. Nous nous demanderons plus tard jusqu'à quel point ces grands spectacles nous révèlent Dieu lui-même. Du moins nous pouvons dire ici qu'ils nous révèlent un invisible, une force dont la puissance nous surpasse.

VI. — Résumé et classification des différentes révélations.

Avant de clore cette étude de la révélation de l'invisible par les formes sensibles, nous devons résumer tout ce qui précède en faisant les deux observations suivantes :

I. — L'invisible qui nous est révélé dans l'homme, dans les animaux, dans les plantes, c'est la vie, c'est une activité, une force (1).

Les sentiments, les situations de notre âme, dont nous attribuons l'expression aux plantes et même aux objets privés de la vie, émanent, eux aussi, dans la source à laquelle nous les faisons remonter, d'une activité.

Dans les grands spectacles de la nature, nous voyons l'œuvre d'une intelligence dont nous ne pouvons calculer la puissance parce que cette puissance est au-dessus de nous. Mais ici encore l'invisible qui nous est révélé est une force, une activité.

L'invisible qui nous est révélé est donc toujours une activité, une vie susceptible de se développer, et qui nous fait connaître quelque chose de ses évolutions par les formes sensibles qui la révèlent.

II. — En nous plaçant à un autre point de vue, nous pouvons distinguer trois genres différents d'invisible, trois degrés dans cette activité qui nous est révélée.

---

(1) Quand nous disons qu'un invisible nous est révélé dans les plantes, nous entendons par cet invisible la vie végétative et non un principe vital, distinct des éléments matériels de l'arbre ou de la plante.

1º L'activité qui n'a pas conscience de ses évolutions et se déve-loppe d'elle-même sans contrainte et sans lutte, la vie dans son ef-florescence naturelle. Dans ce genre, nous comprenons la vie phy-sique de l'homme, le commencement de vie intellectuelle et morale de l'enfant jusqu'à ce qu'il soit en possession de ses facultés ; la vie physique des animaux et le semblant de vie intellectuelle et morale que l'on appelle en eux l'instinct ; la vie végétative dans les plantes et les arbres (1).

2º L'activité intelligente et libre qui, dans ses évolutions, se dé-termine d'après des motifs dont elle a pris connaissance et pour ob-tenir une fin. Le plus souvent elle suppose dans son exercice la lutte et l'effort ; elle appartient à l'homme. Par les révélations indirectes, nous pouvons en voir comme un reflet dans les animaux et dans les plantes.

3º L'activité dont la puissance nous surpasse, l'activité infinie. Elle nous est manifestée surtout par les grands spectacles de la création.

En établissant cette classification, nous ne prétendons point déter-miner trois catégories dans l'une desquelles doive entrer exclusive-ment et à telle heure, tel ou tel objet. Dans un enfant, par exemple, la nature agit encore, et elle agira pendant bien des années par sa pro-pre impulsion, après que la volonté aura commencé à s'exercer ; et toujours même, à vrai dire, la nature aura dans la vie une part d'ac-tion que la volonté ne supprimera pas.

Mais, du moins, nous pouvons distinguer ces trois genres d'acti-vité ou ces trois degrés de l'invisible.

§ IV. — *Les propriétés expressives et les propriétés esthétiques des objets sont identiques.*

Nous venons de considérer l'expression, ce qu'elle est, dans quels objets elle existe ; mais nous devons maintenant établir que l'ex-pression est la propriété par laquelle les objets excitent en nous l'é-

---

(1) Nous ne disons pas que cette vie ne rencontre pas des résistances, des obstacles gênant ses évolutions, entravant parfois, arrêtant ses développements. Assurément toute vie qui se développe rencontre des obstacles et elle est même parfois atrophiée. Mais cette vie spontanée, telle que nous l'envisageons ne s'arme pas elle-même pour la lutte ; elle la subit. Son caractère est la spontanéité.

motion de la beauté et de la laideur. Dans notre prochain chapitre, nous déterminerons dans quelles conditions l'expression constitue la beauté, dans quelles conditions elle constitue la laideur. Nous disons seulement ici que la propriété expressive des objets est identique à leur propriété esthétique, et, ce point ayant été démontré, nous aurons le droit de ne pas chercher la beauté ni la laideur en dehors de l'expression.

Pour arriver à notre but, nous devons établir ces deux points : I. L'expression excite en nous l'émotion esthétique. II. Il n'est dans les objets aucune autre propriété qui puisse provoquer en nous cette émotion.

I. — L'expression excite en nous l'émotion esthétique.

Il nous est facile de reconnaître : 1º que l'expression nous émeut. Chacun, pour peu qu'il y réfléchisse, peut s'en convaincre.

Rien que l'expression a le pouvoir d'attirer notre attention, de nous captiver. Toutes les fois qu'au milieu d'objets insignifiants il en est un qui a quelque expression, il attire notre regard. Peut-être nous ne nous y arrêtons pas, mais ce que nous avons vu a agi sur notre sensibilité.

L'expression par elle-même nous attire, même quand la chose exprimée nous déplait. Nous voyons un homme ivre, l'ivresse nous répugne, mais cependant notre regard qui ne se serait pas arrêté sur une pierre informe, s'arrêtera sur cet homme.

Et pour que l'expression agisse ainsi sur nous il n'est pas nécessaire que nous considérions l'objet par rapport à nous. Il ne s'agit pas de l'émotion que nous causerait la physionomie d'un homme animé d'une vive colère et qui nous menacerait ou de celui qui nous témoignerait de la bienveillance et de l'affection ; nous considérons l'objet en lui-même, sans retour sur nous-mêmes, et nous pouvons dire que la vue des objets excitera en nous de l'émotion dans la mesure où ils auront de l'expression.

Il nous est facile de reconnaître : 2º que cette émotion excitée en nous par l'expression a bien le caractère de l'émotion esthétique.

En effet, nous avons vu que l'émotion esthétique est désintéressée, et qu'elle est agréable ou désagréable, sympathique ou antipathique, selon qu'elle nous est causée par la beauté ou par la laideur.

Or : 1º l'émotion qui nous vient de l'expression est bien désintéressée, du moins l'émotion qui nous vient de l'expression telle que
nous l'avons envisagée. Dans l'analyse que nous avons faite de l'expression, nous avons toujours considéré les objets en eux-mêmes, indépendamment de tous les avantages que nous pouvions en retirer
et des dommages qu'ils pouvaient nous faire subir. Cette émotion
est donc désintéressée. 2º L'émotion qui nous vient de l'expression
nous est agréable ou désagréable selon le sens de ce qui nous est exprimé. Elle ne nous laisse pas indifférents puisqu'elle nous émeut.
Or elle nous émeut agréablement, ou désagréablement, elle excite
en nous un sentiment de plaisir ou de déplaisir, un mouvement d'attraction ou de répulsion, selon ce qu'elle nous dit. De plus il est facile de constater que c'est bien l'expression de l'objet qui nous émeut
ainsi esthétiquement. En effet il nous est arrivé d'être d'abord indifférents devant tel ou tel objet; pour nous il n'était ni beau ni laid :
c'est qu'il nous semblait insignifiant, sans expression. Puis après
quelques instants, en le regardant de nouveau, nous avons reconnu
qu'il n'était pas sans beauté ; peut-être même de nouvelles beautés
se sont révélées en lui à mesure que nous l'avons considéré plus à loisir et plus attentivement. Il est évident que la valeur de cet objet
au point de vue de la beauté nous est apparue quand il a revêtu à nos
yeux quelque expression, et cette valeur a grandi à mesure que son
expression s'est complétée pour nous. De la même manière, nous aurions pu reconnaître dans l'objet une laideur que nous n'avions pas
remarquée d'abord parce que nous n'avions pas compris son expression, et il devient plus laid à nos yeux à mesure que nous comprenons
mieux tout ce qu'il exprime.

Nous pouvons même dire que la puissance esthétique des objets
est en proportion de leurs propriétés expressives.

Parmi tous les objets qui nous entourent, n'est-ce pas la physionomie de l'homme qui a le plus d'expression? N'est-ce pas aussi cette
physionomie qui nous donne le spectacle le plus saisissant de la beauté
ou de la laideur? Ne voyons-nous pas que l'homme excite davantage
en nous l'émotion de la beauté et de la laideur à mesure que sa physionomie prend une expression plus nette et plus saisissante? De
même les œuvres d'art n'excitent-elles pas en nous une émotion esthétique plus vive à mesure qu'elles ont plus d'expression? Une belle
voix se fait entendre : elle parcourt avec une merveilleuse facilité

l'échelle des sons que peut émettre la voix humaine, depuis les notes les plus graves jusqu'aux notes les plus élevées, et dans ces évolutions elle est toujours moelleuse, pleine et sonore. D'ailleurs elle ne fait que vocaliser, ou bien, si elle exécute une mélodie elle ne traduit que très incomplètement les pensées du compositeur. Sans doute je jouis rien qu'à entendre cette belle voix, mais je pourrais jouir davantage. — Voici une autre voix, aigre, cassée, mais qui fait entendre avec un sentiment exquis une mélodie ravissante. N'est-il pas vrai que je jouirai en entendant ce chant bien plus qu'en entendant les notes données par la belle voix? c'est que celle-ci est un instrument parfait, mais le chanteur manque de sensibilité et de goût : l'autre voix est un instrument défectueux, mais cet instrument est au service d'une âme richement douée qui sait l'assouplir et lui faire exprimer des sentiments qui me pénètrent et me ravissent. Ici, c'est l'âme du chanteur qui parle plus directement à mon âme et avec plus de puissance ; il y a plus d'expression et l'expression d'un invisible qui a plus de valeur à mes yeux.

Après l'homme, n'est-ce pas la physionomie des animaux qui exprime davantage? N'est-ce pas aussi cette physionomie qui, après celle de l'homme, nous captive le plus par sa beauté et nous repousse le plus par sa laideur?

Le règne végétal a moins d'expression que le règne animal mais aussi la beauté des plantes et des arbres ne sera jamais comparable à celle de certains animaux.

Les grands spectacles de la nature nous impressionnent profondément par les beautés merveilleuses qu'ils déroulent à nos yeux ; mais ces beautés ne sont-elles pas aussi proportionnées aux révélations immenses que nous font ces grands spectacles?

Nous pouvons donc dire sans crainte avec V. Cousin, en faisant porter nos conclusions sur la nature comme sur l'art, « que l'expression est à la fois l'objet véritable et la loi première de l'art; que tous les arts ne sont tels qu'autant qu'ils expriment l'idée cachée sous la forme et s'adressent à l'âme à travers les sens; qu'enfin c'est dans l'expression que les différents arts trouvent la vraie mesure de leur valeur relative et que l'art le plus expressif doit être placé au premier rang(1). »

Donc l'expression nous explique l'émotion esthétique.

(1) *Du Vrai, du Beau...*, p. 207.

II. — Il n'y a pas dans les objets une autre propriété qui nous explique l'émotion esthétique.

En effet, nous avons vu que ce n'est pas en nous donnant des sensations que les objets excitent en nous l'émotion du beau et du laid, que ce n'est pas non plus par leur utilité. De même les formes dépourvues d'expression sont insuffisantes pour nous expliquer les émotions que nous causent la laideur et la beauté des objets. Il faut donc conclure que c'est l'expression et l'expression seule, qui peut nous donner l'émotion esthétique, car nous ne voyons pas dans les objets une autre propriété qui puisse exciter en nous une émotion du caractère de l'émotion esthétique, c'est-à-dire agréable ou désagréable, sympathique ou antipathique et en même temps désintéressée.

Peut-être en considérant certains objets d'un ordre inférieur au point de vue de la beauté, comme des plantes, des fleurs, on pourrait être tenté de croire que ces objets nous plaisent par leurs formes, par leurs couleurs, et non par l'expression.

Nous l'avons déjà reconnu, à mesure que les formes sensibles nous révèlent un invisible de moindre valeur, elles attirent elles-mêmes davantage notre regard et les qualités matérielles qui leur appartiennent ont plus de pouvoir pour nous charmer. Ainsi, dans une fleur, dans un oiseau, les couleurs brillantes, les formes gracieuses attirent beaucoup notre attention, et notre esprit lui-même semble être tout entier captivé avec notre regard par ces qualités toutes matérielles. Mais il est facile de reconnaître aussi que ces objets, tout en se recommandant par des qualités de forme, ne sont pas dépourvus d'expression. En effet, dans l'arbuste, dans la fleur, les formes et les couleurs qui nous charment ne sont pas des formes et des couleurs quelconques, elles ont été produites par le développement de la vie qui est dans l'arbuste et dans la fleur et elles nous l'expriment. Si c'est une fleur artificielle, elle nous plaît parce qu'elle nous rappelle les productions de la nature, et qu'elle nous montre l'habileté de l'artiste. Dans ces objets, avec les qualités matérielles, il y a donc aussi l'expression qui tient à l'idée générale de leur être, qui constitue leur individualité et relie dans l'unité les différentes parties que l'œil considère les unes après les autres, et c'est une expression qui nous donne vraiment la raison de leur beauté.

Sans doute il y a des objets d'art dans lesquels il n'y a aucunement l'expression de la vie et dont la beauté ne semble s'expliquer que par des qualités toutes matérielles : ainsi des urnes, des cratères antiques ; mais nous verrons que la beauté de ces objets s'explique par l'analogie de leurs formes avec celles qui nous plaisent dans les objets de la nature doués de la vie.

L'expression peut donc seule nous rendre compte de l'émotion que nous fait éprouver la beauté et la laideur des objets, et il y a une identité assez complète entre les propriétés expressives et les propriétés esthétiques pour que nous puissions dire que les objets sont beaux ou laids dans la mesure où ils ont de l'expression.

D'ailleurs, l'expression est au service de la laideur comme de la beauté. Il ne suffit pas qu'une physionomie ait de l'expression pour qu'elle soit belle. La physionomie du singe est très expressive, et cependant elle ne semble belle à personne. La figure d'un homme ivre ou d'un homme profondément vicieux ne manque pas d'expression, mais elle n'en est pas moins désagréable, et si le visage de cet homme est reproduit avec habileté par la peinture, on admirera le tableau à cause de la fidélité de la représentation et de l'habileté de l'artiste, mais on n'admirera pas la physionomie qui est représentée.

De plus encore, parce qu'un objet manque d'expression, nous ne sommes pas en droit de conclure qu'il est laid : il n'a ni beauté ni laideur. Chacun, en effet, sait que beaucoup d'objets ne sont ni beaux ni laids : c'est qu'ils n'ont à nos yeux aucune expression.

Quand une œuvre d'art manque d'expression, nous en concluons à bon droit qu'elle est sans valeur au point de vue de l'art, mais nous ne pouvons pas dire que nous y voyons la laideur, dans le sens propre du mot. Ou si l'on y voyait la laideur, ce serait en ce sens que l'œuvre manque son but et atteste l'inhabileté de l'artiste ; ou bien certains personnages auraient vraiment pris de la laideur, mais par la maladresse de l'artiste qui leur aurait donné une expression qu'ils ne doivent point avoir.

Donc les propriétés esthétiques des objets sont en proportion de leurs propriétés expressives ; mais les objets sont beaux ou laids selon ce qu'ils expriment : la beauté et la laideur résultent de ce qui est exprimé. Dans le prochain chapitre, nous allons reconnaître pourquoi les objets qui ont de l'expression sont beaux, pourquoi ils sont laids.

CHAPITRE IV

Pourquoi les objets qui ont de l'expression sont beaux et pourquoi ils sont laids.

Nous devons reconnaître la raison du beau et établir ses lois en considérant l'objet en lui-même. Mais si le beau est indépendant de nos jugements, les jugements que nous portons sur la beauté des objets sont souvent influencés par nos dispositions personnelles ; nous devons donc tenir compte de ces causes qui modifient nos appréciations et nous jettent parfois dans l'erreur ; nous ne pourrons les signaler toutes mais nous indiquerons les principales. De là deux articles : le premier, dans lequel nous reconnaîtrons quelle est la raison du beau considéré objectivement ; le second, dans lequel nous constaterons quelle est la raison de certaines de nos appréciations sur le beau.

ARTICLE I

RAISON DU BEAU CONSIDÉRÉ OBJECTIVEMENT

L'expression, avons-nous dit, est la révélation d'un invisible par des formes sensibles.

L'invisible qui nous est révélé est toujours une activité, une force. Or il est dans la nature d'une activité d'agir, dans la nature d'une force de se développer, et ces évolutions de l'activité, ces développements de la force pourront s'effectuer très diversement et arriver à des résultats de valeurs très différentes.

De même l'élément sensible peut servir plus ou moins heureusement l'élément invisible ; il peut avoir en lui-même plus ou moins de charmes et d'attraits.

Ces conditions diverses, dans lesquelles peuvent se présenter l'élément invisible et l'élément sensible nous donneront la raison de la beauté et de la laideur.

De plus nous avons reconnu trois genres d'activité :

1º L'activité qui se développe d'elle-même et par un mouvement spontané, c'est-à-dire la vie dans son efflorescence naturelle ;

2º L'activité intelligente et libre qui, dans ses évolutions, se détermine d'après des motifs dont elle a pris connaissance et pour arriver à une fin ;

3º L'activité dont la puissance nous surpasse dans son action et dans ses œuvres.

Or de ces trois genres d'activité, le premier produit le gracieux ; le second, le beau proprement dit ; le troisième, le sublime.

Etablissons d'abord le caractère du beau proprement dit, en étudiant les évolutions de l'activité intelligente et libre.

§ I. — *Caractère du beau, proprement dit, du laid, du ridicule.*

Analysons les évolutions de l'activité intelligente et libre.

Quand l'homme agit comme être moral, c'est-à-dire en faisant usage de son intelligence et de sa liberté, il se détermine pour tels motifs dont il a pris connaissance et pour obtenir telle fin.

Or si nous envisageons l'acte dans son point de départ, dans l'élection faite par la volonté, nous reconnaissons à l'acte plus ou moins de valeur morale, selon les motifs pour lesquels la volonté s'est déterminée. Si ces motifs sont conformes à la loi, l'acte est moralement bon ; si ces motifs sont en désaccord avec la loi, l'acte est moralement mauvais. Et l'acte aura plus ou moins de bonté ou de malice selon que les motifs seront plus ou moins dignes de louange ou de blâme. Sans doute il est aussi des actes indifférents ; mais nous pourrons reconnaître, dans un instant, qu'il ne peut en sortir ni beauté, ni laideur, et, pour ce motif, nous n'avons point à nous en occuper. Le bien ou le mal : tel est donc le premier résultat produit par l'évolution de l'activité intelligente et libre, par l'acte de la volonté.

De plus, en agissant conformément à la loi, l'homme fait un acte qui lui est utile à lui-même.

7

L'utilité matérielle des objets sert à notre corps, mais l'utile qui résulte de l'acte bon opère notre perfectionnement moral.

Il y aura encore, comme conséquence de l'acte et pour celui qui en est l'auteur, le bon ou le mauvais témoignage de sa conscience, le contentement ou le regret qui sera une récompense ou un châtiment.

Ces divers résultats sont pour celui qui accomplit l'acte, et nous n'y voyons ni beauté, ni laideur. Poursuivons notre analyse.

L'acte moral, quand il est accompli, peut se traduire à nos yeux par des formes sensibles, se revêtir d'une expression. Or, c'est dans ce résultat qui se produit pour autrui, dans l'expression, que surgit le principe du beau, si l'acte moral a été bon, du laid, s'il a été mauvais.

En effet, si l'acte a été conforme à la loi, il y a, dans l'expression de ce développement harmonieux de l'activité, quelque chose qui nous plaît et nous enchante à bon droit, un charme qui nous ravit et dont nous pouvons accepter sans crainte la séduction.

Si nous voyons l'expression d'un acte qui a été en désaccord avec la loi, nous avons le spectacle de la laideur.

On le voit, le beau moral, le beau par excellence, réside dans l'expression de l'acte conforme à la loi ; la laideur morale réside dans l'expression de l'acte qui est en désaccord avec la loi. « Le beau réduit à son essence intime, est tout entier dans l'éclat de la perfection (1). »

Dans l'évolution de l'activité, c'est-à-dire dans l'élément invisible, est la racine première de la beauté et de la laideur ; mais pour que le spectacle de la beauté et de la laideur nous soit donné, il faut que l'acte nous soit exprimé par des formes sensibles qui le traduisent à nos regards dans des conditions qui soient suffisantes.

Ces principes demandent des explications, et, pour plus de précision, nous étudierons séparément les conditions qui doivent être remplies par l'élément invisible et celles qui doivent être remplies par les formes sensibles.

I. — L'ÉLÉMENT INVISIBLE.

L'acte conforme à la loi est le principe de la beauté morale et cette beauté croîtra en proportion de la valeur de l'acte.

(1) P. VALLET, *L'Idée du Beau dans la philosophie de saint Thomas d'Aquin*, p. 284.

Or, un des caractères du développement de l'activité intelligente et libre, nous l'avons dit précédemment, est la lutte. En effet, cette activité ne peut produire ses évolutions sans lutter. Quand l'âme éclairée par la vérité reconnaît l'obligation à remplir, elle en aperçoit aussi les difficultés, et souvent, pèndant qu'elle se place en face du devoir et des obstacles à surmonter, pendant cette délibération silencieuse, il y a en elle une lutte terrible, et cette lutte se renouvelle peut-être plus d'une fois, après l'œuvre commencée, devant les difficultés qui se multiplient et qui s'aggravent.

Pour accomplir le devoir il faut lutter, soit contre les répugnances intérieures, soit contre les résistances étrangères qui s'opposent à peu près toujours à la réalisation du bien. L'observation de la loi n'est pas le courant à suivre et à descendre, c'est le flot à remonter et à combattre. Mais précisément la difficulté de la lutte, la grandeur des obstacles surmontés, la générosité des sacrifices accomplis donneront de l'éclat à la victoire. « C'est le bel endroit de l'homme », dit Bossuet ; et nous pouvons ajouter que la mesure du mérite dans les différents actes sera la mesure de la beauté.

Sans doute la pratique du devoir n'exige pas toujours des sacrifices également pénibles ; souvent la volonté sera soutenue au milieu des difficultés et des plus rudes labeurs par les sentiments que Dieu a mis dans nos cœurs, précisément pour nous aider à remplir notre tâche. C'est ainsi qu'une mère trouvera dans son amour la force dont elle a besoin pour se dévouer tout entière à son enfant ; mais son dévouement n'en sera pas moins beau à nos yeux. En effet, il suppose l'abnégation et le sacrifice, et la notion que nous donnons de la beauté reste vraie.

L'acte bon est la source de la beauté morale ; mais la beauté qui rayonne dans une physionomie ou qui nous est donnée en spectacle par un récit, un tableau ou une statue, peut résulter d'un grand nombre d'actes. Elle peut être le fruit d'une fidélité persévérante, et exprimer non seulement un acte de générosité, mais toute une vie consacrée au dévouement c'est-à-dire que cette gloire n'aura pas un seul rayon ; elle brillera d'un éclat qui se sera complété et enrichi à travers les années.

C'est ainsi que bien des actes bons, mais de moindre importance, qui ne semblent pas dignes d'être remarqués et passent, en effet, le plus souvent inaperçus, contribuent à constituer la beauté dans une âme.

A la production de la beauté morale concourent les diverses puissances de l'âme. L'intelligence prend connaissance de la loi et du devoir à accomplir; la volonté arrête sa détermination; la sensibilité ne reste point indifférente aux évolutions accomplies par les deux facultés actives, elle les soulève de ses puissants ressorts, ou bien elle est contrariée par la détermination qu'a prise la volonté, et alors elle oppose sa résistance ; toujours elle porte le poids des sacrifices nombreux que réclame l'accomplissement du devoir.

Le beau moral résulte de l'acte conforme à la loi ; tout en étant distinct du vrai et du bien. Il les suppose donc, et il en est comme le rayonnement.

Par l'analyse que nous venons de faire, nous embrassons d'un même coup d'œil tout le cercle dans lequel se meut l'activité humaine, nous envisageons les trois buts différents qu'elle peut se proposer et et atteindre : le bien, l'utile et le beau. Toujours l'homme doit se proposer le bien. Le plus souvent il recherche ce qui lui est utile, ou du moins ce dont il attend quelque avantage. Ordinairement il ne se propose pas la réalisation du beau en lui-même comme but direct de ses œuvres, mais il accomplit le bien et le beau résulte en lui de ses actions conformes à la loi. L'artiste réalise le beau non pas en lui, mais dans l'œuvre qu'il produit.

Si nous avions la pleine connaissance des choses, si nous nous placions toujours à un point de vue parfaitement vrai, nous verrions aussi toujours ces trois résultats, le bien, l'utile et le beau, sortant comme un faisceau radieux de l'acte bon ; mais souvent nous jugeons mal ces trois résultats : notre intelligence est bornée, et dans nos appréciations nous n'envisageons qu'un point de vue restreint.

De même que l'acte accompli selon la loi produit comme résultats l'utile, le bien et le beau, l'acte opposé à la loi produit les trois résultats contraires, le mal, le nuisible et le laid. Et si nous appréciions toujours les actes selon leur valeur réelle, nous verrions toujours aussi ces trois résultats fâcheux engendrés par l'acte mauvais. Il n'en est pas ainsi, parce que notre sens moral est perverti.

Nous allons même jusqu'à confondre l'agréable avec le beau, et nous avons le tort de le préférer à l'utile. Or l'agréable diffère complètement du beau, et il nous détourne souvent de l'utile. L'agréable est relatif et réside surtout dans les sensations. Ce qui est vraiment utile à l'homme est subordonné à la loi et le beau lui-même dépend de la valeur de l'objet ; en sorte que c'est seulement en se plaçant au point de vue de l'agréable que l'on peut dire : des goûts et des couleurs on ne discute pas.

II. — L'ÉLÉMENT SENSIBLE.

C'est dans l'élément invisible que réside la raison première de la beauté ; mais dans l'élément sensible est la condition indispensable de sa manifestation. Nous ne jouirons de la beauté que dans la mesure où la beauté nous sera exprimée.

Quelquefois, souvent même, l'élément sensible ne remplit pas complètement son rôle : loin de nous faire jouir de l'acte produit, il nous empêche d'en remarquer la valeur ; loin de nous le manifester, il nous en distrait par des accidents secondaires ; il nous le révèle incomplètement ou même l'enveloppe comme d'un voile impénétrable.

Souvent aussi l'élément sensible rayonnera de l'éclat de l'invisible et le manifestera. La beauté morale trouvera des supports et comme des miroirs qui la feront resplendir ; les uns seront créés par la nature, d'autres, et plus nombreux, seront façonnés par les arts.

La beauté morale peut nous apparaître dans la physionomie de l'homme vertueux ; elle nous apparaîtra dans la physionomie de celui qui accomplit quelque acte de vertu ou de dévouement. Elle nous apparaîtra dans les objets de la nature qui en présenteront des symboles. Elle nous sera surtout exprimée par les arts, la littérature, la sculpture et la peinture.

Nous nous bornons ici à cette indication, renvoyant les détails et la solution des difficultés au prochain chapitre où nous ferons l'application de la théorie.

Après avoir donné la raison du beau et du laid, nous devons donner celle du ridicule.

Pour établir cette notion nous devons reprendre l'analyse de l'acte moral.

Selon que la volonté éclairée par l'intelligence se détermine pour ou contre la loi, l'agent fait un acte bon qui est la source du beau, ou un acte mauvais d'où ne peut sortir que la laideur.

Un homme se jette à la rivière pour se suicider, l'acte est assurément mauvais ; il s'y jette pour sauver quelqu'un qui va périr, son acte est digne d'éloges.

C'est donc de la fin que se propose l'agent que dépend la bonté ou la malice de l'acte, sa beauté ou sa laideur.

Le ridicule nous apparaîtra dans le désaccord, dans la disproportion entre les moyens choisis par l'agent et la fin qu'il veut obtenir ; il résulte d'une fausse appréciation, d'un faux calcul, d'un manque de visée.

En effet, si l'agent se trompant sur sa valeur personnelle, sur sa situation, prend des moyens qui ne sont pas en rapport avec la fin qu'il se propose, avec le but auquel il veut arriver, s'il commet une erreur grossière dont il devrait s'apercevoir, il fait non plus un acte coupable, mais un acte ridicule, et le ridicule sera plus ou moins considérable selon que le faux calcul, le manque de visée aura été plus ou moins manifeste.

Un homme frappe du poing contre un énorme rocher pour le mettre en pièces, un cultivateur se sert d'un cabestan pour arracher des choux : le premier n'emploie que des moyens insuffisants pour arriver à son but et l'autre fait une dépense de force tout à fait inutile. Assurément tous les deux font des actes très ridicules.

L'effet du ridicule est de provoquer le rire. Quelquefois il n'aura pas ce résultat, parce que le faux calcul de l'agent aura causé un grave accident. Mais si celui qui avait eu la prétention de sauter un fossé tombe au milieu et s'en tire en ne payant sa vantardise que de quelques éclaboussures, nous rions volontiers.

L'expression du ridicule par les arts produit le comique. C'est M. Jourdain qui prend pour de beaux et bons compliments les titres qu'on lui donne et qui les paie par des gratifications croissantes ; il ne voit pas que l'on se moque de lui et que l'on exploite sa vanité. C'est l'avare Géronte auquel Scapin vient dire : « Votre fils a été visiter une galère turque, et les Turcs se sont emparés de lui ; ils ont gagné la haute mer et vous ne verrez plus votre fils, si vous ne payez pas sa rançon. » Géronte, tout en répétant : « Qu'allait-il faire dans cette galère ? » et en faisant ressortir ainsi la grossièreté du piège qu'on lui tend, s'y fait prendre et donne la somme. Il est ridicule en se laissant ainsi duper.

A vrai dire, dans l'acte mauvais qui produit la laideur, il y a bien aussi un faux calcul, un manque de visée. En effet, celui qui accomplit un acte contraire à la loi fait quelque chose qui lui est nuisible et par là même il fait un calcul faux. Celui qui cherche son bonheur dans la débauche se trompe étrangement. Une vie qui a été passée dans le désordre et qui dans son ensemble manque si absolument le but élevé auquel toute vie doit tendre n'est-elle pas un terrible exemple de ridicule? Si notre œil était plus clairvoyant, il apercevrait du ridicule dans tout acte mauvais. C'est ainsi que nous en jugerons un jour. C'est ainsi que Dieu dit d'avance à ceux qui s'égarent en violant sa loi : *subsannabo vos*, je me rirai de vous. Sans doute ce ne sera pas le sourire malicieux ou insignifiant qui s'épanouit dans des sentiments vulgaires, ce sera la sentence d'un Dieu offensé fixant dans ses destinées éternelles l'âme qui l'aura négligé, lui le vrai bien, et il la laissera tomber dans les abîmes. Dieu a voulu que sur la terre notre regard soit affligé par la vue du mal et que cette vue ne provoque pas notre rire, sans doute afin que nous ayons du mal une horreur salutaire, et nous devons l'en bénir.

Ici, il est vrai, il s'agit de résultats, de conséquences pour l'éternité. Dans le ridicule dont nous avons parlé et qui nous fait rire nous voyons des conséquences de moindre importance et qui n'ont rapport qu'à la vie présente.

§ II. — *Caractère du gracieux.*

Quelle est la loi du beau produit par l'activité, dont les évolutions sont spontanées, et que nous avons reconnue dans la vie physique de l'homme, dans le commencement de vie intellectuelle et morale de l'enfant, jusqu'à ce qu'il soit en possession de ses facultés, dans la vie physique des animaux et dans cette ébauche de vie intellectuelle et morale que l'on appelle en eux l'instinct, dans la vie qui appartient au règne végétal? — Cette loi est identique à celle que nous venons d'établir. En effet, la beauté produite par l'activité intelligente et libre résulte, avons-nous dit, des évolutions de cette activité agissant conformément à la loi qu'elle doit suivre. Or, la beauté produite par l'activité spontanée ne peut résulter aussi que des évolutions normales de cette activité. Sans doute, soit dans un chêne, soit dans un lis, la vie n'agit pas par un choix délibéré, elle ne fait que céder à des influences physiques, dirigées par une force supérieure, modifiées peut-être par la main de l'homme ; dans tous les cas, elle ne fait que subir ces influences. Aussi, même par le développement le plus parfait, elle ne produira pas à nos yeux une beauté qui ait le caractère élevé de la beauté morale ; mais elle produit le genre de beauté auquel convient le nom de gracieux, de même que le beau proprement dit est produit par les évolutions de l'activité intelligente et libre. Les applications que nous ferons plus tard de notre théorie contribueront à montrer la justesse de ces notions.

De même que nous ne pouvons jouir de la beauté morale, du beau proprement dit, sans que les évolutions de l'activité intelligente et libre nous soient traduites par les signes extérieurs, par l'élément sensible, de même les évolutions de l'activité spontanée ne nous donneront le spectacle du gracieux que dans la mesure où elles nous seront manifestées.

Rappelons de plus, ici, cette observation faite dans les études sur l'expression. A mesure que les formes sensibles nous révèlent un invisible de moindre valeur, elles attirent elles-mêmes davantage notre regard, et certaines qualités qui leur appartiennent auront plus de pouvoir pour nous charmer. Ainsi notre œil sera séduit par l'éclat et la variété des couleurs qui brillent dans telle fleur, dans le plumage de tel oiseau. De même nous remarquerons davantage certaines qualités qui résultent des formes extérieures de l'objet : l'unité, la variété, la proportion, l'harmonie. Ces qualités prennent plus d'importance dans un objet qui ne nous donne pas le spectacle de la beauté morale. Rien que l'entourage de cet objet, la manière dont il nous sera présenté, aura une plus grande influence sur notre appréciation.

Quand l'activité spontanée, en se développant, n'aura pas suivi sa loi, elle produira le disgracieux.

Nous avons vu que le ridicule est produit par un faux calcul, un manque de visée de l'activité intelligente et libre. L'activité spontanée, n'agissant point avec délibération, ne sera pas responsable de la proportion ou de la disproportion entre le but à atteindre et les moyens employés. On ne pourra donc pas dire que les effets produits par elle sont ridicules dans le sens que nous avons donné à cette expression et qui lui est généralement attribué. Les défauts de proportion dans les formes extérieures de l'homme, de l'animal ou de la plante produiront seulement le disgracieux. Quand nous nous servons d'une difformité physique pour jeter du ridicule sur celui qui en est affligé, c'est que nous rattachons malicieusement quelque travers d'esprit ou de caractère à cette difformité.

Nous voyons l'expression du ridicule dans les animaux quand nous leur prêtons la liberté et que nous voyons en eux une image des écarts de l'homme :

> Une grenouille vit un bœuf
> Qui lui sembla de belle taille ;
> (et) pour égaler l'animal en grosseur,
> ....la chétive pécore
> S'enfla si bien qu'elle creva.

C'est bien du ridicule.

§ III. — *Caractère du sublime.*

Nous verrons bientôt jusqu'à quel point les grands spectacles de la nature nous révèlent Dieu ; mais nous pouvons du moins dire ici d'une manière générale que ces grands spectacles, quand ils nous parlent et nous tiennent le langage qui leur est propre, nous révèlent une activité dont nous ne pouvons mesurer la puissance, et cette puissance émane de Dieu.

Or cette force supérieure ne peut agir que selon sa loi et selon l'ordre. Pour que les grandes scènes de la nature nous donnent le spectacle de la beauté, il suffit donc qu'elles nous fassent leurs révélations, qu'elles nous expriment cette puissance qui tient en sa main tous les éléments, et c'est précisément parce que cette puissance souveraine fait sentir sa présence dans la tempête que nous sommes saisis d'admiration. Si nous étions frappés de l'idée de désordre, nous n'aurions pas le spectacle du beau.

Le genre de beauté qui nous apparaît dans les grands spectacles de la nature est le sublime proprement dit. Comme les deux autres genres de beauté, il n'existe pas pour nous sans les deux éléments, l'élément invisible et l'élément sensible.

Il peut arriver que certaines circonstances nous empêchent de jouir du spectacle du sublime ; nous les étudierons dans les applications que nous ferons de notre théorie.

Pour conclure cet article sur la raison du beau considéré en lui-même, si l'on nous demande de résumer dans une formule les lois que nous venons d'établir, nous dirons que *la beauté est l'expression de l'activité qui s'est développée selon la loi*.

ARTICLE II

LE BEAU DANS NOS APPRÉCIATIONS

§ I. — *Nous apprécions la beauté dans les différents êtres d'après l'idée que nous nous faisons de leurs types.*

La beauté est l'expression de l'activité qui s'est développée selon la loi. Mais d'après quelle loi l'activité doit-elle se développer dans chaque être?

Cette loi, telle que nous pouvons la connaître, est l'idée que nous nous faisons de l'espèce à laquelle appartient cet être, est l'idée de son type.

Comment arrivons-nous à concevoir l'idée du type de chaque espèce d'êtres? Le voici : Examinons d'abord la question pour une fleur, un lis. Nous avons vu des lis ; nous avons remarqué quel développement atteint ordinairement cette fleur, quelle est la disposition de ses feuilles, quelle est la forme de ses fleurs. Nous en avons vu dont le feuillage était maigre, la tige grêle, les fleurs étiolées et peu nombreuses ; nous en avons vu d'autres dont la tige vigoureuse portait des fleurs en plus grand nombre, bien distribuées et richement épanouies.

Après avoir considéré ces différents lis, nous avons connu ce que doit être cette fleur quand elle arrive à son développement le plus parfait, et c'est ainsi que nous nous sommes fait l'idée de son type.

Cette idée est plus ou moins précise dans notre esprit, elle est plus ou moins complète ; mais du moins, c'est d'après cette idée que nous jugerons les différents lis que nous aurons devant les yeux.

Nous arrivons de la même manière à concevoir le type des différentes fleurs, des arbres, des animaux.

Nous n'avons point à déterminer ici davantage les différents types des êtres, nous nous bornons à constater la loi.

Il est évident que cette loi repose sur des données subjectives et que ces diffrents types se dessineront d'une façon différente dans l'esprit de chaque individu.

Pour que la science du beau reposât sur des principes précis à tout point de vue et dont l'application ne laissât aucune incertitude, il faudrait dessiner ces types d'une façon parfaite. Mais pour cela il faudrait avoir la science complète de la nature, et les hommes les plus savants, sur ce point comme sur les autres n'auront jamais qu'une science très bornée.

Chacun devra toujours acquérir cette science pour son propre compte et aura ainsi dans l'esprit une idée plus ou moins incomplète des types des différents êtres. Il en résultera que les appréciations sur la beauté seront souvent très différentes. Bien des causes contribueront à mettre des divergences dans les opinions, mais celle que nous indiquons ici y contribuera sans doute considérablement.

Il ne faut pas en conclure que la science du beau est incertaine. Les principes peuvent être établis avec clarté, seulement, comme en toute autre science, chacun possédera plus ou moins les éléments qui le mettront à même de porter des jugements avec sécurité.

D'ailleurs cette loi que nous venons d'indiquer n'a rien de nouveau, et chacun pourra constater que, pratiquement, c'est bien ainsi que nous portons nos jugeménts sur la beauté relative des objets. Quand nous disons que tel lis est plus beau que tel autre, que tel chêne est plus beau que tel autre, il faut bien que nous ayons dans l'esprit un terme de comparaison. Or, quel est ce terme de comparaison, sinon l'idée plus ou moins complète, plus ou moins parfaite de cette fleur, de cet arbre?

Mais voici une plante exotique, un arbre que vous voyez pour la première fois, un palmier par exemple. — Vous le jugerez comme arbre, vous considérerez son aspect général, sa puissance de végétation, la disposition de son feuillage, et vous l'apprécierez d'après ces données générales; toutefois vous ne pourrez pas dire s'il se distingue par sa beauté parmi les arbres de son espèce.

Il est évident que vous ne jugerez un arbre par rapport aux ar-

bres du même genre qu'en prenant comme règle de vos appréciations l'idée que vous vous êtes faite de son espèce. Ce type de chaque espèce, c'est l'idéal, c'est ce que Plotin a gracieusement appelé
« la fleur de l'être ».

Nous verrons l'artiste, le peintre représentant un objet, s'efforcer de le transformer, de l'embellir, de l'idéaliser ; il travaillera alors
non pas d'après l'objet qu'il aura devant les yeux, mais d'après
l'idéal qu'il aura dans son esprit.

Nous reviendrons sur ce point important dans les applications
de la théorie, et spécialement en étudiant la beauté dans l'homme,
mais dès maintenant nous reconnaissons cette loi que c'est d'après
les idées que nous nous faisons des types des différents êtres que nous
apprécierons la beauté des êtres de chaque espèce.

§ II. — *Nous apprécions aussi la beauté des différents êtres d'après*
l'expression que nous leur prêtons.

Les différentes espèces d'animaux et de plantes ont par elles-
mêmes plus ou moins de beauté, mais dans nos appréciations le
plus souvent nous faisons intervenir l'expression que nous leur prêtons. De là une nouvelle loi complémentaire, laquelle, d'ailleurs
comme la précédente, repose sur des données toutes subjectives et
cette loi nous donne la raison d'appréciations qu'il nous serait impossible d'expliquer sans elle.

Il y a en effet, des êtres qui se sont développés selon leur loi, selon
l'idée que nous avons de leur type. D'après les lois objectives que
nous avons posées, ils devraient donc nous paraître beaux, et cependant ils nous déplaisent. Il y a des espèces qui nous paraissent
moins belles que d'autres ; il y a en a dans lesquelles nous ne voyons
que de la laideur. Pourquoi l'âne est-il moins beau que le cheval ;
pourquoi un porc remarquable par sa conformation, parfaitement
bien venu, n'est-il pas aussi beau qu'un cheval qui n'est qu'ordinaire parmi les animaux de son espèce ? — Pourquoi attribuons-
nous à tel objet, à un animal, à un arbre, un genre de beauté qu'il
n'a pas par lui-même ? Ainsi nous voyons l'ardeur belliqueuse dans
le cheval ; d'un chêne qui pour nous ne devrait être que gracieux,
puisqu'il n'a que les développements de l'activité spontanée, nous

dirons qu'il est beau. En effet, la qualification de gracieux rendrait mal notre impression, nous dirons : voilà un beau chêne.

La réponse à ces difficultés est tout entière dans la loi que nous venons d'indiquer.

Si nous avons des préférences pour certaines espèces, si nous donnons à des animaux et à des plantes des qualifications qui supposent en eux des qualités ou des défauts qu'ils n'ont pas, des qualifications qui ne seraient pas justifiées par les lois objectives que nous avons posées, c'est que nous prêtons aux animaux l'expression de qualités morales ou de défauts, c'est que nous voyons même dans les arbres et les fleurs des symboles de nos pensées, de nos sentiments, des situations de notre âme ; et ainsi ces animaux ou ces objets se revêtent d'une beauté ou d'une laideur qu'ils n'ont pas par eux-mêmes, mais qui résulte de l'expression que nous leur prêtons.

Nous indiquons seulement la solution ; nous la donnerons complète dans les applications que nous ferons de notre théorie.

§ III. — *Notre appréciation dépend de notre situation intellectuelle et morale.*

Ces lois que nous venons de poser sont subjectives, mais elles sont générales. Il en est d'autres encore qui sont plus vagues et plus indécises, dont les applications dépendent, pour ainsi dire, des dispositions personnelles et même transitoires de chacun, mais que nous pouvons cependant indiquer.

L'expression est la grande condition de la beauté. Or il est des circonstances qui nous empêchent de lire l'expression des objets ou qui en modifient le sens à nos yeux.

1° Beaucoup ne sont pas suffisamment préparés par l'éducation pour comprendre l'expression des objets et leur beauté.

Parfois l'expression manque de clarté mais plus souvent nous ne savons pas la lire. La nature est un livre mais encore faut-il savoir le lire, ce livre. Il sera compris par l'homme dont l'esprit est cultivé, dont le sentiment a été développé par l'observation et la réflexion, mieux que par l'homme ignorant ou par celui qui considère toute chose au point de vue de l'utilité. Voilà pourquoi le poète verra et nous fera voir dans la création des beautés que nous n'y aurions jamais soupçonnées ; il en comprend mieux que nous le langage.

Voilà pourquoi le paysagiste nous montrera des beautés que nous n'aurions point remarquées. Comme lui nous avions vu en passant ce petit coin de paysage, ce ruisseau, ces rochers enveloppés de verdure, et ces objets n'avaient point attiré notre attention. Mais c'est Ruysdaël ou l'un de nos contemporains, Rousseau ou Daubigny, qui passe où nous sommes passés, et son œil voit ce que nous n'avions point vu ; par son tableau il sait nous faire voir des aspects charmants que sans lui nous n'aurions jamais connus.

Pour jouir des beautés de la nature, et surtout de celles que produisent les arts, il faut que le goût soit formé par l'étude et l'expérience. Tous ne savourent pas également les merveilleuses beautés d'un andante de Mozart, avec ses mouvements variés et les nuances délicates des sentiments qu'elle exprime ; tous n'apprécieront pas la précision et l'élégance d'un dessin de Raphaël ; tous ne comprendront pas les beautés d'une œuvre de Corneille ou de Racine ou de la *Divine Comédie* du Dante. Le paysan trouvera charmante une image grossièrement enluminée et sera satisfait par une musique plus ou moins tapageuse.

2º L'habitude ou la nouveauté pourront aussi modifier à nos yeux l'expression des objets.

L'habitude fera que certains objets auront pour nous moins d'expression parce que nous sommes familiarisés avec l'impression qu'ils sont susceptibles de nous communiquer ; notre sensibilité s'est émoussée à leur égard. Tel chant, par exemple, nous avait beaucoup plu quand nous l'avions entendu pour la première fois, et il nous laisse maintenant indifférents parce qu'il a été trop souvent répété devant nous.

La jouissance pourra aussi être augmentée par des souvenirs qui se rattachent à l'objet qui nous la procure. En nous rappelant le passé, ce paysage ou ce chant fait revivre les joies d'autrefois, lesquelles s'ajoutent aux joies présentes ; ainsi les chants que nous aimions à redire dans notre enfance et qui nous rappellent les joies disparues ou la patrie absente auront pour nous un charme particulier.

Nous n'accepterons pas l'expression de tel objet parce que ses formes nous sont inconnues et nous semblent extraordinaires. C'est ainsi que la couleur des nègres nous est plus désagréable quand nous en voyons un pour la première fois ; l'habitude peut diminuer beaucoup cette impression fâcheuse.

D'un autre côté, la nouveauté nous fera sentir plus vivement l'expression d'un objet ; et si cette vue flatte notre curiosité sans choquer les goûts que le temps a formés en nous, nous jouirons davantage.

Si nous considérions ici les lois de l'art, nous pourrions remarquer que les œuvres d'art reçoivent chez les différents peuples une empreinte particulière qui tient à la civilisation, aux mœurs et aux idées répandues dans chaque contrée ; et les individus eux-mêmes par suite de l'éducation qu'ils ont reçue dans leur pays, comprendront plus facilement les œuvres qui s'y produisent ; ils comprendront moins bien l'expression des œuvres produites dans des contrées étrangères, parce qu'elles ne seront pas conformes à leurs idées.

Les Chinois ne peuvent comprendre notre musique, basée sur un système tout différent de celui adopté pour la leur ; ils nous traiteraient volontiers de barbares, et nous sommes tout disposés à leur rendre la pareille.

3º Les situations différentes dans lesquelles nous serons pourront aussi faire varier à nos yeux l'expression de l'objet.

Nous avons devant les yeux un lion, il est enfermé dans une cage solide, et nous pouvons considérer sans crainte la fierté de sa pose, la vigueur de ses muscles ; nous l'admirons et nous nous plaisons peut-être à voir en lui l'expression de la force morale. Mais si nous étions seuls au milieu d'une plaine, dans l'impossibilité de nous défendre d'un lion que nous verrions s'élancer sur nous, prêt à nous dévorer, assurément nous ne pourrions plus songer qu'à notre péril.

Quand même nous serions en sûreté, si ce lion tenait un homme sous ses griffes terribles ou seulement était sur le point de le saisir, nous ne verrions que la mort qui menace ce malheureux.

Sans qu'il s'agisse d'un péril pour nous ou pour un autre, notre situation d'esprit aura une grande influence sur l'expression que nous prêterons aux objets ou aux spectacles qui seront devant nos yeux. Le même paysage qui tant de fois nous avait ravis pourra nous paraître sans intérêt parce que nous sommes dans la tristesse.

Chateaubriand, assis sur les bords du Lido et considérant Venise avec ses palais et ses gondoles, s'étonnait de ce que cette ville ne lui semblait pas aussi brillante qu'au temps où il l'avait vue, quand il était jeune encore ; mais comprenant bientôt qu'il avait changé bien plus que la reine de l'Adriatique, il laissait tomber de ses lèvres ces mélancoliques paroles : « Le vent qui souffle sur une tête dépouillée ne vient d'aucun rivage heureux. »

Ces différentes causes en influant sur nos appréciations, donneront plus ou moins de valeur à la beauté des objets.

CHAPITRE V

Application de la théorie

L'analyse et le raisonnement nous ont guidé dans la recherche que nous avons faite des lois du beau ; mais nous allons reconnaître mieux encore la vérité de ces lois en constatant qu'elles expliquent parfaitement toutes les beautés qui s'offrent à nos yeux.

Nous considérerons le règne animal et tout d'abord l'homme, le roi de la création, puis le règne végétal, la nature inanimée, et enfin les grands spectacles de la création.

ARTICLE 1

LE GRACIEUX, LE BEAU ET LE SUBLIME DANS L'HOMME. DÉFAUTS OPPOSÉS A CES QUALITÉS

Le beau, avons-nous dit, est l'expression de la vie qui s'est développée selon sa loi.

De plus, nous apprécions les développements de l'activité en jugeant les êtres d'après l'idée que nous avons de leurs types. Mais y a-t-il un type général et unique d'après lequel nous puissions juger de la beauté dans l'homme? Telle est la difficulté qu'il nous faut d'abord résoudre.

§ I. — *Nous concevons un type général et unique d'après lequel nous jugeons de la beauté de l'homme.*

Dans l'homme nous distinguons le corps et l'âme, étudions successivement l'un et l'autre.

I. — Nous concevons un type de la beauté du corps.

Chaque jour nous prononçons des jugements qui attestent que nous avons dans l'esprit un type du corps de l'homme. Ainsi nous disons que tel corps est bien fait ou qu'il est difforme; nous trouvons celui-ci trop maigre, celui-là surchargé d'un embonpoint démesuré ; nous signalons dans tel visage ou dans les membres de tel individu une irrégularité d'un genre ou d'un autre. Or nous ne pouvons porter ces jugements sans qu'il y ait dans notre esprit un modèle auquel nous comparons ces différents corps que nous apprécions.

Avons-nous l'idée complète de l'homme parfait? Assurément non. Pour cela il nous faudrait connaître l'exemplaire primitif tel qu'il sortit des mains du Créateur. Cependant la nature nous montre çà et là des traits avec lesquels nous nous faisons quelque idée de cette beauté ; et puis il y a des races choisies où les belles proportions et les formes correctes semblent mieux conservées.

Ces races, nous les trouvons dans les régions où la vie se développe sous les influences de climat et de civilisation les plus favorables. Des races entières nous semblent difformes, et elles le sont en effet : chez ces hommes vivant sous un ciel inclément, dans les conditions les plus fâcheuses sous tous les rapports, les facultés se sont atrophiées, les forces vitales ont dépéri peu à peu.

« Le Hottentot, dit M. Alfred Maury, se distingue par sa petite taille ; sa peau est jaune, sale, et sa physionomie repoussante. Il a la tête grosse, le corps maigre, les membres menus ; il ne vit guère passé quarante ans. »

Le même voyageur ajoute : « Les Hottentots demeurent dans des huttes basses, imparfaitement construites, où ils ne se glissent qu'en rampant. Leur vêtement de jour et de nuit se réduit au caross, sorte de peau de mouton jetée sur leurs épaules. La malpropreté dans laquelle ils se plaisent et croupissent, les viandes infectées et corrompues dont ils font leur principale nourriture, sont sans doute les causes qui contribuent au peu de durée de leur vie (1). »

La nature suit ses lois ; mais pour cela, si elle n'est pas aidée dans ses développements, il faut que du moins elle ne soit pas comprimée.

---

(1) *La Terre et l'Homme*, par M. Alfred Maury, ch. VII, p. 362.

7. — Un Canaque.

Dans les animaux, on voit qu'elle subit des déviations, quand on change leurs habitudes, quand on les transporte sous un nouveau climat, quand on les enlève aux forêts pour les emprisonner dans une loge étroite. Chez l'homme, la nature est susceptible de transformations bien plus marquées : gênée par de mauvaises conditions, elle s'affaiblit et se fausse ; placée sous une zone tempérée, sur un sol fécond, dans un ensemble de conditions avantageuses, elle se redresse peu à peu. Ne nous enseigne-t-elle pas ainsi qu'il existe une forme qu'elle préfère et qu'elle aspire à retrouver, un type qui existait au premier jour et qui est le type rationnel?

Sans que nous établissions une gradation qui donne la valeur, au point de vue physique, de toutes les races du globe, nous pouvons dire que les hommes de race caucasique, chez lesquels la disposition du front, du nez, de la bouche et du menton, et, comme on l'on dit, l'angle facial, appartient en propre, à l'humanité, cette disposition présente à notre regard un type de l'homme plus parfait que le Hottentot, dont le front et le nez tendent à fuir et à s'effacer, tandis que la bouche, les mâchoires et le menton s'avancent et s'allongent, lui donnant ainsi un profil rappelant celui du singe (1).

Nous avons dit le type rationnel ; en effet, la raison nous guide dans ce travail d'analyse et de synthèse par lequel nous arrivons à retrouver dans une certaine mesure le type de la beauté de l'homme.

Ce qui fait la beauté du corps de l'homme, et spécialement du visage, ce n'est pas seulement que les organes sont bien faits pour les fonctions qu'ils ont à remplir, ce n'est pas que les lèvres ont toute la mobilité désirable, que les narines donnent un passage facile à la respiration, que l'oreille est bien ouverte pour percevoir les sons ; mais de plus les organes bien sont faits pour que le corps lui-même remplisse bien son service à l'égard de l'âme, et le visage sera plus beau quand les organes seront mieux faits pour répondre à ces fonctions supérieures.

Nous étudierons plus tard les beautés résultant des révélations de l'âme par la physionomie. Ici nous étudions la beauté physique,

(1) En faisant ce rapprochement, nous répudions comme insensées et abjectes toutes les théories transformistes qui veulent voir dans l'homme un singe perfectionné. Il y a toujours entre l'homme et le singe la distance qui sépare l'homme et la bête : le premier ayant l'intelligence, le libre arbitre et des destinées éternelles, la bête restant privée de raison avec une existence limitée à la vie présente.

mais, même à ce point de vue, nous devons reconnaître que le visage humain sera plus beau à mesure que ses différentes parties seront mieux disposées pour servir les hautes facultés de l'âme, à mesure qu'elles sembleront mieux les faire dominer, les mettre en évidence, à mesure que l'homme sera plus différencié de l'animal et qu'il paraîtra mieux le roi de la création par ce qui le distingue : la pensée.

Comparez le profil de l'homme avec le profil des animaux. Dans le visage de l'homme, ce que l'on appelle l'angle facial, c'est-à-dire l'angle formé par les deux lignes partant de la racine du nez et allant l'une à la base du crâne et l'autre formant la tangente du front, cet angle vous donne à peu près l'angle droit ; au contraire, dans les animaux, cet angle est aigu.

Dans l'animal, le mufle qui doit saisir et broyer les aliments est la partie saillante et dominante ; les yeux qui devront épier la proie et le nez lui-même qui devra la flairer ne sont qu'au second plan et restent subordonnés à la mâchoire. Une tête ainsi conformée n'est faite que pour détruire et pour dévorer.

Au contraire, dans la face humaine, les instruments de la nutrition s'effacent pour laisser dominer le front et les yeux ; le nez lui-même, qui perçoit les odeurs, se rattache aux organes où siège la pensée, il continue le plan du front, sépare les belles ombres dans lesquelles s'enveloppent les yeux, et devient le symbole d'un flair moral qui tient de l'intelligence et de la sensibilité.

Le profil qui remplira le mieux ces conditions basées sur les hautes destinées de l'homme est celui qui se recommande mieux à notre admiration. Hegel exprime bien cette pensée. « Le profil grec, bien qu'il ne soit pas adopté par les Chinois, ni par les Egyptiens, ni par les Juifs, ne saurait passer pour une forme arbitraire, nationale, née du hasard ; il appartient à l'idéal de la beauté absolue parce que dans cette conformation du visage l'expression de l'esprit refoule au second plan les organes purement physiques et se dérobe le mieux aux accidents de la forme, sans montrer cependant une simple régularité et sans exclure tout caractère (1). »

Dans ce travail que nous avons à faire pour retrouver le type de la beauté corporelle, nous pouvons nous aider des chefs-d'œuvre dans

---

(1) Cours d'esthétique cité par M. Charles BLANC : *Grammaire...* Nous pouvons préciser ces considérations en mettant en regard la tête de l'Apollon du Belvédère, et celle d'un Canaque.

lesquels des artistes d'un goût plus épuré, plus éclairé, et vivant au milieu des plus belles races, nous ont montré les formes les plus parfaites (1).

Le type de beauté que nous nous formons dans l'esprit pour le corps de l'homme comprend d'ailleurs les différents âges que l'homme traverse dans son existence. Nous ne demandons pas à l'enfant les formes de l'homme fait, au vieillard la souplesse et la vigueur de la jeunesse.

Ce type général se transforme aussi dans notre esprit selon les différents caractères que nous pouvons attribuer aux individus d'après leur situation dans la société, le rôle qu'ils y jouent, les fonctions qu'ils y remplissent. Ces types façonnés par les diverses situations offertes à l'homme peuvent d'ailleurs avoir leur beauté spéciale, mais ils disparaissent dans le type général de l'individualité humaine.

La statuaire grecque par les différents types de ses divinités, peut nous aider à comprendre cette variété dans l'unité. L'Hercule est très différent de l'Apollon. Pour le premier, les parties du corps qui s'exercent dans la lutte, les épaules, les bras, les jambes, prennent un développement qui accuse la vigueur de celui qui s'occupe à terrasser les monstres et cherche des exploits sur les grandes routes ; la tête est relativement petite. Au contraire dans le second toutes les parties du corps sont dans d'admirables proportions, et la tête par sa beauté spéciale, avec sa chevelure qui la couronne comme d'un diadème, attire surtout l'attention et fait bien reconnaître le dieu de la lumière.

Donc tout en reconnaissant que le type de la beauté corporelle se transforme dans notre esprit selon les âges et les sexes, tout en reconnaissant qu'il admet des caractères variés dans lesquels il passe, en reconnaissant même qu'il se prêtera à l'expression des différents sentiments, nous disons que ce type, sans avoir la rigidité d'un étalon qui servirait à régler les poids et les mesures, existe cependant dans son unité essentielle et qu'il est la règle de nos jugements sur la beauté corporelle.

---

(1) M. Charles Blanc, dans sa *Grammaire des arts du dessin*, montre très bien comment dans les statues grecques, surtout dans celles de la belle époque, chacune des parties du corps humain présente les plus belles formes.

Mais sommes-nous en droit de juger d'après ce type unique les individus de toutes les races, et chacune de ces races diverses n'est-elle pas une variété qui peut revendiquer pour elle le privilège de la beauté? Non. C'est d'après un type unique, tel que nous venons de l'expliquer, tel que nous le concevons d'après les moyens qui nous sont offerts, c'est d'après ce type que nous jugeons les différentes races, les Chinois, les Européens, le Hottentot et l'Africain, les hommes blancs et les hommes noirs.

Il ne faut pas objecter que le Hottentot conçoit le type humain à sa manière et se croit le modèle le plus parfait. Si nous le mettions à même de se prononcer, peut-être n'aurait-il pas cette prétention ; mais s'il l'avait, nous serions encore en droit d'appeler de sa sentence, à moins que, pour lui donner raison, l'on dise aussi qu'il est plus avancé que nous sous tous rapports, dans les lettres, les arts, la civilisation, que la barbarie est chez nous et non chez lui.

Les différentes races s'éloignent du type parfait par des défectuosités plus ou moins graves. Chez les nègres de l'Ethiopie et de l'Abyssinie, les traits ont une régularité toute européenne et une correction quelquefois irréprochable ; seulement la couleur noire est moins favorable à l'expression des sentiments par le jeu de la physionomie.

II. — Nous concevons un type de la beauté de l'ame.

De même que nous avons dans l'esprit un type d'après lequel nous jugeons des développements du corps de l'homme, nous en avons un aussi d'après lequel nous jugeons la valeur de la vie de son âme.

Pour cela nous n'avons pas besoin de discuter et de rédiger un code de morale, mais nous pouvons reconnaître que dans l'âme vraiment digne de notre admiration il y aura l'harmonieux développement de toutes ses facultés, non seulement de l'intelligence et de la volonté, mais aussi de la sensibilité.

Nous pouvons considérer isolément l'œuvre de chacune de ces différentes facultés.

L'intelligence aimera la vérité et la recherchera, comme l'aigle s'élance vers le soleil pour contempler la lumière dans son foyer, et boire, pour ainsi dire, ses rayons.

La sensibilité est le siège des passions ; elle les subit, mais elle les engendre aussi et les nourrit. En ce sens, elle n'est pas seulement passive, mais active. Elle doit s'animer au souffle de tout ce qui est louable, grand, généreux, et favoriser dans le cœur de l'homme le développement de toutes les nobles passions que nous aimons à y voir : l'amour filial, l'amour maternel ou paternel, l'amitié, l'amour de la patrie, et cet amour plus grand et plus généreux encore qui ne connaît plus de limites ni de frontières, embrasse tous les hommes dans les mêmes liens et leur consacre le même dévouement, c'est-à-dire l'amour de l'humanité, qui ne se réalise guère, il est vrai, qu'en recevant l'influence de la religion et en devenant la charité.

La volonté doit régler les autres facultés dans leurs évolutions. Elle attache l'intelligence à la recherche obstinée de la vérité, la lui fait poursuivre à travers les obstacles, les veilles et les fatigues de tout genre ; elle dirige la sensibilité, ne lui permet de se livrer qu'aux affections légitimes, lutte contre ses répugnances, et assure ainsi son propre triomphe.

Ajoutons que dans ce développement général, les diverses facultés de l'âme humaine doivent agir de concert et dans une parfaite harmonie. L'intelligence, par ses élucubrations, ne doit pas stériliser la sensibilité. La sensibilité elle-même ne doit pas aveugler l'intelligence, ni entraîner la volonté à laquelle elle doit obéir. La volonté, à son tour, ne doit se déterminer que d'après les lumières de la raison, en s'aidant de la sensibilité et en lui demandant ses inspirations. Quand l'âme peut légitimement suivre les entraînements de la sensibilité, elle trouve en elle une merveilleuse ressource.

De même que le corps subit des transformations, l'âme aussi traversera des phases différentes dans lesquelles ses facultés n'auront pas la même action.

Dans l'enfance, l'intelligence a moins de lumière et la volonté moins d'énergie, et jusqu'à ce que ces facultés remplissent le rôle auquel elles sont appelées, l'enfant agira surtout d'après les impressions de la sensibilité. C'est « dans l'homme arrivé à sa maturité que l'harmonie sera parfaite entre les facultés de l'âme ; la volonté fera le chant, mais l'intelligence et la sensibilité sauront accompagner cette mâle mélodie. Dans le vieillard, la sensibilité semble l'emporter de nouveau.

« Dans le déclin de la vie, la raison, disciplinée par une rude ex-

périence, aura surtout la sagesse en partage ; mais cette sagesse in-
dulgente et douce parlera pour conseiller, non pour gourmander ;
elle conseillera par tendresse, non par orgueil ; elle abdiquera tout
rôle au-dessus de ses forces, et sa voix calme aura le charme suave
des derniers bruits d'une belle journée (1). »

Dans le type de l'homme, tel que nous le concevons, non seulement il doit y avoir harmonie entre les facultés de l'âme, dans leurs
développements, mais il doit y avoir équilibre entre la vie du corps
et la vie de l'âme. Le corps doit rester soumis à l'âme ; mais il doit
être traité par elle comme un auxiliaire dont les services lui sont indispensables, et sans lesquels elle perd elle-même de ses ressources
et de sa puissance. Socrate, dans un de ses dialogues, met le corps
et l'âme dans les plateaux d'une balance, et il dit que l'un ne peut
pas monter ou baisser sans que ce soit au détriment de l'autre.

Si le corps reçoit tout ce qui peut le satisfaire et favoriser son développement, il appesantit l'âme et la réduit à la plus honteuse ser-
vitude (2). S'il est surmené par l'âme, fatigué par le travail, et s'il
s'affaiblit avant le temps, l'homme ne fournira pas toute sa carrière, et il apparaîtra comme incomplet, sous certains rapports du
moins.

Toutefois, nous n'oublions pas que c'est par son âme que l'homme
s'élève, et si, pour accomplir de grandes œuvres, il va jusqu'à rui-
ner sa santé, dans cet état d'épuisement il nous apparaîtra avec
un mérite de plus : celui du sacrifice auquel il s'est condamné (3).
Celui qui, pour accomplir le bien, donne sa vie en quelque sorte
goutte à goutte, n'est pas moins digne d'éloges que le soldat qui,
dans un instant, au milieu de l'entraînement général, la donne sur
le champ de bataille.

Nous trouvons donc très bon que, pour un motif louable, l'homme
se sacrifie et épuise avant le temps les forces de son corps ; mais
dans le type général que nous concevons, il doit exister un équilibre
convenable entre le corps et l'âme. Chez les peuples d'une civilisation avancée, surtout au milieu de la vie fiévreuse des villes, le corps

(1) Charles LÉVESQUE, *Science du Beau*, t. I, p. 310.
(2) *Corpus quod corrumpitur aggravat animam.* (Sap., c. IX, v. 15.)
(3) *Major sum et ad majora genitus quam ut mancipium sim corporis mei.* (Sénèque,
lettre 65.)

arrive moins facilement à son développement normal : dans l'état sauvage, l'âme et parfois même le corps demeurent informes et grossiers.

§ II. — *Comment le gracieux et le beau se développent dans l'homme.*

Nos principes étant ainsi posés et complétés, essayons d'apprécier les différents degrés de beauté qui peuvent nous apparaître dans l'homme.

Le gracieux, avons-nous dit, est produit par l'activité spontanée qui s'est développée selon sa loi. Il appartient donc spécialement à l'enfance, parce que c'est cet âge surtout qui nous montre l'œuvre de la nature.

Un jeune enfant cueille des fleurs ou se livre à ses jeux sur la pelouse : l'incarnat de son teint annonce une santé parfaite, ses membres sont bien proportionnés et tous ses mouvements pleins de souplesse ; les boucles de ses cheveux encadrent son front et flottent sur ses épaules. Nous aimons à le considérer pendant qu'il prend ainsi joyeusement ses ébats. Sur l'appel de sa mère, il vient au milieu de nous, et nous pouvons à l'aise considérer l'expression de sa physionomie : l'intelligence brille dans la vivacité de son regard. Nous lui faisons quelques questions, et il nous enchante par l'à-propos de ses réponses. Pour sonder ses sentiments, et sans qu'il soupçonne le motif qui nous fait agir, nous mettons en doute son affection pour sa mère ; aussitôt sans hésitation, mais aussi sans calcul, par un mouvement tout instinctif, il s'élance vers elle, l'enlace dans ses bras, dépose sur ses lèvres les plus tendres baisers et par son regard, il semble nous dire : Lisez dans mon cœur, voyez combien je l'aime !

Cet enfant est gracieux, gracieux dans son corps bien proportionné, plein de vie et de souplesse, gracieux par les facultés d'intelligence et de louable sensibilité dont il nous donne la preuve. D'ailleurs, toutes les qualités qui nous charment en lui sont des dons de la nature. En effet, il nous plaît par sa vivacité, par ses reparties pleines d'à-propos, bien qu'il en comprenne à peine le sens, par une gaîté dont il n'a pas conscience ; il nous plaît, parce que nous voyons en lui les premières lueurs de l'intelligence, le premier épanouissement de la sensibilité, parce que nous voyons en lui ces

dons qui sont les promesses et l'espérance de l'avenir. Mais toutes
ces qualités sont l'œuvre de la nature, et c'est pour cela que cet enfant nous donne le spectacle du gracieux, et non celui du beau proprement dit (1).

Le beau proprement dit commence à se former dans l'enfant
aussitôt qu'il exerce sa volonté. Il peut nous en donner de bonne
heure le spectacle dans un fait isolé. Il s'en allait à la classe, portant
le pain et les fruits qui lui avaient été remis pour son déjeuner ; ren-
contrant un pauvre, qui d'une voix suppliante, lui demande l'au-
mône, il est ému, donne à ce malheureux son pain et ses fruits, s'exposant à souffrir lui-même de la faim. Nous reconnaîtrons que cet
acte est beau. Mais si nous considérons la physionomie habituelle
de l'enfant, c'est surtout l'expression du gracieux que nous y remarquons. Il faut que la volonté agisse plus d'une fois, que des actes
nombreux de vertu soient accomplis, pour que le travail de l'âme
marque son empreinte sur la physionomie.

Il nous serait impossible de dire quelles sont dans l'enfant les limites du gracieux et du beau, ou de préciser comment le premier
disparaît pour faire place au second. Depuis longtemps la volonté
est devenue responsable de ses actes, que la nature se développe
encore d'elle-même, et, jusque dans l'âge de la virilité, elle conserve
ses droits et donne d'elle-même cette sève qui est dans l'homme l'aliment de la vie physique et de la vie intellectuelle et morale.

Pendant les années de l'adolescence, on peut remarquer à la fois,
dans la physionomie du jeune homme, l'expression de la nature qui
s'épanouit et des facultés morales qui s'exercent à la lutte. La nature est pleine de vie et d'entraînement ; la volonté, encore incertaine, s'efforce de se fixer dans le bien ou se laisse aller à de honteuses
faiblesses ; époque décisive que les anciens avaient caractérisée par
l'allégorie d'Hercule placé entre le vice et la vertu, sollicité par les
promesses que lui font la volupté et le mensonge, encouragé par les
conseils plus austères, mais plus salutaires, que lui adressent le devoir et la vérité. Pendant que le bien et le mal se livrent dans le cœur
de l'homme cette lutte terrible, on peut reconnaître dans ses traits
un mélange de grâce et de beauté. Peut-être, au milieu de charmes

(1) Pourquoi la vue d'un enfant nous touche-t-elle si fort ? se demande Schiller. « C'est
que chez lui tout est disposition et destination ; chez nous tout est à l'état de chose accompli, et l'accomplissement reste toujours au-dessous de la destination. »

qui s'effacent, on remarque les indices trop certains de tristes dé-
faillances. Le corps loin de se fortifier, s'affaiblit ; le regard n'a plus
sa limpidité, ni le teint sa fraîcheur ; la bouche a perdu la naïveté
et la franchise de son sourire ; le front est creusé de rides prématu-
rées. Mais souvent aussi, à mesure que les années s'écoulent, dans
l'enfant, dont les traits n'avaient rien qui fût digne d'attirer notre
regard, nous remarquons une transformation qui est tout à son
avantage : le corps s'affermit et se développe, toute la physionomie
se compose, et s'embellit par le travail qui s'accomplit dans l'intelligence et la volonté.

Quelquefois la physionomie de l'enfant ne traduit qu'incomplètement son âme; mais c'est surtout dans l'homme arrivé à l'âge de
la maturité que nous remarquons ce désaccord, cette opposition,
et c'est en étudiant la beauté dans l'homme que nous pourrons résoudre la difficulté qui résulte de cette discordance.

Nous voyons le gracieux dans l'épanouissement spontané des
dons de la nature ; cet épanouissement nous apparaîtra donc non
seulement dans l'enfant, mais aussi dans la femme.

Dans la femme, la volonté s'exerce avec moins de puissance, avec
une énergie moins soutenue que dans l'homme. Même après les années de l'adolescence, ses qualités semblent être un don de la nature
autant que l'œuvre de ses facultés morales, et cette spontanéité
s'exprime par tous les traits de sa physionomie (1).

Pour donner plus de précision à ces aperçus, nous pourrions dire
que le gracieux se caractérise dans l'âme par la spontanéité, par
l'heureux développement des facultés ; dans le corps, par la souplesse, le moelleux des formes, la fraîcheur du teint, qualités qui,
d'ailleurs sont bien d'accord avec la spontanéité du développement.

Etudions maintenant ce qui dans l'homme est incontestablement
beau.

§ III. — *Conditions requises pour que le bien prenne à nos yeux l'éclat*
de la beauté.

Le beau moral, avons-nous dit, est l'expression de l'acte moral
conforme à la loi. Mais, pour que nous ayons le spectacle de la beauté

_____

(1) « Il y a le même rapport entre le visage de l'homme et celui de la femme qu'entre
l'âge viril et l'adolescence », dit un manuscrit allemand cité par Lavater, t. II, p. 30.

ou de la laideur morale, il ne suffit pas qu'un acte moral s'accomplisse devant nos yeux ; le plus souvent nous n'aurions que la vue du bien ou du mal. Il arrivera en effet, qu'un acte conforme à la loi et même un acte de dévouement sera accompli sous nos yeux sans que nous ayons l'émotion esthétique, parce que nous penserons trop exclusivement à la moralité de cet acte.

Dans quelles conditions l'acte moral devra-t-il donc nous apparaître pour qu'il nous donne le spectacle de la beauté ou de la laideur? Il faut qu'il nous apparaisse dans une expression, dans un symbole. Dans cette expression, dans ce symbole, il prendra un aspect qui le détachera du monde purement moral, et lui permettra de nous donner le spectacle de la beauté ou de la laideur.

Par cette observation, nous ne modifions pas, mais nous expliquons la définition que nous avons donnée de la beauté. Nous avons dit en effet qu'elle est l'*expression* de l'activité qui est développée selon la loi ; nous précisons le caractère de cette expression.

Du reste, nous pouvons remarquer ici, pour ne pas revenir sur cette question, que les autres genres de beauté, le gracieux et le sublime, ne diffèrent point sous ce rapport du beau proprement dit. En effet, le gracieux est l'expression du développement normal de l'activité spontanée ; mais quand nous en avons le spectacle, ce n'est pas que nous voyons l'évolution même de cette activité. Quand nous admirons un corps bien fait, un bel animal, une belle fleur, nous ne voyons pas la vie se développant, mais nous constatons qu'elle s'est développée selon sa loi. Nous aimons à voir l'agilité de l'enfant qui prend ses ébats, le mouvement de l'animal qui bondit, court, se précipite, du cheval qui s'élance à travers la plaine, de l'oiseau qui plane dans les airs ; cette agilité, ces mouvements sont bien des évolutions de l'activité, mais il y a eu antérieurement un développement normal de vie qui permet à ces différents êtres d'accomplir ces actes desquels résulte la beauté. Les actes eux-mêmes nous montrent que la vie s'est développée avec abondance et régularité dans l'enfant, dans le cheval, dans l'oiseau ; mais l'évolution même de la vie, nous ne la voyons pas.

De même, dans les grands spectacles de la création, ce n'est pas l'évolution même d'une activité supérieure qui nous donnera le spectacle de la beauté : nous ne verrons que les effets extérieurs, que les résultats qui nous révèlent cette évolution. Ainsi les montagnes, l'immensité de l'océan, le ciel et ses profondeurs sans limites, le fracas de la tempête, le bruit du tonnerre, sont des œuvres ou des actes de la puissance qui a créé et qui régit l'univers ; mais nul ne dira que même les spectacles les plus grandioses ou l'agitation la plus étonnante des éléments nous donnent la vue directe de l'action divine, de la puissance supérieure à laquelle nous attribuons instinctivement ces grands mouvements de la nature. La vue directe de Dieu ne nous est pas donnée en ce monde.

Pour que nous jouissions de la beauté, il faut donc qu'il y ait un développement normal de l'activité et que ce développement normal nous soit exprimé. Toutes les fois d'ailleurs qu'il nous sera exprimé avec clarté, il nous donnera le spectacle de la beauté ; peut-être nous ne le remarquerons pas, nous n'en jouirons pas, mais il nous est offert.

Nous nous occupons actuellement du beau proprement dit. Or il y aura plusieurs genres d'expression avec lesquels l'acte moral pourra nous donner le spectacle de la beauté :

1º L'acte moral accompli par l'homme trouve aussitôt son expression naturelle dans les traits de la physionomie, qui est le miroir fidèle de toutes les impressions et de tous les sentiments de l'âme.

2º L'acte bon laisse comme une empreinte glorieuse sur la physionomie de celui qui l'a accompli. En effet, ainsi que nous l'avons dit, l'âme imprime sa vie sur les traits du visage.

3º Nous prêtons aux animaux l'expression des qualités et des défauts de l'âme humaine, et cette expression pourra nous offrir le spectacle de la beauté morale, ou du moins elle nous en présentera le reflet.

4º Nous verrons surtout le spectacle de la beauté morale dans les tableaux variés que l'art nous en présentera ; et c'est bien sur la valeur de l'acte au point de vue de sa beauté que l'artiste, le littérateur, le peintre ou le sculpteur fixera notre regard.

L'acte moral, venons-nous de dire, aussitôt qu'il s'accomplit, trouve le plus souvent son expression dans la physionomie de celui qui agit. En effet, quand un acte est accompli, la physionomie sous l'impulsion intérieure que l'âme lui communique, prend une expression conforme à cet acte, et alors, dans le spectacle que nous

avons devant les yeux, ce n'est plus seulement l'acte bon ou mauvais que nous apercevons, l'acte avec sa moralité, c'est l'expression
de cet acte.

Dans la physionomie de celui qui agit, nous pouvons voir non
seulement l'expression de l'acte accompli dans l'instant présent,
mais nous y voyons aussi l'expression de qualités, de dispositions,
de sentiments, qui ordinairement sont voilés ou latents quand les
traits de la physionomie sont à l'état de repos, mais que cette secousse attire pour ainsi dire au dehors et que la physionomie nous
traduit. Souvent, dans ces circonstances, nous sont révélées des passions, des qualités que nous n'aurions pas soupçonnées dans le personnage qui est en scène. A cette manifestation concourent non seulement les traits du visage, mais la pose, le geste, le son de la voix
et tous les signes que nous avons donnés comme révélateurs de
l'âme. C'est ainsi que l'on dit souvent d'un homme, avec vérité,
qu'il a été beau dans telle ou telle circonstance ; c'est ainsi que la
physionomie du général qui harangue ses soldats avant la bataille,
de l'orateur qui parle chaleureusement pour la cause qu'il défend,
de l'homme politique qui se présente devant l'émeute pour arrêter
la fougue révolutionnaire, de tout homme qui se jette dans un péril
pour accomplir un acte de dévouement, rayonne d'une beauté exceptionnelle, parce qu'elle s'illumine alors de toute la générosité
de ses sentiments.

N'oublions pas que, parfois, des circonstances secondaires nous
empêcheront de lire, dans la physionomie de celui qui agit, l'expression dont elle est illuminée ; elles nous en distrairont, nous ne jouirons pas du spectacle de la beauté qui nous était offert.

La beauté, qui attire notre regard et pénètre jusque dans l'intime
de notre cœur pour l'enchanter et lui procurer les plus délicieuses
jouissances, est comme un doux rayonnement qui demande le calme,
disparaît promptement dans le bruit et l'agitation, et que font
même souvent oublier les formes complexes qui devraient nous la
montrer.

Nous sommes sur le champ de bataille, et nous voyons un soldat
qui meurt en pressant sur sa poitrine le drapeau qu'il défend ; de
son regard il menace encore l'ennemi, mais il s'affaisse baigné dans
son sang. Le courage guerrier, l'amour de la patrie illuminent ses
traits, mais la vue du sang qui coule de ses blessures nous empê-

chera de jouir de la beauté qui brille sur son visage. C'est, je suppose, Bonchamps près d'expirer, et demandant « grâce pour les prisonniers ». Quand il se soulevait avec effort pour faire entendre ce cri de magnanime clémence, son regard et tous ses traits devaient exprimer la générosité de son âme ; mais si nous avions été témoins de ce spectacle, il est bien probable que la vue du sang nous eût empêchés d'admirer la beauté qui rayonnait sur le visage du général vendéen ; ou si nous avions joui du beau, c'eût été en considérant dans notre esprit le fait dans son ensemble, mais sans voir le général expirant. C'est, si vous le voulez encore, le chevalier d'Assas qui, fidèle à son devoir en reconnaissant l'ennemi, pousse ce cri d'alarme qui doit être le signal de sa mort : « A moi, Auvergne, voilà l'ennemi ! » Assurément le courage devait briller dans son regard, mais si nous l'avions vu tomber percé de coups, le spectacle de sa beauté eût été perdu pour nous.

La seule pensée du péril où sont les acteurs du drame dont nous sommes témoins, ou la considération des intérêts qui sont en jeu, nous empêcheront de jouir de la beauté du spectacle que nous avons sous les yeux. Nous sommes devant la mer furieuse ; un navire va périr. Des matelots se jettent dans une barque, quittent le rivage, et se lancent vers le navire pour opérer le sauvetage. Ils font preuve d'un grand courage ; nous apprécions ce qu'il y a de louable et de beau dans leur dévouement, mais nous n'en jouissons pas tant que les sauveteurs sont en péril.

Même dans une représentation artistique, les circonstances pénibles qui accompagnent souvent l'acte de dévouement pourront diminuer non pas notre admiration, mais la jouissance que nous éprouvons. Cependant l'œuvre d'art aura un immense avantage : le peintre ou le littérateur a dégagé le fait principal, l'acte de dévouement, et l'a mis en relief.

De plus, nous savons bien qu'il n'y a là qu'une représentation sans souffrance pour personne. C'est ainsi que nous admirons, dans l'église de Saint-Florent (Maine-et-Loire), la statue de Bonchamps mourant et demandant grâce pour les prisonniers (1).

---

(1) Cette belle statue est de David d'Angers, dont le père était parmi les prisonniers sauvés par Bonchamps.
Nous donnons au même titre, mais plus volontiers encore, parce qu'elle nous semble d'une expression plus touchante, la statue du jeune Tarcisius par Falguière

Nous aimerons même à considérer cette situation affreuse que Géricault nous a représentée dans son *Radeau de la Méduse :* des infortunés exténués par les plus cruelles souffrances, et l'un d'eux faisant un suprême effort pour appeler un brick qui paraît à l'horizon. Sans doute il y a le mérite du peintre que nous admirons ; mais il y a aussi la situation de ces malheureux qui nous touche profondément, et nous nous intéressons vivement à cette lutte de la vie contre la mort. Nous aurons encore l'émotion esthétique devant un tableau qui nous représente une chaumière ravagée par l'incendie et l'infortuné qui expose sa vie pour sauver son patrimoine et le pain de ses enfants. Nous ne voyons plus que la représentation d'une scène digne de pitié, le souvenir d'un acte de courage, un hymne chanté en son honneur.

La beauté morale nous apparaîtra, non seulement dans l'expression que revêt la physionomie de l'homme au moment même où il accomplit l'acte moral, mais elle nous apparaîtra encore et surtout dans cete empreinte que la pratique du bien laisse sur les traits de celui qui l'accomplit (1).

Cette empreinte se formera par des actes héroïques d'abnégation et de courage ; elle se formera aussi par la pratique silencieuse et assidue de la vertu. Le développement de chacune des facultés de l'âme, de l'intelligence, de la sensibilité, de la volonté pourra y contribuer. Ce sera parfois comme un ineffable rayonnement, dont la cause, ou, si l'on veut, le foyer nous est caché, une gloire dont nous ne pourrions pas analyser et séparer les rayons sur le front qui en est orné, mais dont la lumière nous enchante et nous ravit délicieusement.

§ IV. — *Solution de deux difficultés.*

Contre les objections que nous donnons de la beauté morale, deux objections peuvent être présentées. On dira que le corps de l'homme

Dès les premiers siècles de l'Eglise il était d'usage de faire porter la sainte Eucharistie aux malades. Cette mission sainte et qui pouvait devenir périlleuse était confiée aux diacres, aux sous-diacres, aux acolytes, et parfois même à de simples chrétiens. Le jeune Tarcisius, alcoyte âgé de 14 ans, sollicita cet honneur. Arrêté et attaqué sur la route, il préféra mourir plutôt que d'abandonner volontairement le trésor qu'il portait, à la profanation des payens.

(1) « La vertu brille comme une fleur sur les corps où elle habite et les revêt d'une pure et douce lumière. » (Clément d'Alex. *Pédag.*, I, 2, c. 12, p. 503.)

8 — Tarcisius, par Falguière

enveloppe souvent d'un voile tellement impénétrable les qualités de son âme, que ces trésors cachés nous restent inconnus. On dira encore que parfois le corps semble nous donner une idée trop avantageuse de l'âme qui l'habite. Discutons ces deux difficultés.

1re *difficulté* : Souvent la physionomie semble ne pas traduire les qualités de l'âme.

Sans doute quelquefois la physionomie est un voile épais qui ne révèle qu'incomplètement les qualités de l'âme. Nous admettons ce désaccord entre l'âme et le corps, mais la difficulté qui en résulte appartient à la nature et non à notre théorie. Toutefois il est bon de réduire cette difficulté à sa juste valeur ; pour cela, nous raisonnerons sur un exemple connu, sur celui que l'on cite ordinairement comme ayant offert le contraste le plus étonnant entre les aptitudes de l'âme et les traits du visage ; nous considérerons Socrate. L'histoire nous a fait connaître la grandeur d'âme de ce philosophe, l'élévation de ses pensées, la fermeté inébranlable de de sa volonté, la générosité de ses sentiments. D'un autre côté, son buste nous a été conservé, et chacun sait combien de prime abord cette physionomie paraît étrange ; Alcibiade, son ami, disait de lui qu'il avait le visage de Silène, et Zopire, qui passait pour un habile physionomiste, disait que ses traits indiquaient de la brutalité et des penchants très prononcés à la volupté et à l'ivrognerie.

Certainement, celui qui, connaissant les qualités de Socrate, s'arrête à considérer ce qu'il y a de brut, d'inusité, de massif dans sa physionomie, croit pouvoir déclarer qu'il y a un contraste bien marqué entre ce qu'il sait et ce qu'il voit. Si, analysant le détail de ses traits, il n'aperçoit que les traits d'après lesquels Zopire avait pu reconnaître dans l'âme du philosophe de basses tendances, il sera plus surpris encore par cette opposition singulière entre les vertus pratiquées par Socrate et les indices d'aussi fâcheux défauts.

De prime abord, on peut donc être frappé du contraste qui paraît exister entre la physionomie de Socrate et son caractère. Mais, pour un œil plus attentif, ce contraste ne sera pas aussi considérable.

Nous ferons remarquer d'abord que si la physionomie de Socrate exprimait de basses tendances, ces tendances honteuses existaient en lui, et il avouait qu'il avait dû lutter avec un grand courage pour

9

en triompher. Mais nous ajouterons que si les traits de son visage révélaient ce qu'il avait de fâcheux en lui, ils révélaient aussi les facultés puissantes qu'il avait reçues de la nature.

Dans cette physionomie extraordinaire, même à l'état de repos, ne voit-on pas l'indice de ces ressources exceptionnelles qui ont rendu ce philosophe capable de si grandes choses? Est-il donc si difficile de reconnaître que sous la voûte spacieuse de ce crâne n'étaient point un esprit et une volonté ordinaires, que les saillies de ce front, que ces prunelles profondément enchâssées annonçaient une intelligence capable de porter la lumière dans la nuit des préjugés et de vaincre des obstacles insurmontables à tout autre? Un visage aussi énergique n'annonce-t-il pas que celui qui le porte a un empire prodigieux sur lui-même, et que, s'il doit soutenir des luttes, il ira encore plus loin dans la vertu que beaucoup d'autres dont l'inertie restera de l'impuissance (1)?

Les hommes d'une grande énergie portent souvent dans leurs traits quelque chose de dur, d'étrange, qui peut donner à l'œil inattentif une impression défavorable ; aussi est-il arrivé souvent que le portrait des hommes de génie a été mal fait, le pinceau de l'artiste n'ayant su transcrire que ce qu'il y avait d'inusité dans leur physionomie sans y faire briller cette flamme mystérieuse qui devait l'illuminer.

La physionomie de Socrate révélait non seulement les facultés merveilleuses qu'il avait reçues de la nature et qui le rendaient puissant dans la lutte, mais elle exprimait aussi les victoires qu'il avait remportées sur lui-même et les qualités qu'il avait acquises, cette énergie avec laquelle il réglait les moindres mouvements de son âme, ce calme qu'il gardait toujours, même dans les circonstances les plus diverses et les plus difficiles, cette générosité avec laquelle il procédait et qu'il s'efforçait d'inspirer à ses disciples. Sans doute, dans cette physionomie extraordinaire, il ne faut pas, sous peine d'être désenchanté, chercher l'expression du gracieux et de ces qualités aimables qui sont un don de la nature ; mais on peut

---

(1) M. Couder, un peintre distingué, ne craint pas de dire que Socrate était physiquement beau : « Socrate, dit-il, plaisantait lui-même de la laideur de son visage, mais il n'en était pas moins beau physiologiquement, et sa grande bouche et son nez trop court n'empêchent nullement la beauté de son vaste crâne et de tout le reste de son corps. » (*Considérations sur le but moral des Beaux-Arts*, p. 45.)

10. — Socrate.

y reconnaitre l'expression de qualités plus sérieuses, de qualités qui n'ont pu se développer qu'avec le concours d'une volonté énergique et ont été acquises au prix des sacrifices les plus pénibles, de sacrifices sans cesse renouvelés.

La physionomie de Socrate était un voile plus épais, mais elle exprimait cependant la beauté de son âme, et cette beauté rayonnait surtout quand il s'animait, quand il discourait avec ses disciples ; aussi Alcibiade lui-même le trouvait beau alors. Assurément il devait être beau, quand, ayant refusé d'employer les ressources de l'éloquence pour se justifier et confondre ses calomniateurs, il disait, s'adressant à ses juges : « Je ne vous ferai qu'une seule prière. Lorsque mes enfants seront grands, si vous les voyez rechercher les richesses ou toute autre chose plus que la vertu, punissez-les en les tourmentant comme je vous ai tourmentés, et s'ils se croient quelque chose, quoiqu'ils ne soient rien, faites-les rougir de leur insouciance et de leur présomption : c'est ainsi que je me suis conduit envers vous (1) ».

Ce que nous venons de dire de Socrate est vrai pour un grand nombre d'hommes qui ont été remarquables par leur intelligence ou par leur vertu. Ingres n'avait pas une physionomie agréable ; mais il devenait superbe, quand, au milieu de ses élèves, il exposait ses théories sur l'art, et, comme on ledit vulgairement, quand il montrait ce qu'il était.

La difficulté que nous discutons diminuera beaucoup dans l'esprit d'un grand nombre, du moment que, se plaçant au vrai point de vue, ils chercheront non pas le gracieux, mais l'expression du beau dans la physionomie de l'homme.

Les hommes doués de facultés puissantes n'ont point des physionomies ordinaires, communes, vulgaires, et c'est déjà beaucoup en faveur des idées que nous exposons. Elles parleront avec plus de clarté que les physionomies des hommes moins richement doués et qui sont de beaucoup les plus nombreux.

---

(1) Lysias, dont l'éloquence devait à peine être surpassée plus tard par celle de Démosthène, vint lui offrir le secours de sa parole ; il composa même un plaidoyer pathétique qui ne pouvait manquer de faire triompher Socrate. Celui-ci lut ce discours avec plaisir, le trouva fort beau, mais il ne voulut pas en faire usage, parce que le soin d'éviter une condamnation lui paraissait de peu d'importance en comparaison du devoir de soutenir jusqu'au dernier instant la vérité de ses principes et la dignité de son caractère.

Ceux qui ont reçu des dons plus magnifiques ont aussi une plus grande responsabilité ; le plus souvent ils laissent de leur passage une empreinte profonde, mais souvent aussi en suivant des voies bien différentes. On a remarqué que le crâne du vénérable curé d'Ars, M. Vianey, avait à peu près la même conformation que celui de Voltaire. Cependant ces deux hommes ont fourni chacun une carrière bien différente, et, malgré la ressemblance dans la conformation générale de leur tête, l'expression de leur physionomie était aussi différente que l'a été leur vie. La physionomie de Voltaire exprime un esprit facile, délié, pénétrant ; l'intelligence brille dans son regard, mais aussi ses lèvres n'expriment que le sarcasme ; on ne saurait trouver dans tous ses traits le moindre signe de cette bienveillance qui gagne les cœurs (1). Le regard du curé d'Ars a bien aussi quelque chose de pénétrant, mais on reconnait que ce regard à la fois perçant et méditatif, s'était exercé à sonder les secrets des cœurs plutôt que les mystères de la science, qu'il était habile à fouiller les replis des consciences, mais seulement pour y trouver des blessures à guérir ; tous les traits de sa physionomie portent l'empreinte de l'austérité la plus sévère, de l'ascétisme le plus élevé, et ils expriment aussi la quiétude, le calme le plus profond ; ils révèlent une âme qui s'était donnée tout entière à l'amour de Dieu et du prochain. Cet homme fut puissant pour le bien ; que serait-il devenu s'il avait laissé dévier vers le mal son ardeur et sa ténacité (2)?

Nous croyons donc vrai le principe que nous avons émis précédemment : les qualités acquises se révèlent dans les traits du visage, même aux yeux de celui qui n'a aucunement la prétention d'être

(1) Le comte Joseph de Maistre jugeait bien plus sévèrement cette physionomie : « Voyez, disait-il, ce front abject que la pudeur ne colora jamais, ces deux cratères éteints où semblent bouillonner encore la luxure et la haine, cette bouche — je dis mal peut-être, mais ce n'est pas ma faute, — ce *rictus* épouvantable courant d'une oreille à l'autre, et ces lèvres pincées par la plus cruelle malice, comme un ressort prêt à se détendre pour lancer le sarcasme et le blasphème. » (*Soirées de Saint-Pétersbourg*, 4ᵉ entretien, p. 249.)

(2) Lamartine terminait la méditation qu'il a écrite sur Napoléon par cette pensée :

Fléaux, de Dieu qui sait si le génie
N'est pas une de vos vertus?

mais dans ses *Commentaires* il rétablit la vérité. « Le génie, par lui-même, n'est rien moins qu'une vertu. Ce n'est qu'un don, une faculté, un instrument. Il n'expie rien ; il aggrave tout. Le génie mal employé est un crime plus illustre : voilà la vérité en prose. »

physionomiste, et ces qualités se révèlent surtout dans les traits mis en mouvement par le jeu des passions. Sans doute des traits difformes et étranges seront moins aptes à exprimer la beauté morale ; parfois il y aura un certain désaccord entre les qualités de l'âme et les traits de la physionomie, mais ce désaccord ne doit point être exagéré.

De plus, peu importe jusqu'à quel point ce désaccord est possible ; quand même il pourrait être considérable, il n'infirme pas notre théorie, car nous disons que le spectacle de la beauté morale nous sera donné seulement dans la mesure où cette beauté nous sera manifestée.

2e *difficulté* : Souvent la physionomie fait croire à des qualités qui n'existent pas.

Ne pouvons-nous pas craindre que la physionomie de tel ou tel individu nous induise en erreur, en nous donnant une idée trop avantageuse de ses qualités morales, et nous fasse croire à la présence d'une beauté morale qui n'existe pas? Nous ferons d'abord cette réponse, qui suffit pour défendre notre théorie contre cette nouvelle objection : si les traits de tel individu nous font croire qu'il possède telle faculté, telle aptitude ou telle qualité acquise par l'effort de sa volonté, si sa physionomie nous fait croire que la beauté morale existe en lui, nous avons par ces apparences la jouissance de la beauté, quoique nous soyons dans l'erreur. Cette erreur ne tient aucunement à la notion que nous avons donnée de la beauté, et toute autre théorie ne l'éviterait pas mieux que la nôtre. Vous jugerez toujours de la beauté morale d'après les signes qui l'expriment à vos yeux ; si ces signes vous trompent, nous n'y pouvons rien que vous engager à porter vos jugements après un plus sérieux examen. Ce genre d'erreur ne tient donc point à notre théorie, et nous pourrions nous borner à cette réponse.

Toutefois, nous croyons que la difficulté en question, de même que la précédente, ne doit point être exagérée, et sans doute elle a moins d'importance qu'on ne serait porté à lui en attribuer tout d'abord.

Ainsi il ne suffit pas que les traits du visage soient réguliers, les formes du corps souples et arrondies, pour donner une idée avantageuse de l'âme, et l'on ne s'y trompera pas. Ainsi l'on dira :

Voilà une belle figure, mais sans expression. N'est-ce pas déclarer que l'on dénie à l'âme qui habite ce corps aux formes régulières, les qualités qui la rendraient digne de notre estime? Elle est
peut-être sans inclinations mauvaises, mais elle est aussi sans élan,
sans énergie pour le bien. C'est une vérification de l'apologue connu :
Belle tête, mais de cervelle point. La régularité des traits aura été
impuissante à nous induire en erreur.

Quelquefois la pureté, l'élégance des formes semblent nous indiquer une âme richement douée ; mais par un examen plus attentif,
nous découvrons dans cette physionomie l'indice d'un défaut qui
s'est enraciné et a compromis le développement des plus heureuses
facultés. Quand, malgré la régularité des traits, nous découvrons
ainsi des penchants pervers, ces écarts affligent d'autant plus notre
regard que la physionomie dans laquelle nous en découvrons l'indice semblait annoncer une nature née pour la vertu.

§ V. — *Valeur relative de la beauté du corps et de la beauté de l'âme.*

Jusqu'à quel point le corps seul, indépendamment des qualités
de l'âme et malgré ses défauts, peut-il revendiquer pour lui-même
le privilège de la beauté?

Le corps seul, et indépendamment des qualités de l'âme, ne peut
pas prétendre nous donner le spectacle de la beauté morale, du beau
proprement dit. Cette beauté est produite par le développement
de l'activité intelligente et libre, et dans le corps, le développement
de la vie est spontané. Le corps ne possède donc pas par lui-même la
beauté morale.

Cependant il peut posséder au plus haut degré les qualités qui
charment nos regards. Le corps de l'homme est le chef-d'œuvre
du monde visible, et parmi les êtres doués de la vie organique, il
n'en est point qui soient plus parfaits. Il n'est point de plante, il
n'est point d'animal qui puisse rivaliser avec lui dans ce genre de
beauté qui résulte du développement normal de la vie physique.

Nous avons dit que la vie, qui n'offre dans son développement
que la spontanéité, réalise seulement ce genre de beauté que nous
appelons gracieux. Mais le corps de l'homme dans son parfait développement, le corps de l'homme arrivé à l'âge de la virilité, exprime-t-il le gracieux? Oui, si nous le jugeons indépendamment de

6 — BONCHAMPS, par David d'Angers.

l'âme, et par l'âme nous entendons ici les qualités morales. Hâtons-nous de dire qu'il nous est difficile pour ne pas dire impossible, de juger ainsi le corps sans tenir compte de l'âme qui l'habite : et toutes les fois que nous le voyons arrivé à son développement parfait avec des traits mâles et vigoureux, avec des membres bien proportionnés, nous concluons aussitôt que dans ce corps habite une âme virile, douée de qualités dignes de notre estime.

C'est l'âme qui attire surtout notre attention : c'est toujours l'âme qui captive nos sympathies, et même les hommes qui ne font pas cas de la vertu, instinctivement, et l'on pourrait dire malgré eux, tiennent compte des qualités de l'âme dans les jugements qu'ils portent : « Si dans cet auditoire, s'écriait Savonarole, vous prenez deux femmes également belles de corps, ce serait la plus sainte qui exciterait parmi les spectateurs le plus d'admiration, et la palme ne manquerait pas de lui être décernée, même par les hommes charnels (1).

Oui, c'est de l'âme que part le rayonnement de la beauté qui est vraiment digne de nous séduire ; c'est elle qui donne au front de la gravité et de la sérénité, au regard de la noblesse et de la pudeur, à la bouche de la bienveillance et de l'affection ; la plus belle expression du visage, résulte d'un esprit droit et d'un cœur généreux.

Les attraits qui résident dans la chair s'adressent à la partie inférieure de l'âme ; ils peuvent séduire un instant, mais ils sont incapables de créer des attaches qui puissent durer. L'amour et l'amitié, ces nobles affections qui sont les liens des cœurs, s'allument à un foyer plus pur. L'amour est un commerce mystérieux qui s'établit entre deux âmes pour les unir par les liens les plus sacrés. Le cœur est le foyer dans lequel brûle cette flamme, et c'est aussi du

---

(1) Que l'on nous permette encore de placer ici ces paroles d'un grand maître, d'Ingres, qui plus que tout autre, à notre époque, a été idolâtre de la beauté plastique. « Toutes les religieuses paraissent belles, et je suis sûr par expérience qu'il n'y a point d'ornement artificiel ou de parure étudiée qui puisse causer la moitié de l'impression que produit le simple habit d'une religieuse ou d'un moine. J'ai souvent aussi remarqué, j'ai souvent admiré, dans les églises, les sentiments d'affection et d'amour qui animent les visages des personnes pieuses. La dévotion qu'elles ressentent devant les madones, devant les saints préférés, doit être extrêmement satisfaisante pour le cœur. J'avoue que j'envie leur état. Je maudis au fond de moi-même cette philosophie qui, avec toute sa froideur et ses triomphes insipides, nous laisse une espèce d'apathie stoïque et anéantit en nous les plus douces émotions. (*Notes et Pensées*, p. 228.) On voit par ces paroles le pouvoir fascinateur qu'avait la beauté morale sur l'esprit d'un homme admirateur passionné de la beauté corporelle. Ingres est mort chrétiennement.

cœur que partent les traits qui allument et entretiennent ce feu. Peut-être l'attrait, qui en traversant le regard a pénétré l'âme pour la captiver, semblait résider dans des charmes extérieurs ; quelquefois même il a paru venir d'un trait qui a peu d'importance, d'une boucle de cheveux, et moins encore *in uno crine colli tui*(1). Mais il ne faut pas s'y tromper. L'âme dans sa jeunesse a de vives clairvoyances et de soudaines intuitions, elle devine à des signes à peine perceptibles pour d'autres, elle saisit à travers des voiles impénétrables pour d'autres regards que pour les siens, les qualités par lesquelles s'annonce et se recommande à elle l'âme qui doit la compléter. Que l'on ne dise pas surtout que les charmes extérieurs peuvent avoir une puissance telle que l'âme qui en aura été captivée sera sollicitée par un entraînement irrésistible. Non, l'âme reste toujours maîtresse d'elle-même, si elle le veut. Dans cette démarche, comme dans toutes les autres, elle est libre. Ainsi que le dit Pltaton : « Chacun est responsable de son choix et Dieu est innocent. » Oui, l'âme est libre, et si elle est pure et droite dans ses intentions, si elle veut contracter des liens qui soient dignes du nom d'amour, elle ne considérera pas seulement les charmes extérieurs, mais elle se préoccupera surtout des qualités de cette autre âme qu'elle veut aimer. Si elle ne cède qu'à des attraits qui sont un appât pour les sens, sans rechercher des qualités morales sur lesquelles elle appuie son estime, c'est qu'elle est déjà corrompue et ne songe aucunement à s'engager pour l'avenir.

« Au plus léger pressentiment de la passion qui l'expose, la vertu chez la femme, voile sa beauté, et sa pudique réserve la rend plus belle : malheur à qui ne le sent pas ! L'homme animal chez lui, prend déjà le dessus sur les impressions de l'âme et son goût commence à se dépraver (2). »

Malheur, d'ailleurs, à la créature qui n'est admirée que pour ses formes extérieures et qui n'est pas aimée pour les qualités de son âme ! Malheur si elle écoute les paroles de celui dont elle a séduit le regard, peut-être sans le vouloir? Ses charmes ne serviront qu'à

---

(1) *Cant. cantic.*, Salom., cap. ɪᴠ, 9.)
(2) M. Grimoüard de Saint-Laurent, 1, 154. Le même auteur ajoute cette remarque : « Autrefois les filles de la race maudite avec leurs charmes séducteurs furent trouvées plus belles que les filles de la race choisie avec leurs grâces modestes. Mais les enfants de Dieu, quand ils commirent cette funeste méprise, n'étaient-ils pas corrompus dans leur cœur?

assouvir le plaisir d'un jour ; quand ils seront passés, elle sera dé-
laissée ; et ils s'évanouiront promptement, car c'est de cette beauté
qu'il a été dit : « *Omnis caro fœnum, flos cecidit et fœnum aruit*, la
beauté de la chair passe comme la fleur des champs ; épanouie le
matin, brillante sous les rayons du soleil, le soir flétrie et dessé-
chée. »

La beauté qui réside dans la chair soulève les sens, et parfois le
regard ne peut s'y arrêter sans péril (1) ; mais la beauté qui émane
de l'élément invisible ne peut avoir sur notre intelligence et notre
cœur qu'une influence salutaire.

Le corps a donc par lui-même une beauté capable de le faire remarquer parmi tous les êtres de la création, mais secondaire relativement à la beauté de l'âme ; son rôle est d'exprimer cette autre
beauté bien supérieure à la siennne.

§ VI. — *Conclusions sur le beau dans l'homme.*

Terminons cette discussion sur la beauté de l'homme par cette
considération : l'homme produit le beau en lui-même par l'harmonieux développement de ses facultés, par la fidélité au devoir ; nous
avons vu d'ailleurs comment le travail de l'âme influe sur la physionomie et la transforme ; nous pouvons donc, sur le beau dans
l'homme, tirer les conclusions suivantes :

1º L'homme, dans une certaine mesure, est l'artisan de sa beauté.

Quel que soit le lot qui lui a été fait par la Providence, s'il a reçu
en partage peu d'intelligence, s'il a dû lutter contre de mauvaises
inclinations, il a reçu aussi la liberté et le pouvoir d'accomplir le
bien ; et si sa physionomie n'avait d'abord qu'une expression fâcheuse, peu capable d'exciter des sympathies, peu à peu elle se mo-
difiera sous les efforts persistants de la volonté.

Nous dirons volontiers avec Lavater : « Nul ne vient en ce monde
tellement disgracié que les facultés et les penchants résultant de sa
constitution physique le portent irrésistiblement au mal ; il trou-

---

1) « Le beau, dit le R. P. Lacordaire, est l'harmonie du vrai et du bien dans une
même chose, la splendeur confondue de l'un et de l'autre, et si vous rencontriez un visage où la rectitude des lignes et la grâce des contours fussent parfaites, mais sans une
expression de bonté quelconque dans les yeux ou sur les lèvres, ce serait pour moi la
tête de Méduse. » (*Lettre à des jeunes gens.*)

vera toujours dans sa nature un essor et les forces qui lui permet-
tront de se porter vers le bien et de le pratiquer, et par l'améliora-
tion de son âme, un reflet de beauté rayonnera sur sa physionomie,
parce qu'on y reconnaîtra l'effort et la vertu. Sans doute le travail
de la vertu sera enveloppé d'un voile épais ; mais je ne pourrai convenir qu'un amendement réel, une austérité de mœurs soutenue,
une constance éprouvée et l'héroïsme de la vertu, puissent exister
et ne pas se peindre sur le visage, à moins qu'il ne soit défiguré par
des contorsions volontaires ou par quelque accident (1). »

« Par dessus toute chose, soyez bon, écrivait le R. P. Lacordaire
à un jeune homme ; la bonté est ce qui ressemble le plus à Dieu et ce
qui désarme le plus les hommes. Vous en avez des traces dans l'âme,
mais ce sont des sillons que l'on ne creuse jamais assez. Vos lèvres
et vos yeux ne sont pas encore aussi bienveillants qu'ils pourraient
l'être, et aucun art ne peut leur donner ce caractère que la culture
intérieure de la bonté. Une pensée aimable et douce à l'égard des
autres finit par s'empreindre dans la physionomie et par lui donner
un cachet qui attire tous les cœurs. Je n'ai jamais ressenti d'affection que pour la bonté rendue sensible dans les traits du visage.
Tout ce qui ne l'a point me laisse froid, même les têtes où respire le
génie; mais le premier homme venu, qui me cause l'impression d'être
bon, me touche et me séduit (2). »

« Le moyen le plus sûr d'embellir notre physionomie, autant
qu'il dépend de nous, est d'embellir notre âme et d'en refuser l'entrée à toute passion vicieuse. Le meilleur moyen de la rendre expressive et intéressante est de penser juste et avec délicatesse. Enfin pour y répandre un caractère de dignité, remplissez vos cœurs
de sentiments vertueux et religieux : ils imprimeront sur tous les
traits de votre visage la paix de votre âme et la noblesse de vos pensées.

« Si vous voulez vous convaincre que la beauté physique est
modelée sur la beauté morale, voyez les gens estimables qui vous
entourent, jetez les yeux sur des ouvriers honnêtes et laborieux, et
parcourez ensuite une de ces maisons de force où sont détenus des
gens vicieux, fainéants, libertins, adonnés à l'ivrognerie ; non seu-

(1) LAVATER, p. 160.
(2) *Lettres à des jeunes gens*, p. 205.

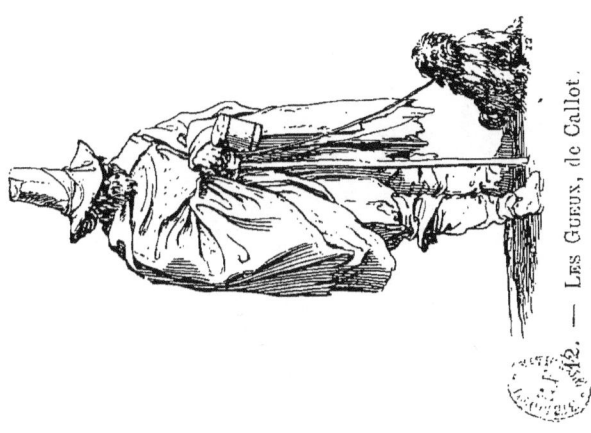

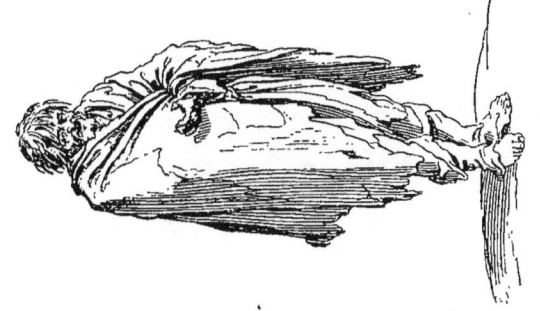

12. — Les Gueux, de Callot.

lement vous acquerrez la conviction que mon assertion est vraie, mais cette conviction ne sera pas stérile, elle excitera en vous des sentiments tristes, il est vrai, mais salutaires (1). »

2º Effet attristant de la dégradation morale de l'homme.

L'homme est le seul être dans la création qui puisse perfectionner sa beauté, et quand il ne met pas à profit ce privilège, quand il compromet la beauté qui lui a été donnée en partage et qu'il la détruit, il nous cause alors une impression de tristesse que nous ne recevons jamais des plantes ou des animaux.

« Il fut un instant dans ma vie que je n'oublierai jamais, nous dit Lavater; il a laissé dans mon cœur une plaie trop profonde. J'étais dans un jardin, au plus beau mois de l'année, devant un parterre orné des plus superbes fleurs. Mes yeux pleins d'une douce ivresse s'arrêtèrent sur ce bel ouvrage du Créateur ; puis dans ce délicieux sentiment, mon âme se représenta des beautés animales, plus vivantes encore, et je montais par degrés jusqu'à l'homme, l'être le plus élevé auquel mes sens pouvaient atteindre, être bien plus perfectible que les fleurs : enfin l'image d'un homme accompli venait s'offrir à ma pensée et pénétrait mon cœur d'une sublime joie. Je suis interrompu par le bruit de quelques passants, je lève les yeux ! quelle pitié mêlée d'horreur j'éprouve à cet aspect ! C'étaient trois hommes d'une figure hideuse, l'idéal de trois brigands. O Dieu ! jusqu'à quel point l'homme ne déchoit-il pas de la beauté dont ta main libérale l'avait pourvue ! Créé à ton image, il se dégrade au point d'être un sujet de douleur et d'effroi pour l'ami de l'humanité. Vices et passions, sensualité, intempérance, débauche, paresse, avarice, méchanceté, que d'horreur vous présentez à mes regards, combien vous défigurez mes frères (2) !

Combien ne pourraient pas dire, avec un sentiment de regret amer, mais inutile :

« *O mi præteritos referat si Jupiter annos !* »

(1) LAVATER, t. I, p. 150.

(2) LAVATER, t. I, p. 142. — Nous ne pouvons donner l'image des trois misérables qui avaient affligé le regard de Lavater. Mais nous croyons que les trois gueux de Callot dont nous donnons la reproduction, ne valaient guère mieux, même celui qui se cache sous les larges rebords de son chapeau pour faire croire qu'il est aveugle.

3° L'homme peut refaire en lui la beauté.

Sans doute il est des flétrissures que l'homme n'effacera pas en quelques jours, mais les actes de courage et de vertu par lesquels il travaillera avec persistance à améliorer son âme auront une merveilleuse efficacité pour envelopper le passé d'un voile qui nous le fera oublier. C'est un édifice dont nous pourrions reconnaître l'ancien état de ruine, mais il a été généreusement restauré, et notre œil le contemple avec plaisir.

Peut-être, pour refaire cette beauté détruite par le vice, il faudra les efforts soutenus de plusieurs générations, mais l'œuvre est possible.

« Choisissez, dit Lavater, parmi les enfants des parents les plus laids, ceux qui déjà sont leur vivante image ; qu'ils soient élevés loin de leurs parents, dans une école publique bien ordonnée, et vous serez frappé de voir combien leur laideur sera diminuée. Placez-les, lorsqu'ils seront parvenus à l'âge de raison, dans des circonstances qui ne leur rendent pas la pratique de la vertu trop difficile et où ils ne soient point exposés à des tentations extraordinaires, et qu'ils se marient entre eux. Supposons qu'ils aient tous conservé, au moins jusqu'à un certain point, le goût du beau et de l'honnêteté, et qu'ils aient pris soin de transmettre à leurs enfants les principes qu'ils ont reçus. Supposons encore que ceux-ci s'unissent pour le mariage. A moins qu'il ne survienne des accidents très extraordinaires, combien ne les verrait-on pas s'embellir de génération en génération, non seulement quant aux traits du visage et à la conformation de la partie solide de la tête, mais quant à l'ensemble de la figure et à tous égards ! Comment le contentement d'esprit, l'amour du travail, la tempérance, la propreté ne produiraient-ils pas de belles chairs, un beau teint, une taille bien conformée, un maintien libre, un air serein, tandis que les infirmités et les maladies seront assurément plus rares, puisque les vertus dont nous venons de parler contribuent à entretenir la santé et à donner au corps une bonne constitution (1) ».

Le Père Lacordaire disait la même chose dans son magnifique langage : « Quelque anciennes, quelque puissantes que soient les empreintes du péché dans les réduits mystérieux du corps, l'âme

(1) LAVATER, t. I, p. 146.

aidée de la grâce, fortifiée par la pénitence, peut les effacer lentement et y substituer les vestiges réparateurs de la vertu. De là, même dans la physionomie, ces singulières illuminations qui se font jour à travers les rides obscures du vice. L'âme, après avoir ennobli les régions souterraines qu'avait souillées le crime, arrive un jour au front de l'homme et y répand des lueurs sereines et saintes qui attendrissent les regards de ceux-là mêmes qui ne connaissent pas Dieu. Les ombres du péché s'enfuient devant la gloire créatrice de la vertu, et ce qui en reste encore dans les affaissements prématurés de la chair n'est plus qu'un signe de la mortalité vaincue par l'éternelle beauté du CHRIST (1). »

4º Comment l'homme peut acquérir sa plus grande beauté.

Si la beauté peut sortir brillante d'une vie qui a commencé par être coupable, à quel éclat n'arrive-t-elle pas quand elle est produite par une vie tout entière consacrée à la vertu, dans l'homme, qui, bien doué par la nature, est entré dans la voie du devoir aussitôt qu'il a eu conscience de sa liberté, pour y marcher avec une invariable fidélité.

Comme nous l'avons dit déjà, cette beauté que produit la pratique constante du bien ne sera pas exprimée par la grâce et la souplesse des formes.

Le travail de l'âme laboure, sculpte le visage de l'homme, lui enlève souvent ce moelleux des contours, cette fraîcheur du teint que le printemps de son âge avait fait éclore ; c'est comme la goutte de cire qui gagne en solidité ce qu'elle perd en éclat. Sans doute une vie passée dans le calme, la bienveillance et l'amour des hommes, sans autre fatigue morale que la lutte inhérente à la pratique de la vertu, laisse à la physionomie une expression plus douce. Le travail de l'esprit, les tristesses et les luttes morales qui contribuent puissamment à donner de la grandeur au caractère, quand elles sont soutenues avec fermeté et courage, tous ces combats généreux creusent le visage de rides plus profondes, le dessèchent et le décolorent ; mais à travers ces rides rayonne encore la beauté morale, la véritable beauté. De chacune de ces nobles cicatrices semble jaillir une douce lumière, qui forme comme une auréole autour de ces physionomies dignes de tout notre amour.

(1) 48e Conférence.

La tristesse résignée, le malheur supporté avec fermeté, sans vaines lamentations ni endurcissement, impriment à la physionomie une grandeur qui se recommande à notre admiration. Le rire et la jouissance, au contraire, n'ont rien qui soit digne de notre estime, et ne laissent aucune trace qui puisse servir à la beauté.

La beauté que fait briller la vertu sur le visage de l'homme, loin de s'effacer avec les années, se complète chaque jour davantage et rayonne d'un éclat plus séduisant, malgré les injures de l'âge. A travers les traits amaigris de la vieillesse, nous voyons souvent briller, pour notre consolation et notre joie, la beauté d'une âme qui n'a point vieilli et s'est enrichie de vertus.

« O visages des Saints, s'écriait le Père Lacordaire, douces et fortes lèvres accoutumées à nommer Dieu et à baiser la croix de son Fils, regards bien-aimés qui discernez un frère dans la plus pauvre des créatures, cheveux blanchis par la méditation de l'éternité, couleurs sacrées de l'âme qui resplendissez dans la vieillesse et la mort, heureux qui vous a vus ! Plus heureux qui vous a compris et qui a reçu de votre galbe transfiguré des leçons de sagesse et d'immortalité (1) ! »

Quand vient le soir, le sommet de la montagne se colore d'une lumière plus vive et plus radieuse, à mesure que les ombres s'étendent sur tout ce qui l'environne. C'est ainsi que ces visages, sur lesquels nous lisons les luttes victorieusement soutenues, rayonnent de clartés recueillies à travers une longue vie ; mais nous sentons que cette lumière ne doit pas disparaître au milieu des ombres de la nuit : elle n'est que la première lueur d'une gloire qui brillera dans les siècles des siècles.

§ VII. — *Le sublime dans l'homme.*

Le sublime est la manifestation d'une puissance qui nous surpasse, l'expression de l'activité infinie, et nous verrons comment il nous apparaît dans les grands spectacles de la création.

_____

(1) Elle avait bien compris ces leçons, celle qui terminait ainsi les belles pages qu'elle avait écrites sur la vieillesse : « C'est à présent, ô mon D eu, que vous pouvez retirer votre servante et lui donner la paix. Son bagage est allégé ; le moins fort de vos anges l'emporterait sous son aile ! L'orgueil qui enfle est abattu, le moi a perdu sa substance, le poids du péché a été emporté par le pardon et par les larmes, et, sous votre joug léger et doux, tous ses membres se sont assouplis. »

Mais l'homme limité dans tout ce qu'il fait, peut-il nous faire jouir du sublime?

I. — L'HOMME PEUT NOUS EXPRIMER LE SUBLIME DANS SES ŒUVRES.

On ne saurait le contester, l'homme peut nous traduire par la littérature ou par la peinture, par la musique aidée de la poésie, les spectacles dans lesquels nous voyons le sublime. Lamartine nous en fait jouir dans plusieurs de ses harmonies, dans celle, par exemple, où il nous montre si bien l'*infini dans les cieux*. Après avoir décrit la nuit, répandant sur la terre les ombres et le silence, il continue :

> Un monde est assoupi sous la voûte des cieux !
> Mais dans la voûte même où s'élèvent mes yeux,
> Que de mondes nouveaux, que de soleils sans nombre,
> Trahis par leur splendeur, étincellent dans l'ombre !
> Les signes épuisés s'usent à les compter,
> Et l'âme infatigable est lasse d'y monter !
> Les siècles accusant leur alphabet stérile,
> De ces astres sans fin n'ont nommé qu'un sur mille.
> Que dis-je? au bord des cieux ils n'ont vu qu'ondoyer
> Les mourantes lueurs de ce lointain foyer.
> . . . .
> Les cieux pour les mortels sont un livre entr'ouvert,
> Ligne à ligne à leurs yeux par la nature offert ;
> Chaque siècle avec peine en déchiffre une page,
> Et dit : « Ici finit ce magnifique ouvrage ! »
> Mais sans cesse le doigt du céleste écrivain
> Tourne un feuillet de plus de ce livre divin,
> Et l'œil voit, ébloui par ces brillants mystères,
> Étinceler sans fin de plus beaux caractères.
> Oh ! que les cieux sont grands ! et que l'esprit de l'homme
> Plie et tombe de haut, mon Dieu, quand il te nomme !
> Quand, descendant du dôme où s'égaraient ses yeux,
> Atome, il se mesure à l'infini des cieux,
> Et que, de ta grandeur soupçonnant le prodige,
> Son regard s'éblouit, et qu'il se dit que suis-je?
> Oh ! que suis-je, Seigneur, devant les cieux et toi (1)?

C'est bien le spectacle du sublime que le poète nous donne dans ces beaux vers.

Voici d'autres paroles dans lesquelles nous sommes portés à voir

(1) L'*Infini dans les cieux*.

du sublime. Monseigneur Baudry, s'adressant à la terre et faisant allusion à ses différents mouvements autour du soleil (1), lui parle ainsi : « O terre, tes mystères sont grands, ta voix est puissante et douce ! Va et sois fidèle à ta loi ; continue autour de ton soleil tes balancements harmonieux, semblables à ceux de l'encensoir dont la main du pontife guide le mouvement autour de l'autel ; sois un temple ambulant, un sanctuaire vivant ; porte avec toi nos cœurs, leur amour sera l'encens que tu feras monter vers ces régions inconnues encore, où Dieu a placé son trône et établi son règne (2). »

Ces belles paroles sont remplies de la pensée de Dieu et de la grandeur de son œuvre.

Nous assistons aux obsèques de Louis XIV ; quel que soit l'apparat que l'on ait mis à cette cérémonie, quelque magnifique que soit le catafalque sous lequel repose le grand roi, nous ne voyons rien qui puisse nous donner l'idée ou l'impression du sublime. Massillon monte en chaire et il commence ainsi son discours : « Dieu seul est grand, mes frères. » Cette parole qui fait planer la majesté de Dieu sur ces pompes funèbres, et nous montre le roi du ciel seul grand, effaçant la royauté de Louis XIV comme toutes les gloires de ce monde, cette parole s'élève jusqu'au sublime en nous montrant la domination souveraine de Dieu.

Haydn, en nous chantant les magnificences de la création, Félicien David, en nous décrivant le désert et son immensité, eux aussi, à leur façon, nous ont montré la grandeur des œuvres de Dieu, nous ont fait jouir du sublime.

II. — LE SUBLIME PEUT NOUS APPARAITRE DANS L'HOMME LUI-MÊME.

Commençons par mettre nos réserves en déclarant que nous ne voyons pas le sublime dans beaucoup d'actes auxquels on donne souvent cette qualification, dans lesquels nous pouvons admirer une fidélité inviolable, un dévouement héroïque, mais qui ne vont pas jusqu'à nous manifester l'activité infinie.

C'est le chevalier d'Assas qui, sous la menace d'une mort immé-

---

(1) On sait que la terre a un mouvement de translation autour du soleil, un mouvement de rotation sur elle-même, et un mouvement de mutation par lequel elle se balance en continuant sa course.

(2) *Le Cœur de Jésus*, p. 32.

diate, pousse le cri d'alarme qui doit sauver les siens ; c'est Eustache de Saint-Pierre se rendant à la tente d'Edouard III, et s'offrant à la mort pour obtenir que la vie des siens soit épargnée ; c'est le vieil Horace disant son « qu'il mourût ».

Dans ces divers exemples, nous voyons la beauté à un degré très élevé, et, si l'on veut, aussi élevé qu'il est donné à l'homme de la produire ; mais nous n'y voyons que le beau proprement dit.

Si l'on veut voir du sublime dans ces actes, il est impossible de déterminer les limites où finit le beau et où commence le sublime. Dira-t-on que le beau s'arrête aux limites que peuvent atteindre les forces ordinaires de l'homme, et que le sublime commence à ce degré de dévouement et de générosité où l'homme ordinaire ne saurait s'élever? Mais tous ne donneront pas aux forces de l'homme la même mesure, et l'un verra de l'héroïsme dans tel acte qui pour un autre n'est que l'accomplissement du devoir. Le fils du vieil Horace, en luttant jusqu'à la mort, après tout, ne faisait que son devoir ; il était du devoir du chevalier d'Assas de pousser le cri qui devait sauver les siens : il est des circonstances, et elles sont nombreuses, dans lesquelles on ne peut éviter la mort sans trahir son devoir.

Quelquefois le devoir est moins bien défini et moins impérieux, et il y a des sacrifices qu'il n'impose pas. Alors celui qui les fait va au delà du devoir, s'élève plus haut, et va jusqu'à l'héroïsme ; mais il nous semble que nous exaltons assez ceux qui se sont ainsi distingués, si nous faisons de ces braves parmi les braves, une phalange glorieuse, si nous les proclamons les héros de l'humanité. L'héroïsme est le principe de la beauté à son degré le plus élevé,

D'ailleurs, qu'on le remarque bien, nous accordons à ces actes d'une beauté supérieure toute l'admiration dont ils sont dignes, et nous les apprécions comme ils sont universellement appréciés. Nous leur refusons seulement la qualification de sublime, parce que nous n'y voyons pas l'expression d'une activité supérieure, de l'activité infinie.

Mais Dieu ne peut-il pas agir sur l'homme et le transporter sur les cimes de l'extase et du dévouement à des hauteurs telles que ce n'est plus l'homme seulement que nous voyons, mais Dieu ? Le nier serait restreindre la liberté d'action de Dieu, ce serait amoindrir l'homme en prétendant que Dieu ne peut pas agir sur lui pour lui communiquer quelque chose de sa puissance et de sa grandeur.

Dieu a manifesté son action dans les prophètes, auxquels il donnait la vision de l'avenir ; sa puissance souveraine a paru dans des hommes qu'il choisissait pour agir en son nom et qui commandaient aux éléments et contraignaient la mort elle-même à rendre ses victimes.

Moïse descendant du Sinaï, portant en ses mains les tables de la loi, n'était-il pas enveloppé d'une lumière toute divine ?

Cette action divine peut se montrer à nous sous des aspects très différents. Attila promenant à travers l'Europe ses hordes barbares s'appelait lui-même le fléau de Dieu. Combien d'autres conquérants n'étaient, comme lui, que des instruments dans la main de Dieu et guidés par lui... « Un général a deux cent mille hommes derrière lui, et deux cent mille devant ; au milieu de la fumée, à travers ces masses qui passent et se croisent, quand il ne reçoit plus que des communications à demi brisées par la mort de ceux qu'il attend, tout à coup il éprouve, comme dit Bossuet dans l'oraison funèbre du prince de Condé, une illumination soudaine, il a une intuition, il donne un dernier ordre et se repose, sûr que tout est fini (1). » N'y a-t-il pas là une intervention divine ?

Et dans des région plus pacifiques, le littérateur ne peut-il pas avoir réellement l'inspiration d'en haut ? C'est un mouvement qui l'entraîne, auquel il doit céder : *Deus, ecce Deus.*

> Ainsi quand l'aigle du tonnerre
> Enlevait Ganymède aux cieux,
> L'enfant, s'attachant à la terre,
> Luttait contre l'oiseau des dieux ;
> Mais entre ses serres rapides,
> L'aigle pressant ses flancs timides,
> L'arrachait aux champs paternels, .
> Et, sourd à la voix qui l'implore.
> Il le jetait tremblant encore
> Jusques aux pieds des immortels.
>
> Ainsi, quand tu fonds sur mon âme,
> Enthousiasme, aigle vainqueur,
> Au bruit de tes ailes de flamme,
> Je frémis d'une sainte horreur ;

(1) R. P. LACORDAIRE, 18e *Conférence.*

9. Le Radeau de la Méduse, par Géricault.

Je me débats sous ta puissance,
Je fuis, je crains que ta présence
N'anéantisse un cœur mortel,
Comme un feu que la foudre allume,
Qui ne s'éteint plus et consume
Le bûcher, le temple et l'autel.

Mais à l'essor de la pensée
L'instinct des sens s'oppose en vain :
Sous le Dieu, mon âme oppressée
Bondit, s'élance, et bat mon sein.
La foudre en mes veines circule :
Étonné du feu qui me brûle,
Je l'irrite en le combattant,
Et la lave de mon génie
Déborde en torrents d'harmonie
Et me consume en s'échappant (1).

Donc le sublime peut nous apparaître dans l'homme ; mais, pour cela, il faut non seulement que l'homme accomplisse des choses merveilleuses par les ressources de son intelligence et de sa volonté, il faut qu'il y ait en lui une intervention divine, manifeste et exprimée d'une façon sensible ; il faut que Dieu lui-même intervienne, produise le sublime.

Nous ne devons pas demander à l'homme ce qui est au-dessus de ses forces, en dehors de sa portée. Comme le dit Montaigne, on ne saurait faire la brassée plus grande que le bras et la poignée plus grande que le poing. Cette observation laisse subsister ce qui a été dit précédemment, en lui donnant plus de précision.

En refusant la qualification de sublime à des paroles et à des actes auxquels on la donne ordinairement, nous allons contre les classifications des traités de littérature, qui ne se gênent pas d'ailleurs pour indiquer toutes espèces de sublime, le sublime de pensée, le sublime de style, le sublime d'images, et d'autres encore. On peut, sans trop de regret, jeter par dessus le bord ces souvenirs de jeunesse, la cargaison n'y perdra pas beaucoup, ils ne sont pas marqués au coin d'une philosophie bien sérieuse. En réservant la qualification de sublime pour l'expression de l'activité infinie, nous établissons dans des catégories très distinctes les trois genres de beauté : le gracieux, le beau, le sublime ; et il doit en être ainsi. De plus, tous les auteurs

(1) LAMARTINE, *Méditations.*

qui ont essayé de définir le sublime lui ont reconnu ce caractère, c'est qu'il est la manifestation du divin ; nous le disons, nous aussi, et nous mettons d'accord les applications avec les principes.

§ VIII. — *Défauts opposés au gracieux, au beau et au sublime.*

Le défaut opposé au gracieux est le disgracieux.

Si nous voyons un enfant chétif et difforme, nous sommes impressionnés défavorablement ; si sa physionomie n'exprime que l'imbécillité, nous recevons une impression encore plus fâcheuse. De même que l'enfant bien doué nous plaisait, de même la vue de celui-ci nous est désagréable, et nous disons qu'il est disgracieux. Si nous ne nous servons pas de cette expression, nous le dirons équivalemment par des périphrases. Cependant nous ne voyons pas en lui la laideur.

De même que le beau proprement dit résulte de l'observation de la loi morale, de même le laid résulte de la violation de cette loi ; il ne peut être que le stigmate imprimé sur la physionomie par les passions qui ont ravagé l'âme. Une difformité sur le visage de l'homme si elle n'indique pas de honteuses faiblesses, si elle ne résulte que du jeu capricieux de la nature, reste une difformité : elle n'est pas la laideur. Satan est le type de la laideur, parce qu'il est le type du mal ; et le peintre Ary Scheffer, dans le tableau où il a représenté ce père du mensonge essayant de séduire le Sauveur a bien peint cette physionomie infernale. Il a dédaigné de lui donner la difformité physique, mais il a fait ressortir dans ses traits la perversité la plus complète : c'est bien le véritable Satan, le type du mal et de la laideur.

En parlant de la beauté morale, nous avons dit comment cette beauté paraît dans la physionomie de l'homme quand il accomplit une bonne action, parce qu'alors les traits de son visage non seulement prennent une expression qui est d'accord avec cet acte, mais révèlent aussi les qualités précieuses de son âme. L'acte mauvais donnera de la même manière à la physionomie l'expression de la laideur. Si un individu commet un crime, une trahison, une faute, les traits de son visage se mettront sans doute d'accord avec l'acte mauvais qu'il vient de consommer et de plus nous révéleront même

des vices et des bassesses que nous n'eussions peut-être jamais soup-
çonnés en lui ; et c'est ainsi que nous verrons en lui la laideur.

Le disgracieux et le laid sont dans l'homme le contraire du gracieux et du beau ; mais nous ne croyons pas que l'on puisse voir en
lui le contraire du sublime. En effet, le sublime étant la manifestation de l'activité infinie, cette manifestation ne peut pas avoir son
contraire. Il peut y avoir des attentats d'une atrocité sans pareille,
dans lesquels s'égare la perversité elle-même, commis par des hommes que l'on peut regarder comme des monstres de libertinage ou
de cruauté ; il en résultera une laideur plus affreuse, horrible, et si
l'on veut une laideur satanique, mais il n'y aura pas là encore le
contraire du sublime proprement dit.

Ajoutons un mot sur le ridicule et rappelons d'abord la notion que
nous en avons donnée précédemment.

Quand celui qui accomplit un acte reconnaît que la fin de cet acte
est la violation de la loi, il produit un acte mauvais duquel résulte
la laideur. Celui qui, par un manque de visée, prend des moyens qui
ne peuvent le conduire à sa fin et sont disproportionnés avec elle,
fait un acte ridicule. Il ne viole pas la loi, du moins il n'en a pas conscience ; aussi il n'excite pas notre indignation ; mais, par l'erreur
qu'il commet en visant de travers quand il croit viser juste, il provoque notre rire. Celui qui agirait sans se proposer un but déterminé
ferait aussi un acte ridicule.

Voici un homme faible et timide qui veut jouer le rôle d'un guerrier puissant ; il se revêt d'une pesante armure et essaie de prendre
des poses martiales : il ne peut qu'être ridicule. En voici un autre
qui est d'une grosseur démesurée et qui veut exécuter une danse
pour laquelle il faudrait beaucoup de légèreté : lui aussi est ridicule (1).

Ainsi que nous l'avons déjà remarqué, l'activité qui se développe
sans avoir conscience d'elle-même peut se fourvoyer dans ses évolutions et produire des difformités que nous sommes tentés d'appeler
ridicules : c'est ainsi que nous rirons d'un nez qui dépasse les proportions ordinaires ; mais ces caprices d'une activité agissant sans
réflexion ne sont que des difformités et ne constituent pas le ridi-

(1) « Que si la passion de celui qui parle semble hors de toute proportion avec le sujet
ou la circonstance, elle ne produit dans l'auditeur que le sentiment du ridicule et du
mépris. » (Thomas REID, t. V.)

cule : ce ne sont que des aberrations de l'activité inconsciente. Souvent, ainsi que nous l'avons dit, dans une caricature on se servira de difformités physiques, de formes bizarres pour exprimer des travers, des bizarreries de caractère, des excentricités, de la vanité, de l'orgueil, mais le ridicule lui-même ne peut résulter que des évolutions de l'activité intelligente et libre.

ARTICLE II

LA BEAUTÉ ET LA LAIDEUR DANS LES ANIMAUX

D'après les principes que nous avons posés, il y a dans les animaux deux sources de beauté et de laideur.

§ I. — *Première source de beauté et de laideur dans les animaux, celle qu'ils ont par eux-mêmes.*

Chaque espèce d'animaux a ses formes et ses couleurs qui la distinguent, ses mœurs, ses aptitudes, ses instincts qui s'expriment par des actes, et nous devons reconnaître dans cet ensemble, pour chacune d'elles, une source de beauté.

Rien que les couleurs et les formes peuvent avoir un attrait particulier. Il y a des couleurs plus brillantes et plus variées qui ont plus de pouvoir pour séduire notre regard. De même qu'il y a des sons plus suaves ou plus puissants qui charment davantage notre oreille ; il y a aussi des formes qui sont en elles-mêmes plus moelleuses, plus élégantes, plus gracieuses.

Toutefois, pour que ces formes et ces couleurs nous expliquent la beauté des animaux et nous en donnent la raison, il ne faut pas les considérer en elles-mêmes ; elles appartiennent à un être, qui est doué de la vie et dont la vie se révèle par des mouvements et d'autres indices. Or, c'est par la vie surtout que nous sommes captivés ; c'est dans l'expression de la vie qu'est la première loi de la beauté. D'ailleurs les formes et les couleurs elles-mêmes servent à cette expression.

C'est donc cette individualité que nous jugeons avec ses couleurs et ses formes, et aussi avec son allure et ses mouvements, avec tout cẹt ensemble qui constitue son caractère particulier. Et nous attribuerons plus ou moins de valeur à l'animal qui est devant nos yeux selon qu'il est plus ou moins conforme à l'idée que nous nous sommes faite de son espèce.

Ne doit-on pas reconnaître plus de beauté à telle espèce qu'à telle autre, en raison de ces qualités qui lui appartiennent? Evidemment il faut admettre ces différences et ces degrés au point de vue de la beauté dans l'échelle des êtres. Dieu qui est le maître de ses dons a donné dans une mesure inégale aux différents êtres cet éclat qui doit nous charmer; il a diversifié à l'infini ses productions; ces différents types qui ont chacun leur place dans son œuvre en font la richesse et montrent l'inépuisable fécondité des conceptions divines.

Nous ne pouvons établir cette gradation, mais elle existe, et en n'indiquant que sommairement cette première source de beauté pour les différentes espèces d'animaux, nous en proclamons cependant toute l'importance. Toutefois, nous allons le constater, nos préférences et nos aversions pour certaines espèces d'animaux reposent principalement sur les qualités et les défauts que nous leur prêtons.

§ II. — *Seconde source de beauté et de laideur dans les animaux provenant de l'expression que nous leur prêtons.*

Les formes et les actes des différentes espèces d'êtres nous permettent de leur prêter l'expression de certaines qualités morales ou de certains défauts, et cette expression devient en eux une source très importante de beauté ou de laideur ; elle s'ajoute, non pas toujours, mais souvent, à la première, et elle a une grande influence sur nos appréciations.

Quelquefois nous porterons deux jugements distincts : souvent aussi ces deux jugements se fondront en un seul duquel résultera l'idée plus ou moins avantageuse que nous aurons de la beauté des animaux.

Faisons l'application de ces principes et nous allons reconnaître comment en réalité, dans nos appréciations, nous tenons compte de ces diverses conditions de beauté et de laideur, de la seconde comme de la première.

Nous voyons un cheval ; ses membres sont bien proportionnés, ses naseaux se gonflent ; impatient, il frappe du pied la terre, et, aussitôt qu'il peut s'élancer dans la plaine, il part d'une course rapide, la crinière soulevée par le vent. Entre tous les animaux, le cheval est un de ceux qui nous plaisent davantage par l'ensemble de ses formes et par son allure. Or celui que nous avons devant les yeux répond bien à l'idée que nous avons de son espèce : il est donc beau pour nous.

De plus, nous prêtons peut-être à ce cheval l'expression de la fierté et d'une ardeur belliqueuse : en le voyant frappant du pied, gonflant ses narines, impatient de s'élancer en avant nous lui attribuons cette intrépidité, ce courage qui n'est qu'au cœur de l'homme mais dont nous voyons en lui comme un reflet, et il devient alors beaucoup plus beau à nos yeux.

Et, il faut bien le reconnaître, l'expression que nous prêtons aux animaux constitue souvent à nos yeux, leur plus grande beauté.

Sans doute les sentiments, les pensées que nous croyons lire dans leur allure, dans leur physionomie, sont bien inférieurs aux sentiments et aux pensées que nous reconnaissons dans l'homme. Mais la vie morale est tellement supérieure à la vie physique, que seulement l'image de la première, même dans des conditions moins favorables, a encore plus de prix à nos yeux que la seconde qui lui reste toujours inférieure, même dans les conditions les plus avantageuses. Un seul rayon de la beauté morale nous fait presque oublier la perfection des formes matérielles. Assurément l'ardeur belliqueuse du cheval ne saurait être comparée au courage guerrier de celui qui le monte. Le cheval se laisse emporter par une impétuosité qui bouillonne dans son sang, il part au signal du clairon, mais ne raisonne aucunement l'action à laquelle il va prendre part, le péril dans lequel on va le lancer ; il ne songe aucunement à sacrifier sa vie pour l'honneur d'une cause. Le guerrier voit tout le péril ; il sait que dès le premier instant une balle peut le frapper ; cependant, pour décider la victoire, il se jettera au plus fort de la mêlée et affrontera la mort : il expose sciemment sa vie et il la sacrifie pour l'honneur de son pays, et c'est précisément ce sacrifice volontaire qui fait sa gloire à nos yeux. Le cheval n'agit point avec cette résolution qui fait le mérite de l'acte ; il ne fait que céder à un entraînement tout instinctif et seconder le courage du guerrier qui le précipite vers le feu

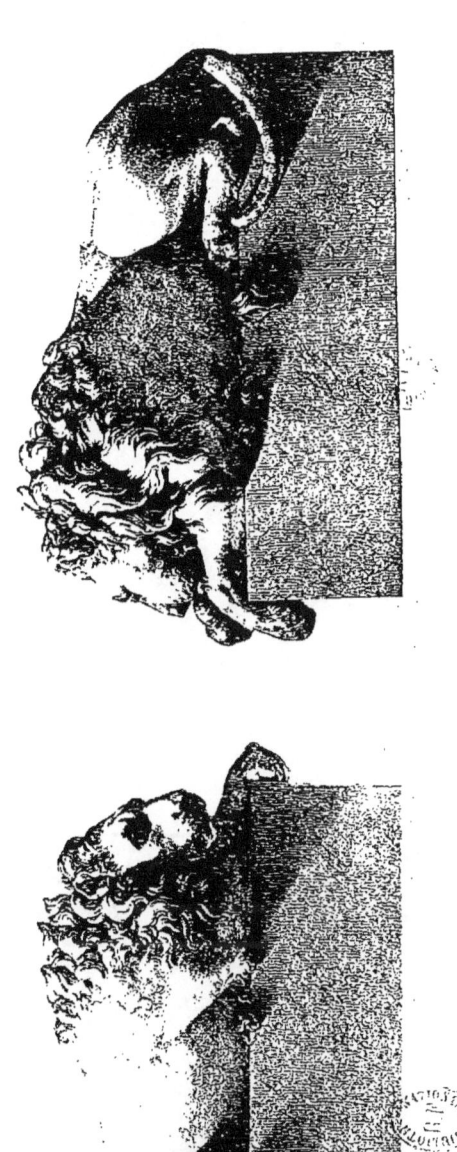

La Force

La Douceur

13. — LIONS DU TOMBEAU DE CLÉMENT XII, par Canova.

de l'ennemi. Cependant, rien que ce semblant d'ardeur, d'intrépidité, lui donne à nos yeux sa plus grande valeur et constitue sa plus grande beauté. C'est ainsi que nous préférons le chant des oiseaux à l'éclat de leur plumage, quelque brillant qu'il soit, parce que dans ces notes mélodieuses nous croyons reconnaître comme un écho de nos sentiments.

Le plus souvent, quand l'art représentera des animaux, il aimera à faire ressortir ce genre de beauté qui résulte de l'expression que nous leur prêtons. C'est ainsi que Canova, sculptant deux lions au tombeau de Clément XIII, a exprimé, dans la physionomie de l'un, la force, et, dans la physionomie de l'autre, la douceur. Ces deux lions sont beaux par la correction des formes que le ciseau de l'artiste a su leur donner, mais ils sont beaux surtout par les sentiments qu'ils expriment et qui résument bien le caractère et la vie du grand Pontife dont ils gardent les restes.

Dans un chapitre précédent, nous avons étudié les lois de l'expression. Nous avons vu comment nous attribuons par exemple, au lion, la force morale, au chien la fidélité, à la brebis la douceur, au bœuf la patience, à l'aigle la fierté et la domination, au tigre la férocité ; comment nous attribuons à quelques-uns plus d'intelligence qu'à d'autres.

Nous avons vu aussi comment ces jugements portés par nous ne sont pas le résultat d'un caprice de notre part. Les animaux sont doués d'un instinct plus ou moins développé, ont des inclinations différentes qui nous permettent de les apprécier ainsi et de leur prêter l'expression de ces qualités et de ces défauts.

Il est évident, d'ailleurs, que le terme de comparaison sur lequel nous basons nos appréciations, c'est l'homme, l'homme qui est le roi de la création et qui, de plus, en est le centre.

L'âne, l'oie, le dindon nous semblent complètement dénués d'intelligence, et nous les citons comme des types de bêtise et de stupidité ; le bœuf a plus d'intelligence, le cheval et le chien en ont davantage encore. Mais le terme de cette gradation est l'homme auquel nous revenons sans cesse.

Et s'il nous fallait établir une gradation au point de vue de la beauté entre les différents êtres, nous ne pourrions pas trouver une autre base d'appréciation.

Il est évident que parmi les créatures qui nous font jouir de leur beauté en ce monde, l'homme est la plus parfaite ; il occupe le sommet de cette échelle de perfection, et nous devons donner une place plus élevée aux êtres qui s'en rapprochent davantage ; ceux-là seront relégués au dernier rang qui sont plus éloignés de ce roi et de ce chef-d'œuvre de la création.

Nous ne pourrions trouver un autre point de départ, une autre base, pour établir cette gradation, cette échelle de perfection.

En effet nous ne le pourrions pas en prenant seulement les formes matérielles comme base de nos appréciations. Les formes prises isolément peuvent intéresser l'œil, mais leur rôle important est de constituer par leur ensemble la physionomie de l'individu ; nous avons reconnu que par elles-mêmes elles sont insuffisantes pour nous donner la raison de la beauté, et elles ont leur grande valeur par l'expression qu'elles revêtent à nos yeux ; mais ainsi nous revenons à la loi que nous avons suivie.

Si nous essayons d'établir cette gradation en considérant la destination de chacune des espèces et l'aptitude de chaque individu à remplir cette destination, nous arrivons encore au même résultat ; car comment apprécierons-nous la destination des animaux. Dans notre monde tout a été créé pour l'homme ; ainsi que nous le dit saint Thomas, les créatures les moins nobles, sont pour les plus nobles, celles qui sont inférieures à l'homme sont pour lui. Mais dans cet enchaînement admirable, le dernier anneau, celui qui explique le tout, c'est l'homme, l'homme qui est fait pour Dieu. Pour expliquer l'homme lui-même, sans doute il faut remonter plus haut, mais c'est dans l'homme que réside l'explication de tout ce qui lui est inférieur. Cette merveilleuse subordination des êtres les uns par rapport aux autres dans un ensemble parfait, qui s'élève graduellement jusqu'à la cause et à la raison dernière de toute chose, est l'ordre établi par Dieu lui-même (1). Et ainsi l'on pourrait dire que le beau n'est que la manifestation brillante, « la splendeur de l'ordre (2) ».

---

(1) « Creaturæ ignobiliores sunt propter nobiliores, sicut creaturæ quæ sunt infra hominem sunt propter hominem. Singulæ autem creaturæ sunt propter perfectionem totius universi ; ulterius autem totum universum cum singulis suis partibus ordinatur in Deum, sicut in finem. » (S. Thomas 1ᵃ q. 44, 3, 4.)

(2) ZIGLIARA, Summa philos.

De quelque manière que nous cherchions la solution, nous arrivons donc au même résultat. Dans cette gradation et cette échelle de perfection, parmi tous les êtres de notre monde qui nous font jouir de la beauté, l'homme est au sommet ; et lui-même, en appréciant tous les autres êtres, donne la préférence à ce qui lui ressemble davantage ; et cette ressemblance de lui-même avec les différents êtres, il la trouve dans l'expression qu'il leur prête.

Comment voyons-nous la laideur dans les animaux?

La laideur proprement dite, dans les animaux, ne peut résulter que de l'expression que nous leur prêtons.

Le porc, par ses allures, ses formes, ses habitudes, montre qu'il ne se plaît qu'à absorber de la nourriture, à se vautrer dans la fange ; nous ne voyons en lui que des instincts grossiers, et pour cela il nous paraît laid, bien que ses appétits grossiers ne soient que l'effet de son organisation.

Un poisson nous semble laid, parce que sur ce front déprimé nous croyons lire le caractère de la stupidité la plus complète, et nous ne pouvons pardonner à un être doué de la vie, l'absence aussi absolue de sens et d'instinct.

Le crapaud est couvert de tumeurs ; ce n'est pas du sang qui circule dans ses membres, mais un venin dangereux et infect. Nous ne lui pardonnons pas d'avoir une vie si différente de celle que nous aimons à voir palpiter dans le corps de l'homme, et qui, légère et active, circule dans ses membres avec un sang vermeil. Il nous est odieux surtout, parce que, avec cette physionomie repoussante, il semble fait pour exprimer la corruption et même la corruption morale.

Le singe semble plus que tous les animaux se rapprocher de l'homme ; mais il n'en est que la caricature. Ses grimaces ne semblent faites que pour exprimer de la malice, et tout en nous amusant il nous déplaît : nous le trouvons laid.

Quelquefois, ainsi qu'il a été dit précédemment, en appréciant la beauté et la laideur dans les animaux, nous distinguerons la double source de beauté et de laideur qui est en eux ; nous porterons comme deux jugements distincts : l'un par lequel nous apprécierons l'être en lui-même, et l'autre par lequel nous apprécierons l'expression morale qui résulte de sa physionomie, de son allure et de ses habitudes. Mais souvent aussi, il nous serait difficile, pour ne pas dire impossible, de ne pas fondre en une seule ces deux appréciations. Alors nous jugeons cet animal surtout d'après l'expression que nous lui attribuons, et peut-être il perdra ainsi la beauté qu'il aurait si nous le jugions en lui-même.

Voici un serpent : ses écailles aux nuances éclatantes brillent au soleil, les orbes qu'il décrit présentent les courbes les plus moelleuses et il semble se jouer en faisant et en défaisant par ses replis les nœuds les plus variés. Il n'y aurait rien que de gracieux dans ce reptile, si nous ne considérions que ses formes et ses mouvements. Mais peut-être il nous effraie rien que par ce venin avec lequel il peut nous donner la mort ; de plus il rampe et ne semble agir que par ruse ; il est pour nous le symbole de la perfidie. Si nous ne surmontons pas le sentiment de répulsion que ce serpent nous fait éprouver, sa vue nous sera très désagréable, et il ne pourra que nous sembler laid.

Les différents animaux nous sembleront plus ou moins beaux, plus ou moins laids, selon les actes qu'ils accompliront à l'instant où nous les considérons, parce qu'alors leur physionomie prendra une expression plus ou moins marquée.

Si nous comprenions parfaitement les lois qui ont présidé à la création de tout l'univers et le rôle de chacun des êtres qui peuplent notre monde, probablement la base de nos jugements serait toute différente. L'homme resterait toujours le roi de la création et serait le type le plus élevé de la beauté après Dieu, que nous ne connaissons d'ailleurs que très incomplètement sur la terre. Mais de plus, nous verrions dans l'organisation mieux comprise de chacun des animaux, une beauté que nous n'y découvrons pas.

Nous pouvons croire que, dans la vie future, nous admirerons dans les œuvres divines des splendeurs qui maintenant restent voilées à nos yeux. L'harmonie de la création a été troublée par la désobéissance du premier homme, et bien des rayons de la beauté se sont effacés au front des créatures. Mais au ciel notre intelligence ne connaîtra plus d'obscurité et ne sera plus embarrassée par des difficultés de détail, parce que nous verrons la vérité dans son ensemble et en elle-même ; nous verrons tout dans la lumière divine, et dans cette lumière nous verrons toutes les beautés secondaires, qui n'étaient qu'un reflet amoindri de la divine beauté.

ARTICLE III

LA BEAUTÉ ET LA LAIDEUR DANS LE RÈGNE VÉGÉTAL ET DANS LA
NATURE INANIMÉE

§ I. — *Double source de beauté dans les arbres et dans les plantes :
source du gracieux, source du beau.*

La double source de beauté que nous venons de reconnaître dans
les animaux existe dans les plantes. Ainsi les arbres et les fleurs captivent notre regard par la beauté qui leur est propre, par la fraîcheur de leur feuillage, par l'éclat et la variété de leurs couleurs, par
tout cet ensemble qui exprime en eux la vie et nous fait dire que
le sujet est digne d'être remarqué parmi ceux de son espèce.

De plus ils s'enrichissent de l'expression que nous leur prêtons.
Mais, il faut bien le reconnaître, cette expression que nous prêtons
au règne végétal est plus indécise et plus vague que dans le règne
animal, elle perd de son importance.

Les arbres et les plantes n'ont que la vie végétative ; nous savons
clairement qu'ils n'ont pas la vie intellectuelle et morale ; nous
voyons en eux des images de nos sentiments et des situations de notre âme, et c'est ainsi qu'ils nous expriment le deuil, la force, etc...,
mais, mieux que pour les animaux, nous sentons que c'est nous qui
leur attribuons cette signification.

Le symbolisme prête donc à la beauté du règne végétal un concours moins habituel et moins efficace que celui qu'il prêtait à la
beauté du règne animal ; et cependant ici encore, pour certains
sujets et dans certaines circonstances, il s'impose à nos appréciations. Du moins les deux sources de beauté seront beaucoup plus
distinctes dans cette région de la nature que nous abordons.

Donnons plus de clarté à ces principes d'appréciation, en les appliquant à des exemples.

Voici un lis : sa tige est légère sans être grêle, elle est enveloppée
de feuilles assez nombreuses pour la protéger et lui donner de la
force ; des fleurs s'épanouissent à son sommet comme une riche
couronne, et sont surmontées de boutons qui bientôt s'épanouiront
à leur tour. Ce lis répond bien à l'idée que nous avons de son es-

pèce, et, ce titre, il est gracieux. — Nous voyons dans la blancheur
éclatante de ses fleurs une image de la pureté sans tache d'une âme
virginale. Cette qualité qu'il nous rappelle lui donne, à nos yeux,
l'expression d'une beauté d'un ordre beaucoup plus élevé, de la
beauté morale.

Parfois même, devant certains sujets du règne végétal, nous sommes frappés surtout par la pensée de l'expression que nous leur prêtons, et cette expression modifie à nos yeux le caractère de leur
beauté, au point que nous déclarons beau ce qui en soi ne pourrait
être que gracieux.

Voici un chêne : son tronc et ses branches sont bien proportionnés, les masses abondantes de son feuillage sont distribuées avec
variété, il nous plaît. Si nous le jugions indépendamment de toutes
les significations que nous pouvons lui prêter, nous devrions dire
qu'il est gracieux, puisqu'il n'y a en lui que le développement spontané de la vie. Cependant nous sommes portés presque invincible-
ment à voir le beau proprement dit dans le chêne ; c'est que, à peu
près toujours, nous lui attribuons l'expression de la force.

L'homme ne s'oublie jamais lui-même. Nous l'avons dit en parlant des animaux, et nous avons vu que souvent il les juge surtout
d'après l'expression qu'il leur prête ; il en est de même pour certains
sujets du règne végétal, quoique ce soit plus rare.

A peu près toujours l'homme prêtera au chêne l'expression de la
force morale, et voici pourquoi : non seulement l'homme se sou-
vient de lui-même pour juger les différents êtres, mais sa taille elle-
même devient comme la jauge avec laquelle il les mesure. Or le
chêne, quand nous sommes à ses pieds, nous domine, de même que
nous dominons la fleur, et c'est pour cela que nous voyons l'expression de la force, non dans la fleur, mais dans le chêne.

Il est évident que, si notre taille n'était pas le point de départ,
l'arbrisseau ou la fleur pourrait comme le chêne exprimer la force
ou du moins la lutte morale et même la lutte victorieuse. Souvent,
en effet, la tempête qui emporte la fleur déracine en même temps
l'arbre qui semble devoir résister ; parfois même la fleur résiste.

> Le vent redouble ses efforts
> Et fait si bien qu'il déracine
> Celui de qui la tête au ciel était voisine
> Et dont les pieds touchaient à l'empire des morts.

Mais l'arbre est grand par rapport à nous, la fleur est petite, et c'est pour cela que nous attribuons la force au premier et que nous ne songeons nullement à voir dans la seconde l'expression de cette qualité.

Il peut arriver cependant que nous n'attribuions pas au chêne cette expression. Nous le voyons dans la prairie au milieu d'un vaste paysage, ou bien dans un vallon, au pied de coteaux qui le dominent ; son effet est effacé, diminué du moins par tout ce qui l'entoure. Si nous le considérons au milieu de toutes ces beautés qui l'encadrent, mais qui effacent un peu la sienne et diminuent son importance à nos yeux, il nous paraîtra gracieux.

Mais si c'est au sommet d'un coteau qu'il se dresse fièrement et que sa large silhouette se découpe sur le ciel, il nous dit dans cette situation que souvent il a bravé la tempête et résisté à la fureur des vents, et alors nécessairement il devient à nos yeux un symbole de la lutte et de la force, et il ne peut qu'être beau pour nous. Et comme le chêne nous apparaît à peu près toujours avec cet aspect de grandeur et de force, nous avons peine à le dire gracieux, mais nous lui attribuons la beauté.

Comment apprécier la beauté qui nous apparaît dans l'ensemble d'un paysage?

Dans le présent article, nous considérons comme isolément chacun des types du règne végétal, mais si l'on veut une réponse à la question que nous venons de poser, nous dirons : quand nous embrassons d'un coup d'œil un ensemble qui forme ce que l'on peut appeler un paysage, nous considérons alors la nature dans la mesure où elle est le domaine de l'homme, le champ de son travail, abandonné à son activité et portant souvent son empreinte par les transformations qu'il lui a fait subir. Or, si devant la nature prise dans ces proportions nous avons l'émotion esthétique, ce sont les éléments du beau que nous avons devant les yeux, et nous disons : c'est un beau paysage.

Mais si nous reculons davantage encore les bornes du spectacle et que notre œil court à des horizons sans fin, nous arrivons aux grands spectacles de la création dont nous allons bientôt étudier le caractère.

§ II. — *Circonstances qui modifient à nos yeux la beauté dans les plantes et dans les arbres.*

Quelquefois des circonstances secondaires peuvent modifier la beauté d'un arbre ou d'une plante. Le fond sur lequel ils se présentent peut faire ressortir cette beauté par contraste, mais il peut aussi la faire oublier et la déprécier complètement.

Voici un lis au milieu de ronces et d'épines : peut-être sa beauté n'est pas compromise par ces conditions fâcheuses ; peut-être même elle prend plus de valeur par l'aridité de cet entourage, et elle s'enrichit du symbolisme que nous pouvons voir dans ces dispositions particulières.

Ce n'est plus seulement au milieu de plants arides que j'aperçois ce lis ; il est au fond d'un trou, dans la fange, et parmi des débris immondes. Peut-être sa beauté me captivera-t-elle encore, et les conditions dans lesquelles elle m'apparaît feront naître dans mon esprit des réflexions qui ne seront pas sans utilité ni sans charme ; mais plus probablement mon regard blessé par ces débris et cette fange au milieu desquels le lis se présente, sera distrait de sa beauté : je sentirai qu'il n'est pas à sa place et j'en souffrirai.

Il a été transplanté au sommet d'un tertre arrondi, entouré de fleurs et de feuillages de différentes couleurs dont les nuances font ressortir son éclat : évidemment sa beauté gagne à cet entourage et à cet encadrement.

§ III. — *Le disgracieux et le laid dans les arbres et dans les plantes.*

Considéré en lui-même et dépouillé de tout symbolisme, l'arbre qui est mal venu n'est que disgracieux.

Peut-être qu'un arbre, au milieu des dommages qu'il a subis, prendra à nos yeux une signification intéressante : voici un chêne fracassé par la tempête, privé de ses branches mais se tenant ferme, inébranlable, sur le rocher dans lequel ont pénétré ses racines ; il nous exprimera la force, le courage dans la lutte, et cette expression lui prêtera à nos yeux une beauté d'un caractère très élevé.

Moins facilement nous lui prêtons l'expression de la laideur ; c'est que nous sommes moins portés à le faire responsable de l'état misérable dans lequel nous le voyons. Toutefois cela n'est pas impossible.

Nous reconnaissons d'ailleurs qu'il n'y a rien de rigoureux dans l'appréciation de la beauté résultant de l'expression prêtée par nous aux arbres et aux fleurs. Ces appréciations dépendent d'impressions personnelles. Il est important que les principes soient posés avec clarté ; ceux que nous avons établis sont précis et ne peuvent laisser d'embarras que pour des appréciations de détails, et cet embarras ne proviendra aucunement de la théorie, mais de l'interprétation de l'expression que nous prêtons aux différents objets, interprétation qui est nécessairement abandonnée à l'inspiration de chacun.

C'est surtout dans la littérature que ce symbolisme du règne végétal prend son importance. Quand nous considérons une fleur, un arbre, nous les voyons à peu près toujours avec leur beauté propre et spécifique ; mais le littérateur, pour exprimer ses pensées, ses sentiments en leur donnant plus de précision et d'éclat, cherche dans la nature des objets qui en soient l'image ; il s'adresse à tous les règnes de la création. Puis la nature, à son tour, nous parle plus clairement avec ce langage que lui a prêté la poésie.

§ IV. — *Dans quelle mesure les qualités de forme, de proportion, d'harmonie, d'unité, de variété concourent-elles à la beauté des objets appréciés jusqu'ici?*

Par la manière dont nous avons apprécié la beauté des objets de la nature, bien que nous n'ayons pas parlé explicitement de proportion et d'harmonie, d'unité et de variété, nous n'avons point méconnu la valeur de ces qualités, et elles sont entrées pour une juste part dans l'estimation que nous avons faite de la beauté des objets.

En effet, ces qualités peuvent servir pour caractériser la beauté qui résulte du devoir accompli ou d'un acte de dévouement ; mais elles appartiennent surtout à l'élément sensible, à la forme. C'est surtout dans les formes qu'elles se présentent avec clarté et qu'elles peuvent être plus facilment appréciées. D'ailleurs pour qu'elles servent à nous expliquer la beauté des objets il faut qu'elles soient aussi comme la manifestation d'un invisible, d'une pensée. Considérées comme qualités purement matérielles des objets, elles ne pourraient nous rendre compte de la beauté puisque toute beauté suppose un invisible.

Donc, ces qualités résidant principalement dans l'élément sensible contribuent avec lui à nous traduire l'élément invisible avec ses qualités. Par là même, ainsi comprises, il est facile de s'en rendre compte, elles ont dans nos appréciations le rôle et l'importance qui leur appartiennent.

En effet, nous l'avons dit bien des fois, nous ne jouissons du beau que dans la mesure où il nous est exprimé et par là même nous reconnaissons toujours l'importance du rôle de l'élément sensible. Si c'est la beauté morale qui brille à nos yeux nous la lisons dans les formes qui nous la traduisent, et, bien que dans ce cas l'invisible captive davantage notre attention, nous savons que l'élément sensible, lui aussi, remplit son rôle et nous lui reconnaissons, par là même, toute l'importance qu'il a en réalité et avec les qualités qu'il doit avoir. — Si dans l'objet que nous admirons l'invisible qui nous est révélé est moins digne de fixer notre attention, notre regard s'arrête davantage sur les formes de cet objet ; et les qualités qui appartiennent à ces formes ont plus d'importance. Là encore sans doute, il ne faut pas s'y méprendre, ces formes ne suffiront pas pour nous expliquer par elles-mêmes la beauté. Il y a un invisible, une activité qui s'est développée selon sa loi. Voici un oiseau qui nous montre dans son plumage les couleurs les plus éclatantes, les plus soyeuses, les plus ondoyantes, ces couleurs charment notre regard ; mais il y a autre chose qui nous plaît ; il n'y a pas seulement des couleurs, un costume brillant, il y a une individualité qui porte ce costume. Là encore il y a donc de l'expression ; et tout n'est pas dans l'élément sensible. C'est en comparant cet oiseau à ceux de son espèce que nous apprécions son plus ou moins de beauté ; nous constatons que dans cet être, la vie s'est bien développée selon les lois de son espèce. Evidemment, en procédant ainsi, nous ne dédaignons pas les formes qui nous traduisent l'invisible, nous admirons les qualités de forme, de proportion, d'harmonie, d'unité, de variété qui appartiennent surtout à l'élément sensible et bien que nous ne parlions pas explicitement de ces qualités, nous en reconnaissons encore toute la valeur.

Peut-être, de prime abord, la définition que nous avons adoptée paraît moins précise que ces termes de proportion, d'harmonie, d'unité, de variété ; elle paraît vague ; en réalité elle est précise : elle est précise, comme l'est dans notre esprit, la loi d'après laquelle les différents êtres doivent se développer. Si ceux qui veulent apprécier la beauté des objets sont embarrassés, ce n'est pas que la définition soit insuffisante ; mais celui qui veut en faire usage manque d'une science qu'il devrait avoir, il ne connaît pas l'espèce d'êtres qu'il veut juger, et sans cette connaissance nul ne pourra porter un jugement éclairé sur la beauté des objets, quelle que soit d'ailleurs la définition qu'il adopte. De plus notre définition, tout en étant précise, s'applique sans difficulté aux beautés les plus diverses, ce qui ne doit pas peu contribuer à en montrer la valeur.

Au contraire, si l'on prend ces qualités : la proportion, l'harmonie, l'unité, la variété, comme raison et règle du beau, il semble de prime abord que l'on a en main un instrument de précision avec lequel on pourra évaluer la beauté des objets et la numéroter. Ces formules promettent beaucoup, mais en réalité elles donnent peu ; il n'est pas si facile que l'on croirait de constater qu'elles trouvent leur application dans tel ou tel objet.

En effet, voici le corps d'un homme parfaitement constitué. Nous voyons, si vous le voulez, qu'il est très bien proportionné, qu'il y a dans ses formes de l'unité et de la variété, une harmonie irréprochable ; mais somme toute, est-ce que ces considérants ne se résument pas dans celui-ci : que ce corps est bien fait comme les corps que nous avons trouvés les plus parfaits, qu'il répond bien à l'idée que nous avons de son type.

Sans doute, s'il était trop épais, si les jambes étaient trop courtes, il manquerait de proportions ; mais dans ces formes si complexes, dans ces contours qui suivent les ondulations les plus diverses, il y a des lignes si difficiles à déterminer que l'œil du dessinateur le plus exercé ne les saisit qu'avec peine et son crayon ne les reproduit qu'après les tâtonnements les plus laborieux. Comment ces détails si délicats seraient-ils appréciés par des formules chiffrées. Il y a dans la beauté de ce corps tout autre chose que des proportions que l'on peut mesurer avec le compas. Ce qui me plaît en lui, ce qui me ravit, c'est l'expression de la vie, qui se manifeste par la coloration des chairs, la transparence de la peau, l'animation du regard, le mouvement des membres, c'est l'expression de la vie qui anime ce corps si merveilleusement organisé. Assurément je

croirais mal définir mon admiration, la motiver très incomplètement, si je disais que j'admire ce corps parce que j'y vois la proportion, l'harmonie, l'unité, la variété. La révélation de cette vie qui
me captive m'est faite par un ensemble de conditions, par des détails sans nombre, qui ne sont pas compris dans ces qualifications
incomplètes parce qu'elles sont trop précises, trop étroites, trop
mathématiques.

Avec quelques auteurs nous avons ramené ces qualités de proportion, d'harmonie, d'unité et de variété à un principe d'ordre.
Mais en suivant cette voie nous revenons encore à notre théorie.
En effet on ne peut s'arrêter à un principe d'ordre absolu. Pratiquement, si nous voulons juger de la beauté d'un objet, il faut que nous
nous placions à un point de vue d'ordre relatif et particulier à cet
objet.

Si nous considérons un chêne, nous ne voulons pas trouver en lui
l'ordre, la proportion, l'harmonie, l'unité, la variété, qui conviennent à un peuplier, mais l'ordre qui convient au chêne. L'ordre règne dans tout l'univers, mais chaque être sera bien selon l'ordre
s'il a toutes les qualités qui conviennent aux êtres de son espèce, tout ce qui lui est nécessaire pour atteindre sa fin ; et si cet
être a reçu le don de la liberté, il sera dans l'ordre s'il agit conformément à la loi qui lui a été imposée.

Or, dans la notion que nous avons donnée de la beauté et dans
les applications que nous en avons faites, nous avons tenu compte
dans une juste mesure, de la loi de l'ordre. En effet, nous avons reconnu les différents types qui sont comme la loi ou l'ordre d'après
lequel les êtres de chaque espèce doivent se développer ; et pour
nous chaque être est plus ou moins beau selon qu'il est plus ou moins
conforme à cet ordre qui fait sa loi.

On le voit, l'ordre ainsi compris comme loi du beau nous ramène
à la théorie que nous avons émise, il met la raison de la beauté dans
le développement normal de l'activité.

Un auteur très sérieux, l'éminentissime cardinal Zigliara fait con-
sister la beauté dans la splendeur de l'ordre : *Pulchrum est splendor
ordinis ;* nous pourrions très bien accepter cette définition, et l'on
voit par ce qui précède comment elle est vraie.

Pour les beautés que l'art produit nous aurions à faire les mêmes observations que pour les beautés de la nature relativement à ces qualités, la proportion, l'harmonie, l'unité, la variété. Nous aurons à tenir compte des pensées exprimées et des formes qui les expriment. L'œuvre ne sera réussie que dans la mesure où chacun des deux éléments aura les qualités qui lui sont propres.

Même dans les œuvres où l'élément sensible semble avoir une importance prédominante et dans lesquelles par là même nous pourrions, semble-t-il, chercher seulement des qualités de proportion, d'harmonie, d'unité et de variété, nous aurons encore à chercher d'autres qualités, d'autres conditions de beauté. Ainsi, c'est bien dans l'architecture que l'élément sensible a le plus d'importance ; et c'est bien aussi dans les productions de cet art que l'on sent davantage le besoin de la proportion, de l'harmonie. Quand nous considérerons un monument, nous chercherons ces qualités matérielles des formes, et si nous ne pouvons en constater la présence, nous déclarerons le monument mauvais. — Mais nous aurons besoin de considérer aussi le motif pour lequel ce monument a été construit, sa destination, les besoins qu'il doit satisfaire. C'est-à-dire que nous ferons entrer dans notre appréciation de nombreux considérants qui ne sont point réglés par les lois de proportion, d'harmonie, d'unité, de variété.

Si nous considérons une œuvre dans laquelle l'invisible a plus d'importance, ces qualités semblent ne plus pouvoir nous servir à rien dans le jugement que nous avons à porter. N'est-il pas vrai que nous aurons dit peu de chose sur la beauté d'une harmonie de Lamartine quand nous aurons constaté qu'il y règne l'unité et la variété. Combien d'œuvres auront à peu près au même degré ces qualités et seront inégalement belles.

L'art, d'ailleurs, par les principes que nous posons, ne se verra déchargé d'aucune de ses obligations ; il ne verra disparaître aucune de ses difficultés ; il ne nous fera admirer le beau que dans la mesure où il nous l'exprimera. En appréciant ses œuvres, nous reconnaîtrons toute la valeur des pensées et des sentiments exprimés ; mais nous constaterons aussi que souvent, pour l'artiste, la question de succès est une question de forme.

§ V. — *Beauté et laideur des objets privés de la vie.*

Avant de considérer les grands spectacles de la création, nous devons encore jeter un regard sur les objets qui n'appartiennent ni au règne animal, ni au règne végétal, sur les minéraux : l'eau, la terre, le feu, l'air, mais en considérant dans des proportions restreintes toute cette partie de la création qui est privée de la vie.

Ces différents objets, par des aspects de forme et de couleur, peuvent charmer plus ou moins notre regard. Rien que l'aspect du ciel, avec sa limpidité, repose nos yeux de la façon la plus agréable. Nous nous plaisons à considérer les nuages, avec leurs formes changeantes et leurs couleurs variées, quand le soir, après avoir brillé d'un blanc d'argent, ils prennent des teintes de pourpre et d'or. Parfois notre imagination se joue au milieu de ces formes et de ces nuances, et nous y trouvons des analogies qui nous procurent une agréable distraction. Et, si un peintre ou un littérateur nous représente ou nous décrit ces objets, ils auront de plus l'intérêt considérable que l'art y ajoute (1).

De plus, dans tous ces objets, bien qu'ils soient privés de la vie, nous pouvons voir l'expression de nos sentiments, de nos pensées, des situations de notre âme, et ainsi ils s'enrichissent à nos yeux de beautés multiples. La surface d'un lac tranquille, en nous exprimant le calme de l'âme, sera belle pour nous, non pas au même degré, mais de la même manière que cette âme dont elle nous rappelle la situation ; l'eau transparente sera pour nous l'image d'une âme pure et dans laquelle les passions n'ont point déposé leur limon ; le rocher battu par les flots, en résistant à leurs vaines attaques, nous fera penser à la fermeté inébranlable de l'âme que l'adversité ne peut abattre, et nous rappellera la beauté que nous admirons en elle. La beauté qui résulte de tout ce symbolisme est plus vague, plus indécise que celle qui nous apparaît dans le règne

(1) Lamartine excellait à décrire la nature ; si nous voulions faire des citations nous n'aurions que l'embarras du choix ; indiquons seulement la transformation des nuages décrite dans l'harmonie : *Paysage dans le golfe de Gênes.*

animal et dans le règne végétal ; elle semble flotter sur ces objets plutôt que résider en eux : c'est qu'elle est le fruit de nos conceptions.

Chez l'homme qui cherche et trouve dans la nature des images de tous les sentiments, de toutes les émotions qu'il éprouve, et qui en prêtant à la nature ce symbolisme, l'enrichit de beautés sans nombre. Non seulement il enrichit la nature, mais, en présentant ensuite ses propres pensées revêtues de ces images, il leur donne un splendide vêtement. Aussi, il faut bien le reconnaître, c'est surtout la littérature qui nous fera jouir de ce genre de beauté que nous venons de signaler (1).

Les objets privés de la vie, en se présentant dans des conditions moins bonnes que d'autres objets de la même espèce, expriment certaines situations fâcheuses de l'âme et revêtent ainsi le caractère de la laideur. Ainsi, de l'eau trouble et boueuse peut nous faire penser à une conscience souillée ; un lac agité nous représente une âme troublée par les passions ; le plomb, comparé à l'or, peut nous exprimer une âme moins vertueuse :

Comment en un plomb vil l'or pur s'est-il changé?

Mais à mesure que nous allons plus loin dans ce symbolisme, nous sentons mieux que c'est moins la nature que l'esprit de l'homme qui nous charme par ces images.

_____

(1) Voici toute une page de saint Grégoire de Naziance qui est remplie de ce symbolisme. « J'aimais, le soir, à me promener sur les bords de la mer, les flots surexcités venaient se briser sur le rivage : ils étaient semblables à des montagnes mobiles qui s'élevaient et s'abaissaient alternativement. Les herbes flottantes, les petits cailloux et les coquillages étaient agités et ramenés dans tous les sens ; mais le rocher solide demeurait calme dans son immobilité. Ce spectacle était pour moi tout un enseignement. La mer c'est la vie, ce sont les choses humaines; n'y trouve-t-on pas l'amertume et l'instabilité, et les vents, et les mouvements imprévus? Au milieu de cette mer de la vie, je voyais des caractères faibles, sans énergie, emportés par les vagues et n'offrant aucune résistantce. D'autres établis sur la pierre qui est le CHRIST, élevés par l'énergie de leur caractère au-dessus du vulgaire, demeurent immobiles et supportent les secousses et les agitations des vagues avec une fermeté d'âme qui sait ne point se démentir. » (Oratio 26, c. VIII et IX.)

ARTICLE IV

LA BEAUTÉ DANS LES GRANDS SPECTACLES DE LA CRÉATION
LE SUBLIME

§ I. — *Le sublime n'est pas le superlatif du beau et du gracieux.*

Jusqu'ici nous avons supposé, sans le prouver, que ces trois genres de beauté : le gracieux, le beau et le sublime, ne sont pas des degrés d'une même propriété, que ce n'est pas en additionnant du gracieux que l'on produit le beau, et qu'en vain on augmenterait la dose, sans arriver à réaliser le sublime ; nous avons supposé que ces trois genres de beauté ont des caractères différents et réciproquement irréductibles. Or il est facile de se convaincre que nous sommes dans le vrai. Considérez le visage gracieux d'un enfant, donnez-lui par la pensée plus de charme encore : il devient plus gracieux, mais vous n'y voyez pas le beau proprement dit, et encore moins le sublime. De même, combien de belles physionomies ne sont pas gracieuses. Les spectacles sublimes n'ont rien de gracieux, ni de beau. Le gracieux, le beau et le sublime sont donc trois genres à part, et l'on augmentera ou l'on diminuera chacun d'eux sans le faire passer dans un genre différent.

§ II. — *La qualification de sublime convient bien à la beauté des grands spectacles de la création.*

Puisque le gracieux, le beau et le sublime sont des genres de beauté différents, ils doivent produire en nous des émotions différentes. Or, quand les grands spectacles de la création nous parlent, quand ils nous procurent l'émotion esthétique, cette émotion qu'ils nous donnent a un caractère particulier : non seulement elle nous ravit d'admiration, mais elle excite en nous une sorte de frémissement qui tient du respect et de la frayeur, ce que le mot latin *vereor* exprime assez bien. Cette frayeur qui se mêle à nos jouissances ne provient pas de ce que nous sommes en péril ; quand nous éprouvons l'émotion esthétique, nous sommes en pleine sécurité, que ce soit devant une œuvre d'art ou devant quelqu'un des grands spectacles de la création. Quand, assis sur le rivage, mon regard se promène sur les flots et parcourt l'immensité, je n'ai à craindre aucun péril ; et cependant, quand je considère ces plaines liquides qui s'étendent sans fin devant mon regard en comblant des vallées dont je ne puis sonder la profondeur, je sens qu'une majesté suprême plane sur l'immensité des mers, et comme je suis de ce monde qui est en la main de cette puissance, je me replie sur moi-même, je sens ma faiblesse : de là le respect et la frayeur qui s'emparent de moi.

Si, dans le calme d'une belle nuit, mon regard s'élance dans les profondeurs insondables de la voûte des cieux, j'éprouve encore les mêmes sentiments et avec une sorte d'anxiété plus douloureuse. Ma pensée, en traversant ces espaces, entrevoit avec plus de clarté encore et aussi plus d'inquiétude l'infini.

> Oh ! que les cieux sont grands ! et que l'esprit de l'homme
> Plie et tombe de haut, mon Dieu ! quand il te nomme !
> Quand, descendant du dôme où s'égaraient ses yeux,
> Atome il se mesure à l'infini des cieux,
> Et que, de ta grandeur soupçonnant le prodige,
> Son regard s'éblouit et qu'il se dit : Que suis-je ?
> Oh ! que suis-je, Seigneur, devant les cieux et toi ?
> De ton immensité le poids pèse sur moi,
> Il m'égale au néant, il m'efface, il m'accable (1)...

Les émotions que nous éprouvons devant le beau et le gracieux sont toutes différentes.

Devant le gracieux que nous montre la vie dans son efflorescence naturelle, nous jouissons agréablement ; nous nous reposons délicieusement à la vue de la vie qui s'est développée d'elle-même sans aucun effort et s'épanouit à nos yeux enrichie de tous les dons qu'elle a reçus de la nature. Devant le beau qui a été produit par l'activité intelligente et libre, enfanté dans la lutte et peut-être payé de sacrifices héroïques, nous jouissons encore, mais avec un sentiment plus grave, plus élevé, nous portons un jugement d'approbation, nous admirons sans éprouver cependant ce frémissement et cette sorte de frayeur que nous cause le sublime.

Il est évident que ces sentiments divers que nous éprouvons en présence du gracieux, du beau et du sublime, ne sont pas des degrés

(1) Harmonie, l'*Infini dans les cieux.*

du même sentiment, mais des sentiments de nature différente (1). D'un autre côté, les trois genres de beautés qui nous donnent ces sentiments forment des catégories très différentes les unes des autres et ne sont pas des degrés de la même qualité. Donc, dans la théorie que nous émettons, les faits subjectifs sont bien d'accord avec les faits extérieurs.

De plus, si nous jetons un coup d'œil sur tous les objets qui nous font jouir des trois genres de beauté, il nous est facile de reconnaître qu'il est impossible de trouver trois catégories plus différentes que les trois genres d'activités sur lesquels nous avons établi nos grandes divisions : l'activité se développant spontanément, l'activité intelligente et libre se développant dans la lutte et malgré les résistances, l'activité dont la puissance nous surpasse, l'activité infinie : et ces trois genres d'activités ont bien le caractère qui leur permet de nous donner les émotions attribuées par nous au gracieux, au beau et au sublime.

Si quelquefois le beau et le gracieux sont rapprochés et comme fondus ensemble dans le même objet, cette difficulté ne tient pas à la théorie, mais à la nature elle-même. Quant au sublime, il nous apparaît à part dans les grands spectacles de la création : si nous le voyons dans l'homme, c'est exceptionnellement. Du moins les principes que nous avons posés définissent bien les trois genres, et c'est ce que l'on est en droit de demander à la théorie (2).

---

(1) « Qu'on me donne de l'eau un peu sucrée, je dis : cette eau est douce ; qu'on la sucre beaucoup, elle me semble très douce. Voilà assurément deux plaisirs différents de degré. Mettez dans cette eau quelques gouttes d'absinthe, je pourrai trouver encore du plaisir à boire, mais je saurai très bien distinguer ce plaisir de l'autre, et je dirai qu'il est de nature différente. Si quelqu'un voulait me prouver qu'il est seulement un superlatif du premier, je me rirais de lui. » JOUFFROY, *Appendice à son Cours d'esthétique.* De même, à celui qui prétendrait que nous éprouvons des sentiments de même genre devant une fleur aux fraîches couleurs, devant un acte de générosité et de dévouement et l'immensité de l'océan, nous dirions : mais rentrez en vous-même, réfléchissez ; cela se sent.

(2) Ut pulchrum senseatur *comprehensio* semper aliqua requiritur ex parte intuentis. At quandoque objectum est adeo excellens, ut apprehensivam facultatem omnino superet, tunc notio *sublimis* exoritur ; quod sane nihil est aliud nisi objectum *superexcedens* intuitionem cognoscentis. Dixi superexcedens, quia non omnino elabi debet cognitionem, sed ex parte tantum, quatenus apprehenditur quidem, sed ita apprehenditur ut apprehensionem prætergrediatur.

Sicut pulchrum excitat admirationem et amorem, sic sublime stuporem ingenerat et ad venerandum aut timendum inclinat.

Sublime absolutum aliud revera non est nisi Deus, qui infinitate sua omnem creatam intelligentiam superat. — (*Liberatore*).

Si l'on n'adopte pas la classification que nous avons établie, tout devient confus, et cela sans raison.

Quelques auteurs analysant les effets du sublime, leur ont donné pour caractère l'effroi qu'il nous cause, et ils ont dit : Notre sensibilité jouit en présence du gracieux ; en présence du beau c'est notre raison surtout qui est satisfaite ; en présence du sublime notre sensibilité est ébranlée et éprouve une violente secousse. Il en est qui vont jusqu'à voir dans le sublime une opposition entre l'élément rationnel et l'élément sensible ; ainsi Jouffroy.

D'autres observent que le fait sublime participe du mystère, qu'il nous captive et nous fait souffrir comme lui. Notre regard, sollicité par un spectacle, rencontre des voiles qu'il ne peut pénétrer ou des horizons qui se succèdent indéfiniment et il est ainsi contrarié. Le mystère nous fatigue et pourtant nous attire, sans doute parce que nous le sentons de toutes parts autour de nous et qu'il enveloppe de ses voiles nos destinées. C'est peut-être pour cette raison que nous sommes moins émus par le ciel inondé des feux du soleil que par le ciel voilé des ombres de la nuit.

Toutes ces observations peuvent avoir leur valeur, mais par les caractères que nous avons donnés au gracieux, au beau et au sublime, nous expliquons ces différents effets et spécialement les effets du sublime, non seulement sur notre sensibilité, mais sur nos autres facultés.

§ III. — *Conditions requises pour que nous jouissions du sublime.*

I. — La grandeur du spectacle.

Pour que nous jouissions du sublime, il ne suffit pas qu'à l'occasion d'un objet nous nous élevions jusqu'à Dieu, car, dans cette hypothèse, il nous suffirait de comprendre l'organisation du moindre insecte qui nous montre l'infinie sagesse et la puissance du Créateur (1). Il faut, si l'on veut nous permettre cette expression, que

---

(1) Omnipotens manus tua semper una et eadem creavit in cœlo angelos et in terra vermiculos, non superior in illis, non inferior in istis. — (S. Augusт., *Soliloquia*, c. IX.)

la face de Dieu nous apparaisse dans quelqu'un des grands spectacles de la nature.

Monté sur un léger esquif, je me promène sur un lac dont j'admire les rives enveloppées de verdure et de moissons : ce spectacle me plaît, mais je n'y vois pas le sublime. — Ce n'est plus sur les eaux d'un lac, mais sur la vaste mer, qu'un navire m'emporte : le rivage disparaît promptement à mes yeux et bientôt je n'aperçois plus que l'immensité de l'océan et les profondeurs des cieux, mon regard ne peut plus mesurer ces espaces sans fin ; si ce spectacle me ravit, je nommerai sublime la beauté que j'y verrai, parce qu'elle me montre des horizons qui semblent toujours fuir et quelque chose qui me surpasse.

La jouissance du sublime nous sera donnée non par la vue de la nature cultivée, si brillante qu'elle soit, mais par les effets grandioses de la nature abandonnée à elle-même. En effet, la première porte l'empreinte du travail de l'homme, sa marque, tandis que l'autre porte celle de Dieu.

II. — Conditions dans notre situation personnelle.

Quelquefois certaines scènes de la nature nous donneront le spectacle du sublime sans que nous en jouissions, parce que nous sommes en péril.

C'était sur la Méditerranée, la tempête était déchaînée dans toute sa fureur ; Horace Vernet, pour contempler ce spectacle grandiose, se fait attacher au mât du navire. Il voulait éprouver une émotion profonde, afin d'être plus vrai ensuite dans ses tableaux. Peut-être pouvait-il dominer assez ses émotions pour jouir du spectacle grandiose qu'il avait devant les yeux ; mais peut-être aussi ne pouvait-il que considérer les vagues jetant leur écume, et tous les autres effets de cette scène mouvementée, mais sans jouir esthétiquement. C'étaient des notes qu'il recueillait. Plus tard il pouvait jouir de ces beautés grandioses dans son imagination et les faire passer dans ses tableaux.

Il est vrai que l'œuvre d'art qui reproduira ces grandes scènes de la nature ne nous saisira pas toujours avec assez de puissance pour nous donner une impression qui soit celle du sublime ; mais cette dépréciation que les grands effets de la nature subiront en passant par la main de l'homme ne dément pas les principes que nous avons posés.

L'art, plus que la nature, nous fait jouir de la beauté morale et moins qu'elle il nous fera jouir du sublime, parce qu'il nous donnera moins facilement l'émotion vive et profonde, la secousse dont le contre-coup nous détache de la terre et nous élève vers les régions supérieures.

Conclusion du chapitre.

Nous croyons avoir constaté que les lois du beau, telles que nous les avons posées, expliquent les beautés de tout genre qui se présentent dans la nature.

Nous ne voyons pas, en effet, quel genre de beauté ne serait pas compris dans ceux que nous venons de discuter. Les applications que nous devrons faire de ces lois aux productions de l'art ne présenteront pas plus de difficultés. En effet l'expression est à la base de notre théorie, mais n'a-t-elle pas dans les arts le rôle le plus important ? En étudiant leurs productions, nous verrons toujours les deux éléments de l'expression, la forme et la pensée, l'invisible, et, sans déprécier la forme, nous devrons reconnaître à la pensée, à l'invisible toute sa valeur, que ce soit la vie morale qui nous est représentée, que ce soit simplement la vie physique.

Voici par exemple, un fragment de sculpture, le bras d'un antique. Ce bras, nous ne le voyons pas seulement comme un morceau de pierre inerte, nous reconstruisons par la pensée le corps auquel il appartenait ; et les formes intéressantes de ce bras nous disent qu'il faisait partie d'un corps bien fait, délicat ou vigoureux, et c'est à ce titre qu'il nous intéresse : nous y retrouvons l'expression de la vie.

Mais il y a des objets auxquels on ne saurait attribuer l'expression de la vie et qui cependant ont une valeur artistique : ainsi des meubles, des vases. Les meubles se rattachent à l'architecture et sont jugés d'après les lois qui régissent cet art. Mais voici un cratère antique, comment expliquer sa beauté ?

Dans les objets de la nature qui nous plaisent, dans ceux où la vie s'est développée selon la loi, sans avoir été gênée par aucun obstacle, nous remarquons certaines lignes, certains agencements de formes dont nous gardons le souvenir. Or ce sont ces lignes, ces agencements de formes, que nous aimons à retrouver dans les objets d'art. La force et la grâce affectent dans la nature telles formes, telles lignes, et ces lignes et ces formes, données à des objets qui ne représentent aucun être doué de la vie, gardent quelque chose de leur signification. Ce n'est que par ces analogies vagues, éloignées mais vraies cependant, que s'explique la beauté de ces objets. Il ne serait pas difficile de retrouver dans le corps humain les lignes qui dessinent les belles amphores grecques et romaines.

Qu'il nous suffise d'avoir fait entrevoir ces applications plus éloignées de notre théorie.

Que l'on ne dise pas, d'ailleurs, que les lois posées par nous comme conditions de la beauté sont compliquées dans leurs applications. Les lois sont simples, et, si nous devons en faire des applications très diverses, il ne faut pas s'en prendre à la théorie, mais à la diversité des objets.

La difficulté est précisément de trouver une définition du beau qui puisse s'appliquer à des objets si différents, et nous croyons que notre définition, tout en étant précise, va directement à tous ces objets pour en expliquer le plus ou moins de beauté.

Il y a une grande diversité dans les jugements portés. — Les lois que nous avons appelées subjectives expliquent en partie cette diversité en constatant que les jugements seront subordonnés à l'interprétation de chacun, à la manière dont il comprendra l'expression des objets, et qu'ils dépendront aussi de sa situation personnelle et de l'éducation qu'il a reçue.

Ces lois subjectives nous expliquent aussi très bien comment certains animaux, bien venus dans leur espèce, ne sont pas beaux. C'est une difficulté que doit résoudre toute théorie : pourquoi un porc bien venu n'est-il pas beau? Notre théorie explique ce fait par l'expression que nous prêtons à cet animal ; et en effet le jugement que nous en portons ne peut être justifié que par des lois subjectives, quelque nom qu'on leur donne d'ailleurs. Quelle que soit la définition que l'on adopte, l'unité dans la variété, le beau est la splendeur du beau vrai, il est impossible de dire pourquoi cet animal est laid, si l'on ne considère que l'animal en lui-même.

Dans le prochain chapitre, nous allons étudier, plus complètement que nous ne l'avons fait jusqu'ici, les effets du beau sur notre
âme, et ainsi nous allons voir notre théorie sous un nouveau jour.
D'ailleurs, avec les certitudes que nous avons acquises, nous n'avons
point à craindre désormais de nous égarer dans des élucubrations
psychologiques. Nous suivons une marche logique : nous avons déterminé les caractères du beau, ses lois ; nous avons vu comment ces
lois expliquent bien les différentes beautés qui se présentent à nos
yeux ; maintenant nous allons étudier le beau dans ses effets.

CHAPITRE VI

Le beau dans ses rapports avec l'homme : ses effets.

Nous allons étudier les effets du beau sur notre âme, ses rapports avec nos diverses facultés : l'intelligence, la volonté, la sensibilité. Nous verrons comment il est perçu par l'intelligence, comment il agit sur la sensibilité, et comment il est produit par l'activité humaine. De l'analyse que nous allons faire sortiront des considérations d'une haute importance.

ARTICLE I

EFFET DU BEAU SUR L'INTELLIGENCE

§. I. — *Le beau éclaire notre intelligence.*

D'abord il est évident que l'intelligence perçoit le beau avant que la sensibilité en jouisse. Avant qu'il excite notre admiration et notre amour, il faut que notre intelligence le perçoive, qu'elle connaisse l'objet, et qu'elle le connaisse comme beau : *Pulchra dicuntur quæ visa placent.*

C'est l'intelligence qui règle la mesure de la jouissance qu'éprouve la sensibilité, la mesure de l'admiration.

Comment percevons-nous le beau?

Si c'est la beauté corporelle qui s'offre à notre admiration, si c'est l'élément sensible qui domine, ce qui est matériel dans le beau est tout d'abord et directement perçu par les sens, par la vue ou par l'ouïe ; mais aussitôt l'intelligence saisit quelque chose que les sens ne sauraient percevoir et qui nous donne la raison du beau.

S'il est plus immatériel, si c'est le beau littéraire, l'intelligence le saisit d'abord, mais celle-ci à son tour ne peut se passer des sens, du moins de l'imagination.

Le sensible dans l'objet et les perceptions de nos sens mis au service de notre imagination sont donc l'intermédiaire nécessaire entre notre âme immatérielle jouissant du beau et l'invisible qui en donne la raison.

Cette loi est d'une grande importance, elle appartient à l'ensemble des lois que Dieu a établies pour l'exercice et le développement de nos facultés ; et c'est en considérant ces lois dans leur ensemble, en en faisant la synthèse, que nous arrivons à mieux comprendre chacune d'elles et à mieux comprendre aussi l'œuvre divine.

Ainsi que le fait remarquer saint Thomas l'homme tient le milieu entre les substances purement spirituelles et celles qui sont purement corporelles, il est corps et âme, esprit et matière ; et le corps et l'âme sont l'un à l'égard de l'autre dans une dépendance mutuelle. Le corps ne vit que par l'âme, mais l'âme de son côté, a besoin du corps pour l'exercice de ses facultés. « L'âme de l'homme occupe dans l'ordre de la nature le rang le plus inférieur parmi les substances intellectuelles, car elle ne possède pas naturellement la connaissance de la vérité comme la possèdent les anges, elle est obligée de la chercher dans les choses visibles au moyen des sens. » *Sensibilia sunt preambula ad intelligibilia* (1). Et la création, de son côté, est faite pour répondre à la constitution humaine.

Voici donc une loi qui nous est mieux connue : les idées n'arrivent pas à notre esprit sans être enveloppées sous un sensible, et le beau n'excite pas notre sympathie, n'existe pas pour nous sans que le sensible nous exprime l'invisible ; et de même encore nous ne pouvons traduire nos pensées sans employer un sensible, tout au moins le mot, et nous ne pouvons sans un sensible les exprimer dans une œuvre d'art.

Nous sommes d'ailleurs assez en garde, par les principes que nous avons posés, contre les écarts grossiers du matérialisme. En effet, pour nous c'est dans l'élément invisible que réside la raison de la beauté, et l'émotion esthétique n'est aucunement une sensation.

---

(1) *Summa theol.*, I, q. 76, art. v. Inutile de dire que nous répudions les doctrines sensualistes de Condillac. D'après ce philosophe, l'idée ne serait qu'une sensation transformée, et toutes nos connaissances auraient leur racine première et dernière dans la sensation, tandis que pour nous les sensations ne sont que le point de départ, et tout au plus comme la matière sur laquelle travaille notre entendement. La perception de l'idée arrive à notre esprit à travers les sens, mais quand elle y est arrivée, elle n'a plus rien du monde matériel, de même que l'image des astres qui arrive à notre œil à travers une lunette ne garde rien de la lunette par laquelle elle est passée. La sensation a été comme le coup de cloche qui a éveillé notre intelligence. L'image de l'objet vient se peindre dans notre esprit à travers les sens ; l'idée métaphysique nous arrive sous l'enveloppe du mot ou nous est rappelée par lui, mais l'idée elle-même est absolument dégagée du monde des sens. Les images des corps elles-mêmes sont immatérielles. *Imagines corporum non sunt corporeæ*, nous dit saint Thomas.

Tout objet qui ne serait que matière, et qui, après avoir frappé nos
sens, ne s'adresserait pas à notre intelligence et n'exciterait pas en
nous cette émotion qui n'est plus seulement une sensation dans nos
organes, mais un tressaillement appartenant tout entier à notre âme,
cet objet ne saurait nous faire jouir du beau (1). L'émotion esthétique appartient tout entière à notre âme, de même qu'elle nous
vient en dernière analyse d'un principe immatériel. Les formes sensibles sont, dans l'objet, le support de ce principe immatériel, et les
sens sont en nous l'intermédiaire nécessaire par lequel le beau arrive à la connaissance de notre âme ; mais la jouissance et le principe appartiennent au monde immatériel et spirituel. Il faut donc
conclure de notre théorie que le matérialisme serait la négation du
beau à tout point de vue.

De plus, il est évident que nous parlons seulement pour les conditions de la vie présente. Quand notre âme sera affranchie des liens
qui l'entravent, elle pourra sans doute accomplir ses évolutions,
connaître la vérité, jouir de la beauté, sans ce secours du sensible
qui lui est actuellement indispensable; le vrai et le beau, pour lui apparaître n'auront plus besoin d'un intermédiaire, elle les verra en
eux-mêmes dans une lumière plus pure et complètement dégagés
de la matière. Mais nous parlons des lois auxquelles notre âme est
actuellement soumise, et celle que nous venons d'exposer est incontestable.

Les créatures ont à remplir à notre égard un rôle bien important,
et elles le remplissent sans cesse. A chaque instant leurs formes font
surgir des idées dans notre intelligence (2) Non seulement elles nous
donnent des idées, mais elles nous font jouir de la beauté par l'expression qu'elles revêtent à nos yeux, et ce rayonnement de la
beauté non seulement nous procure des jouissances en agissant
sur notre sensibilité, mais, ainsi que nous le dit saint Thomas, le
beau encore plus que le bien ordonne et enrichit notre intelligence(3).
Sans doute nous aimons le bien et nous contemplons le beau, mais

(1) L'émotion et le sentiment sont des fait qui appartiennent à notre sensibilité ;
ils peuvent suivre la sensation, mais ils en sont complètement distincts.
(2) « Pourquoi les créatures ? » se demande M. Ampère ; et il ne craint pas de répondre : « Pour nous donner des idées » ; elles ont une autre mission, mais elles remplissent
celle-là.
(3) Patet quod pulchrum addit supra bonum quemdam ordinem ad vim cogno;sciti-
vam. (*Summ. theol.*, I, 2, q. 27, art. 1.)

le beau nous montre la lumière que Dieu a fait briller sur la création, et comme il appartient à la faculté intellective, il la développe et, la rend plus apte à contempler le monde purement spirituel, il lui fait conquérir de merveilleuses richesses qui deviennent pour elle un trésor dont elle fera sortir plus tard ses plus brillantes conceptions. Et dans ce travail et ces recherches, l'intelligence est aidée par les charmes de la beauté qui la séduit, ainsi qu'il est dit au livre de la Sagesse : *Amator factus sum formæ illius.*

§ II. — *Problème auquel est liée la question du beau.*

Nous constatons que les formes sensibles nous révèlent l'invisible, que la physionomie de l'homme nous manifeste son âme, que telle forme dans le visage, tel mouvement dans les traits révèle ordinairement telle aptitude, telle disposition, tel sentiment, et nous concluons que nous pouvons regarder ces traits, ces mouvements comme l'indice ordinaire de cette disposition, de ce sentiment ; et en coordonnant ces observations nous arrivons à constituer une science.

Mais si nous nous demandons le comment et le pourquoi de ces révélations, nous nous trouvons en présence d'un problème difficile et dont la solution complète nous échappe.

Ainsi, nous voyons briller la flamme du génie dans tel regard. L'œil qui nous révèle cette intelligence exceptionnelle est conforme de telle façon : la paupière est mince, bien ouverte ; il semble que le feu jaillit de la prunelle. Nous pourrons, sans imprudence, attribuer l'intelligence à tout œil qui ressemblera à celui que nous venons d'analyser. Mais quel lien y a-t-il entre cette forme sensible, matérielle, et cette flamme immatérielle qu'elle nous révèle? Nous ne le voyons pas.

Telle ligne des lèvres m'exprime la bienveillance, la bonté, telle autre m'exprime la colère, la méchanceté, le penchant à la volupté. Il y a certainement un rapport entre ces dispositions de l'âme et ces formes : ce rapport, je le constate, mais puis-je l'expliquer? puis-je comprendre le pourquoi? Non, encore une fois.

Nous sommes tellement habitués à nous servir de ces révélations que nous en faisons usage sans en remarquer la difficulté. Mais cette difficulté n'en est pas moins considérable.

Nous nous trouvons en présence du problème de l'union de l'âme et du corps. En effet, si nous pouvions comprendre comment l'âme agit sur le corps, nous pourrions plus facilement comprendre aussi comment l'âme dans telle situation donne aux traits telle disposition, tel aspect ; pourquoi, dans la tristesse, la ligne de la bouche s'abaisse aux extrémités, pourquoi ces extrémités se relèvent quand l'âme est dans la joie.

Sans doute, dans cette union de deux substances, l'une spirituelle et l'autre matérielle, formant un seul être, il n'y a un fait admirable, et nous reconnaissons avec saint Thomas qu'il est bon pour l'âme d'être unie à un corps parce que sans ce corps elle ne pourrait accomplir ses opérations intellectuelles (1). Mais comment ces deux substances sont-elles unies et peuvent-elles agir l'une sur l'autre, il y a là un problème insoluble.

C'est ainsi que nous portons en nous-mêmes les mystères les plus capables de nous étonner, si nous les considérons avec quelque attention. Il nous semble tout simple que la vie s'entretienne en nous par la respiration, parce que l'air qui s'introduit dans notre poitrine purifie et renouvelle notre sang. Mais dans ce renouvellement incessant de la vie, quel mystère.

La question de l'âme agissant sur le corps, ne formant qu'un seul être avec lui, on ne la résoudra pas plus que l'on ne dira comment d'une graine fécondée par l'humidité et la chaleur il sort un arbre qui devient gigantesque, et comment d'une autre graine il sort une tige qui porte des fleurs parées des plus brillantes couleurs et exhalant les plus suaves parfums. Nous n'avons le dernier mot de rien.

La question du beau est donc intimement liée à celle de l'union de l'âme et du corps, de l'esprit et de la matière, question qui renferme un profond mystère. D'ailleurs la difficulté n'appartient pas seulement à l'esthétique, mais elle appartient à la philosophie, et l'on ne peut aller bien loin sans la rencontrer. Quelques-uns, ne voulant pas de mystère et cherchant à nier l'un des deux agents, ne pouvant d'ailleurs nier le corps, nient l'âme ; ingrats et insensés qui rejettent comme un fardeau gênant leurs plus belles prérogatives et que l'orgueil égare jusqu'à les faire s'assimiler à la brute.

Nous nous garderons bien de nier ce que nous ne pouvons expliquer. Les formes sensibles nous révèlent l'invisible et la physiono-

_____

(1) Quæst. disput. De anima, art. VIII.

mie de l'homme nous exprime son âme. Il y a dans cette révélation un mystère dont nous ne pouvons trouver le dernier mot, mais c'est par elle que la beauté rayonne à nos yeux. Et si je ne puis comprendre le mystère que Dieu a fait entrer dans cette loi, je ne jouis pas moins de ses effets ; je puis même dire que plus cette loi est merveilleuse, plus elle me surprend, et plus je dois être reconnaissant envers celui qui opère ainsi comme un miracle perpétuel pour me donner sans cesse le spectacle de la beauté.

Oui, Dieu puissant, bien que je ne puisse comprendre le secret de ces lois de la nature, desquelles sort l'éclat qui m'enchante et me procure sans cesse les joies les plus délicieuses, je reçois vos dons avec reconnaissance, je m'incline devant ce que je ne puis comprendre, je vous bénis à jamais pour le bonheur dont vous me comblez, et je veux en jouir selon vos désirs.

ARTICLE II

EFFETS DU BEAU SUR LES PUISSANCES EFFECTIVES DE NOTRE AME. INFLUENCE MORALE

Il est facile de reconnaître que le beau agit avec une grande puissance sur notre sensibilité ; mais, pour nous rendre compte de son action, nous ne devons pas considérer seulement le fait physiologique, nous devons étudier les effets du beau, toute son influence morale sur l'âme humaine et sur la société elle-même.

L'émotion esthétique se résout dans l'admiration et dans l'amour; quels sont les caractères particuliers de l'amour du beau?

§ I. — *L'amour du beau est éclairé et mesuré.*

L'amour du beau est éclairé et il se maintient dans une mesure qui lui fait honneur.

L'amour dans le sens vulgaire du mot, est aveugle, et ce n'est pas sans raison qu'on le représente avec un bandeau sur les yeux. Dans cet amour, la sensibilité inconsciente a souvent prévenu la raison et l'a égarée, de telle sorte que les charmes par lesquels il a été excité sont parfois une énigme pour tout autre que celui dont le cœur a été séduit.

Sans doute, à celui qui aime le beau et cultive en lui cet amour, il arrive parfois de louer comme belles des choses qui ne le sont pas, de s'égarer dans ses jugements ; mais il est facile de reconnaître aussi que dans l'amour du beau la raison devance la sensibilité, qui ne s'émeut que dans la mesure où la raison a reconnu la beauté dans l'objet. Et dans la continuation de ces jouissances, quand même elles s'élèveraient jusqu'aux tressaillements de l'enthousiasme, la raison reste maîtresse d'elle-même et de l'âme tout entière.

Toujours proportionné au mérite de son objet, l'amour du beau ne pousse point à ces aberrations et à ces écarts auxquels se livrent les autres passions. Il y a la soif insatiable de richesses, la manie des collections, la fureur du jeu ; toutes ces passions sont aveugles et excessives, mais l'amour du beau ne connaît point ces excès. Aussi on dit l'amour et le culte du beau, mais non la passion du beau. Celui qui s'occupe de beaux-arts peut avoir parfois ses manies et ses extravagances, il dépensera peut-être des sommes considérables pour faire des collections d'un mérite contestable ; mais, s'il fait des folies, ce n'est pas dans l'amour du beau, c'est en accumulant des objets par des motifs de spéculation mercantile ou pour des satisfactions de vanité et d'amour-propre.

Celui qui aime le beau pour lui-même et le cultive, soit pour sa satisfaction personnelle, soit pour le reproduire dans les arts et en procurer à d'autres la jouissance, celui-là est un homme de goût. « Comprendre et démontrer qu'une chose n'est point belle, plaisir médiocre, tâche ingrate ! Mais discerner une belle chose, s'en pénétrer, la mettre en évidence et faire partager à d'autres son sentiment, jouissance exquise, tâche généreuse ! L'admiration est à la fois, pour celui qui l'éprouve, un bonheur et un honneur. C'est un bonheur de sentir profondément ce qui est beau, c'est un honneur de savoir le reconnaître. L'admiration est le signe d'une raison élevée, servie par un noble cœur. Elle est au-dessus de la petite critique, sceptique et impuissante ; mais elle est l'âme de la grande critique, de la critique féconde ; elle est pour ainsi dire la partie divine du goût (1). »

Celui qui contemple et admire la véritable beauté, celle qui appartient non seulement au corps, mais à l'âme, et brille comme un

(1) Victor Cousin, *Du Vrai, du Beau et du Bien*, sixième leçon

reflet du ciel au front des créatures, celui-là ne connaît point les inquiétudes ni les jalousies : il respecte l'objet qu'il admire, et il souffrirait de le voir détruit ou souillé (1). Son admiration suffit à lui procurer les joies les plus délicates, des joies auxquelles sa conscience applaudit. L'âme qui jouit du beau se plaît à elle-même autant que celle qui recherche des plaisirs grossiers se déplaît, et, de cette contemplation et de cette jouissance du beau, l'âme retire force et lumière.

§ II. *L'amour du beau bien compris ne saurait être nuisible : il est salutaire.*

En faisant rayonner la beauté au front des créatures et en donnant à ce charme une merveilleuse puissance d'attraction, Dieu établissait une des grandes lois qui agissent dans le monde moral. Ce n'est pas un piège qu'il a tendu à l'homme, c'est un don qu'il lui a fait. Si d'ailleurs l'homme ne se sert pas toujours comme il le devrait des dons de Dieu, il ne faut pas plus s'en prendre à la beauté d'égarements dont elle n'est pas responsable, qu'il n'est permis de s'en prendre au vin pour l'ivresse dans laquelle tombent ceux qui en font abus. Dans les deux cas, l'homme a cédé à des instincts mauvais et grossiers qu'il aurait dû réprimer. Dieu ne s'est pas plus trompé en faisant briller cette lumière sur toute la nature qu'en allumant son soleil dans les hauteurs des cieux.

Distinguons la beauté morale et la beauté physique.

1° La beauté morale ne saurait être une mauvaise conseillère, elle pare le bien d'un charme qui nous le fait aimer. Elle est de beaucoup supérieure à la beauté corporelle : « Tôt ou tard, dit Vauvenargues, nous ne jouissons que des âmes. » Et cette jouissance ne saurait nous nuire.

2° Sans doute, dans l'état de déchéance où nous sommes, et avec

(1) Quelle émotion dans toute la France quand on apprit que les Tuileries étaient en feu et que le Louvre était menacé ? Et c'étaient des Français qui avaient allumé l'incendie, et parmi eux était un peintre de renom ! C'est bien un des faits qui peuvent le mieux montrer à quel égarement peuvent pousser les passions révolutionnaires. Ce n'est pas d'un peuple civilisé, c'est de la barbarie ! Et encore les sauvages abattent l'arbre pour manger les fruits, tandis que ce n'était que pour détruire, détruire des chefs-d'œuvre qui sont l'honneur et le patrimoine de l'humanité.

les mauvais instincts que le péché originel nous a inoculés, la beauté corporelle doit ne se produire à nos regards qu'avec les réserves que nous impose cette situation. Elle peut être une occasion de péril, et le tentateur qui a perdu nos premiers parents peut s'en servir pour nous conduire au mal ; mais, si elle devient l'instrument des mauvaises passions, il faut s'en prendre à celles-ci et non à l'instrument profané.

L'homme ne sera pas coupable sans le vouloir. Et d'ailleurs tous doivent savoir que les amorces de la chair sont insuffisantes pour assurer l'union durable des âmes, et que si le cœur ne veut pas se donner ou s'il a déjà contracté des engagements qui le lient, il ne doit pas s'abandonner à l'influence de ces séductions. Celui qui les accepterait à tort ne rechercherait plus seulement la contemplation désintéressée de la beauté ; il n'y aurait plus pour lui seulement une vue de l'esprit, mais un enivrement des sens qui est le mal ou qui conduit au mal. Or Dieu, qui a fait rayonner la beauté à nos yeux pour nous procurer les joies les plus délicieuses et les plus élevées et qui nous a donné le besoin d'en jouir, nous a fait connaître aussi que nous devons préserver nos âmes de toute souillure, et notre conscience, comme sa loi nous dit : *non concupisces*. Ce sont les appétits sensuels qui s'insurgent et réclament des jouissances désordonnées ; mais nous devons les réprimer, ainsi que Platon, un païen, nous l'explique si bien dans son *Dialogue sur la beauté*, en se servant de la belle allégorie des coursiers qui conduisent le char de l'âme.

« Chaque âme est comme un cocher monté sur un char conduit par deux coursiers. De ces deux coursiers, l'un est de bonne race, l'autre est vicieux. Le premier a la contenance superbe, les formes régulières et bien prises, la tête haute, la peau blanche, les yeux noirs ; il aime l'honneur avec une sage retenue et obéit sans qu'on le frappe aux seules exhortations et à la voix du cocher. Le second gêné dans sa contenance, épais, de formes grossières, avec la tête massive, l'encolure courte, la peau noire, les yeux glauques et veinés de sang, les oreilles sourdes et velues, toujours plein de vanité et de colère, n'obéit qu'avec peine au fouet et à l'aiguillon. Quand la vue d'un objet aimable agit sur le cocher et embrase son âme tout entière, le bon coursier soumis à son guide, se retient d'insulter l'objet aimé. Mais l'autre coursier déjà ne connaît plus le fouet ni l'aiguillon, il bondit et s'emporte, cause des disgrâces fâcheuses au

14. — ALLÉGORIE DES AILES DE L'AME

Traduite par Chevignard. — Propriété du *Magasin Pittoresque.*

coursier qui est avec lui sous le joug et au conducteur, et les entraîne brutalement vers l'objet de ses désirs.

Dans l'allégorie de Platon, cette lutte se poursuit au milieu des efforts du cocher, avec la sage contenance du bon coursier et de nouveaux emportements du coursier vicieux qui ne veut rien respecter. « Il hennit, bondit, mord ses freins, se roule à terre, se relève, tire en avant avec effronterie. Le cocher toujours avec plus de violence, retire les freins entre les dents du courser rebelle, ensanglante sa bouche et sa langue insolente, il meurtrit contre terre les jambes de l'animal fougueux et le dompte par la douleur. Lorsque, à force d'endurer les mêmes souffrances, le méchant s'est corrigé, il suit humilié la direction du cocher, qui s'approche avec respect de la beauté et la révère à l'égal d'un Dieu.

« Une pareille conduite n'est pas sans récompense, car la beauté ainsi honorée paie d'un retour de tendresse celui qui la suit et celui qui l'aime. Elle lui fait goûter ici-bas, dans une union calme et noble, tout le bonheur possible. »

Si le rocher n'avait pas résisté avec autant de fermeté au coursier fougueux, et s'il eût cédé à ses désirs violents et vicieux, il eût profané la beauté, mais il n'en eût pas joui. Comme le dit encore Platon dans le même dialogue : « Nous avons en nous l'appétit du plaisir et l'amour du bien. Quand le désir déraisonnable nous porte vers le plaisir, nous pousse vers la seule beauté corporelle, cet entraînement, qui n'est pas digne du nom d'amour, est plus nuisible qu'utile et engendre toutes sortes de désordres. Le véritable amour est le désir des beautés spirituelles, le désir de la beauté de l'âme. » C'est donc celle-là surtout qu'il faut considérer et qu'il faut rechercher. Mais d'ailleurs n'attribuons pas à la beauté corporelle un rôle qu'elle n'a pas par elle-même.

Quand le mal se produit, quand la beauté corporelle devient pernicieuse et lance comme des traits empoisonnés, ces séductions coupables partent d'un cœur plus ou moins corrompu, dont les intentions du moins ne sont pas droites et saines. Avec la beauté physique, il y a le vice, la laideur morale. Evidemment la beauté corporelle n'est plus alors qu'un instrument qui est au service d'une âme mauvaise. D'un autre côté, celui qui répond à ces incitations grossières ne peut pas s'élever à la contemplation du beau, son œil ne recherche pas la lumière, mais les ténèbres. Les ténèbres, il les trouvera non seulement dans ce regard qui lui révèle le mal, mais elles se répandront pour lui sur des formes qui pour un œil pur auraient été brillantes et lumineuses.

Sans doute il y a des beautés charnelles, mais il y a aussi des regards sensuels qui voient le mal où il n'existe pas et qui suent la luxure. Plus la perversité est profonde, plus le regard est avide de choses mauvaises et plus il en rencontre.

D'après l'Evangile, c'est bien du cœur que viennent les séductions pernicieuses de la beauté. « Si ton œil est simple, tout ton corps sera dans la lumière ; si ton œil est mauvais, tout ton corps ne sera que ténèbres. Prends donc garde que l'éclat qui est en toi ne s'obscurcisse (1). » La véritable beauté est lumineuse, et son caractère propre n'est pas d'irriter et d'enflammer le désir, mais de l'épurer et de l'ennoblir. Plus elle est parfaite, plus l'admiration qu'elle excite devient un sentiment délicat et exquis, et celui qui ne saurait la contempler sans concevoir les désirs sensuels, celui-là n'est point fait pour sentir le beau ; qu'il purifie son regard et il le comprendra. *Lucerna fulgoris illuminabit te.*

« Celui qui regarde la beauté avec une chaste affection oublie la beauté de la chair pour celle de l'âme. Il n'admire le corps que comme une statue et il s'élève par cette beauté terrestre jusqu'au premier artiste, jusqu'à l'essence même de la beauté. Pour lui ces formes extérieures sont un symbole sacré qu'il montre aux anges gardiens des avenues du ciel : c'est le sceau lumineux de la justice, c'est le parfum d'une âme parfaitement harmonisée (2). » Et celui qui contempla ainsi la beauté s'écrie comme Dante admirant Béatrix : « Béni soit Dieu qui fait de si beaux ouvrages (3)! »

On a dit que devant l'Apollon du Belvédère, le spectateur en considérant cette allure si fière du dieu de la lumière qui vient de terrasser le serpent Python, le symbole du mal, se redresse lui-même. On pourrait dire qu'il en est toujours ainsi de l'âme qui admire le beau. Par l'influence salutaire qu'elle en reçoit, elle s'élève au-dessus d'elle-même.

---

(1) *Evang. sec. Luc.*
(2) CLÉMENT D'ALEXANDRIE, *Stromat.*, 14, c. 18.
(3) OZANAM.

§ III. — *L'amour du beau refait en nous le sens moral.*

Si notre sens moral ne s'était pas faussé, n'avait pas perdu sa rectitude et sa pénétration, nous nous éloignerions du mal de la même façon que de la laideur et des ténèbres. Peu à peu cette droiture naturelle se refait en nous par la pratique du bien, et « l'homme primitif, comme dit saint Paul, est rétabli en nous ». Notre œil devient plus lucide, notre cœur est plus fortement captivé par tout ce qui est noble, grand et véritablement digne de notre amour. L'accomplissement du devoir ne prend-il pas plus de charmes, même malgré ses difficultés, à mesure que la conscience devient plus fidèle? Mais, de plus, ce sens moral, si précieux en nous, puisqu'il est comme le garant et le gardien de notre vertu, sera merveilleusement développé par le culte du beau, ce culte qui offre d'ailleurs à ses adeptes beaucoup plus de jouissances qu'il ne leur impose de sacrifices.

La Providence a répandu la beauté à profusion sur la création tout entière, afin que notre regard, de quelque côté qu'il se dirige, y puise des enseignements. En effet, la grâce, la proportion, l'harmonie que nous voyons dans les objets, par suite des liens qui rattachent le beau au vrai et au bien, nous habituent à juger avec plus de rectitude de l'honnête et du bien, et en nous faisant aimer le beau ils nous font aimer le bien lui-même.

Le langage populaire nous montre comment le bien s'unit au beau dans nos appréciations. Ainsi nous dirons d'un acte de bienfaisance ou de dévouement : « Voilà une belle action. » La mère dira à son enfant qui a désobéi : « Mon enfant, ce que vous avez fait est très laid. »

En effet le beau et le bien, au fond, ne diffèrent pas, et de plus ils s'aident et s'appellent réciproquement : le bien est la base et la racine du beau, qui sans lui n'existerait pas ; le beau, en retour, enveloppe de sa lumière le bien, il nous le montre avec un éclat qui nous séduit, et ainsi il nous gagne à la vertu en donnant à celle-ci une salutaire amorce.

Le beau est un peu de miel que Dieu a mis autour du vase dans lequel nous devons boire la liqueur souvent amère du vrai.

Le beau, c'est vers le bien un sentier radieux,
C'est le vêtement d'or qui le pare à nos yeux.

Quand je vois la générosité, la loyauté, la noblesse briller dans la physionomie de quelqu'un de mes frères et lui donner un éclat qui m'enchante, j'ambitionne de réaliser en moi ce que j'admire en lui.

Il y a plus encore, le beau s'imprime comme de lui-même dans l'âme qui le cultive. « Il est nécessaire que la chose à laquelle nous nous unissons par la participation nous communique ses qualités, dit saint Grégoire de Nysse. La bouche est tout embaumée du parfum qui a touché les lèvres ; elle exhale une odeur fétide si on a mangé de l'ail ou quelque autre aliment semblable. Celui qui aime le beau devient beau lui-même ; car le bien qui s'unit à l'âme la transforme en lui communiquant sa propre nature (1). »

« N'est-il pas vrai, dit Platon, que l'homme qui considère la beauté incréée, mieux que tout autre pourra engendrer non pas des images de vertu, parce qu'il ne s'attache pas à des images, mais des vertus véritables, parce que c'est à la vérité qu'il s'attache, et, ajoute le philosophe, c'est à celui qui cultive la véritable vertu qu'il appartient d'être chéri des dieux (2). »

Nos Saints Livres eux-mêmes nous montrent l'amour du beau s'alliant naturellement à l'amour de la vertu : « *Homines divites in virtute studium pulchritudinis habentes.*

§ IV. — *L'amour du beau élève l'âme vers Dieu.*

Que l'on nous permette d'emprunter ici le magnifique langage d'un païen, de Platon :

« Celui qui veut arriver à comprendre et à aimer la véritable beauté doit s'efforcer de comprendre que la beauté qui se trouve dans un corps est sœur de la beauté qui se trouve dans les autres. En effet, il faut rechercher la beauté en général, et ce serait une grande folie de ne pas croire que la beauté qui réside dans tous les corps est une et identique. Une fois pénétré de cette pensée, il doit se montrer l'amant de tous les beaux corps et dépouiller comme une petitesse toute passion qui se concentrerait sur un seul. Après cela,

---

(1) *In Eccles.*, *Homil.* VIII.
(2) *Le Banquet.*

il doit regarder la beauté de l'âme comme plus précieuse que celle du corps, en sorte qu'une belle âme, même dans un corps dépourvu d'agréments, suffise pour attirer son amour et ses soins. Par là, il sera nécessairement amené à contempler la beauté qui se trouve dans les occupations des hommes et dans les lois, à voir que cette beauté est partout identique à elle-même, et conséquemment à faire peu de cas de la beauté corporelle. Des actions des hommes il devra passer aux sciences pour en contempler la beauté, et alors, ayant une vue plus large du beau, il ne sera plus enchaîné comme un esclave dans l'étroit amour de la beauté d'un jeune garçon, d'un homme ou d'une seule occupation ; mais, lancé sur l'océan de la beauté, il enfantera avec une inépuisable fécondité les discours et les pensées magnifiques de la philosophie, jusqu'à ce qu'ayant affermi et agrandi son esprit par cette sublime contemplation, il n'aperçoive plus qu'une science, celle du beau.

« Prête-moi maintenant, Socrate, toute l'attention dont tu es capable. Celui qui, dans les mystères de l'amour, se sera élevé jusqu'au point où nous sommes, après avoir parcouru, selon l'ordre, tous les degrés du beau, celui-là, parvenu enfin au terme de l'initiation, apercevra tout à coup une beauté merveilleuse, celle, ô Socrate, qui était le but de tous ses travaux antérieurs : beauté éternelle et impérissable, exempte d'accroissement et de diminution, beauté qui n'est point belle en telle partie et laide en telle autre, belle seulement en tel temps et laide en tel autre, belle sous un rapport et laide sous un autre, belle en tel lieu et laide en tel autre, belle pour ceux-ci et laide pour ceux-là ; beauté qui n'a rien de sensible, comme un visage, des mains, ni rien de corporel, qui n'est pas non plus un discours ou une science, qui ne réside pas dans un être différent d'elle-même, dans un animal par exemple, ou dans la terre ou dans le ciel, ou dans toute autre chose, mais qui existe éternellement et absolument par elle-même et en elle-même, de laquelle participent toutes les autres beautés, sans que leur naissance ou leur destruction lui apporte la moindre diminution ou le moindre accroissement, ou la modifie en quoi que ce soit.

« Quand des beautés inférieures on s'est élevé ainsi, par un amour bien entendu des jeunes gens, jusqu'à cette beauté parfaite et qu'on commence à l'entrevoir, on a su marcher dans la vraie voie de l'amour ; car cette voie, qu'on la suive de soi-même ou qu'on y soit guidé par un autre, c'est de commencer par les beautés d'ici-bas et de s'élever jusqu'à la beauté suprême en passant pour ainsi dire par tous les degrés de l'échelle, d'un seul beau corps à deux, de deux à tous les autres, des beaux corps aux belles occupations, des belles occupations aux belles sciences, jusqu'à ce que, de science en science, on parvienne à la science par excellence, qui n'est autre que la science du beau lui-même, et qu'on finisse par le connaître tel qu'il est réellement. O mon cher Socrate, poursuivit l'étrangère de Mantinée, si quelque chose donne du prix à la vie humaine, c'est la contemplation de la beauté absolue (1). »

Si les beautés de la nature avaient ce langage pour ceux qui n'avaient de Dieu qu'une idée si incomplète et qui désespéraient de faire connaître au peuple le souverain auteur de toutes choses, elles s'expriment avec beaucoup plus de clarté et d'éloquence pour ceux qui ont reçu la lumière de l'Evangile et qui reconnaissent l'action incessante de Dieu sur le monde.

Nous savons que c'est Dieu lui-même qui nous parle par les créatures, et par ce langage qu'il leur prête, il sollicite notre attention et nous attire à lui.

« Si ton esprit parcourt le monde et étudie les œuvres de Dieu », dit saint Augustin commentant ces paroles : *Cantabo et psalmum dicam Domino*, « il trouvera que toutes, par l'art admirable avec lequel elles sont faites, s'écrient de concert : Dieu nous a créées. Tout ce qui te charme dans cet art proclame la gloire de l'ouvrier. Si tu portes tes regards vers les cieux, tu y verras l'immensité ; si tu les abaisses vers la terre, tu y trouveras une diversité infinie de semences, une variété non moins grande de plantes et d'animaux ; si tu parcours l'espace qui sépare le ciel de la terre, tu entendras tous les êtres qui y sont renfermés proclamer la gloire de leur Créateur, car toutes les créatures sont des voix diverses qui chantent ses louanges. »

Etabli pontife et roi de l'univers, le premier homme, au milieu de toutes les magnificences de la création, jouissait pleinement de toutes ces beautés ; il reconnaissait la sagesse du Créateur dans toutes ses œuvres, il le louait, il le bénissait, et lui offrait ainsi un culte d'admiration, de reconnaissance et d'amour.

(1) *Le Banquet*, de Platon.

Et c'est ainsi que toutes les générations auraient appris à connaître et à célébrer Dieu dans ses œuvres, si l'homme, par sa désobéissance, n'avait pas troublé l'ordre admirable qui régnait dans la création.

Après que l'homme se fut rendu coupable, son regard s'obscurcit, le langage de la nature ne fut plus aussi clair, aussi facile à comprendre. Il semble que Dieu s'était éloigné de la création, que son empreinte devenait moins visible, et si l'homme put lire encore au front des astres les lettres de son nom, ces caractères ne brillèrent plus d'un éclat aussi lumineux, aussi significatif.

Il arriva même que les hommes ne comprirent plus cette voix qui leur parlait par les créatures et ils crurent voir Dieu lui-même dans les éléments, qui ne sont que des instruments dans sa main puissante et les agents de sa volonté, il les divinisa.

Mais nous dirons avec saint Grégoire de Nysse : « C'est par les créatures que nous nous sommes éloignés de Dieu, c'est par elles que nous devons revenir à lui (1). »

Ne peut-on pas dire que l'âme de l'homme, depuis sa chute, a été comme enchaînée par les sens dans des liens plus étroits ; elle s'est épaissie, elle a un plus grand besoin de son auxiliaire ; le secours des sens est devenu plus indispensable à l'exercice de ses facultés. « L'esprit de l'homme, obscurci par les ténèbres de l'ignorance, ne peut marcher vers la lumière de la vérité, à moins qu'il ne soit dirigé ; il s'avance comme un aveugle qui est conduit par la main. Cette direction, ce secours qui lui est donné, ce sont les signes visibles et les démonstrations qui sont empruntées au monde sensible (2). » Mais il doit ne pas se laisser égarer par son auxiliaire.

Aujourd'hui comme toujours, les créatures ne disent qu'une chose, d'aimer Dieu, et l'homme, en refusant d'entendre leur enseignement, devient plus coupable (3).

C'est d'ailleurs un enseignement que tous comprennent et qui

---

(1) « Per visibilia a Deo recessimus ; per eadem ad Deum reverti debemus. » Saint GRÉGOIRE DE NYSSE, *Comment. sur Job*, ch. XXXV.

(2) HUGUES DE SAINT-VICTOR, *in cœl. hier.* l. II, p. 348.

(3) Vani sunt omnes homines in quibus non subest scientia Dei: et de his quæ videntur bona, non potuerunt intelligere eum qui est, neque operibus attendentes agnoverunt quis esset artifex : quorum si, specie delectati, deos putaverunt, sciant quanto his dominator eorum speciosior est : speciei generator hæc omnia constituit. — Au livre de la Sagesse, XIII, 1, 3.

ne réclame qu'une âme simple, ouverte à la vérité comme l'œil à la lumière. « C'est une philosophie sensible et populaire dont tout homme sans passion et sans préjugé est capable (1). C'est la sagesse qui vient d'elle-même au-devant de nous et qui se montre à nous en souriant, *in viis se ostendit illis hilariter* (2). Et en nous captivant ainsi, elle établit son règne dans le monde, *specie tua et pulchritudine tua, intende, prospere procede, et regna* (3).

C'est bien dans leur beauté que se résume le langage des créatures et quand nous aurons étudié le beau dans ses rapports avec Dieu, nous comprendrons mieux comment la beauté des créatures n'est qu'un reflet de la beauté de Dieu, et comment cette beauté nous élève vers Dieu et nous le fait aimer.

Nous ne pouvons donc qu'admirer la merveilleuse correspondance qui règne entre l'homme et tout ce qui l'entoure. On voit bien que tout a été fait pour ce roi de la création, que tout a été disposé pour lui, et qu'il est le centre et l'explication de tout l'univers. Lui seul en effet, dans l'univers, est doué de cette intelligence qui s'enrichit d'idées ; lui seul jouit de la beauté. Cet éclat ne rayonne point aux yeux de l'animal dépourvu de raison. Cette lumière dont Dieu a su faire rayonner la face des créatures, cette merveilleuse aptitude qu'elles ont reçue pour exprimer ; tout cela leur a donc été donné pour le service de l'homme, pour parler à son intelligence et réjouir son cœur (4).

§ V. — *La religion ne condamne pas l'amour du beau et le catholicisme a toujours favorisé les arts.*

Le christianisme a été l'objet de bien des attaques, et, plus d'une fois, il a été accusé de comprimer les tendances les plus légitimes de la nature humaine. Est-il donc vrai qu'il nous défend de jouir du beau et qu'il nous ordonne de fermer les yeux à cette lumière qui

---

(1) FÉNELON, *Traité de l'existence de Dieu*, 1re partie, ch. I.
(2) Sap., IV, 17.
(3) Psalmus XLIV.
(4) Ces harmonies avaient été remarquées par les philosophes anciens. Plutarque, après avoir dit que l'âme humaine a le même rapport et la même union avec l'inspiration divine que l'organe de la vue avec la lumière, reconnaît « qu'il y a une loi d'analogie très belle et très sage qui unit les deux mondes et qui établit des relations entre l'âme et le corps, entre la vue des sens et la vue de l'esprit, entre la lumière et la vérité. » (Plutarque, *De defectu oraculorum*, c. XLII.)

rayonne sur toute la création? Assurément non. Sans doute il nous met en garde contre les séductions de la chair ; il nous dit que la beauté de l'âme est préférable à celle du corps ; il nous commande d'aimer et de pratiquer la vertu et de regarder comme passagères toutes les beautés matérielles qui nous entourent ; il nous donne des aspirations pour un monde meilleur, où nous jouirons de l'éternelle beauté de Dieu, et dans lequel, si nous avons été fidèles en cette vie, nos corps ressuscités seront eux-mêmes revêtus d'une impérissable beauté. Mais il nous apprend aussi que les beautés de ce monde, bien qu'elles soient passagères, sont un reflet de la beauté de Dieu, et que nous devons nous en servir pour nous élever vers lui ; et c'est ainsi que l'ont compris les saints. Si des ascètes se sont retirés dans la solitude pour ne pas être distraits de la pensée du Dieu qu'ils voulaient seul aimer ; s'ils ont voulu s'éloigner de ce qui aurait été pour eux une occasion de trouble et de péril, ils contemplaient encore avec ravissement les spectacles de la nature, toutes les beautés de la terre et des cieux qui, en tenant un langage moins ardent, n'en ont pas moins un merveilleux éclat pour l'œil qui sait les comprendre et le cœur qui sait en jouir : et l'âme des saints, en se débarrassant de toutes les passions de ce monde, en s'épurant dans la pratique de l'amour divin, n'est que mieux préparée à des joies plus délicates et à ces chastes enivrements (1).

Il est un fait facile à constater par l'histoire des ordres religieux. On voit clairement par les ruines des monastères, ainsi que le fait remarquer M. de Montalembert, dans sa belle histoire des *Moines d'Occident* (2), que les religieux aimaient toujours à poser leurs constructions au milieu de grands paysages et des plus beaux aspects

---

(1) Tout le monde sait combien saint François d'Assise était détaché des choses de ce monde, et comment cependant il admirait Dieu dans toutes ses œuvres. Dans un élan d'enthousiasme, il improvisa ce cantique au soleil que chacun de ses frère apprit par cœur afin de le réciter chaque jour :

« Loué soit mon Seigneur, à cause de toutes les créatures et singulièrement pour notre frère messire le soleil, qui nous donne le jour et la lumière ! Il est beau et rayonnant d'une grande splendeur, et il rend témoignage de vous, ô mon Dieu !

« Loué soyez-vous, mon Seigneur, pour notre sœur la lune et pour les étoiles   Vous les avez formées dans les cieux, claires et belles.

« Loué soyez-vous pour mon frère le vent, pour l'air et le nuage, et la sérénité et tous les temps, quels qu'ils soient ! Car c'est par eux que vous soutenez toutes les créatures.

« Loué soyez-vous, mon Seigneur, pour notre frère le feu ! Par lui, vous illuminez la nuit ; il est beau et agréable à voir, indomptable et fort. » (Traduction d'OZANAM, *Les Poètes franciscains*, p. 71.)

(2) Lire spécialement dans l'*Introduction* le ch. v.

de la nature? Quelquefois ils choisissaient le sommet d'une montagne où même de pics sauvages. Mais là encore n'étaient-ils pas en face des beautés les plus capables de ravir l'âme et de la soutenir dans les régions éthérées de la méditation et de l'extase? Il ne faut pas comparer la Chartreuse de Grenoble, ses ravins, ses bois de sapins et ses neiges perpétuelles, avec la Chartreuse de Naples inondée de lumière et d'azur, et d'où l'œil embrasse, dans toute sa magnificence, cette baie dont la merveilleuse beauté a été si souvent décrite et chantée. Cependant nul n'osera contester la beauté saisissante de la solitude de Grenoble, illustrée par le pinceau de Lesueur.

Sans doute les moines en construisant leurs cellules sur des cimes escarpées que les hommes n'avaient jamais osé gravir, en se frayant une route à travers mille obstacles, pour arriver à ces retraites inconnues où ils fixaient le lieu de leur repos, se laissaient guider principalement par le désir du calme, de la paix et de la solitude, qu'ils ne croyaient trouver que le plus loin possible du commerce des hommes. Mais l'amour de la nature avait aussi sur leur choix une grande influence : ils comprenaient les beautés qui encadraient leurs retraites et ils aimaient à les décrire. On peut lire les tableaux tracés par saint Bruno parlant de sa Chartreuse de la Calabre, ou ceux que nous a laissés le moine anonyme qui a décrit Clairvaux.

« Sur les confins de la Calabre, écrivait saint Bruno à Raoul le Verd, archevêque de Reims, avec des frères en religion dont quelques-uns sont érudits, et qui tous, dans de saintes veilles, attendent la venue du Seigneur afin de lui ouvrir aussitôt qu'il aura frappé, j'habite un désert assez éloigné de la demeure des hommes. Que vous dirais-je de ses charmes, de la douceur et de la salubrité de l'air que l'on y respire, de ses plaines délicieuses s'étendant au loin entre des montagnes, de ses verts pâturages et de ses prairies émaillées de fleurs? Qui pourrait décrire l'aspect des collines s'élevant de toutes parts avec de moelleuses ondulations, les retraites ombragées des vallons, la précieuse abondance des fleuves, des ruisseaux et des fontaines. Nous avons aussi des arbres variés et des jardins fertilisés par l'eau que l'on y conduit (1)...

(1) « In finibus Calabriæ, cum fratribus religiosis et aliquot bene eruditis, qui in excubiis persistentes divinis, expectant reditum Domini sui, ut, cum pulsaverit, aperiant ei, eremum incolo, ab hominum habitatione satis remotum : de cujus amœnitate

15. — RUINES DE L'ABBAYE DE JUMIÈGES

Dans les adieux qu'Alcuin, prêt à partir pour la cour de Charlemagne, fait à sa chère solitude, on voit bien un sentiment et un amour profonds de la nature. Pour briser les liens qui se sont formés quand il faut s'éloigner de cette chère demeure qui a pour lui tant d'attraits, il a même besoin de se rappeler le devoir à accomplir et l'amour du Sauveur :

« O ma cellule, douce et bien-aimée demeure, adieu pour toujours ! Je ne verrai plus ni les bois qui t'entouraient de leurs rameaux entrechoqués et de leur verdure fleurie, ni tes prés remplis d'herbes aromatiques et salutaires, ni tes eaux poissonneuses ni tes vergers, ni tes jardins où le lis se mêlait à la rose. Je n'entendrai plus ces oiseaux qui chantaient matines comme nous et célébraient à leur guise le Créateur, ni ces enseignements d'une douce et sainte sagesse qui retentissaient en même temps que les louanges du Très-Haut sur des lèvres toujours pacifiques comme les cœurs. Chère cellule, je te pleure et je te regretterai toujours ; mais c'est ainsi que tout change et que tout passe, que la nuit succède au jour, l'hiver à l'été, l'orage au calme, la vieillesse fatiguée à l'ardente jeunesse. Aussi, malheureux que nous sommes! pourquoi aimons-nous ce monde fugitif? C'est toi, ô Christ ! toi qui le mets en fuite, qu'il nous faut seul aimer ; c'est ton amour qui doit seul remplir nos cœurs, toi notre gloire, notre vie, notre salut (1) ! »

Quand les religieux choisirent des sites moins beaux, quand ils abandonnèrent les forêts et les montagnes et descendirent dans les plaines et dans les villes, c'est qu'alors ils voulaient se mêler aux populations pour leur être utiles.

---

aerisque temperie et sospitate, vel planitie ampla et grate inter montes in longum porrecta, ubi sunt virentia prata et florida pascua, quid dicam? Aut collium undique leniter se erigentium prospectum, opacarumque vallium recessum, cum amabili luminum, rivorum, fontiumque copia, quis sufficienter explicet? Nec irrigui desunt horti, diversorumque fertilitas arborum... » (Lettre à Raoul le Verd., archevêque de Reims. Ap. MABILLON, ann. Bened., t. V, 68 ad finem.)

(1) O mea cella,mihi habitatio dulcis amata,
Semper in æternum, o mea cella, vale.!..
Omne gens volucrum matutinas personat odas,
Atque Creatorem laudat in ore Deum...

(Traduction de M. DE MONTALEMBERT, Moines d'Occident, t. I, p. 80.)

Les ruines grandioses de l'abbaye de Jumièges, que nous donnons suffiraient à montrer quelles magnifiques constructions les moines savaient réaliser, et à nous faire détester les dévastations révolutionnaires qui ont fait disparaîtretant de merveilles.

Comment l'âme, adonnée aux chastes ravissements de la vie contemplative n'aimerait-elle pas à s'élever vers Dieu par la contemplation de cette beauté du monde extérieur, qui est comme le temple de sa bonté et de sa lumière, comme un reflet de sa beauté (1)?

Il serait donc complètement injuste de dire que le christianisme condamne l'amour du beau.

Le catholicisme a toujours favorisé les arts.

Un franciscain était agenouillé en face d'un Christ peint à fresque sur le mur d'un cloître. Il se leva en entendant venir un voyageur. — « Mon frère, dit celui-ci, cette image est bien belle. — Oui, mais l'original vaut mieux, dit le religieux en souriant. — Alors, pourquoi avez-vous besoin d'une image matérielle pour prier? — Vous êtes protestant à ce que je vois, dit le cénobite. Mais ne sentez-vous pas que le tableau tempère et purifie les fantaisies de mon imagination? Avez-vous jamais prié sans que cette fée vous suscitât aussitôt mille formes diverses? J'aime mieux, en fait d'image, voyez-vous bien, celle du peintre que celle de cette fée. » Et le voyageur se tut.

Le christianisme a toujours compris ce besoin que nous avons de fixer nos pensées, et toujours il a compris qu'il devait échauffer nos sentiments en parlant à notre imagination. Sans doute, à certaines époques où les peuples étaient habitués à rendre leurs hommages à des idoles, il dut prendre des précautions pour que ses nouveaux adeptes ne prostituassent pas leurs adorations, et, pour ce motif, dans les premiers siècles, il ne favorisa pas la statuaire ; mais, même au milieu des persécutions, il faisait orner de peintures les retraites obscures dans lesquelles les fidèles se réfugiaient pour célébrer les saints mystères.

On sait comment le catholicisme a toujours tenu à la solennité des cérémonies et à l'éclat du culte. On sait quelles inspirations il a prêtées aux poètes, aux musiciens, aux peintres, aux sculpteurs, aux architectes. Est-ce que l'on n'a pas vu, au moyen âge, les cathédrales s'élevant comme par enchantement, sous le souffle de la foi la plus ardente? Qui ne connaît les admirables mélodies du plain-chant et tant d'œuvres merveilleuses de peinture et de sculpture

_____

(1) M. DE MONTALEMBERT, *Introduction*, LXXXII.

produites sous l'influence plus ou moins directe de la religion catholique? Nous ne pouvons ici qu'énoncer ces idées, qui seront dé-
veloppées dans l'étude que nous ferons des différents arts. Nous
constaterons même alors ce fait capital, que l'art a été plus grand
et plus élevé quand il a été plus chrétien. Il a été combattu parfois
par les hérésies ; ses monuments ont été dévastés par le protestan-
tisme dans toute l'Europe, et de plus en France par la Révolution,
mais c'est au catholicisme qu'il doit ses plus beaux triomphes.

Si l'on faisait disparaître tous les monuments que le catholicisme
a élevés, toutes les œuvres qu'il a inspirées, quel vide immense dans
le domaine de l'art !

VI. — *Influence des arts sur les peuples.*

Si le beau exerce sur l'homme une grande influence, il en exerce
une immense par les arts sur les peuples.

Nul ne songe à nier cette influence. Elle sera d'ailleurs bonne ou
mauvaise selon les sources auxquelles les arts, la littérature, la musique, la peinture puiseront leurs inspirations.

L'art reçoit beaucoup du peuple au milieu duquel il se développe;
il en reçoit la matière de ses œuvres, le marbre et le bronze de ses
statues, le fil dont il fait des tissus ; il en reçoit tous les autres matériaux qui lui sont indispensables. Il reçoit surtout l'influence des
idées répandues et du degré de moralité qui règne dans la popula-
tion. Mais il rend le centuple de ce qu'il a reçu. Il rend d'abord la
matière transformée, et de meubles qui n'auraient été que des objets d'utilité, il fait des objets que se disputeront les amateurs. En
couvrant d'ornements des tissus qui n'auraient rien que de vulgaire,
il les rend plus précieux que s'ils étaient de soie ou d'or. Il contribue
beaucoup à la richesse d'une nation, mais surtout il décuple la puissance des idées qu'il a reçues et il exerce une influence souveraine
au point de vue de la moralité. Pour suivre l'histoire de cette influence, il nous faudrait faire l'histoire même de l'art et le suivre dans
ses différentes phases. C'est l'objet d'un autre volume.

Du moins, nous pouvons constater ici quelle influence peut avoir
dans le développement des facultés de l'âme, l'étude même des arts
et il est utile de dire quelle part doit être faite à cette étude dans
l'enseignement.

§ VII. — *L'esthétique dans l'enseignement.*

I. — PART QUI DOIT LUI ÊTRE FAITE.

Sans doute ceux qui ont la responsabilité de l'avenir d'un enfant ne doivent pas se préoccuper d'abord de lui procurer des joies et des distractions. En faisant son éducation, ils tiendront compte de la carrière qu'il devra suivre, afin de le mettre à même de se suffire un jour et d'occuper sa place dans la société. Il faut le conduire à un diplôme, et par là même les programmes imposent leurs exigences ; les chefs d'institutions doivent faire réussir leurs élèves dans les examens, sous peine de voir bientôt leurs maisons désertes. Mais sans aller contre les programmes, il faudrait arriver à former non seulement des mathématiciens, des industriels, des comptables ou même des logiciens, mais des hommes, des hommes complets, et pour cela il faut vivifier l'enseignement, féconder les études en les éclairant de la lumière et de la science du beau.

On le reconnaît chaque jour avec plus d'évidence, chaque jour on le constate davantage par une triste expérience, en appliquant trop tôt l'enfant, le jeune homme, à des études spéciales jugées nécessaires pour la carrière à laquelle on le destine, loin de favoriser le développement de toutes ses facultés, on les paralyse et l'on atrophie celles qui feraient de lui l'homme du monde, non pas dans le sens étroit du mot, mais dans le sens élevé et vrai, c'est-à-dire que l'on ne développe pas en lui ce qui lui permettrait d'arriver à une situation distinguée dans la société et d'y remplir un rôle vraiment utile à l'égard de ses semblables. Les méthodes imposées et généralement suivies préparent des médecins, des chimistes, des ingénieurs, ou même des légistes et des avocats ; elles forment des spécialistes, conduisent à des diplômes, mais elles ne vont pas au-delà, et s'il est des hommes qui arrivent à mieux, c'est qu'ils se sont formés eux-mêmes en dépit des programmes, et peut-être même grâce à des infractions à la règle et à des violations de l'ordre du jour, et leur riche nature a triomphé du cercle étroit dans lequel on voulait l'enfermer. Pendant des siècles, les programmes étaient beaucoup moins chargés, et les résultats étaient de beaucoup supérieurs, avec beaucoup moins de fatigue pour les étudiants. Evidemment cette misère ne doit pas être attribuée au dépérissement de la nature humaine, mais au système suivi pour l'éducation, et c'est ce que reconnaissent tous ceux qui s'occupent de ces questions et ceux mêmes qui ont tracé les programmes (1).

Pour remédier au mal, on réclame la modification des plans d'études. Peut-être cette modification sera faite dans une certaine mesure : mais nous, en attendant cette réforme peut-être bien éloignée, d'ailleurs en nous posant sur notre terrain, nous proposons une solution opportune et efficace pour tous les temps et toutes les hypothèses, et qui, dès maintenant, peut être mise en pratique : c'est que, même en conservant les programmes, qui sans doute seront toujours maintenus à peu près dans leur totalité, on fasse sortir de toutes ces études qui sont imposées, les fruits qu'elles peuvent donner. Il ne s'agit pour cela que de les exploiter et de les féconder ; il ne s'agit que d'en faire sortir les aperçus qui correspondent à la science du beau et qui en font jouir ; il ne s'agit que de comprendre et de présenter toutes les sciences à un point de vue qui ne soit pas étroit mais qui offre, avec les données précises, celles qui répondent aux besoins supérieurs de l'intelligence, de l'imagination et du cœur.

Les sciences mathématiques et naturelles expliquent les splendeurs de l'œuvre divine. Mais, pour obtenir ce résultat, il s'agit de ne pas restreindre l'enseignement aux données de la science rigoureusement exacte, de ne pas apprendre seulement au jeune homme à bien aligner les chiffres et à résoudre des problèmes d'hydraulique; il faut lui montrer les beautés de ce monde matériel sur lequel on veut le faire agir, en lui expliquant combien sont admirables les lois qui le régissent. Et dans ces riches contrées, dont on lui aura fait prendre ainsi possession, il n'y aura point un faux mirage et des rêves décevants qui tromperaient sa jeune imagination ; il y aura un fond solide duquel sortiront de nouvelles merveilles à mesure qu'il l'exploitera dans la suite de sa vie. Mais pour cela il faut qu'on lui ait montré la veine précieuse, le filon d'or ; autrement il ne verra jamais que la matière, un monde opaque auquel il pourra demander

---

(1) Dans les jours où nous écrivons ces lignes, M. Duruy vient de publier un livre dont nous pourrions citer plusieurs passages qui confirmeraient nos dires. — Note de la deuxième édition.

la fortune, mais qui ne lui donnera rien pour nourrir son cœur, élever son âme, développer et satisfaire ses généreuses aspirations.

Il ne faut pas apprendre seulement à l'écolier à traduire Sopho-
cle, ou Tacite, ou Virgile, à stéréotyper dans sa mémoire les dates
de la naissance et de la mort de nos grands écrivains ; mais il faut
lui faire comprendre les grands sentiments et les grandes pensées
exprimés par les grands poètes et les grands prosateurs. Il ne faut
pas apprendre seulement au jeune philosophe et au jeune théologien
à défendre une thèse en maniant habilement toutes les ressources de
la dialectique comme un maître d'escrime une épée d'ailleurs bien
tamponnée ; mais il faut les habituer à envisager à un point de vue
fécond les grandes questions du dogme et de la morale, les récits de
l'histoire religieuse et profane. Il ne s'agit pas de sacrifier le fond à
la forme, et d'étudier la religion, les dogmes et les mystères d'une
manière superficielle : nous avons assez de modèles dans les grands
apologistes, les théologiens et les Pères de l'Eglise, depuis saint Jus-
tin et saint Augustin dans la *Cité de Dieu* jusqu'à ceux du dix-neu-
vième siècle, qui ne sont point à dédaigner, pour que l'on sache que
les brillants aperçus peuvent se concilier avec la rigueur du raisonnement et la solidité des pensées.

Qui donc dira que la théologie ne présente pas d'éléments à la
science du beau. Pour qu'elle en soit privée, il faudrait l'appauvrir
de parti-pris, n'en présenter que le squelette, et encore le squelette
serait beau par sa structure et ses grandes proportions pour qui saurait les voir. La théologie n'est-elle pas la plus belle de toutes les
sciences? Elle nous explique Dieu et son action sur le monde, les
merveilles de la grâce transformant l'homme en le préparant au
bonheur et à la gloire du ciel. Nous verrons que Dante, le grand
poète catholique, dans plusieurs de ses chants, n'a fait que traduire
saint Thomas d'Aquin, et dans son excursion symbolique à la suite
de Virgile et de Béatrix, c'est après avoir parcouru toutes les zones
inférieures, c'est dans la sphère du soleil et de la lumière parfaite
qu'il rencontre l'illustre docteur, et c'est là que l'Ange de l'Ecole
expose lui-même au poète les doctrines sublimes qui font un des plus
beaux ornements de son poème. Mais encore faut-il, pour faire jouir
de ces richesses ceux qui étudient la théologie ne pas l'appauvrir
et la rendre aride et stérile.

Toutes les sciences devront être envisagées dans leurs aperçus

féconds et dans leurs grandes applications. Pour cela il n'est pas nécessaire d'aller jusqu'aux conséquences les plus éloignées, qui réclament une science complète, mais les éléments eux-mêmes auront
leur intérêt et leurs beautés.

La science du beau n'est point une science isolée que l'on doive
étudier exclusivement à certaines heures ; elle se mêle à toutes les
sciences, elle les éclaire de sa lumière et les complète, de même que
la beauté enrichit de sa lumière l'univers entier.

Il ne s'agit donc pas de retrancher quelqu'une des parties obligées
de l'enseignement, mais de les féconder toutes en les pénétrant de la
science du beau. Que de ressources présente l'ensemble des études
que l'on appelle les humanités, sans doute parce qu'elles sont nécessaires pour la formation de l'homme ! — De plus, on ne rejettera pas
comme inutiles ou funestes les arts que l'on appelle d'agrément, et
qui ont plus d'importance que cette dénomination ne semble le dire.
Ils font en effet partie des arts libéraux, lesquels appartiennent aux
hommes qui ont assez de liberté pour vivre par la pensée et par l'esprit. On enseignera à tous les éléments de la musique, et l'on ne dé-
daignera pas d'enseigner le dessin à ceux qui ont pour cette étude
quelque goût et quelque aptitude (1).

II. — Ses heureux résultats.

L'étude du beau ainsi comprise préparera l'avenir, procurera
l'harmonieux développement de toutes les facultés. De plus, par
elle-même elle rendra les plus grands services, non seulement pendant les années de l'adolescence, mais pendant toute la vie, et voici
comment :

La sensibilité qui nous permet de sentir le beau et de le produire
dans une œuvre d'art est un don de Dieu, un don précieux et exquis,

(1) Aristote se demande : « Pourquoi faut-il apprendre le dessin ? est-ce pour éviter
les erreurs et les mécomptes dans les achats et les ventes de meubles et d'ustensiles ? »
et il répond : « Non. C'est pour se former une intelligence plus exquise de la beauté des
corps. » (Polit., VIII, c. III.) En effet, l'étude du dessin pendant les années de collège
n'a pas ce but mesquin de nous apprendre à juger de la forme d'un meuble ; elle n'a
pas non plus cet autre but plus important de former des peintres ; elle ne peut donner
au collégien que les premiers éléments de la science du dessin, si longue à acquérir ; mais
elle a de plus ce résultat général de contribuer beaucoup à la formation du goût et de
donner des connaissances qui serviront plus tard à l'appréciation des œuvres d'art.
Il est important que le jeune homme emporte du collège les premières notions de tou-

mais qui peut devenir funeste s'il n'est pas cultivé avec soin. La sensibilité qui manque d'aliment ou qui dévie se repaît de jouissances grossières : c'était l'étincelle du feu sacré qui aurait produit l'enthousiasme, elle ne fera que des ravages intérieurs et des ruines. Peut-être dans cette sensibilité et dans cette imagination, il y avait les germes d'un talent estimable, d'un talent qui se serait élevé peut-être jusqu'au génie ; bien dirigées, ces dispositions auraient été sûrement des ressources pour le bien : déviées, faussées elles ne seront que des entraînements pour le mal.

Il faut faire au jeune homme un tempérament sain et lui donner des aspirations généreuses, mais pour cela il ne suffit pas de lui dire souvent : *Sursum corda ;* il faut s'emparer de bonne heure, dans son âme, de cette place où le mal pénétrerait bientôt pour empoisonner la première sève; il faut s'emparer de ses facultés et les nourrir d'idées et de sentiments élevés, et vous y arriverez sûrement en lui présentant le beau sous ses formes variées.

On tient tout d'abord à l'enseignement religieux, et l'on a raison ; mais les études d'art contribueront à maintenir les âmes dans des dispositions avec lesquelles les convictions religieuses elles-mêmes s'enracineront et se maintiendront malgré les orages de la jeunesse, parce que les cœurs n'auront pas été souillés.

Heureux les jeunes gens qui se passionnent pour les questions d'art et les rivalités d'école, ils ne s'abaisseront pas, ils grandiront dans ces luttes (1).

es les sciences qui lui seront utiles dans la suite de la vie. Ces connaissances élémentaires, incomplètes, se développeront plus tard et, quand même elles sommeilleraient pendant des années, elles porteront leurs fruits. Au contraire, les sciences dont on n'aura pas pris les premiers éléments avant 16 ou 18 ans resteront un livre fermé pour la vie, à moins d'efforts surhumains.

Nous n'avons point la prétention de tracer des programmes d'études, lesquels doivent être en rapport avec l'avenir auquel chacun se prépare. Toutefois cette parole d'Aristote nous montre comment il ne faut pas entendre d'une façon étroite les études d'art, de la musique et du dessin ; elles ont une grande utilité pour la formation de l'esprit et du goût. Le clergé, qui a une si grande influence sur la construction des églises, leur décoration, leur ameublement, ne saurait s'en désintéresser sans manquer à sa mission. Il doit tout au moins connaître l'histoire de l'art et se rendre capable de juger les œuvres produites : et ces connaissances ne peuvent être acquises, si un enseignement n'est donné dans les séminaires.

(1) Un poète qui a connu ces entraînements, a pu dire :
 Tous alors, adoptant nos poètes pour guides,
 Nous montions, dédaigneux des intérêts sordides,
 Fiers, altérés du beau, plutôt que du bonheur,
 Et tous prêts à mourir, purs de toute autre envie,

Les études d'art créeront des délassements agréables, établiront des relations basées sur la conformité des goûts et qui n'auront aucun inconvénient, parce qu'elles auront comme lien des occupations qui n'ont rien que de bienfaisant pour chacun (1).

Le goût se formera ; on ira des beautés de l'art aux beautés de la nature, et les jeunes gens qui ont le loisir et la fortune trouveront dans les voyages des jouissances dont le souvenir enrichira toute la suite de leur vie.

N'est-il pas souverainement déplorable que tant de jeunes gens préfèrent les vapeurs nauséabondes et malfaisantes de l'estaminet à ces voyages, à ces excursions dans les montagnes, où ils respireraient un air pur qui vivifierait leurs poumons pendant que la vue des grands spectacles de la nature élèverait leur âme.

Que l'on comprenne que la jouissance du beau donnée à la jeunesse est un moyen d'éducation, et que l'on donne aussi ces jouissances aux classes populaires.

En France, plus que partout ailleurs le peuple devient grossier, et quand il est en liesse il ne sait que hurler dans les rues des chants qui ne respirent que la haine et l'immoralité. Sans doute bien de

Pour ces biens qui font seuls les causes de la vie.
Ecoliers, jeunes fous, c'étaient là nos orgies,
L'ivresse où nous puisions nos rudes élégies.
C'était notre soleil dans les travaux obscurs
Qui nous ont gardés fiers en nous conservant purs.
Plus haut, toujours plus haut, dans les hauteurs sereines,
Où les bruits de la terre, où le chant des sirènes,
Où le doute railleur ne nous parviennent plus ;
Plus haut, dans le mépris des faux biens qu'on adore,
Plus haut, dans les combats dont le ciel est l'enjeu ;
Plus haut, dans vos amours, montez, montez encore
Sur cette échelle d'or qui va se perdre en Dieu.

(1) « L'étude des arts a ce charme incomparable qu'elle est absolument étrangère aux affaires et aux combats de la vie. Les intérêts privés, les questions politiques, les problèmes philosophiques divisent profondément et mettent aux prises les hommes. En dehors et au-dessus de toutes ces divisions, le goût du beau dans les arts les rapproche et les unit : c'est un plaisir à la fois personnel et désintéressé, facile et profond, qui met en jeu et satisfait en même temps nos plus nobles et nos plus douces facultés, l'imagination et le jugement, le besoin d'émotion et le besoin de méditation, les élans d'admiration et les instincts de la critique, nos sens et notre âme. Et les dissentiments, les débats auxquels donne lieu un mouvement intellectuel si animé et si varié ont ce singulier caractère qu'ils peuvent être très vifs sans grande âpreté, que leur vivacité ne laisse guère de rancune, et qu'ils semblent adoucir les passions mêmes qu'ils soulèvent, tant le beau a de puissance sur l'âme humaine et efface ou subordonne, au moment même où elle le contemple, les impressions qui troubleraient les jouissances qu'il procure. » (GUIZOT, *Etudes sur les beaux-arts en général*, Préface.)

causes y contribuent, et il y a là un mal profond qui réclame des remèdes énergiques. Mais, que, dès maintenant, on s'efforce de refaire l'éducation de ceux sur lesquels on a déjà quelque action par les sociétés ouvrières, en ne produisant jamais rien qui ne soit de très bon ton dans les fêtes qui leur sont données (1), et la bonne gaîté n'y perdra rien.

Peu à peu le goût s'épurera ; l'art étendra son empire et il y trouvera son propre profit : ses œuvres seront comprises par un plus grand nombre. C'est parce que les arts furent populaires chez les Grecs, qu'ils y acquirent ce haut degré de perfection, que nous admirons. Chez nous aussi, en suivant ce mouvement ils progresseraient et ils donneraient au peuple de nobles délassements et à l'occasion d'utiles leçons.

Que l'on nous permette de citer ici les belles strophes du comte de Ségur, qui résument parfaitement les considérations que nous venons de présenter :

> Chaque fois que mon âme ici-bas prisonnière,
> Rencontre en son exil quelque image du beau,
> Quelque reflet lointain de la pure lumière
> Qu'on ne contemple à nu qu'au delà du tombeau,
>
> Je sens en moi vibrer une corde attendrie ;
> Tout mon être frémit, troublé d'un saint émoi,
> Comme si je voyais de l'absente patrie
> L'image se dresser tout à coup devant moi !
>
> Ces rayons détachés de la beauté divine,
> Ces restes de splendeurs en tous lieux dispersés,
> Qui de l'Eden détruit colorent la ruine
> Et qu'à l'homme déchu le Seigneur a laissés,
>
> M'attirent tout entier vers leur auteur suprême :
> L'amour qui me les prête appelle mon amour.
> Par ces degrés divins, je monte à Dieu lui-même :
> Les biens que j'ai reçus, je les offre à mon tour.

---

(1) Platon disait dans sa *République* : « En voyant chaque jour des chefs-d'œuvre de peinture, de sculpture et d'architecture, les génies les moins disposés aux grâces, élevés parmi ces ouvrages comme dans un air pur et sain, prendront le goût du beau, du décent, du délicat ; ils s'accoutumeront à saisir avec justesse ce qu'il y a de parfait ou de défectueux dans les ouvrages de l'art et dans ceux de la nature, et cette heureuse rectitude de leur jugement deviendra une habitude de leur âme. » Le goût ainsi formé aura son influence sur toute la conduite de la vie.

Je bénis dans les dons la puissance qui donne,
L'invisible ouvrier dans l'œuvre que je vois.
Dans les fleurons épars de l'antique couronne
Je reconnais celui qui nous avait fait rois.

Le soleil sur son char poursuivant sa carrière,
Changeant en ses aspects, immuable en son cours.
Des mondes infinis l'éclatante poussière,
Et la splendeur des nuits plus belle que les jours,

La grâce répandue en toute créature,
Les spectacles divers de la terre et des cieux
Font monter, ô Seigneur, ô roi de la nature,
Votre nom à ma bouche et des pleurs à mes yeux !

Et pourtant, ici-bas, il est une merveille
Qui m'émeut plus encore pour son charme vainqueur,
Et, pénétrant en moi par les yeux ou l'oreille,
Va toucher plus à fond les fibres de mon cœur.

C'est le labeur sacré, c'est l'œuvre du génie ;
C'est la terre enfantant un ouvrage du ciel ;
C'est la grandeur humaine et l'humaine harmonie ;
C'est Dante et Bossuet, Mozart et Raphaël !

Oh ! revêtir le vrai d'une robe immortelle
Qui sous ses plis charmants en laisse voir les traits,
Donner à sa pensée une forme si belle
Que les siècles ravis l'aimeront à jamais !

Concevoir et tirer de son âme féconde
Des accents si profonds, de si nobles concerts,
Que portés par l'amour jusqu'à la fin du monde,
Ils iront d'âge en âge enchanter l'univers !

Créer des vers si purs en leur magnificence
Qu'ils planent au-dessus des peuples et des temps,
Et qu'antiques déjà, quand ils prennent naissance,
Ils sont toujours nouveaux malgré le cours des ans !

En un mot, dans une œuvre éterniser sa vie,
Partager avec Dieu le nom divin d'auteur,
Voilà ce qui m'émeut, voilà ce que j'envie,
Voilà l'hérédité du pouvoir créateur !

Qu'il est beau de semer les rayons et les flammes
Dans la funèbre horreur de nos nuits d'ici-bas,
Et de faire à pleins bords couler Dieu dans les âmes
Par des canaux d'or pur qui ne s'épuisent pas?

Quelle ivresse pour l'âme en sa course mortelle
De venir pour sa part en aide au genre humain,
Et d'accroître en passant, fût-ce d'une parcelle,
Le trésor de beauté qu'il porte en son chemin !

Je ne saurais prétendre à ce rôle sublime :
Je ne monterai point à ces nobles sommets.
Mais j'essaierai du moins, l'œil fixé sur la cime,
De m'élever toujours, sans m'arrêter jamais.

Et ne pouvant moi-même accomplir votre ouvrage,
Augustes ouvriers, je vous crierai d'en bas :
« Poursuivez vos labeurs, hommes de Dieu, courage !
Combattez ! nous vivons du fruit de vos combats ! (1)

Le culte du beau purifie notre cœur, mais il réclame une âme qui ne soit pas souillée et un regard qui a gardé sa lucidité. « La lumière de la beauté perce malaisément l'épais bandeau de l'ignorance ; elle vient s'amortir dans les vapeurs de la corruption, comme l'éclat du jour dans un brouillard d'hiver. Sa douce chaleur n'amollit guère les pauvres et rudes cœurs qu'a pétrifiés l'indigence ; elle pénètre peu et rarement ceux que la débauche a glacés. Les âmes où elle se complaît, ce sont les âmes pures et jeunes, ou celles qui, malgré les années, ont su garder leur jeunesse et leur pureté (2).

« Vie rare et excellente, dit le Père Lacordaire, parce que le goût n'y suffit pas, mais il faut le cœur et la vertu (3). »

ARTICLE III

EFFET DU BEAU SUR NOTRE ACTIVITÉ ET COMMENT ELLE LE PRODUIT PAR LES ARTS : FÉCONDITÉ ARTISTIQUE

Le beau éclaire de sa lumière notre intelligence, il agit sur notre sensibilité et nous procure des joies délicieuses. Mais de plus, par le pouvoir de séduction qu'il exerce sur notre âme quand il nous a charmé, il nous inspire la noble ambition de le reproduire en dehors de nous, dans des œuvres d'art où il deviendra l'objet de l'admira-

(1) Cité par le *Correspondant*.
(2) Charles LÉVESQUE : *La Science du Beau*, 1ʳᵉ part., ch. IV.
(3) *Éloge du général Drouot*.

tion d'autrui, c'est-à-dire que le beau développe notre fécondité esthétique.

§ I. — *Facultés que doit posséder l'artiste.*

Celui qui croit avoir cette vocation de choix, doit posséder certaines facultés dont les germes sont dans la plupart des hommes, mais qui, au degré où l'artiste en a besoin, sont un don particulier de Dieu. Ces facultés se développeront par l'exercice auquel il se livrera. Dans la carrière où il se lance, il rencontrera d'ailleurs bien des joies, souvent des déceptions, toujours de rudes labeurs.

Le don principal que l'artiste a reçu du ciel est l'imagination.

Il est des hommes qui, après avoir vu un objet, ne pourront se le rappeler, ou ils ne pourront le revoir dans leur esprit autrement qu'ils ne l'ont vu dans la réalité ; ils ne retrouveront que bien juste les émotions qu'ils ont enregistrées dans leur mémoire. Il en est même dont l'âme, inébranlable comme la surface d'une pièce d'eau recouverte d'une épaisse couche de glace, est impassible devant les spectacles les plus émouvants. Ils ne voient tout que par le côté du chiffre, de l'utilité, de la matière : ce sont des hommes positifs.

Celui qui ne connaît que cette impassibilité devant les spectacles de la nature et les scènes pathétiques du monde moral peut aspirer à devenir un habile commerçant, un géomètre précis dans ses calculs, un honnête entrepreneur de bâtisses, il sera même, je le veux bien, comme on dit, bon père et bon époux, mais son astre en naissant ne l'a point fait poète, ni musicien, ni peintre, ni sculpteur, ni même architecte pour produire des œuvres vraiment dignes d'admiration.

Il en est, au contraire, que l'on dit être très impressionnables (1). Leur âme vibre au moindre souffle, les images s'y impriment facilement et profondément comme sur les eaux d'un beau fleuve tous les objets placés sur son cours, et elles y restent. Elle garde tout ce qu'elle a vu et entendu pour le transformer et l'agrandir. Surtout

_____

(1) Ce mot nous semble une déviation de la langue française, déviation à laquelle on est arrivé par une génération successive de mots. D'imprimer on a fait impression, d'impression on a fait impressionnable, et quelques-uns vont jusqu'à l'impressionnabilité. Et toutefois, comme tant d'autre, sans approuver le mot, nous trouvons commode de nous en servir.

les faits du monde monde moral trouvent en elle un écho puissant.
Dans l'esprit de celui qui est ainsi doué les idées se rapprochent, se
fortifient, se multiplient par déduction, se font valoir par antithèse,
prennent une forme plus riche, et revêtent toutes les magnificences
du symbolisme de la nature.

Celui qui a reçu ces dons précieux a beaucoup de ce qu'il faut
pour devenir artiste ; mais avec ces dons il lui en faut un autre sans
lequel les premiers seraient complètement insuffisants : il lui faut
le discernement, le goût.

Le goût est la raison guidée par le sentiment, jugeant chaque
chose il apprécie, il discerne, il choisit ; il s'exerce sans cesse et doit
rendre service à chaque instant dans la conduite de la vie ; il est
un guide à la direction duquel l'artiste ne saurait impunément se
soustraire un seul instant.

Le goût dira à l'artiste comment il doit envisager son sujet et le
traiter, il le dirigera dans le choix des pensées et des expressions
dont il devra les revêtir ; il dira au peintre comment il doit concevoir sa mise en scène, quel rôle il doit donner à ses personnages, de
quel sentiment ils doivent être animés ; il lui indiquera la pose de
chacun, son geste, le genre de son vêtement, l'ajustement de ses
draperies ; il guidera même le crayon du dessinateur qui sent le
besoin de préciser un contour ; il se prononcera sur le dessin et sur
la couleur, sur toutes les parties du travail du peintre ; de même il
dira au musicien quel accent et quel rythme il doit donner à sa mélodie, comment il doit l'harmoniser pour en compléter l'effet : c'est
lui qui guidera toujours le compositeur, quel qu'il soit, quand vingt
fois sur le métier il remettra son ouvrage pour ajouter quelquefois
et pour effacer plus souvent encore. C'est donc le goût qui dirigera
l'artiste depuis le premier instant où il conçoit la première idée de
son œuvre jusqu'à celui où il l'achèvera. Et c'est le goût qu'il con-
sultera encore pour savoir s'il a réussi et jusqu'à quel point, s'il peut
avoir confiance, ou si, dans l'intérêt de sa gloire, supposé qu'il en
ait déjà conquis, le mieux ne serait pas de détruire ce qu'il vient de
faire.

Le goût est nécessaire pour bien juger d'une œuvre d'art, mais il
faut l'avoir à un degré beaucoup plus développé pour la produire.

Parfois l'artiste semble s'abandonner à l'inspiration. C'est le poète
qui a le feu sacré ; Pégase l'emporte par bonds impétueux, lui fait

parcourir de merveilleuses contrées par des sentiers imprévus : il semble qu'il n'a plus conscience de lui-même et ne fait que céder au dieu qui l'agite. Si l'œuvre produite est réussie, fût-elle animée du plus ardent enthousiasme, même dans le délire qui semblait entraîner le poète, le regard de son intelligence a surveillé tous ses mouvements, ses saillies les plus vives et les plus inattendues, et si, pour ne point ralentir l'élan de la composition, il a laissé le coursier s'élancer la bride sur le cou, aussitôt le premier jet répandu sur le papier, le goût aura repris ses droits, les aura exercés avec d'autant plus de sévérité qu'il avait été d'abord plus conciliant et qu'il s'était plus abstenu.

Que l'on nous permette de citer cette parole de V. Cousin :

« On a dit qu'il n'y a point d'homme supérieur sans quelque grain de folie ; mais cette folie-là, comme celle de la croix, est la partie divine de la raison (1). » La raison est donc au fond de tout ce qui est estimable, dans l'art comme ailleurs, et si, dans des œuvres plus merveilleuses, elle est plus cachée, si le regard léger ne sait pas la trouver, celui qui réfléchit la reconnaît et il y voit le cachet de la plus haute sagesse.

§ II. — *Labeurs auxquels doit se livrer l'artiste.*

Avec ces facultés brillantes que l'artiste a reçues de Dieu, il faut qu'il mette quelque chose de lui-même : le travail. « Le beau, dans tous les arts, suppose et dissimule des soins extrêmes (2). »

Toute œuvre vraiment digne d'admiration, toute œuvre vraiment intéressante, suppose un labeur sérieux, et souvent elle a demandé des veilles prolongées, bien des sueurs et des fatigues.

Sans doute il est des littérateurs, des musiciens et des peintres qui trouvent plus facilement et plus promptement l'expression vraie et brillante, la forme précise et élégante. Lamartine, peut-être un peu pour se flatter, s'étonnait que l'on ne prenne pas toujours la plus belle manière de s'exprimer, et disait qu'il avait écrit des vers comme le voyageur chante sur la route pour se distraire en marquant le pas ; il avait assurément une facilité merveilleuse et de

(1) *Du vrai, du beau, du bien,* p. 147.
(2) Daunon.

même Raphaël et d'autres que l'on pourrait citer. A voir les œuvres du peintre d'Urbin, on croirait volontiers que les figures venaient se poser d'elles-mêmes sous son pinceau, avec les poses les
plus élégantes et les formes les plus gracieuses. Mais il n'en est pas
moins vrai que tout homme qui arrive à un résultat sérieux a dû
passer par le travail et par un travail opiniâtre. Raphaël lui-même,
on le voit par les études qui ont été conservées, cherchait et travail-
lait. N'y eût-il que les manières différentes qu'il adopta successivement et les transformations diverses de son talent, ce serait assez
pour faire constater qu'il y a eu tâtonnements, préoccupation, travail. Ce n'est pas sans travail qu'il arrivait à façonner ces figures
pour lesquelles, disait-il, il ne trouvait pas de modèles assez beaux
dans la nature.

L'inspiration elle-même suppose le travail. Sans doute l'inspiration, ainsi que le dit le mot, descendra souvent dans l'âme de l'artiste comme une illumination soudaine. Mais l'artiste l'aura d'abord
cherchée ; peut-être même il l'aura poursuivie longtemps en vain ;
peut-être après avoir longtemps fouillé, considéré son sujet sous les
aspects les plus divers, après avoir regardé de toutes parts, il n'a-
vait rien trouvé de satisfaisant : il s'était affaissé sur lui-même et
restait là découragé, comme un homme qui, ayant vainement cherché à pénétrer dans une demeure, s'asseyait sur le seuil de la porte,
abattu par la fatigue ; puis tout à coup la porte s'ouvre, la lumière
jaillit à flots, il en est tout inondé ; de même parfois l'artiste, après
avoir longtemps cherché en vain, voit tout à coup sa composition
tout entière se dérouler devant lui. Oui cela arrive, mais l'artiste
avait d'abord travaillé jusqu'à l'épuisement de ses forces.

Quelquefois l'idée lumineuse, l'inspiration, viendra à l'esprit de
l'artiste au milieu d'occupations vulgaires, quand il semblait n'être
plus à son œuvre : pour un autre, ce serait distraction, pour lui c'est
la pensée cherchée qui vient frapper à la porte et qui pénètre parce
que c'est son heure. C'est que, à vrai dire, l'esprit de l'artiste ne
cesse point de travailler (1).

Ce que l'on appelle l'intuition et qui est la faculté d'arriver sans
effort, comme d'un bond et directement, à la solution d'une diffi-

(1) On sait l'exclamation de saint Thomas à la table du roi de France : « Ceci est une
preuve sans réplique contre Manès. » Pour l'artiste, c'est le même résultat qui se produit dans un autre genre.

culté, à la possession de la vérité, suppose un don particulier de clairvoyance : elle est le privilège de ceux que l'on dit être de grands et vastes esprits, comme furent Bossuet et saint Thomas ; mais cette faculté, même dans ces hommes, avait été développée par le travail persistant de la réflexion et de la méditation.

Ce n'est qu'après des analyses laborieuses que l'on arrive à la synthèse ; ce n'est qu'après avoir fouillé le sol en bien des endroits que l'on rencontre le filon d'or, et ce n'est qu'après avoir passé par bien des conceptions diverses que l'artiste arrive à l'idée simple et vraie qui charmera par sa simplicité même et que lui-même sera tout étonné de ne pas avoir trouvée plus tôt.

Donc l'inspiration n'est pas le fruit du travail, mais elle ne naît que sur un sol remué et préparé de longue main.

On a dit que la patience, c'est le génie. Non, car le travail ne produira jamais le génie, mais on peut dire qu'il est pour moitié dans les œuvres que le génie produit.

§ III. — *Récompense de l'artiste.*

La production de l'œuvre d'art est donc laborieuse. L'admiration qui se produit devant le beau réalisé, loin d'épuiser l'âme, la fortifie ; mais il n'en est pas ainsi de l'enthousiasme qui alimente l'inspiration du génie, et souvent l'artiste peut dire avec le poète ces paroles que nous avons déjà citées.

> La foudre en mes veines circule :
> Etonné du feu qui me brûle,
> Je l'irrite en le combattant.
> Et la lave de mon génie
> Déborde en torrents d'harmonie
> Et me consume en s'échappant.

Mais l'artiste le sait, et il y consent. Il trouve dans son sacrifice des joies et des consolations meilleures que la vie elle-même. Il est fier des œuvres par lesquelles il fera jouir la postérité des beautés qui l'ont ravi lui-même ; volontiers il dirait comme Andromaque :

« Nos enfants sont notre vie et notre âme. Quiconque n'en a pas et blâme l'amour que nous avons pour eux, je le plains (1). » Et lui aussi, il aime cette lignée qu'il a produite et par laquelle il se survivra à lui-même (2).

(1) EURIPIDE, *Andromaque*, acte II, scène I.
(2) La génération la plus belle et la plus glorieuse est celle des œuvres de l'esprit. « Qu'appartient-il à l'esprit de produire? nous dit Platon. La sagesse et les autres vertus qui sont nées des poètes et de tous les artistes doués du génie de l'invention. Et il n'est personne qui ne préfère de tels enfants à toute autre postérité, s'il considère et admire les productions qu'Homère, Hésiode et les autres poètes ont laissées d'eux, la renommée et la mémoire immortelles que ces immortels enfants ont acquises à leurs pères. De tels enfants leur ont valu des temples, mais nulle part les enfants du corps n'en ont valu à personne. » (*Le Banquet.*)

CHAPITRE VII

Le beau considéré dans ses rapports avec Dieu et en Dieu lui-même

Nous avons établi les lois du beau et nous avons fait de ces lois des applications qui ont servi à constater leur valeur. Nous avons étudié les effets du beau sur l'âme humaine, sur les individus et la société. Il semblerait donc que l'exposé de notre théorie est complet. Cependant nous espérons pouvoir donner une nouvelle lumière aux principes que nous avons posés. Après les avoir fait surgir des régions terrestres, nous essaierons de les faire descendre d'en haut, nous élèverons notre regard vers les sphères supérieures, et nous reconnaîtrons comment ces lois émanent pour ainsi dire du sein de Dieu.

A mesure que nous poursuivrons cette nouvelle partie de nos études, on se convaincra davantage que le beau appartient à la fois à la terre et au ciel, qu'il est un lien qui les réunit et comme un rayonnement de la lumière du ciel sur notre monde.

Dans l'analyse que nous allons entreprendre, nous nous servirons encore des lumières de la raison, et nous n'avancerons rien qui ne soit appuyé sur les preuves que l'on peut appeler philosophiques. Nous nous aiderons aussi quelquefois des vérités révélées ; mais elles ne seront qu'un ressort puissant qui donnera à la faiblesse de notre raison l'élan dont elle a besoin pour s'élever à des régions supérieures. La raison, avec son œil toujours ouvert sur la direction que nous suivrons, constatera que nous ne nous écartons pas un instant des voies de la vérité. Nous aimerons aussi à puiser dans les trésors amassés par la sagesse antique, et nous pourrons admirer comment les conquêtes faites par l'intelligence humaine viennent confirmer ce que la foi nous révèle.

Pénétrons donc dans ces régions lumineuses et fécondes, et démontrons d'abord comment en Dieu se trouve la dernière raison de toute beauté.

ARTICLE I

LE BEAU CONSIDÉRÉ DANS SES RAPPORTS AVEC DIEU

§ I. — *La dernière raison du beau est en Dieu.*

I. — DIEU A EXPRIMÉ SON VERBE DANS LES CRÉATURES.

Quand un objet est beau, il est conforme à la loi de son type, mais les différents types des êtres n'existent qu'en Dieu avec toute leur vérité et toute leur perfection, parce que c'est Dieu qui les a conçus.

Dieu, dans le silence de son éternité, pouvait contempler sans cesse en lui-même, dans sa pensée, le modèle de tous les êtres qu'il voulait un jour créer, et quand, par un tout-puissant *fiat*, alors que le temps n'existait pas encore, et qu'il n'y avait point d'espace, il fit jaillir du néant le monde et les siècles, c'est sa pensée qu'il manifesta et qu'il réalisa.

« *In principio erat Verbum et Verbum erat apud Deum ; omnia per ipsum facta sunt et sine ipso factum est nihil quod factum est.* »

Il est dit que Dieu a tout fait par son Verbe, parce qu'il a créé toute chose d'après sa pensée, son Verbe intérieur. Ainsi « dans le Verbe sont les éternelles raisons de toutes choses, et tous les êtres créés dans le temps sont une révélation du Verbe éternel (1). »

De même qu'un architecte, quand il construit un monument, manifeste la conception qu'il avait d'abord mûrie dans son esprit, de même qu'un poète, quand il écrit son poème, produit les pensées qu'il avait d'abord méditées, ainsi Dieu, au jour de la création, a écrit son poème, il a réalisé une œuvre qui nous révèle sa pensée, son Verbe.

« Quand vous réalisez une œuvre, dit saint Augustin, votre dessein naît d'abord dans votre esprit, et il s'y forme, comme le fruit

_____

(1) « Rationes rerum quæ sunt intelligibiliter in Deo sunt sensibiliter in creaturis corporalibus. » (S. AUGUSTIN, *In Genes.*, lib. IV, cap. XXIV.)

et le fils de votre âme (1). Jusqu'à ce que vous ayez manifesté votre pensée, seul vous la connaissez ; mais, quand votre œuvre est réalisée, les hommes admirent et votre œuvre et votre pensée, ils s'étonnent devant ce qu'ils voient et ils aiment ce qu'ils ne voient pas. Qui pourrait voir une pensée? Si donc un homme paraît digne d'éloges pour une œuvre et la pensée qu'elle manifeste, voulez-vous connaître la pensée de Dieu, son Verbe? Voyez l'univers, ce qui a été fait par le Verbe, et vous connaîtrez le Verbe lui-même ; considérez le ciel et les astres qui le décorent, la terre et sa fécondité, le retour des saisons, les plantes qui se renouvellent chaque année, et tant d'autres merveilles dont je ne puis vous parler, mais que vous connaissez. Et, en considérant ces œuvres incomparables, comprenez ce qu'est le Verbe, sans lequel rien de tout ce qui existe n'a été créé (2). »

« Toute créature est une ressemblance de la nature divine, dit. saint Thomas, mais chaque chose l'imite d'une manière différente et à des degrés variés. Par conséquent l'essence divine, considérée comme un exemplaire imité de telle façon par telle créature, est l'idée propre de cette créature selon son mode déterminé de ressemblance. Et comme d'autres créatures imitent Dieu de telle autre façon, il s'ensuit que l'idée, la raison d'être, n'est pas la même pour chaque créature, quoique l'essence divine qui sert de prototype soit la même, car tout ce qu'il y a de perfections dans les créatures se trouve en Dieu sous une forme simple et indivisible (3). »

L'Écriture sainte nous montre Dieu approuvant son œuvre en déclarant qu'elle est bonne : *vidit quod esset bonum*. Il en constatait ainsi la conformité avec le modèle qu'il considérait en lui-même. L'artiste, souvent, ne peut réaliser, autant qu'il le désire, le type idéal qu'il a rêvé, la perfection qu'il a entrevue ; mais Dieu, sans hésitation, a donné à chaque être le degré de perfection et de beauté qu'il lui destinait de toute éternité : *vidit quod esset bonum.*

Les perfections des créatures reproduisent donc les idées de Dieu.

Nous trouvons cette même vérité exprimée dans les écrits de Platon.

« Dans les livres des platoniciens, nous dit saint Augustin, je lus,

---

(1) Inest quasi proles mentis tuæ et filius cordis tui.
(2) *Comment. in evang. S. Joann.*, tractatus XXXIX, 4.
(3) I sent. dist. 36, 9, 2, t. IX, p. 143. *Quodlibet*, 4, 9, 1, t. XVII, 284.

non pas dans les mêmes termes, mais avec le même sens que dans les Livres Saints, et appuyé d'un grand nombre de raisons, que : Au commencement était le Verbe, que toutes choses ont été faites par lui, et que sans lui rien n'a été fait... » « Voilà, continue-t-il, à quelle hauteur s'élevait l'esprit humain au cap Sunium et dans les bosquets d'Académus. »

A la suite de l'évêque d'Hippone, consultons les livres écrits par les philosophes d'Athènes ; nous aimons à suivre ce regard de l'homme abandonné à lui-même et cherchant avec avidité dans la création les vestiges de Dieu, afin de faire monter ensuite vers l'auteur de tout bien et la source de toute beauté, l'hymne de son admiration et de son amour.

Platon avait reconnu l'existence d'un monde invisible, modèle éternel de ce monde visible et périssable. On ne peut en douter, après avoir lu le *Timée*. « Il faut se demander d'abord, dit-il, si le monde a existé de tout temps ou s'il a eu un commencement. Le monde est né, car il est visible, tangible et corporel. Or tout ce qui est sensible, nous avons vu qu'il naît et qu'il est engendré. Nous disons en outre que tout ce qui naît procède nécessairement de quelque cause. Quel est donc l'auteur et le père de l'univers? Il est difficile de le découvrir et après l'avoir découvert de le faire connaître à la multitude.

« Il faut se demander, en second lieu, de quel modèle s'est servi l'auteur de l'univers, s'il l'a produit d'après un modèle immuable ou d'après un modèle engendré. Mais si le monde est beau, et si son auteur est excellent, il est évident qu'il a eu les yeux fixés sur le modèle éternel... Or le monde est la plus belle des choses produites, son auteur la meilleure des causes ; l'univers ainsi engendré a donc été formé sur le modèle de la raison, de la sagesse et de l'essence immuable. D'où l'on voit, par une conséquence nécessaire, que l'univers est une copie (1). »

On le voit, le philosophe d'Athènes ne pouvait s'exprimer avec plus de clarté : il dit que le monde est une image, image du monde éternel, immuable, conçu par l'intelligence de l'auteur de l'univers. Dans les paroles qui précèdent celles que nous venons de citer, il disait : « Celui qui contemple ce qui est né et se sert d'un modèle engendré ne fait rien de beau. » Platon se plaît d'ailleurs à constater

(1) Traduction d'Emile SAISSET.

la beauté de l'univers, et plusieurs fois il exprime cette idée, que Dieu perfectionna son œuvre en considérant le modèle qu'il avait en lui-même, et que, pour le rendre beau, il y mit ses propres beautés. « Exempt d'envie, dit-il, le suprême ordonnateur a voulu que toutes choses fussent autant que possible semblables à lui-même (1) πάντα ὅ τι μάλιστα γένεσθαι εβουλήθη παραπλήσια ἑαυτῷ.

Nous pouvons donc conclure avec l'évêque d'Hippone que Platon, comme les Livres Saints, nous dit que Dieu, en créant le monde, a reproduit sa pensée, et que tous les êtres sont modelés sur les idées divines (2).

II. La dernière raison du beau est en Dieu.

Puisque les différents êtres ont été créés d'après les idées divines, et que dans la pensée divine est le modèle des créatures, la loi de leur être, d'après les principes établis précédemment, les créatures étant belles quand leur vie s'est développée conformément à la loi de leur type, les créatures seront donc belles dans la mesure où elles seront conformes aux idées divines, et nous voyons ainsi que la dernière raison du beau est en Dieu, que le beau dans son essence absolue c'est Dieu. Et il est aussi impossible de trouver la dernière raison du beau en dehors de la sphère divine, qu'il est impossible de trouver en dehors de cette même sphère la dernière raison du vrai et du bien.

§ II. — *Conséquences de cette vérité et considérations sur le beau idéal.*

De cette vérité : la dernière raison du beau est en Dieu, et des considérations sur lesquelles nous l'avons appuyée, nous pouvons faire sortir plusieurs conséquences importantes.

---

(1) Ces différents passages appartiennent aux premières pages de *Timée*. — A quelle distance de Platon et de la vérité, M. Renan s'est placé, quand il a écrit. « Loin de révéler Dieu, la nature est immorale ; le bien et le mal lui sont indifférents: » (*De l'avenir de la métaphysique.*)

(2) On a prétendu parfois que Platon mettait en dehors de Dieu, et séparées de son essence les idées, et par là même celles d'après lesquelles le monde a été créé. En prenant l'interprétation de saint Augustin sur la doctrine de Platon, nous croyons être dans le vrai, et les passages que nous avons cités doivent suffire à le prouver. Du reste, si la doctrine que nous avons émise n'était pas celle de Platon, elle est sûrement celle de saint Augustin, de saint Thomas et de tous les philosophes catholiques.

1re conséquence : La beauté des créatures est un reflet de la beauté de Dieu.

Cette conséquence n'a besoin d'aucune démonstration, elle sort directement de la vérité que nous venons d'établir. Ainsi que nous le dit saint Thomas, « la beauté des créatures est une participation de la beauté divine (1) ». Et avant lui, Platon avait dit dans son *Phédon* : « Si y a quelque chose de beau outre le beau en soi, cela ne peut être beau que comme participant au beau absolu. Ce qui rend une chose belle, ce n'est ni sa forme, ni sa couleur, ni rien de semblable, mais c'est la présence ou la communication de l'absolue beauté. Ce que j'affirme, c'est que toutes les choses belles sont belles par la présence de la beauté première. »

Toutes les beautés que nous admirons en ce monde nous traduisent donc la beauté divine (2).

En lisant un poème, en écoutant une mélodie, ne semble-t-il pas qu'à travers les mots, à travers les sons, avec les pensées qui nous sont traduites, nous retrouvons l'âme même de l'artiste? Après avoir lu l'*Iliade*, oubliant le récit pour ne plus penser qu'à celui qui nous l'a fait, ne disons-nous pas, dans notre enthousiasme : Quelle imagination féconde, quelle grande âme que celle du chantre d'Ilion!

Mais nous pouvons dire, à bien plus juste titre, que c'est la beauté de Dieu qui rayonne sur tout l'univers, parce que Dieu ne traduisait pas des faits qui étaient en dehors de lui : il exprimait ses pensées par les êtres auxquels il donnait l'existence et la vie.

La beauté de chaque créature est un reflet de la beauté du Verbe, un rayon particulier de sa splendeur.

Platon comparait Dieu illuminant le monde des intelligences et le produisant, au soleil illuminant le monde sensible et lui donnant la vie et l'accroissement (3). Et Marsile Ficin, le commentateur de Platon, complétant cette comparaison, disait : « De même

---

(1) « Pulchritudo creaturæ nihil est aliud quam similitudo divinæ pulchritudinis in rebus participata. Deus, qui est supersubstantiale pulchrum, dicitur pulchritudo propter hoc quod omnibus entibus creatis dat pulchritudinem secundum proprietatem uniuscujusque. » (*Ex commentariis sancti Thomæ in librum sancti Dyonisii de divinis nominibus.*)

(2) « Habes enim hæc, Domine Deus, in te tuo ineffabili modo, quia ea dedisti rebus a te creatis suo sensibili modo. — (S. Ansel., *Prolog.*, c. 17.)

(3) Fin du VIᵉ livre de la *République*.

que celui qui jouit de la lumière répandue sur les éléments et considère les rayons de cette lumière s'élève ainsi jusqu'à la lumière du
soleil, ainsi celui qui considère et aime la beauté qu'il voit briller
dans la nature, l'âme, l'intelligence, le corps de l'homme, en toutes
ces choses, voit et admire la beauté de Dieu. » *Dei fulgorem in his,*
perque fulgorem hujusmodi Deum ipsum intuetur et amat.

Les différents êtres participent d'ailleurs, à des degrés différents,
à cette divine beauté et à cette divine lumière.

« Dieu, dit Bossuet, étant une lumière infinie, il a ramassé en
l'unité simple et indivisible de son essence toutes ces diverses perfections qui sont dispersées de çà, de là, dans le monde ; toutes choses se rencontrent en lui d'une manière très éminente, et c'est de
cette source que la beauté et la grâce sont dérivées dans les créatures, d'autant que cette première beauté a laissé tomber sur les créatures un éclat et un regard de soi-même. Nous voyons bien, toutefois, qu'elle ne s'est pas toute jetée en un lieu, mais qu'elle s'est répandue par divers degrés, descendant peu à peu depuis les ordres
supérieurs jusqu'au dernier étage de la nature. Ce que nous observerons aisément, si nous prenons garde qu'au-dessus des choses in-
sensibles et inanimées, Dieu a établi la vie végétante, et un peu plus
haut le sentiment au-dessus duquel nous voyons présider la raison
humaine, d'une immortelle vigueur attachée néanmoins à un corps
mortel. Si bien que notre grand Dieu, pour achever l'univers après
avoir fait sur la terre une âme spirituelle dans des organes matériels,
a créé aussi dans le ciel des esprits dégagés de toute matière qui vivent et se nourrissent d'une pure contemplation (1). »

2ᵉ conséquence : IL Y A UN MONDE IDÉAL PLUS BEAU QUE LE MONDE RÉEL.

Le beau réel ou naturel est le beau tel qu'il existe dans les êtres
et les spectacles que nous avons sous les yeux. Le beau idéal est celui que nous concevons à l'aide du beau réel.

Après avoir considéré plusieurs êtres d'une même espèce, plusieurs lis, par exemple, nous en concevons un qui réunit les perfections de tous ceux que nous avons examinés et qui est plus beau
que chacun d'eux. Ce lis devient pour nous le type d'après lequel

(1) BOSSUET, *Iᵉʳ sermon pour le 1ᵉʳ dimanche de carême.*

nous jugerons tous les lis dont nous voudrons apprécier la beauté. Et l'ensemble des types tels que nous pouvons les concevoir devient pour chacun de nous le beau idéal (1).

Quelle est la valeur de ce beau idéal conçu par nous à l'aide du beau réel? Est-il la beauté parfaite? Assurément non.

Pour concevoir le beau idéal parfait, il nous faudrait connaître les types de êtres tels qu'ils ont été conçus par l'intelligence divine, et nous ne pouvons prétendre arriver à cette connaissance : elle n'est possédée que par Dieu lui-même.

« L'idéal recule sans cesse à mesure qu'on en approche : son dernier terme est dans l'infini, c'est-à-dire en Dieu, ou, pour mieux parler, le vrai, l'absolu idéal, n'est autre que Dieu même (2). »

Le beau réel est toujours très incomplet : il ne s'élève pas jusqu'au degré de perfection que nous avons conçu, mais il est bien plus éloigné encore de présenter à notre regard cette beauté parfaite qui serait en conformité complète avec l'idée divine. Nous ne pouvons donc contempler dans notre monde contingent aucun exemple de la beauté parfaite.

Toutefois ajoutons cette observation importante : si le beau, tel que nous le connaissons, est incomplet, cependant il est invariable dans ses lois. Il en est du beau comme du vrai. Nous ne connaissons la vérité que très incomplètement, et cependant les vérités dont nous avons la connaissance sont éternelles, immuables. Il en est de même pour le beau. Ce que nous savons du vrai, du bien et du beau, repose sur une base inébranlable et ne saurait changer.

Oui, le beau est invariable dans sa source, qui est Dieu, et dans ses lois. Nous nous trompons parfois en nous prononçant sur quelques-unes de ses manifestations, de même que nous croyons quelquefois à tort posséder la vérité, et nous sommes plus exposés à nous tromper à mesure que nous considérons des manifestations plus secondaires de la beauté. Mais ces erreurs ne font pas que le beau soit variable dans ses principes premiers, ni que nous ne soyons ja-

---

(1) « Ego statuo nihil esse in ullo genere tam pulchrum, quo non pulchrius id sit unde illud, ut ex ore aliquo, quasi imago exprimatur ; quod neque oculis, neque auribus neque ullo sensu percipi potest, cogitatione tantum et mente complectimur. » — (CICERO, *Orator*, a. 2.)

(2) V. COUSIN, *Du Vrai, du Beau*, 7ᵉ leçon.

16. — ALLÉGORIE DE LA CAVERNE

Traduite par Chevignard. Propriété du *Magasin Pittoresque*.

mais sûrs de le posséder. Vis-à-vis de certains objets, nous pouvons dire avec assurance : C'est beau, et je vois pourquoi c'est beau, — de même que devant certaines vérités nous n'hésiterons pas à dire : Voilà qui est vrai, parce que nous avons la certitude de ces vérités.

Nous pouvons dire de la même manière que les lois de l'art sont invariables. Sans doute il est des modes et des usages qui varient dans la suite des siècles, ou chez les différents peuples. Mais quelle importance peut avoir la mode avec ses minuties comme expression de la beauté?

Qu'importe souvent telle ou telle forme d'habit, un ruban attaché à tel endroit ou à tel autre? Assurément la mode dans l'ensemble de sa marche, peut exprimer le goût d'un peuple. Le besoin immodéré du luxe peut annoncer la décadence d'une nation. De même, la préoccupation trop exclusive de la mode est dans un individu l'indice presque certain de sa légèreté d'esprit. Ce sens que l'on appelle le goût, et que nous avons défini dans le chapitre précédent, peut se manifester dans le choix et l'arrangement de ces détails; mais les caprices de la mode, qui se renouvellent à chaque saison, ne sauraient prouver que les lois du beau se modifient d'après ces variations.

Qu'il nous soit permis, pour confirmer les idées que nous venons d'exprimer et leur donner plus de clarté, de rapporter ici les belles pensées émises par Platon sur le monde réel et sur le monde idéal, sur les rapports du monde visible et du monde invisible. Les pages qu'il a écrites sur ce sujet sont des plus belles que nous ait léguées l'antiquité.

« Imagine-toi, dit Socrate à son interlocuteur Glaucon, un autre souterrain ayant dans toute sa longueur une ouverture qui donne une libre entrée à la lumière, et dans cet antre des hommes retenus depuis leur enfance par des chaînes qui leur assujettissent tellement les jambes et le cou qu'ils ne peuvent ni changer de place, ni tourner la tête, et ne voient que ce qu'ils ont en face. La lumière leur vient d'un feu allumé à une certaine distance, en haut, derrière eux. Entre ce feu et les captifs, s'élève un chemin escarpé. Le long de ce chemin, imagine un mur semblable à ces cloisons que les charlatans mettent entre eux et les spectateurs pour leur dérober le jeu et les ressorts secrets des merveilles qu'ils leur montrent. Des hommes passent le long de ce mur, portant des objets de toute espèce, des figures d'hommes ou d'animaux en bois ou en pierre, de sorte que tout cela paraît au-dessus du mur. Parmi ceux qui les portent, les uns s'entretiennent ensemble, les autres passent sans rien dire.

« Etant obligés de rester toute leur vie la tête immobile, les captifs ne verront autre chose d'eux-mêmes et de leurs compagnons que les ombres qui iront se retracer à la lueur du feu sur le côté de la caverne exposé à leurs regards. Ils ne verront aussi que les ombres des objets qui passent derrière eux. S'ils pouvaient converser ensemble, ne conviendraient-ils pas entre eux de donner aux ombres qu'ils voient le nom des choses mêmes? Et s'il y avait au fond de leur prison un écho qui répétât les paroles des passants, ne s'imagineraient-ils pas entendre parler les ombres mêmes qui passent devant leurs yeux? Enfin ils n'attribueront de réalité qu'aux ombres.

« Vois maintenant ce qui devra naturellement leur arriver si on les délivre de leurs fers et qu'on les guérisse de leur erreur. Que l'on détache un de ces captifs et qu'on le force sur-le-champ de se lever, de tourner la tête, de marcher et de regarder du côté de la lumière, il ne fera tout cela qu'avec des peines infinies, la lumière lui blessera les yeux et l'éblouissement qu'elle lui causera l'empêchera de discerner les objets dont il voyait auparavant les ombres.

« Que crois-tu qu'il répondît à celui qui lui dirait que jusqu'alors il n'a vu que des fantômes, qu'à présent il a devant les yeux des objets plus réels et plus approchants de la vérité? Enfin, si on lui montre au doigt les choses à mesure qu'elles se présentent et qu'on l'oblige à force de questions à dire ce que c'est, ne le jettera-t-on pas dans l'embarras, et ne se persuadera-t-il pas que ce qu'il voyait auparavant était plus réel que ce qu'on lui présente? »

Platon, montrant ensuite le prisonnier conduit hors de la caverne, suppose que son regard, après le premier éblouissement causé par la lumière du soleil, considère à cette nouvelle clarté les mêmes objets qu'il avait vus éclairés par le feu dans la caverne.

Et donnant enfin l'explication de cette allégorie :

« Eh bien ! mon cher Glaucon, dit-il, ce que je viens de te dire est précisément l'image de la condition humaine. L'antre souterrain, c'est le monde visible ; le feu qui l'éclaire, c'est la lumière du soleil ; le captif qui monte à la région supérieure et qui la contemple, c'est l'âme qui s'élève jusqu'à la sphère intelligible. Voilà du moins quelle est ma pensée. Dieu sait si elle est vraie. Quant à moi, la chose me paraît telle que je vais dire :

« Aux dernières limites du monde intellectuel est l'idée du bien, qu'on n'aperçoit qu'avec beaucoup de peine, mais qu'on ne peut connaître sans conclure qu'elle est la cause de tout ce qu'il y a de beau et de bon. Dans le monde visible, elle produit la lumière et l'astre d'où la lumière vient directement ; dans le monde invisible, c'est elle qui produit directement la vérité et l'intelligence (1). »

L'idée du bien, dans l'esprit de Platon, ne diffère pas de Dieu lui-même. Les différents êtres que nous avons devant les yeux sont donc comme des ombres à l'égard des types qu'ils nous rappellent et qui existent dans le monde supérieur, dans la pensée de Dieu. Ce sont des ombres qui passent devant nos yeux, comme les ombres passaient devant les yeux des captifs enchaînés dans la caverne.

Les formes sensibles ne sont-elles pas des apparences vaines et changeantes ? Les différents êtres ne sont-ils pas des ombres, si nous les comparons aux types parfaits qui existent dans l'intelligence divine ?

Le soleil qui éclaire notre monde matériel ne peut-il pas être considéré comme l'image du soleil divin, du Verbe de Dieu, qui illumine tout homme venant en ce monde ? L'éclat de cette lumière divine qui éclaire notre intelligence, de ce divin soleil qui ne connaît ni aurore, ni déclin, ne l'emporte-t-il pas sur l'éclat du soleil qui vient dissiper chaque jour les ombres de la terre, bien plus que le soleil lui-même ne l'emporterait sur le feu allumé dans la caverne ? Le soleil qui se lève chaque jour sur notre monde ne brille que pour les yeux de notre corps, le Verbe de Dieu éclaire nos intelligences ; *illuminans omnem hominem venientem in hunc mundum.*

Commenter davantage ces idées serait les affaiblir.

3e conséquence : IL FAUT RECONNAITRE QUE L'IDÉAL DU BEAU A ÉTÉ ÉLEVÉ
PAR LE CHRISTIANISME.

Le beau en lui-même ne change pas. Ce qui était beau il y a deux mille ans est beau encore aujourd'hui ; de même que ce qui était vrai autrefois reste et restera toujours vrai.

(1) Cette allégorie est présentée au commencement du VIIe livre de la *République.*

Toutefois les individus sont soumis à des influences diverses auxquelles ils ne sauraient se soustraire et qui agissent sur leur manière de voir. De même, les nations et les siècles sont soumis à des courants d'idées qui imposent des appréciations et des conceptions diverses (1).

Les individus et les sociétés se feront de la beauté un idéal différent, selon que les objets qu'ils auront devant les yeux seront plus ou moins parfaits, plus ou moins beaux, et selon qu'ils auront de la beauté telle ou telle notion.

Il est évident d'ailleurs que les objets matériels varient selon les contrées et les climats : les races des différents pays sont plus ou moins parfaites. Dans une contrée où il n'y a qu'une race difforme et moralement avilie, l'idéal ne pourra que s'abaisser aussi.

(1) M. Taine a émis sur ce point toute une théorie dans laquelle il y a du vrai, mais aussi de graves erreurs que nous rejetons.

Il dit qu'il y a une température morale, formée par l'état général des mœurs et des idées, et que cette température agit sur les esprits de la même façon que la température physique agit sur les corps. D'après lui, il y a, à chaque époque, comme un homme régnant, que les arts doivent exprimer ou auquel ils s'adressent. Ainsi, chez les Grecs « c'était non pas l'esprit pensant et l'âme délicatement sensible, mais le corps nu, de bonne race, de belle pousse, bien proportionné, actif, accompli dans tous les exercices.. c'est-à-dire le bel animal humain. » Au moyen âge, les brigandages et les violences poussant à chercher un remède à ces maux qui affligeaient la société, firent que l'on admira « le moine extatique et le chevalier amoureux ». Au dix-septième siècle, l'homme régnant était le « parfait homme de cour » et aujourd'hui le personnage dominant nous ferait peu d'honneur. Faust et Werther représenteraient « nos ambitions déchues et nos désirs inassouvis ». (Philosophie de l'art, deuxième partie, passim.)

Nous verrons, en étudiant la sculpture, que les Grecs donnaient plus de prix à la beauté morale que ne semble le dire M. Taine. Nous n'avons point à discuter ici les appréciations par lesquelles il veut caractériser les grandes époques de notre histoire. L'éminent historien de la Révolution juge très bien quand il n'essaie pas d'établir à côté des faits des théories basées sur des idées préconçues. Qu'il nous suffise de dire qu'au moyen âge il y avait autre chose que « l'abattement, le dégoût de la vie, la mélancolie noire », cherchant le repos dans le cloître ou guérissant son exaltation nerveuse dans l'amour chevaleresque. Au siècle de Louis XIV, les arts ne nous montrent pas seulement le grand seigneur homme de cour ; et si notre siècle présente bien des misères, bien des désirs inassouvis et bien des rêves de désordre, si ces maladies ont affecté beaucoup d'esprits, nous voyons aussi de généreuses aspirations qui se dévouent et se sacrifient à un but précis.

Pour nous en tenir à la question qui nous occupe, nous observerons que M. Taine déduit, de son principe des milieux, des conséquences inadmissibles sur l'art. Il dit que l'art se développe sous l'influence de la température morale comme les graines germent dans les champs et se développent sous l'influence de la pluie et du soleil. A ce compte, l'art serait inconscient de lui-même, privé de liberté et déchargé de toute responsabilité : c'est l'abaisser et lui enlever ses plus glorieux privilèges.

Nous sommes donc bien éloigné de suivre M. Taine dans ses doctrines, mais nous dirons que l'idéal du beau peut varier et nous essaierons de montrer les différentes transformations qu'il a subies.

Esquissons à grands traits cette histoire des transformations de l'idéal.

Au jour de la création, à mesure que, sous le tout-puissant *fiat* qui les fait sortir du néant, les différents êtres apparaissent brillants de jeunesse, ils reçoivent la part de beauté qui leur est destinée, ils prennent leur place dans l'harmonieux ensemble, et l'idéal est à la hauteur de la pensée divine.

La terre, avec ses formes variées, ses continents et ses mers, avec sa verdure qui l'enveloppe comme d'un splendide vêtement, a pris son mouvement dans l'espace. Les êtres qui la peuplent ont plus de perfection à mesure que la vie en eux est plus complète. Les plantes et les arbres sont fixés au sol qui les nourrit, mais ils ont des formes plus variées que les minéraux : ils élèvent leur tige dans l'espace et livrent leur feuillage à la brise qui l'agite. Les animaux ont des formes et des couleurs plus riches encore : ils ont des mœurs, des joies, des tendresses, presque des vertus. Le soleil envoie à tous sa lumière et sa chaleur, et tout semble organisé dans un ordre parfait et dans une merveilleuse harmonie. Cependant, ce n'est que le palais qui attend son roi ; il faut qu'il y ait un être qui ait l'intelligence et la liberté pour régner sur toutes ces choses, et les consacrer par la louange et la prière en disant éternellement : « Bénédiction gloire, sagesse, action de grâce, puissance et force à notre Dieu dans les siècles des siècles. » Et Dieu dit : « Faisons l'homme à notre image », et ce fut la plus parfaite des œuvres sorties de ses mains.

Charles Blanc, dans sa *Grammaire des arts du dessin*, ne peut admettre que l'homme, au premier jour de son existence, ait été parfait. « Si l'homme eût, dès l'origine, possédé le triple empire qu'il doit posséder par degrés : le vrai, le bien et le beau, son existence eût été sans but, elle eût commencé par où elle doit finir. L'humanité n'ayant plus rien à désirer, rien à conquérir, se serait anéantie dans l'immobilité, ou peut-être, tournant contre elle-même tant de facultés sans emploi, tant de puissance inutile, elle se serait étouffée dès son berceau (1). »

Nous, au contraire, nous ne pouvons admettre une théorie qui ferait sortir l'homme du poisson et du singe pour le conduire, à travers des transformations séculaires, vers une perfection indéfinie.

_____

(1) *Grammaire*, p. 34.

Nous disons avec la Bible que l'homme fut créé par Dieu qui façonna son corps, l'anima de son souffle et lui donna une âme faite à sa propre image. Après chacune de ces œuvres, Dieu prononçait une parole d'approbation.

Et quand il eut donné à l'homme sa compagne, quand il eut ainsi terminé son œuvre, une dernière fois et d'une façon plus solennelle, il proclama que tout ce qu'il avait fait était parfaitement bon, *et erant valde bona*. Toutes ses œuvres étaient parfaitement bonnes et elles étaient parfaitement belles. Et Adam et Eve, créés dans cet état de perfection, n'étaient point des êtres inutiles : ils étaient heureux et ils louaient Dieu au nom de la création tout entière.

Malheureusement tout cet ordre admirable fut bientôt renversé. L'homme était le roi de la création, mais il devait exercer son empire dans l'obéissance, dans la justice et dans l'amour. Or il désobéit et se révolta ; tout fut troublé en lui, et tout sembla se changer autour de lui et pour lui.

Dans cette chute, malheureusement, le tentateur se servit de la beauté matérielle pour tromper Adam et Eve. Il s'adresse à Eve parce qu'elle est la plus faible, promet qu'ils seront comme des dieux, qu'ils connaîtront le bien et le mal ; il fait naître en son âme la curiosité et l'orgueil. Puis il fixe son regard sur le fruit défendu, il lui en fait remarquer la beauté. Eve le considère, elle est séduite par son aspect : elle se dit qu'il doit être d'un goût délicieux, elle le prend et elle en mange.

Satan avait triomphé de la faiblesse d'Eve en la captivant par le brillant aspect du fruit défendu ; mais il avait compté sur la beauté d'Eve pour triompher d'Adam. C'est Eve en effet qui entraîna celui-ci dans le mal. Le texte sacré dit seulement qu'elle présenta le fruit à son mari. Il semble que ce fut son seul raisonnement. Adam aimait et admirait sa compagne, la chair de sa chair, l'os de ses os ; sa beauté devient pour lui un piège, il ne sait pas fermer les yeux sur ces charmes pour rester fidèle à Dieu.

Les attraits auxquels ils ont cédé se tournent contre eux pour les tourmenter et les punir. Ils ont voulu connaître le bien et le mal, leur intelligence s'obscurcit et ne discerne plus aussi bien la vérité ; ils ont toujours la liberté de faire le bien, mais de leurs sens révoltés surgissent de mauvais instincts qui les sollicitent au mal ; ils ont voulu devenir comme des dieux, et des entraînements qui les font rougir d'eux-mêmes leur montrent cruellement leur profond abaissement. Leurs yeux se sont ouverts, mais pour leur faire reconnaître qu'ils sont dépouillés de l'innocence qui les enveloppait comme d'un vêtement de gloire. Ils voient qu'ils sont nus : cette nudité les trouble, et ils éprouvent le besoin de la voiler.

La beauté corporelle subit ainsi un grave échec : à partir de ce jour le sentiment qu'ont éprouvé Adam et Eve ne lui permettra plus de se produire sans voile, et si, bravant cette contrainte, elle se livre quand même aux regards d'autrui, ceux qui voudront en jouir ne le pourront pas sans péril. La pudeur n'est donc point un sentiment de convention, ou un usage imposé par la civilisation. C'est un sentiment qui s'imposa à l'homme après sa chute ; il ne disparaît qu'au sein de la barbarie ; il renaît et se développe à mesure que se refait en nous l'homme moral ; il devient l'indice de la plus aimable vertu, et il donne de l'éclat à la beauté physique elle-même.

Par la faute d'Adam et d'Eve, les facultés humaines furent affaiblies et faussées, les hommes furent entraînés dans le mal avec plus de violence, la corruption se répandit dans le monde, la vertu fut plus rare et la beauté qui en résulte amoindrie.

Les Grecs n'ignoraient pas la valeur de la beauté morale, mais c'était surtout la beauté physique qu'ils comprenaient et qu'ils faisaient briller dans leurs œuvres : ils étaient arrivés à la diviniser.

Le christianisme refit et releva l'idéal en renouvelant le monde moral, en produisant les plus pures et les plus admirables vertus. Il a produit bien des vertus cachées qui se sont dérobées aux regards des hommes, mais il en a produit et il en produit tous les jours auxquelles rendent hommage même ses ennemis.

Il a produit la sainteté. La sainteté, c'est la vertu pratiquée jusqu'à l'héroïsme et la vertu pratiquée jusqu'à l'héroïsme est la vraie source de la beauté morale la plus parfaite (1). Les vertus que l'on appelle morales ne lui sont point étrangères ; au contraire, il les fait aimer, et il donne la force de les pratiquer dans toute leur perfection.

(1) On connaît le magnifique éloge que Voltaire a fait de saint Louis, éloge qu'il termine en disant des vertus qui ne sont pas inspirées par la religion : « O vains fantômes de vertus, ô aliénation d'esprit, que vous êtes loin du véritable héroïsme ! »

Il enseigne le renoncement à soi-même, qui est la source de tous les dévouements et de tous les sacrifices, et il donne le courage de sacrifier même même la vie présente, parce qu'il en promet une autre dans laquelle seront récompensés tous les sacrifices accomplis pour une noble cause. Voilà le meilleur stimulant pour tous les actes de courage et de dévouement.

Le christianime releva l'idéal en refaisant le monde moral, et il avait d'abord présenté le type le plus parfait de la beauté : Celui qui est venu pour effacer le péché, donner en lui le modèle de toutes les vertus, et inspirer la force de les pratiquer.

Pilate, en le montrant à la foule, pouvait dire avec vérité : « Voilà l'homme ! » Celui qui se livrait ainsi lui-même aux plus cruels supplices pour racheter l'humanité était bien l'idéal de l'expiation. Par sa naissance et par sa vie tout entière, il avait donné au monde, les enseignements dont il avait besoin ; les grands principes de morale qu'un Dieu seul pouvait retracer, il les avait mis lui-même en pratique : *cœpit facere et docere*, et il put dire : « je vous ai donné l'exemple afin que ce que j'ai fait vous le fassiez de même. » Aussi « tout homme doit reproduire le modèle qui lui a été offert sur la sainte montagne. » Et, ainsi que le dit saint Grégoire de Nysse : « Chaque homme est peintre de sa vie ; la main de l'artiste, c'est la volonté ; les couleurs sont les vertus ; le modèle est le CHRIST. » Et les saints ont été parfaits dans la mesure où ils ont copié le divin modèle.

Le Verbe s'est fait chair et il a habité parmi nous, et nous avons vu sa gloire, la gloire du Fils unique du Père, plein de grâce et de vérité. JÉSUS-CHRIST a été le plus beau des enfants des hommes, et il a voulu avoir pour mère celle que les chrétiens, sur l'invitation du ciel, saluent pleine de grâces, et qui fut la plus parfaite parmi les filles d'Eve.

Ce qu'il y a d'incomparablement beau dans la nature de la femme, c'est la virginité et la maternité. Chacun de ces deux caractères fait briller en elle une beauté qui nous charme, l'un comme signe de pureté et d'innocence, l'autre comme signe d'amour et de fécondité. Or ces deux caractères, qui semblent devoir s'exclure, l'Evangile nous les montre réunis dans une seule femme, la Vierge-Mère, laquelle, comme nous le dit saint Jean Damascène, ne perdit pas la gloire de sa virginité en ayant la joie de devenir mère. *Gaudia ma-*

tris habens cum virginitatis honore. Aussi combien de sujets variés l'art moderne n'a-t-il pas trouvés dans l'histoire de ce type merveilleux !

Nous aurions à montrer encore comment le christianisme a fourni directement à l'art bien d'autres richesses et d'autres ressources. A la place de la théogonie ancienne et de dieux qui n'étaient même pas dignes de respect, il (1) a donné une théodicée précise, le Dieu de la Bible, créant le monde, le gouvernant par sa divine providence, puis tous les dogmes et tous les mystères qui présentent à l'art les sujets les plus variés et les plus riches. Sans doute, ils sont contenus dans des formules précises qui les fixent dans l'esprit des fidèles et que l'on ne saurait modifier ; mais ces formules laissent à l'artiste tout la liberté dont il a besoin. L'art moderne a montré combien ce champ est vaste et fécond par les compositions qu'il en a tirées, et il ne l'a pas épuisé.

On peut donc dire que le christianisme a élevé l'idéal en refaisant le monde moral, en produisant des types de vertus qui sont des types de beauté, et en offrant à l'art toutes les richesses de ses dogmes et de ses mystères.

« La beauté et la vérité se sont incarnées dans la personne de l'Homme-Dieu ; elles sont en lui comme dans une source d'où, plus abondamment que jamais, elles se répandent dans le monde pour l'illuminer et le réjouir (2). »

IV. — NOUS ASPIRONS, DÈS CETTE VIE, A JOUIR DE LA BEAUTÉ IDÉALE PARFAITE.

T. Jouffroy prétend que la recherche passionnée du beau nous rend malheureux, parce que l'on jouit du beau sans le posséder et que par là même, il ne fait qu'aiguiser nos désirs. Et il en conclut

---

(1) Platon comprenait combien les dieux et les héros d'Homère étaient incomplets. Dans sa *République*, il blâme le poète d'avoir dit : « Un rire inextinguible éclata parmi les dieux lorsqu'ils virent Vulcain s'agiter en boitant dans la salle du festin », parce qu'un rire qui ne peut être modéré ne convient point à l'assemblée des dieux. Il le blâme pour les passions violentes qu'il prête à Mars et même au maître des dieux. Il le reprend aussi pour les paroles et les actes qu'il attribue à son principal héros, à Achille, l'arrière-petit-fils de Jupiter. Il n'aurait pas voulu voir en lui deux passions aussi honteuses qu'une basse avarice, et un orgueil qui insultait aux hommes et aux dieux, etc. Platon formule ces reproches au IIIᵉ livre de la *République*, et il aurait condamné bien plus sévèrement le paganisme, s'il avait connu les beautés du christianisme.
(2) *Acad. Rom.*, vol. III, p. 156.

que « c'est là ce qui rend si triste la vie, si mélancolique le caractère des hommes d'un génie contemplatif : c'est là ce qui empoisonne les méditations du philosophe, les rêveries du poète, les études du véritable artiste ; c'est là ce qui les use si vite, ce qui les ronge au sein de l'opulence et des honneurs, ce qui les rend si inexplicables au commun des hommes ». Il va jusqu'à conclure que « de toutes les passions il n'y en a point de plus dangereuses que celles du beau » pour ceux qui s'y abandonnent.

« Passionnés pour ce je ne sais quoi qui les dégoûte des choses utiles, parce qu'il leur paraît bien supérieur, ils le cherchent partout, ils le contemplent partout ; mais à mesure qu'ils le trouvent, à mesure qu'ils le contemplent, ils le sentent échapper à leur désir et même à leur pensée. Ils ne peuvent définir ni la nature de leur besoin, ni la nature de son objet. Ils sentent cependant le besoin, ils sentent son objet, ils éprouvent le mal de la privation, et en même temps ils conçoivent l'impossibilité de le guérir : de là le dégoût, de là cette mélancolie qui tient du désespoir et que M. de Chateaubriand a si bien décrite dans son *René* (1). »

La tristesse maladive de René tenait à d'autres causes.

Il ne faut pas laisser les devoirs et les obligations de la vie pour la contemplation oisive des beautés de la nature ni pour des études d'art qui prendraient la place d'un travail nécessaire. Mais d'ailleurs la jouissance du beau ne saurait nous rendre malheureux, ni produire en nous une tristesse qui nous deviendrait funeste. Sur ce point, comme sur les autres, il ne s'agit que d'éclairer sa voie par des notions précises et par des principes certains.

Nous savons que les beautés dont nous jouissons dans la vie présente sont incomplètes ; elles ne sont qu'un reflet de la beauté de Dieu. Mais la jouissance qu'elles nous procurent ne saurait affaiblir en nous les facultés actives et les ressorts de la volonté. Celui qui nous a fait un devoir de pratiquer le bien a fait rayonner la beauté sur la nature pour reposer nos âmes et nous donner quelques jouissances au milieu des fatigues de la vie ; il a voulu que le bien fût la source principale du beau, afin qu'il revêtit à nos yeux des charmes qui nous le fassent aimer et qui nous encouragent à le réaliser en nous-mêmes.

---

(1) *Cours d'Esthétique*, leç. 44.

Sans doute, nous ne jouissons que d'une beauté incomplète, mais celui qui la recherche trouve encore dans ses investigations plus de joie que d'ennui et de dégoût. Et si l'artiste lui-même, après avoir usé sa vie dans la poursuite de l'idéal qu'il veut faire briller dans son œuvre, ne l'atteint pas,

> Si le succès pourtant se refuse à la peine,
> L'artiste, sans regret de sa poursuite vaine,
> Bénit en soupirant l'idéal envolé :
> Il ne l'a pas atteint, mais il l'a contemplé.

et c'est une précieuse récompense.

Pendant cette vie nous ne jouissons que d'un idéal incomplet mais cette jouissance doit être comptée parmi nos meilleures joies. Et de plus, nous savons que toutes les beautés de ce monde ne sont en réalité que des ombres comme celles qui passaient devant les yeux des captifs dans la caverne imaginée par Platon, et qu'un jour elles nous apparaîtront dans une pleine clarté, dans cette clarté divine dont le philosophe d'Athènes avait le pressentiment, mais dont nous avons la certitude pour la vie future.

Quel encouragement nous trouvons dans cette pensée qu'un jour toutes les beautés qui nous ont charmés ici-bas, bien que défectueuses, nous les trouverons, mais correctes pour les contempler toujours dans la perfection divine, comme nous retrouverons dans son amour toutes les affections qui ont fait notre bonheur ici-bas, et sans crainte alors de les perdre jamais.

Nous retrouverons en Dieu, comme toutes les autres beautés qui étaient issues de lui, même celles de l'art. « Ces divines beautés, que vous faites passer, ô mon Dieu, de l'esprit à la main de l'artiste procèdent de la beauté souveraine des âmes vers laquelle mon âme soupire nuit et jour (1). » Et elles ne seront point anéanties, mais nous en jouirons encore dans la vie future. Sans doute elles n'attireront point notre attention comme maintenant. Placées aujourd'hui comme des astres lumineux au firmament du monde intellectuel pour guider notre marche dans la nuit du temps, leur lumière s'affaiblira quand apparaîtra le divin Soleil de justice, comme la lumière du phare, placé sur le rivage pour protéger le navire

---

(1) S. Augustin, Conf., lib. X, c. xxxiv.

contre les écueils pendant la nuit, pâlit au lever du jour: ces beautés rentreront dans le foyer commun d'où elles étaient sorties. Mais là nous pourrons les contempler et en jouir éternellement, et ainsi s'accomplira cette parole des Saints Livres : *In lumine tuo videbimus lumen.*

Galien, qui avait étudié la philosophie avant de se rendre célèbre dans la médecine, après avoir décrit les beautés du corps de l'homme et en avoir analysé toutes les merveilles, croyait pouvoir dire : « Ce n'est point un livre que je viens d'écrire, c'est un hymne que je viens de chanter en l'honneur de la divinité. »

Dans les études que nous venons de faire, si l'éclat et l'harmonie ont fait défaut à nos paroles pour qu'elles soient un chant, nous croyons du moins avoir démontré philosophiquement que toutes les beautés de la nature ne sont qu'un reflet de la beauté de Dieu, de même que celles de l'art ont en lui leur principe. Et en nous efforçant d'expliquer les mystères de la beauté, c'est Dieu que nous avons voulu faire connaître et faire aimer. Tel a été et tel sera notre désir et notre but en tout ce travail. Daigne la bonté de Dieu nous en récompenser un jour, en nous faisant jouir de l'idéal parfait, par la contemplation de sa divine beauté.

§ III. — *Ce qu'est le gracieux, le beau, le sublime par rapport à Dieu.*

Dans cette nouvelle étude, nous voulons nous demander ce qu'est par rapport à Dieu le gracieux, le beau et le sublime que nous contemplons dans la nature.

Le gracieux, avons-nous dit, est produit par l'activité qui se développe d'elle-même, selon sa loi : il résulte de l'épanouissement spontané de la vie donnée par Dieu à la créature, et l'être dans lequel nous le voyons n'en a aucunement le mérite. Donc il est un don de Dieu.

Le beau proprement dit est produit par l'évolution normale de l'activité intelligente et libre. Souvent il a coûté les plus généreux sacrifices à celui dans lequel nous le voyons. Quand il nous apparaît dans les êtres qui ne sont pas doués d'intelligence et de volonté, c'est que nous leur prêtons l'expression d'actes qui n'existent qu'en nous. Nous pouvons donc dire que le beau est l'œuvre de l'homme.

La beauté que l'homme réalise en lui-même a une valeur spéciale. L'homme a été créé à l'image de Dieu, et c'est dans son âme que nous retrouvons cette précieuse ressemblance par les facultés dont elle est douée : l'intelligence et la volonté (1) Au premier jour, un ordre parfait régnait entre les facultés de son âme, mais cet ordre fut troublé par le péché ; les sens se révoltèrent contre la volonté, la volonté ne se décida plus toujours selon les conseils de la raison. Sans doute le Verbe de Dieu, qui avait présidé à la création de l'homme, est venu du ciel lui donner les lumières et les grâces dont il a besoin pour se redresser et refaire en lui l'homme primitif, qui, dans notre situation déchue, est un homme nouveau. Mais, pour que cette œuvre s'accomplisse, il faut toujours le concours de la volonté humaine. Aussi, quand l'homme rétablit l'ordre en lui-même, quand il réalise en lui le bien et le beau, alors non seulement comme les autres êtres, il suit sa loi écrite dans l'intelligence divine, mais comme le dit Bossuet, en lui « l'image de Dieu s'achève par une volonté droite » et il se rend de plus en plus semblable à Dieu (2).

De plus, parmi tous les êtres de la création l'homme seul a conscience de la grande œuvre qu'il accomplit en lui-même.

La création offre à notre regard le spectacle des beautés les plus ravissantes ; mais aucun des objets qui brillent de cet éclat, soit les astres que la nuit fait scintiller sous ses voiles, soit la vaste mer, soit les animaux qui peuplent les forêts, les oiseaux qui planent dans les airs, aucun de ces êtres divers ne peut s'ajouter à lui-même, par un acte délibéré, un seul rayon de beauté : l'homme seul jouit de ce privilège. Non seulement il a conscience de ce qu'il fait, mais il faut qu'il le veuille avec énergie pour le réaliser et il ne peut y parvenir que par la fidélité et par l'amour (3).

---

(1) L'étude que nous ferons dans les prochains articles de la beauté en Dieu lui-même nous montrera d'une manière plus complète cette ressemblance.

(2) *Connaissance de Dieu et de soi-même*, chap. IV, n° 2.

(3) Souvent, il est vrai, Dieu lui-même, par les événements auxquels il nous soumet, nous donne les moyens d'accomplir cette œuvre, et il semble la conduire ; mais elle n'en est pas moins douloureuse pour nous, elle réclame toujours notre soumission et notre participation. « Il faut que le chrétien, nous dit saint Jean Chrysostome, soit sous la main de Dieu à peu près comme le marbre sous le ciseau du sculpteur. Le sculpteur frappe le marbre, il le fait voler en éclats ; il y applique le ciseau à diverses reprises, il façonne ainsi ce bloc, pour en faire sortir l'image qu'il a dans la pensée. Le chrétien est une pierre vivante travaillée par Dieu, qui, pour en faire sortir l'image de son divin Fils, enlève tout ce qu'il y a de superflu ; il enlève les biens, le repos, la santé, quelquefois même

Cette œuvre est le travail qui lui est confié et qu'il doit accomplir pendant les jours de son pèlerinage. Sans doute nous ne voyons pas immédiatement tout le résultat produit, nous ne pouvons qu'entrevoir bien incomplètement, à travers les traits de sa physionomie, le rayonnement de son âme. Cependant cette ressemblance divine, très incomplète et seulement entrevue, fait le caractère le plus précieux de sa beauté ! Un jour, la mort lèvera le voile qui cache son œuvre, et alors le degré de la ressemblance sera le degré de la récompense.

Nous avons dit comment le sublime nous apparaît dans l'homme et surtout dans les grands spectacles de la création.

Si nous voulons le considérer par rapport à Dieu, nous devons donc nous demander ici jusqu'à quel point les grands spectacles de la nature nous révèlent Dieu lui-même.

Il n'est pas inutile de discuter cette question, dont nous avons remis jusqu'ici la solution. Des écrivains, même parmi ceux qui sont bien intentionnés, s'expriment sur ce point avec trop peu de précision ; leur langage est inexact, et peut-être même des erreurs graves se glissent sous l'enveloppe de leurs phrases nébuleuses.

Des poètes se laissant aller à l'entraînement peu calculé de leur inspiration pour faire parler les différents êtres, même inanimés, auxquels ils veulent prêter un langage, incarnent Dieu lui-même dans la création et l'identifient avec elle, au point qu'ils paraissent panthéistes (1).

Comment donc le sublime nous élève-t-il vers Dieu, et jusqu'à quel point nous révèle-t-il Dieu lui-même?

l'honneur et la réputation, et ainsi par de rudes coups, il façonne une image sur laquelle son regard s'arrêtera avec complaisance. »

Sans doute ce n'est point une pierre insensible qui est ainsi taillée : c'est une âme frémissante aux moindres atteintes. Mais courage, laissons travailler le divin sculpteur : la douleur est son ciseau, et quand nous souffrons, quand nous sentons partir et tomber des morceaux entiers de nous-mêmes, ayons le courage de nous dire : « Voilà Dieu qui travaille à mon âme et qui daigne la faire meilleure et plus grande. Merci, mon Dieu, oui merci, car si vous me frappez, si vous me brisez, c'est pour me donner l'éclat d'une éternelle beauté. »

(1) Ce reproche ne peut-il pas s'appliquer aux vers suivants ?

Oh ! vous le comprenez, êtres puissants et doux,
Plongés au sein de Dieu bien plus avant que nous,
Car vous avez l'amour, ô forêts pacifiques,
Votre sève est docile à des lois harmoniques.
Nous seuls errons sans guide et cherchons sous le ciel

Sans doute nous recevons des grands spectacles de la création des impressions vagues, mais profondes, qui deviennent facilement un sentiment religieux par lequel nous nous élevons naturellement, sans raisonnement ni calcul, vers le Créateur des mondes. Cet indéfini, qui nous apparaît sur l'immensité des flots ou dans les profondeurs du ciel pendant le calme d'une belle nuit, peut, non pas donner à notre pensée la notion précise de l'infini, mais communiquer à notre âme enchantée des émotions qui la ravissent et la transportent, sans qu'elle s'en doute, vers ces régions supérieures où il semble que, détachée de la terre, elle est plus près de Dieu. Notre âme alors, comme bercée dans ces sphères sublimes, s'enivre d'extase, et, se laissant aller à tous les transports de l'admiration et de l'amour, croit plus volontiers jouir de la présence du souverain Maître, parce qu'elle éprouve des émotions qu'aucune créature ne saurait lui donner.

Dans une brochure récemment écrite nous lisons ces lignes : « Avez-vous vu par un beau soir d'été, sur une grève rougie des feux du soleil couchant, la vague lumineuse déferler à vos pieds? Votre regard l'accueille au loin, la conduit jusque sur le sable, où lentement elle s'évanouit et s'éteint. Désappointés, vos yeux vont plus loin chercher un autre flot, une autre crête brillante où le soleil sème des diamants sans nombre. Ce flot vous trompe encore, ce n'est après tout qu'un peu d'eau qui perd son éclat aussitôt qu'elle sort de la région éclairée. Vos regards s'éloignent et montent, montent toujours, cherchant involontairement le vrai foyer dont quelques étincelles suffisent pour rendre si différent de lui-même l'élément vulgaire qui vous a fait illusion, et peu à peu, de vague en va-

Par où reprendre vie au tronc universel,
Mais vous, arbres et fleurs, vous, nature où tout aime,
Attachés à ses flancs vous vivez de lui-même.
(Tiré du poème d'*Hermia*.)

Le même poète, dans un ouvrage de critique, a écrit ces lignes : « Sommes-nous bien certains, même aujourd'hui, que les communications de l'intelligence suprême s'arrêtent à l'esprit humain, que le sentiment et la vie ne pénètrent pas dans une certaine mesure avec la sève dans la fleur, dans l'arbre, dans ces mille plantes qui semblent distinguer les jours, les nuits et les saisons, et qui se communiquent de si loin par une attraction merveilleuse? » — Ces paroles ne tendent-elles pas à mettre en doute les lois les plus simples, les plus incontestables de la nature, ou à les expliquer par des hypothèses vraiment étranges? — Comment! nous dirions que ces plantes, elles aussi, reçoivent une communication de l'intelligence divine, parce qu'elles germent, et fleurissent dans leur temps! elles suivent la loi que Dieu leur a imposée et voilà tout.

gue, de clarté en clarté, vous arrivez jusqu'à l'horizon empourpré
où les splendeurs se confondent de telle sorte que, le ciel et la terre
ne faisant plus qu'un, le rayon touche à son foyer éblouissant : l'idéal
a trouvé sa véritable sphère et l'aspiration est devenue la réalité (1).

Il eût été mieux de dire en finissant, nous le croyons du moins,
que l'aspiration s'est élevée jusque dans la sphère de l'idéal. Toutefois cette description exprime bien comment les sentiments vagues
que nous éprouvons en présence des grands spectacles de la nature
peuvent élever notre âme vers Dieu.

Mais jusqu'à quel point ces grands spectacles nous révèlent-ils
Dieu lui-même?

Evidemment les grands spectacles de la création ne nous révèlent
pas Dieu directement, comme la physionomie de l'homme nous révèle son âme. De plus, notre esprit borné ne peut arriver à posséder
l'idée complète et adéquate de l'infini, de Dieu et de ses attributs (2).
Nous pouvons redire ici le mot de Montaigne : « On ne saurait faire
la brassée plus grande que le bras, et la poignée plus grande que le
poing. » Cependant les cieux nous racontent la gloire de Dieu
Comment donc les grands spectacles de la création nous révèlent-ils
l'être divin?

Considérant l'univers, l'harmonie qui règne entre toutes ses parties, l'ordre parfait qui s'y maintient, nous comprenons plus facilement la sagesse et la puissance infinies qui ont réalisé ces merveilles. La nature elle-même nous fait connaître son auteur :

> La voix de l'univers à ce Dieu me rappelle.
> La terre le publie. Est-ce moi, me dit-elle,
> Est-ce moi qui produis mes riches ornements?
> C'est Celui dont la main posa mes fondements.
> Si je sers tes besoins, c'est lui qui me l'ordonne.
> Je me pare des fleurs qui tombent de sa main ;
> Il ne fait que l'ouvrir et m'en remplit le sein.

(1) *La Poursuite de l'Idéal*, par Jules d'HERBAUGES, p. 66.
(2) « J'aperçois, dit Fénélon, une grande différence entre concevoir et comprendre.
Concevoir un objet, c'est en avoir une connaissance qui suffit pour le distinguer de tout
autre objet avec lequel on pourrait le confondre, et ne connaître pourtant pas tellement
tout ce qui est en lui qu'on puisse s'assurer de connaître distinctement toutes ses perfections, autant qu'elles sont en elles-mêmes intelligibles. Comprendre signifie connaître
distinctement et avec évidence toutes les perfections de l'objet, autant qu'elles sont
intelligibles. Il n'y a que Dieu qui connaisse infiniment l'infini ; nous ne connaissons

Mais il est facile de reconnaître qu'il nous faut un raisonnement pour que notre esprit s'élève ainsi de la créature au Créateur : c'est par voie de déduction que nous y arrivons. Nous constatons la grandeur et la magnificence de l'œuvre, et nous concluons à la puissance de l'ouvrier.

Aussi les démonstrations mathématiques qui de prime abord saisissent moins l'imagination seront plus puissantes que les contemplations vagues de la nature pour prouver l'existence de Dieu, parce qu'elles feront constater d'une façon plus rigoureuse ce qu'il y a d'étonnant dans la création (1).

l'infini que d'une manière finie. Il doit donc voir en lui-même une infinité de choses, que nous ne pouvons y voir, et celles-mêmes que nous y voyons, il les voit avec une évidence et une précision, pour les démêler et les accorder ensemble, qui surpassent infiniment la nôtre. »

(1) Il est dit au *Livre de la Sagesse* : « *Omnia in mensura et numero et pondere disposuisti.* O Dieu ! vous avez tout disposé avec nombre, poids et mesure. » Et les mathématiques nous montrent la vérité de cette parole.

On peut dire, sans crainte, que le monde ainsi expliqué par des calculs certains est beaucoup plus beau que celui rêvé par l'imagination des poètes. Le monde réel est assurément plus beau que celui de la fable. Arago, dans un discours qu'il prononça à la Chambre en l'honneur des sciences, le prouva en racontant le fait suivant :

Un pasteur protestant se plaignait un jour devant le savant Euler de ce qu'il avait essayé en vain d'intéresser son auditoire en lui décrivant les merveilles de la création. « Prenez le monde des astronomes, lui dit Euler, dévoilez le monde tel que les recherches astronomiques l'ont constitué. Dans ce sermon qui a été si peu écouté, vous avez probablement, en suivant Anaxagoras, fait du soleil une masse égale au Péloponèse. Eh bien ! dites à votre auditoire que, suivant des mesures exactes, incontestables, notre soleil est douze cent mille fois plus grand que la terre. Vous avez sans doute parlé de cieux de cristal emboîtés ; dites qu'ils n'existent pas, que les comètes les briseraient. Les planètes, dans vos explications, ne se sont distinguées des étoiles que par le mouvement. Avertissez que ce sont des mondes ; que Jupiter est quatorze cents fois plus grand que la terre, et Saturne neuf cents foi ; décrivez les merveilles de l'anneau, parlez des lunes multiples de ces mondes éloignés. En arrivant aux étoiles, à leur distance, ne citez pas des lieues : les nombres seraient trop grands, on ne les apprécierait pas. Prenez pour échelle la vitesse de la lumière : dites qu'elle parcourt vingt mille lieues par seconde ; ajoutez qu'il n'existe aucune étoile dont la lumière nous vienne en moins de trois ans ; qu'il y en a quelques-unes à l'égard desquelles on a pu employer un moyen d'observation particulier, et dont la lumière ne nous vient pas en moins de trente ans. En passant des résultats certains à ceux qui n'ont qu'une grande probabilité, montrez que, suivant toute apparence, certaines étoiles pourraient être visibles plusieurs millions d'années après avoir été anéanties, car la lumière qui en émane emploie plusieurs millions d'années à franchir l'espace qui les sépare de la terre. » — Tel fut, en raccourci, et seulement avec quelques modifications dans les chiffres, le conseil que donnait Euler. Le conseil fut suivi : Au lieu du monde de la fable, le ministre découvrit le monde de la science. Euler attendait son ami avec impatience. Il arrive enfin, l'œil terne et dans une tenue qui semblait annoncer le désespoir. Le géomètre fort étonné, s'écrie : « Qu'est-il donc arrivé ? — Ah ! monsieur Euler, répondit le ministre, je suis bien malheureux ! ils ont oublié le respect qu'ils devaient au saint temple, ils m'ont applaudi. »

Comment l'œuvre de Dieu ne serait-elle pas préférable à ce qu'ont pu rêver les imaginations les plus ardentes.

Pour peu que l'esprit ne soit pas desséché par le maniement des chiffres ou livré à des préoccupations étrangères, pour peu qu'il ne se refuse pas à tirer la dernière conclusion en remontant de l'effet à la cause, il trouve dans les lois physiques du monde, dans les calculs astronomiques, les preuves les plus évidentes de la puissance et de la grandeur de Dieu.

C'est ainsi que Newton avait conçu une telle idée de la majesté du Créateur des mondes, qu'il ne prononçait jamais, ou n'entendait jamais prononcer, sans se découvrir, le nom vénéré de Dieu, ce nom qui lui rappelait tant de merveilles.

C'est ainsi que saint Augustin faisait ce raisonnement qui rappelle les paroles de Platon citées précédemment : « Le ciel et la terre me crient qu'ils ont été créées, car ils changent et varient. C'est vous, Seigneur, qui avez créé ces choses, car vous êtes beau et elles sont belles. » Il disait bien ; mais nous devons reconnaître qu'ici, comme dans tous les autres exemples cités, il y a une déduction.

Ce raisonnement nécessaire sera fait, il est vrai, par les esprits les plus simples et les plus ignorants. On demandait un jour à un Arabe, qui ne connaissait que le désert et ses solitudes silencieuses, comment il s'était assuré qu'il y a un Dieu : « De la même façon, répond-il, que je connais, par les traces marquées sur le sable, s'il y a passé un homme ou une bête (1). »

Donc, en considérant les merveilles de la création et ses grands spectacles, nous nous élevons jusqu'à Dieu, mais par un raisonnement. Dieu est dans la création, comme l'architecte dans le monument qu'il a construit, avec cette différence, toutefois, que Dieu maintient et dirige son œuvre par l'action de sa providence, tandis que l'architecte ne peut rien directement sur la sienne pour la préserver des ravages du temps et de la ruine.

Le paganisme avait vu Dieu dans les éléments, et l'avait confondu avec les agents qui sont en sa main puissante ; gardons-nous, à notre tour, de l'incarner dans la création. Sans doute il est partout et nous ne pouvons nous soustraire à son regard : nous ne devrions pas oublier sa présence un seul instant ; mais il reste avec son existence personnelle distincte, et l'erreur la plus grossière serait de le confondre avec ce qui n'est que son œuvre et son domaine.

(1) *Voyage en Arabie*, par M. DARIEUX.

ARTICLE II

LE BEAU CONSIDÉRÉ EN DIEU LUI-MÊME

Nous ne jouissons ici-bas de la beauté de Dieu qu'à travers le voile des créatures, *per speculum et in enigmate.* Mais ne pourrions-nous pas un instant élever notre regard au-dessus de tout ce qui est fini et transitoire et le fixer sur Dieu lui-même, afin d'entrevoir le beau tel qu'il est en lui, tel que nous le verrons un jour, quand nous serons admis à contempler l'Etre divin, non plus en énigme et comme en un miroir, mais tel qu'il est, *sicuti est?*

De même que nous reconnaissons en Dieu la vérité et la bonté, nous devons croire que cet autre merveilleux attribut, la beauté existe en lui. Et de même que dans l'homme, c'est le développement de la vie qui nous a donné la raison de sa beauté, de même la raison de la beauté, en Dieu ne peut être que dans les évolutions de son activité divine.

Mais cette vie de Dieu comment la connaîtrons-nous? comment pourrons-nous en pénétrer le mystère?

D'abord nous pouvons nous dire avec certitude que Dieu, dans son éternité, ne doit pas rester inactif. Un être qui ne produirait aucun acte serait une abstraction sans vie et sans personnalité. « Dieu, dit saint Thomas, est un acte pur, il accomplit nécessairement deux actes : il se connaît et il s'aime. Rien que notre raison nous dit que ces deux actes s'accomplissent en Dieu incessamment (1).

Pour comprendre d'ailleurs ces deux actes, pour les analyser d'une manière plus complète, nous pouvons considérer des opérations du même genre qui s'accomplissent en nous. En effet, nous aussi nous connaissons et nous aimons. Mais, en comparant la vie de Dieu à notre vie infirme, nous devons ne pas oublier un seul instant que notre âme est une activité finie, tandis que l'activité divine est infinie. Ce qui est incomplet en nous doit être complet et parfait en Dieu.

---

(1) Il faut lire sur cette grande et difficile question la belle conférence du P. Lacordaire sur la *Vie intime de Dieu*, et celle du P. Monsabré sur la *Trinité*.

D'un autre côté, pour analyser les opérations divines, nous nous éclairerons des lumières de la foi, lumières que nous ne devons pas négliger, surtout quand nous voulons fixer notre regard sur Dieu lui-même et l'admirer dans la splendeur de sa gloire immortelle.

Donnant donc à notre raison un essor plus puissant en la soulevant par les révélations du dogme catholique, bien résolu d'ailleurs de nous maintenir dans les données de cette révélation, et désavouant d'avance, dans ce que nous allons dire, tout ce qui ne serait pas d'accord avec la doctrine de l'Eglise, essayons de reconnaître quelles sont en Dieu les opérations que l'on peut appeler internes, c'est-à-dire celles de sa vie intime, afin d'entrevoir au moins ce qu'est en lui la beauté.

« Dieu est un esprit ; son premier acte est donc de penser. Mais sa pensée ne saurait être comme la nôtre multiple, sans cesse naissante pour mourir et mourant pour renaître. La nôtre est multiple, parce qu'étant finie, nous ne pouvons nous représenter qu'un à un tous les objets susceptibles de connaissance ; elle est sujette à périr, parce que, nos idées se pressant l'une après l'autre, la seconde détrône la première et la troisième précipite la seconde. En Dieu au contraire, dont l'activité est infinie, l'esprit engendre d'un seul coup une pensée égale à lui-même, qui le représente tout entier, et qui n'a pas besoin d'une seconde parce que la première a épuisé l'abîme des choses à connaître, c'est-à-dire l'abîme de l'infini. Cette pensée unique et absolue, premier et dernier né de l'esprit de Dieu, reste éternellement en sa présence comme une représentation exacte de lui-même, ou, pour parler le langage des Livres Saints, comme *son image, la splendeur de sa gloire et la figure de sa substance.* Elle est sa parole, son verbe intérieur, comme notre pensée est aussi notre parole ou notre verbe ; mais à la différence du nôtre, Verbe parfait qui dit tout à Dieu en un mot, qui le dit toujours sans se répéter jamais, et que saint Jean avait entendu dans le ciel lorsqu'il ouvrait ainsi son sublime évangile : *Au commencement était le Verbe et le Verbe était en Dieu, et le Verbe était Dieu.*

« Et de même qu'en l'homme la pensée est distincte de l'esprit sans en être séparée, ainsi, en Dieu la pensée est distincte sans être séparée de l'esprit divin qui la produit. Le Verbe est consubstantiel au Père, selon l'expression du concile de Nicée, qui n'est que l'énergique expression de la vérité. Mais ici, comme dans le reste, il existe entre Dieu et l'homme une grande différence. Dans l'homme, la pensée est distincte de l'esprit d'une distinction imparfaite, parce qu'elle est finie ; en Dieu, la pensée est distincte de l'esprit d'une distinction parfaite parce qu'elle est infinie, c'est-à-dire qu'en l'homme, la pensée ne va pas jusqu'à être une personne, tandis qu'en Dieu elle va jusque-là. Le mystère de l'unité dans la pluralité ne s'accomplit pas totalement dans notre intelligence, et c'est pourquoi nous ne pouvons pas vivre de nous seuls; nous cherchons au dehors l'aliment de notre vie, nous avons besoin d'un entretien étranger, d'une pensée qui nous soit autre et pourtant nous soit proche. En Dieu la pluralité est absolue, aussi bien que l'unité, et c'est pourquoi sa vie se passe tout entière au dedans de lui-même, dans le colloque ineffable d'une personne divine, à une personne divine, du Père sans génération au Fils éternellement engendré. Dieu pense, et il se voit dans sa pensée comme dans un autre, mais comme dans un autre qui lui est proche jusqu'à n'être qu'un avec lui par la substance ; il est Père, puisqu'il a produit à sa ressemblance un terme de relation réellement et personnellement distinct de lui ; il est un et deux dans toute la force que l'infini donne à l'unité et à la dualité ; il peut dire en contemplant sa pensée, en regardant son image, en entendant son Verbe, il peut dire, dans l'extase de la première et de la plus réelle paternité, cette parole entendue par David : *Tu es mon Fils, je t'ai engendré aujourd'hui.* Aujourd'hui ! dans ce jour qui n'a ni passé, ni présent, ni futur, dans ce jour qui est l'éternité, c'est-à-dire la durée indivisible de l'être sans changement. Aujourd'hui ! car Dieu pense aujourd'hui, il engendre son Fils aujourd'hui, il le voit aujourd'hui, il l'entend aujourd'hui, il vit aujourd'hui de cet acte inénarrable qui ne commence ni ne finit jamais.

« Mais est-ce là toute la vie de Dieu? La génération de son Fils est-elle son seul acte, et consomme-t-elle avec sa fécondité toute sa béatitude? Non, car en nous-mêmes, la génération de la pensée n'est pas le terme où s'arrête notre vie. Quand nous avons pensé, un second acte se produit : nous aimons. La pensée est un regard qui amène son objet en nous-mêmes ; l'amour est un mouvement qui nous entraîne au dehors vers cet objet, pour l'unir à nous et nous unir à lui, et accomplir ainsi dans sa plénitude le mystère des relations, c'est-à-dire le mystère de l'unité dans la pluralité. L'amour est à la fois et distinct de l'esprit et distinct de la pensée :

16

distinct de l'esprit où il naît et où il meurt, distinct de la pensée par sa définition même, puisqu'il est un mouvement d'étreinte, tandis que la pensée est une simple vue. Et néanmoins, il procède de l'un et de l'autre, et il ne fait qu'un avec tous les deux. Il procède de l'esprit, dont il est l'acte, et de la pensée, sans laquelle l'esprit ne verrait pas l'objet qu'il doit aimer, et il reste un avec la pensée et l'esprit, dans le même fond de vie où nous les retrouvons tous trois, inséparables toujours et toujours distincts.

« En Dieu il en est de même. Du regard coéternel qui s'échange entre le Père et le Fils, naît un troisième terme de relation, procédant de l'un et de l'autre, élevé par la force de l'infini jusqu'à la personnalité, et qui est le Saint-Esprit, c'est-à-dire le saint mouvement, le mouvement sans mesure et sans tache de l'amour divin. Comme le Fils épuise en Dieu la connaissance, le Saint-Esprit épuise en Dieu l'amour, et par lui se termine le cycle de la fécondité et de la vie divine (1). »

Nous ne saurions trouver en Dieu un quatrième terme.

Auquel des trois termes devons-nous donc attribuer la beauté?

Réunis dans la même substance, ils possèdent également la beauté. Toutefois, nous pouvons dire avec saint Thomas que la beauté, comme la vérité, est appropriée au Fils (2).

En effet, le Fils est l'image parfaite du Père, il est la *figure de sa* et la *splendeur de sa gloire*. Le Père produit cette image de lui-même par le développement harmonieux et parfaitement proportionné de son activité incessante, et cet harmonieux développement rayonne de l'éclat que nous appelons la beauté.

Le Verbe est la vérité, il est toute la vérité. En Dieu, comme dans la création, le beau est donc le rayonnement du vrai ; seulement dans la création, nous ne voyons que la manifestation partielle des idées de Dieu, de son Verbe, tandis qu'en Dieu la beauté rayonne de l'éclat de la vérité dans toute son intégrité.

Dans l'homme, la beauté se développe par les évolutions successives d'une activité finie, aidée du concours divin et obéissant à une loi qui lui est imposée par Dieu, tandis que l'activité divine est à elle-même sa loi. L'homme n'accomplit le bien qu'en luttant : ce

---

(1) *Conférences de Notre-Dame*, 46ᵉ conf.
(2) « Species sive pulchritudo habet similitudinem cum propriis Filii. » (*Summa theol.*, p. I, q. 39, a VIII.)

que voit son intelligence, sa volonté, soumise à des influences diverses, ne l'accomplit pas toujours. Il n'en est pas ainsi de Dieu, lequel ne peut pas ne pas se connaître lui-même et ne pas engendrer son Verbe.

Ajoutons que sur la terre, la beauté ne peut nous apparaître qu'à travers les formes sensibles, mais la beauté de Dieu pour l'œil qui est appelé à en jouir, rayonne dans sa propre splendeur.

Le beau, comme le vrai et le bien est en Dieu, l'Etre divin lui-même.

Comme Dieu est première et souveraine vérité et bonté, il est par cela même première et souveraine beauté.

Comme il est seul bon par essence (1), seul il possède par essence la beauté parfaite.

Et quand nous attribuons à Dieu et à ses créatures le même terme de beauté, ce n'est qu'en vertu de l'analogie qui permet de dire les créatures semblables à cette incommunicable majesté (2).

La beauté des créatures n'est que la beauté de Dieu en tant que les créatures peuvent participer à cette beauté et que cette beauté leur a été communiquée (3).

Et de même qu'en Dieu, les deux premiers termes produisent l'amour, de même dans la création la beauté produit aussi l'amour.

Nous pouvons donc terminer en citant cette parole de saint Augustin, qui résume parfaitement ce que nous avons dit : « Toutes choses se relient dans un ordre dont l'amour est la loi. D'où je conclus qu'un principe unique (le Père), qui se reproduit dans une similitude semblable à lui (le Fils) et se rattache à lui-même par un mouvement ordonné dont l'amour (le Saint-Esprit) est la loi, a dû produire et régler harmoniquement toutes choses à tous les degrés de la création (4). »

Ainsi s'établit l'unité la plus parfaite en toute notre théorie.

Toutefois, bien que nous nous soyons appuyé sur les plus grands théologiens pour émettre ces derniers aperçus, nous n'oublions point que notre prière monte jusqu'à Dieu, mais non pas notre regard.

---

(1) S. Thom., *Summa theol.*, p. I, vii, a iii.
(2) *Idem, ib.* q. iv, a iii.
(3) « Pulchritudo craturæ nihil est aliud quam similitudo divinæ pulchritudinis in rebus participata. » (S. Thom., *Comment. de dio. nom.*)
(4) *De Musica*, vi, 17.

CONCLUSION

Sans doute nous désirons jouir du beau sans mélange, le contempler en lui-même, sans voile et dans sa splendeur. « Que pourrions-nous penser, disait Platon, d'un mortel à qui il serait donné de contempler la beauté pure, sans mélange, non revêtue de chairs et de couleurs humaines et de toutes les autres vanités périssables, la beauté divine, homogène et absolue (1)? »

Un jour, ce bonheur nous sera accordé, mais nous devons d'abord traverser les jours de notre pèlerinage, *Peregrinamur a Domino*; et pendant ce temps, nous ne pouvons voir Dieu que comme en un miroir qui nous montre seulement son image affaiblie, *nunc per speculum in enigmate*.

« L'âme, sur la terre, n'a pas le regard assez pur, assez ferme, pour contempler la vérité dans sa simplicité et sa splendeur. Nos yeux infirmes peuvent considérer le soleil quand il est enveloppé de nuages, et ils ne pourraient le contempler s'il dardait tous ses rayons. De même, les yeux malades de notre âme ne pourraient considérer la lumière divine si elle n'était enveloppée sous des voiles qui en adoucissent l'éclat.

« Si son ineffable bonté n'y eût pourvu, nous serions donc privés de sa lumière, et c'est pour cela qu'il nous la présente sous des apparences sensibles, sous des ressemblances, *similitudinibus et formis*. C'est ainsi qu'il se fait connaître à nous par des moyens conformes à notre nature (2). »

Maintenant, par la recherche et la contemplation de la vérité et de la beauté invisible, nous purifions notre âme, nous affermissons notre regard, nous nous élevons vers Dieu, et nous nous rendons dignes de posséder un jour ce bien suprême comme récompense (3).

---

(1) *Le Banquet.*
(2) HUGUES DE SAINT-VICTOR, *In cœl. hier.*, l. II, p. 495.
(3) Platon dit que, par le culte et l'amour du beau, nous donnons des ailes à notre âme. « La propriété des ailes, dit-il, c'est de porter ce qui est pesant vers les régions supérieures où habite la race des dieux et elles participent plus que toutes les choses corporelles à ce qui est divin. Or ce qui est divin c'est le beau, le vrai, le bon, et c'est cela même qui fait naître et fortifie les ailes de l'âme. — Quand l'âme a le malheur de s'appesantir en se nourrissant du vice et de l'oubli, elle perd ses ailes et tombe à terre. Quand

Délivrés de la vie terrestre, lorsque nous aurons comme Moïse devant le buisson ardent, dépouillé notre grossière chaussure, nous verrons s'ouvrir devant nous le monde des choses éternelles, ce que Platon appelle le champ de la vérité : τὸ τῆς ἀληθείας πεδίον (1.), ce que nous appelons, nous, le royaume de Dieu. « Alors ce ne sera plus par la considération de ses œuvres que nous connaîtrons le souverain bien, ce ne sera plus par les choses apparentes que nous comprendrons l'invisible (2). » — « L'univers tout entier nous apparaîtra tel qu'il est, comme une parole proférée dans le temps pour nous faire comprendre les secrets de l'éternité (3). » Et nous connaîtrons alors la vérité pleine et entière : nous contemplerons Dieu dans toute la splendeur de sa gloire et nous serons heureux pendant des siècles sans fin par le spectacle de sa divine beauté.

---

l'âme aperçoit la beauté, elle goûte la plus douce volupté, elle en reçoit des émanations par le canal des yeux, et se sent pénétrée par la chaleur qui nourrit la nature des ailes et fait fondre les substances condensées dont la dureté les empêchait de croître et de pousser, et leur tige nourrie avec abondance, se gonfle, s'élève de la racine, et cherche à nous élever vers Dieu.

(1) *Phèdre*, c. XXVII.
(2) S. GRÉGOIRE DE NYSSE, *In Cant.*, Homil. XXII.
(3) Mgr BAUDRY, *Le Cœur de Jésus*, p. 75.

APPENDICE

Etudes des théories émises sur le beau

Les hommes n'ont jamais essayé de se soustraire à l'attrait de la beauté, et quand ils ont voulu pénétrer le secret de ce charme qui les séduisait, sans doute la beauté, qu'ils ne perdaient pas de vue, les guidait dans leurs investigations. La question du beau est celle sur laquelle la philosophie s'est le moins égarée.

Dans toutes les théories qui ont été émises sur ce grand sujet, nous reconnaîtrons des éléments importants de vérité ; leur plus grand tort est d'être incomplètes, de ne pas avoir assez approfondi la question, et si elles présentent des erreurs, le plus souvent ces erreurs tiennent à l'ensemble du système de philosophie que les auteurs avaient adopté d'avance.

Nous ne pouvons pas exposer ces doctrines avec tous leurs développements : des volumes n'y suffiraient pas. Nous nous bornerons à rappeler les définitions telles qu'elles ont été formulées, et, pour les auteurs qui n'en ont pas laissé, nous résumerons brièvement leur système.

Nous suivrons l'ordre chronologique, en rapprochant quelques définitions qui ont de l'analogie, afin d'abréger notre tâche. Nous verrons ainsi la marche qu'a suivie l'esprit humain et l'histoire de ses conquêtes dans ce domaine dont nous avons essayé de prendre possession à notre tour.

Cet exposé par lequel nous aurions pu commencer nos études, mais que nous ferons ici avec plus de facilité et de profit, servira très efficacement à montrer la valeur de la théorie que nous avons nous-même émise.

I. Si nous étudions la doctrine de Socrate dans les dialogues recueillis par ses disciples, nous n'y trouvons point une théorie sur la beauté ; mais du moins nous pouvons reconnaître que ce sage de l'antiquité avait sur ce sujet des idées très élevées et comprenait la supériorité de la beauté morale. « L'âme est plus belle que le corps, disait-il, et les dieux aiment les belles âmes (1). » Il enseignait au peintre Parrhasius que le but de son art est de représenter ce qu'il y a de plus aimable dans le modèle, c'est-à-dire le caractère de son âme ; et au statuaire Cliton, que la sculpture doit mettre la menace dans les yeux des combattants, la joie dans le regard des vainqueurs, en un mot, se servir des formes pour exprimer les actions et les états de l'âme.

Platon recueillit et développa les principes de son maître. Nous avons déjà cité d'admirables passages empruntés à ses écrits ; nous pourrions en rappeler d'autres, par exemple celui-ci, qui s'accorde parfaitement avec les idées que nous avons émises et avec les lois que nous établirons sur les arts : « Toute figure, toute mélodie, qui exprime les bonnes qualités de l'âme ou du corps, soit elles-mêmes, soit leur image, est belle : c'est tout le contraire si elle exprime les mauvaises qualités (2). » Ajoutons seulement, ici, que la définition de la beauté qui lui est souvent attribuée, et d'après laquelle le beau serait la splendeur du vrai, n'est point de lui. D'autres attribuent cette définition à Plotin, mais sans indiquer dans quel endroit des écrits de ce philosophe ils l'ont vue. Or elle ne se résume ni la doctrine de Plotin ni celle de Platon.

On ne remarque dans Platon aucun passage que l'on puisse considérer comme une définition de la beauté ; mais, dans les endroits où il précise davantage sa pensée sur ce point, il ferait sortir le beau du bien plutôt que du vrai : « Considère l'idée du bien, dit-il dans sa *République*, comme le principe de la science et de la vérité, et tu ne te tromperas pas si tu dis qu'elle en est distincte et qu'elle les surpasse en beauté. En effet, comme dans le monde visible on a raison de penser que la lumière et la vue ont de l'analogie avec le soleil mais qu'il serait déraisonnable de prétendre qu'elles sont le soleil, de même, dans l'autre sphère, on peut regarder la science et la vérité comme ayant de l'analogie avec le bien, qui est d'un prix tout autrement relevé. Sa beauté doit être au-dessus de toute expression puisqu'il produit la science et la vérité et qu'il est encore plus beau

(1) XÉNOPHON, *Banquet*, chap. VIII.
(2) *Les Lois*, liv. II.

qu'elles : αὐτὸ δ'ὑπερ ταυτα καλλει εστιν (1). » D'après Platon, le bien
est donc incomparablement plus beau que le vrai, et si, aux
yeux de ce philosophe, le beau lui-même est la splendeur de quelque chose, il est assurément la splendeur du bien plutôt que la splendeur du vrai.

Aristote ne s'élevait pas comme Platon, par un élan spontané,
à la contemplation des plus sublimes vérités, et ne marchait qu'en
calculant ses pas dans ces sentiers de la dialectique dans lesquels
tant d'autres après lui ont trouvé leur sécurité. Il avait écrit un
traité sur le beau qui a disparu (2). Mais il a parlé longuement des
conditions de la beauté et des lois de l'art dans plusieurs ouvrages
qui nous sont restés, spécialement dans sa *Poétique*. Il semble même
donner du beau une définition précise et qui renferme des éléments
précieux de vérité. « Comme un être, dit-il ou une chose composée
de parties diverses, ne peut avoir de beauté qu'autant que ses parties sont disposées dans un certain ordre et qu'elles ont en outre une
dimension qui ne peut être arbitraire, puisque le beau consiste dans
l'ordre et la grandeur, il en résulte (3)... »

D'après le philosophe, pour qu'un être soit beau, il faut donc qu'il
ait la grandeur et l'ordre. Or ces deux conditions se complètent. La
grandeur doit être selon l'ordre ; l'ordre qui règle la grandeur de
l'être ne peut être que sa loi, et la règle d'après laquelle nous l'apprécierons est l'idée que nous avons de son type. C'était la pensée
d'Aristote ; nous sommes en droit de le conclure d'après d'autres
passages du philosophe. Ainsi, parlant de la transformation que les
poètes et les peintres doivent faire subir aux caractères qu'ils font
paraître dans leurs écrits ou dans leurs tableaux, il dit que cette
transformation ou plutôt ce développement ne devra pas être un
développement quelconque.

« Par exemple, ajoute-t-il, s'il s'agit de peindre un caractère
courageux il faut faire attention qu'il n'est pas dans la nature de la
femme d'être courageuse et terrible comme l'homme (4). » Nous serions donc en droit de conclure qu'Aristote avait constaté cette loi

(1) *République*, liv. IV, vers la fin.
(2) Diogène de Laërte le mentionne dans le catalogue de ses ouvrages.
(3) *Poétique*, chap. VIII.
(4) *Poétique*, chap. XV.

importante que, pour être beau, un être doit se développer selon la loi de son type.

Mais reconnaissons qu'Aristote, de même que Platon son maître, n'a point donné de théorie d'ensemble sur le beau ; seulement il a émis sur ce grand sujet des idées très élevées et qui lançaient l'esthétique dans une voie éminemment spiritualiste.

On a voulu souvent opposer ces deux grands génies et les constituer dans une sorte de rivalité ; il est plus juste de dire qu'ils se complètent. Tous les deux ont contribué à poser la base de l'esthétique et ils l'ont faite de diamant et d'or.

II. C'est dans ses *Ennéades* que Plotin a présenté sa théorie du beau. Donnons d'abord les vérités contenues dans sa doctrine : elles sont nombreuses et très importantes. Il voit le beau dans l'unité de la forme, qui impose l'harmonie aux éléments variés de l'être. Cette unité de la forme est d'ailleurs une énergie féconde qui façonne l'objet destiné à refléter la beauté. Ainsi, l'âme façonne le corps. — Pour juger de la beauté, il faut que l'intelligence se purifie, et elle apprécie ensuite la valeur de l'objet en le comparant au type qu'elle porte en elle-même. « C'est ainsi que l'homme de bien, apercevant dans le jeune homme les traits de la vertu, en est agréablement frappé parce que ces traits ont des consonnances avec le type réel de la vertu qu'il possède au fond du cœur. » — Pour réaliser le beau en elle-même, l'âme devra « se rendre semblable à la divinité d'où dérive le beau et à laquelle se rattache l'existence de tous les autres êtres. Que dis-je? Beauté, Etre sont deux termes synonymes, car tout ce qui est opposé à l'être est hideux. Le hideux est le germe de tout mal, si bien que le bon et le beau, le bien et la beauté sont exactement la même chose. Et c'est ainsi que la même identité se retrouve entre le beau et le bon, entre le mal et le hideux. » On voit que cette doctrine est vraie et très élevée.

Mais Plotin va plus loin, il veut que l'âme avec sa liberté soit absorbée en Dieu. Laissons de côté les erreurs de ce mysticisme étrange. Seulement faisons cette remarque que Plotin, comme Platon, son maître, ainsi qu'on a pu le voir, ferait sortir le beau du bien, plutôt que du vrai. Cette parole : « Le beau est la splendeur du vrai » n'a donc jamais pu être donnée par lui comme une définition de la beauté ; tout au plus serait-elle une expression brillante qu'il aurait laissé tomber de sa plume sans y attacher d'importance, et encore pour avoir le droit de la lui attribuer, faudrait-il citer l'endroit auquel elle appartient.

III. Mais si nous ne savons pas quel philosophe a le premier écrit ces paroles : *Le beau est la splendeur du vrai*, ce motif ne suffit pas pour qu'elles soient rejetées sans examen. Elles ont été adoptées par quelques modernes, comme une définition catégorique du beau ; nous devons donc nous demander jusqu'à quel point cette définition est exacte ou insuffisante.

Dans tout ce qui est beau, il y a du vrai. En effet, un être est beau quand il s'est développé conformément à la loi qui est sa vérité. Et cette présence nécessaire du vrai dans le beau contribue sans doute à faire accepter par plusieurs la définition en question. Mais, si le vrai existe toujours dans le beau, la réciproque n'est pas exacte : le beau n'existe pas toujours dans le vrai, il n'existe pas dans la vérité abstraite, et il est quelque chose d'essentiellement concret. Nous l'avons établi dès le principe, et l'on doit en être convaincu par l'exposé de notre théorie ; ce n'est que par les existences, et par le monde sensible, vu, soit en réalité, soit dans notre imagination, que nous jouissons de la beauté. La vérité métaphysique, si lumineuse qu'elle soit, n'excitera jamais en nous l'émotion esthétique.

Le domaine de la vérité est plus étendu que celui de la beauté, et la définition que l'on donne de celle-ci ne doit pas restreindre les limites de son domaine : mais aussi elle doit convenir seulement à ce qui est beau. Si vous prenez comme base de votre définition le vrai, vous devez me dire quand il n'a que le caractère qui lui appartient, quand il est simplement la vérité, et, de plus, à quels signes je reconnaîtrai qu'il a revêtu le caractère de la beauté.

Le mot de splendeur, appliqué au vrai comme qualification, ne peut signifier qu'évidence ; mais l'évidence nous fait jouir de la vérité et ne nous donne rien de plus. Si la splendeur est quelque chose qui s'ajoute à l'évidence, il faudrait dire à quel signe nous reconnaissons qu'il n'y a plus seulement l'évidence, mais la splendeur. Or, nulle part nous ne trouvons cette distinction.

De plus, si cette définition était vraie, sa contradiction devrait nous donner le caractère de la laideur. Or comment trouver le caractère de la laideur dans le contraire de la splendeur du vrai? Le

contraire de la vérité, c'est l'erreur, mais l'erreur ne suffit pas pour
caractériser la laideur. Deux et deux font cinq ; voilà une erreur
complète, et nul n'y verra de laideur. — Dira-t-on qu'il faut non
seulement le contraire du vrai, mais le contraire de la splendeur du
vrai? Le contraire de la splendeur, par rapport à la vérité, n'est que
l'absence de la vérité, ou, si l'on veut, l'obscurité. Or la privation
d'une vérité que je cherche et que je ne trouve pas ne produit pas la
laideur. — Demandera-t-on l'expression manifeste de l'erreur? Mais
tous seront frappés de la fausseté de cette proposition : la partie est
aussi grande que le tout, et cependant nul ne songera à dire qu'il y
a là de la laideur.

Cette définition, qui de prime abord pourrait séduire par sa simplicité, est insuffisante.

IV. Jusqu'ici nous ne trouvons donc sur la science du beau que
des aperçus d'un grand intérêt sans doute, et qui nous disent la céleste origine du beau et ses effets bienfaisants ; mais nous n'avons
point rencontré de philosophes qui aient essayé d'analyser la beauté
dans les objets où elle brille, afin de déterminer ses caractères.

Saint Augustin, admirateur de Platon, présente souvent ses idées
et les commente. Lui aussi, il s'élève des beaux corps aux belles
âmes, des belles âmes aux belles sciences et ainsi jusqu'à Dieu (1).
Pour lui aussi, Dieu, beauté absolue, est le principe et la source de
toutes les beautés qui sont dans le monde ; c'est par son Verbe qu'il
les a produites, et celui-ci s'est exprimé lui-même dans toutes ces
beautés. En donnant ces doctrines toutes platoniciennes, le premier
il essaie une définition du beau ; il déclare que « la forme de toute
beauté est l'unité », *omnis porro pulchritudinis forma est unitas.* Cette
unité suppose sans doute la variété (2).

Saint Bonaventure donne une définition équivalente : *Pulchritudo
nihil aliud est quam æqualitas numerosa* (3). »

Au dix-huitième siècle d'autres auteurs ont donné à peu près
la même définition.

Ainsi le R. P. André (1675-1754), dans son *Essai sur le beau*, s'ap-
puyant sur la parole de saint Augustin et sans essayer une analyse

(1) Conf., lib. VII, c. xvii.
(2) Conf. Sanseverino : *Elementa philos. christian.*, II, p. 97.
(3) *Lumin. Eccl.*, Serm. vi.

bien profonde, donne comme caractère du beau l'unité dans la variété.

Hutcheson (1694-1747), dans ses recherches sur l'origine de nos idées de beauté et de vertu, donne comme caractère de la beauté l'uniformité jointe à la variété.

Winckelmann (1717-1768), dans une de ses lettres, dit que l'unité et la variété sont les deux véritables sources de la beauté.

D'après Mendelssohn (1729-1786), le beau se caractérise par l'unité dans la variété.

Ces définitions attribuent au beau à peu près les mêmes caractères. Il est inutile de les discuter longuement après ce que nous avons dit précédemment sur l'unité, la variété, la proportion, l'harmonie (1). Par elles-mêmes, elles ne pénètrent pas jusqu'à ce qui fait l'âme du beau, elles ne disent pas ce qui le produit dans les objets, la vie ; elles ne le prennent qu'à la surface et ne donnent pas sa raison spécifique.

V. Un ami de Winckelmann, le peintre Mengs (1728-1779), définissait la beauté : une perfection visible, image imparfaite de la perfection suprême. Cette notion est assurément très élevée, elle nous indique bien les rapports des beautés de notre monde avec les beautés du monde invisible. En effet, toute beauté terrestre est un reflet, bien qu'affaibli, une image, bien qu'imparfaite, de la beauté suprême. Mais cette notion, si elle proclame une grande vérité, si elle ne dit rien qui soit faux, est insuffisante pour nous guider dans l'appréciation des beautés qui s'offrent à nos regards. Elle ne nous dit pas à quels signes nous reconnaîtrons cette perfection visible qui doit être ici-bas l'objet de notre admiration, et de fait elle ne définit rien.

VI. On a dit souvent que l'Allemand Baumgarten a été le fondateur de l'esthétique. Baumgarten (1714-1762), le premier, entreprit de présenter dans un corps complet de doctrine la science du beau, et, comme il supposait qu'elle nous est donnée par la connaissance sensible, il l'a nommée esthétique, de αισθανομαι sentir, percevoir par les moyens des sens. D'autres, après lui, ont eu le tort

(1) Chap. II, art. 1. — Chap. V, art. 3, § 4.

de se servir de cette expression pour désiguer d'une manière générale la science du beau, et malheureusement cette dénomination a
été consacrée par l'usage. Elle rapetisse la science du beau. En effet, nous n'avons pas seulement à le sentir, mais tout d'abord à le
comprendre, et ensuite à le produire par les arts, quand nous en
avons reçu le don.

La théorie de Baumgarten ne vaut pas mieux que son enseigne.
En effet, pour ce philosophe, l'existence de la beauté résulte de la
perfection de la connaissance sensible. Or, cette perfection est produite, d'après l'auteur, par un triple accord : 1° l'accord entre les
pensées et les choses ; 2° l'accord entre les pensées et les pensées ;
3° l'accord entre les pensées et les choses extérieures.

Evidemment cette notion de la beauté est fausse. Si la beauté ré-
sultait de l'accord entre nos pensées et l'objet, elle existerait même
quand nous avons l'idée exacte d'un objet laid. Or, la connaissance
des objets ne peut en changer la nature, et leur valeur est indépen-
dante de cette connaissance.

VII. L'Ecossais Thomas Reid (1710-1796), dans ses études, se
plaçait surtout au point de vue de l'observation. Il exploitait avec
soin l'élément empirique, mais il négligeait l'élément rationnel, et sa
méthode ne peut donner que des résultats incomplets (1). Toutefois
nous pouvons reconnaître que pour la science du beau, qui doit s'appuyer beaucoup sur ds faits psychologiques et s'occupe d'objets qui
frappent nos sens, il pouvait faire d'utiles conquêtes.

Dans son *huitième essai sur les facultés intellectuelles*, intitulé *du
Goût*, après avoir étudié le goût en général, après avoir étudié la
grandeur au point de vue du goût, il essaie de définir la beauté. Pour
cela il distingue les objets qui brillent d'une beauté qui leur appartient réellement, et ceux qui réfléchissent une beauté étrangère ; il
distingue une beauté primitive et une beauté dérivée ; il distingue la
beauté du signe extérieur qui l'exprime. Il est embarrassé surtout

_____

(1) « Il veut bien décrire, avec un soin minutieux, les phénomènes et les facultés
du moi, et il se résigne à ignorer la nature du moi lui-même, comme n'étant pas immédiatement accessible à l'observation... Or la psychologie toute seule (sans les recherches
de la métaphysique), si elle ne doit aboutir à un système sur toutes les grandes questions
qui préoccupent si justement l'esprit humain, n'est plus qu'une œuvre stérile : c'est le
fondement moins l'édifice, et l'on peut appliquer à la doctrine du philosophe écossais
ce que disait Leibniz de la philosophie de Descartes, qu'elle est l'antichambre de la vérité. » (FRANCK, *Dict. des sciences philos.*, p. 1472.)

pour définir les beautés qui semblent toutes matérielles, ainsi celles qui tiennent à la couleur brillante des oiseaux et des coquillages ; il est tenté d'en placer la raison dans une qualité occulte, et cependant il arrive à conclure que « c'est dans l'échelle de la perfection et de l'excellence que nous devons chercher ce qui est grand ou beau dans les objets. Ce qui est grand est l'objet propre de l'admiration, ce qui est beau, l'objet de l'amour et de l'estime (1) ».

Pour la beauté invisible ou la beauté de l'âme, il la divise en autant d'espèces particulières de beautés, que l'âme possède de facultés. Il reconnaît : 1° la beauté des qualités morales, c'est-à-dire des vertus et des affections légitimes ; 2° la beauté des qualités intellectuelles ; 3° la beauté des facultés actives ; 4° la beauté de certaines qualités que nous rapportons au corps ; ainsi la santé, la force, l'agilité, l'adresse, et après cette classification, il tire cette conclusion : « C'est donc selon moi, dans les perfections intellectuelles et morales et dans les facultés actives de l'esprit que réside primitivement toute beauté. Celle qui est répandue sur la face du monde visible n'en est qu'une émanation (2). »

On le voit, il y a des éléments précieux de vérité dans cette doctrine. Thomas Reid fait dépendre la beauté de l'homme du développement des facultés de son âme et du développement de ses forces physiques. De plus, il voit un reflet de la beauté humaine dans tous les êtres inférieurs de la création. « Il n'est pas, dit-il, jusqu'aux êtres inanimés, qui ne présentent quelques symboles des qualités de l'esprit (3). » Et il indique ainsi le symbolisme qui enrichit si merveilleusement toutes les beautés de la nature.

Mais, il faut le reconnaître aussi, sa théorie est très incomplète. En effet, il dit bien que « c'est dans l'échelle de la perfection et de l'excellence que nous devons trouver ce qui est grand ou beau dans les objets », mais il ne dit pas comment établir cette échelle de perfection, en quoi consistent cette perfection et cette excellence, et par là-même il ne dit pas comment nous pourrons apprécier la beauté des différents êtres. Il dit que ce qui est grand est l'objet propre de l'admiration, et ce qui est beau, l'objet propre de l'amour et de l'estime. Mais on ne voit pas pourquoi la beauté dans l'objet serait digne

(1) *Œuvres complètes de Thomas Reid*, trad. par JOUFFROY, t. V, p. 291.
(2) P. 292.
(3) *Œuvres complètes de Thomas Reid*, p. 294.

de notre estime et de notre amour, et ne serait pas digne de notre admiration ; pourquoi, par exemple, nous ne pourrions pas admirer le courage du général qui se dévoue pour le salut de son armée.

Le philosophe écossais a donc fait beaucoup d'analyses et d'observations très intéressantes, mais il n'a pas établi de théorie ; il ne s'est pas élevé aux principes, l'élément rationnel lui a fait défaut.

Nous verrons bientôt que Thomas Reid fut continué par un autre psychologiste très habile, Théodore Jouffroy, qui grossit encore ce trésor. Mais, en appréciant l'œuvre de celui-ci, nous verrons, ce qui lui a fait défaut, à lui aussi, pour être complet, et ainsi, en jugeant l'œuvre du disciple, nous achèverons d'apprécier celle du maître.

VIII. Kant (1724-1804) a exposé ses doctrines sur le beau en deux ouvrages : *Essai sur le sentiment du beau et du sublime ; — Critique du jugement.* Il se sert de la méthode expérimentale, et il prend, comme point de départ et comme base de son système, les lois de l'esprit humain. Selon lui, la qualité esthétique des objets est toute subjective et réside tout entière dans la relation de cet objet avec notre âme. Ainsi, quand nous disons qu'une chose est belle, nous ne voulons pas dire que réellement, en elle-même et dans sa propre nature, elle est belle, mais qu'elle nous apparaît sous la forme de la beauté, en vertu des lois du sujet, c'est-à-dire de notre esprit. Il distingue le jugement d'intelligence, qui établit la valeur logique de l'objet, et le jugement esthétique, dans lequel n'entre aucune nouvelle connaissance, mais qui repose sur le plaisir ou le déplaisir que nous a fait l'objet ; et chacun peut croire que tous, en raison de la conformité des intelligences, éprouveraient le même sentiment. C'est ainsi que le jugement de chacun prend un caractère d'universalité.

Pour Kant, la raison du beau est donc toute subjective : nous ne prononçons pas que l'objet est beau, mais que notre esprit est constitué de manière à le trouver beau.

Malgré tout ce qu'il y a de faux dans son système, Kant émet sur le beau un grand nombre d'idées intéressantes. Seulement l'analyse et l'observation lui font défaut, et, comme quelques autres Allemands, il s'est perdu dans les nuages d'une métaphysique nébuleuse.

Kant aimait surtout les sciences exactes et l'abstraction. Schelling (1775-1854), avait un esprit plus étendu, de la sensibilité et de l'imagination : il comprenait les arts. S'il avait reconnu un Dieu distinct de l'univers créé par lui, les doctrines qu'il a émises auraient une grande valeur. Ainsi, pour ce philosophe, « le beau est une force positive et active, réalisant dans l'individu l'idée éternelle correspondant à chaque genre d'être dans la raison divine, et manifestant dans le particulier la vie, par les formes qui en sont les symboles (1). » Malheureusement, aux yeux de Schelling, Dieu ou l'absolu, qui est l'être de toute chose, est lui-même sans qualité aucune, sans détermination, est un pur abstrait. Donc il n'existe pas. Mais, puisqu'il n'existe pas, comment peut-il devenir les autres êtres? Les évolutions du rien ne peuvent rien produire. On le voit, la théorie de Schelling, fût-elle plus belle encore, manque absolument de base.

Hegel (1770-1831), lui aussi, a émis sur les arts de brillants aperçus. Il donne de la beauté une notion dans laquelle on retrouve des éléments de vérité, mais qui perd toute valeur parce qu'elle ne s'explique que par le panthéisme. Ainsi, pour lui, « le beau dans la nature, c'est l'unité de la vie, en tant que cette unité vivante est la première forme de l'idée, c'est-à-dire le premier degré de l'évolution de Dieu dans le monde ». Mais Dieu n'existe pas encore ; il se crée lui-même par ses évolutions dans le monde. De cette sorte, on ne sait plus où est la beauté de Dieu, où est celle de la créature : elles s'évanouissent l'une et l'autre, puisque Dieu n'existe pas encore et que l'activité humaine n'appartient pas à une personnalité distincte. Ce ne sont pas seulement les notions de beauté et de laideur qui sont faussées par le panthéisme : il n'y a plus ni vérité, ni erreur, ni bien ni mal.

Dans ces théories on peut donc recueillir des parcelles de vérité, comme des paillettes d'or au milieu des scories ; mais on ne peut trouver des notions claires, appuyées sur des principes incontestables.

IX. Victor Cousin, dans son livre *du Vrai, du Beau, du Bien*, a présenté des aperçus très élevés sur le beau et sur les arts, mais il

_____
(1) *Discours sur les arts du dessin.*

n'y établit pas de théorie, et avec le Père André il met la raison du beau dans l'unité et la variété.

Un de ceux que V. Cousin avait remarqués davantage parmi ses disciples les plus attentifs, Jouffroy, le traducteur de Thomas Reid, fit à son tour, devant quelques amis, des conférences qui furent recueillies par l'un des auditeurs et publiées sous ce titre : *Cours d'Esthétique.* C'est cet ouvrage que nous devons apprécier.

Les émotions que le beau provoque en nous y sont analysées avec une habileté merveilleuse ; mais le conférencier, en considérant trop exclusivement les faits psychologiques, a subi les inconvénients de cette méthode. Voici la définition à laquelle il est arrivé : « Le beau est ce avec quoi nous sympathisons dans la nature humaine exprimée par des symboles naturels (1). »

En donnant cette définition, Jouffroy a été logique : elle est bien le terme auquel devait conduire une étude psychologique. Mais il ne nous semble pas raisonnable de donner comme caractère du beau un fait subjectif : les caractères de la beauté doivent être pris dans l'objet lui-même.

De plus, la sympathie que nous éprouvons est-elle bien le signe distinctif qui nous fait constater que nous sommes en présence de la beauté, et nous en donne-t-elle vraiment la mesure? Nous ne le croyons pas.

Nous pouvons en effet sympathiser agréablement sans qu'il y ait beauté, et éprouver de l'antipathie sans qu'il y ait laideur, même quand, ainsi que le demande Jouffroy, la sympathie et l'antipathie seront complètement désintéressées. — « L'homme, nous dit Jouffroy, dans l'amitié, dit sympathiser avec son ami sans s'informer s'il peut lui servir : il doit l'aimer, sans réfléchir si cet ami peut ou non lui devenir utile, car il n'y a plus d'amitié là où l'on calcule l'utilité d'un ami. Voilà l'opinion du sens commun. Plus d'ami si nous savons que faire de notre ami, l'amitié s'évanouit dans l'utilité (2). »

Donc le sentiment de l'amitié est bien désintéressée. Mais les dispositions qui sont dans mon ami et qui provoquent mon amitié, ne peuvent-elles pas m'être exprimées par des signes naturels de paroles, de gestes, d'expression de physionomie, de telle sorte qu'elles

(1) *Cours d'Esthétique*, p. 243.
(2) *Idem*, p. 37.

exciteront en moi des sentiments de sympathie très vifs, très agréables, sans que pour cela il y ait beauté dans celui qui provoque en moi ces sentiments?

On dit que l'amour est aveugle ; il en est dont le cœur s'éprend ardemment pour des charmes qui sont une énigme pour tout autre que pour eux. On dit que le cœur a des raisons que la raison ne connaît pas. Ne peut-on pas conclure que la sympathie ne donne pas la mesure de la beauté?

Jouffroy met dans la sensibilité le point de départ de l'appréciation de la beauté. Or la sensibilité n'est pas apte à remplir ce rôle ; elle nous égarerait souvent.

Après avoir constaté que la beauté et la laideur excitent toujours en nous la sympathie, et avoir constaté aussi que ces émotions sont excitées en nous par les objets qui ont de l'expression, Jouffroy aurait dû s'attacher à étudier l'expression, ses deux éléments le sensible et l'invisible, ce que chacun d'eux doit apporter pour constituer la beauté, et il serait ainsi sorti des analyses trop exclusivement subjectives.

Cette analyse, poursuivie jusqu'à la fin, à un point de vue trop complètement psychologique, a conduit Jouffroy à des conclusions vraiment étranges.

« Le sentiment du sublime, dit-il, est mélangé de plaisir et de peine. » Or cela vient de ce que le sublime nous met en présence d'une force qui lutte. Mais dans l'état actuel tous les êtres ne se développent qu'en luttant contre des obstacles sans nombre ; l'homme lui-même est obligé de lutter contre tout ce qui l'entoure et contre lui-même. Dans tous ces objets que nous avons devant les yeux dans l'ordre terrestre, en fait de beau nous ne voyons donc que du sublime. — Le sentiment du beau, au contraire, est complètement agréable ; il ne nous est donné que par la force qui arrive à son développement sans lutte ni difficulté : il réside dans l'ordre absolu, dans l'ordre divin. — « Il suit de là que le sublime doit nous apparaître beaucoup plus souvent que le beau. Le beau n'est pas de ce monde, nous le voyons rarement, et quand nous en apercevons l'image, il ne nous rappelle pas les caractères de notre vie. Le sublime est l'image de notre condition et par cela même, le sentiment du sublime est plus commun que le sentiment du beau (1). »

(1) P. 422.

Ce système est évidemment en désaccord complet avec les idées reçues, d'après lesquelles nous jouissons beaucoup plus souvent du beau que du sublime ; et la confusion qui règne dans ces notions provient de ce que l'auteur, pour les établir, s'en est tenu aux émotions particulières que nous font éprouver ces deux genres de beauté.

Observons que, dans un autre passage, Jouffroy donne la vraie notion du sublime : « Il y a, dit-il, dans le sublime quelque chose dont l'immensité fatigue mes yeux, leur échappe, et m'épouvante en dépassant ma portée. » Il aurait dû reconnaître que ce n'est plus l'ordre terrestre, comme il le dit plus haut, mais l'ordre divin.

Ajoutons que si la définition du beau donnée par Jouffroy a le tort de caractériser la beauté par des faits subjectifs, elle renferme tout un monde d'idées vraies. Jouffroy a beaucoup fait progresser les études esthétiques.

Gioberti (1801-1882), lui aussi, a eu le tort de donner du beau une notion subjective. « Le beau, dit-il, est constitué par l'union intime d'un type intellectuel avec une représentation de l'image esthétique (1). »

X. Un autre ouvrage très important a été celui de M. Charles Lévesque, que l'Académie a honoré de ses suffrages, et dans lequel l'analyse des systèmes est particulièrement remarquable. Nous nous faisons un devoir de reconnaître que, sur plusieurs philosophes, spécialement Platon et Aristote, nous lui avons emprunté de très utiles renseignements.

L'auteur commence ses recherches par la méthode psychologique. Il étudie d'abord les effets du beau sur notre âme ; mais à mesure que les effets du beau sont constatés par lui, ils lui servent à déterminer les caractères de la beauté dans l'objet. Se confinant beaucoup moins que Jouffroy dans l'étude des faits subjectifs, il arrive à un résultat différent, et prend dans l'objet les caractères qu'il attribue à la beauté. Ces caractères sont au nombre de neuf : l'étendue, l'énergie, la force, la facilité, l'unité, la variété, l'harmonie, la proportion, la convenance. Les trois premiers se résument dans l'idée

_____

(1) In bello è l'unione individua di un tipo intellectuale coll' elemento fantastico fatto per opera dell' immaginazione estetica.

de grandeur et les six derniers dans l'idée d'ordre. En sorte que, pour M. Charles Lévesque, « le beau, dans tous les cas possibles, c'est la force ou l'âme agissant avec toute sa puissance et conformément à l'ordre, c'est-à-dire de façon à accomplir sa loi. » De plus, en exposant sa théorie, il dit avec clarté que pour être beau, chaque être doit se développer selon la loi de son type.

Nous trouvons donc dans cet ouvrage les principales notions que nous avons émises nous-même. Toutefois, nous croyons préférable de donner explicitement le développement normal de l'activité comme loi de la beauté, et de prendre comme point de départ l'expression. Les neuf caractères attribués par l'auteur à la beauté forment un bagage embarrassant avec lequel il est impossible d'analyser les beautés qui s'offrent à notre admiration : c'est une instrumentation beaucoup trop compliquée. Ces neuf caractères, réduits à deux, sont encore souvent inapplicables : la grandeur et l'ordre ne jouent pas le même rôle dans tous les genres de beauté ; ainsi nous ne remarquons pas la grandeur dans les objets qui nous charment surtout par leur grâce, par exemple dans un jeune enfant.

Nous ne discuterons pas la doctrine émise par M. Kératry, qui place la raison du beau dans les formes qui répondent mieux à nos besoins et à nos jouissances ; il prétend que l'odorat lui-même contribue à nous faire jouir de la beauté. Jamais on n'avait donné une notion aussi matérialiste et aussi grossière du beau. Il suffit de l'avoir indiquée.

XI. Nous nous sommes réservé de faire une étude à part de la doctrine de saint Thomas sur la grande question qui nous occupe, parce que nous voulons donner à cette étude l'importance qu'elle mérite ; elle doit être le couronnement de notre œuvre.

Le grand Docteur, dans plusieurs passages de sa *Somme*, donne la notion du beau ; il exprime sa pensée en quelques mots seulement, mais il l'a expliquée dans ses *Commentaires sur les noms divins* de saint Denis, et d'ailleurs, au besoin elle s'expliquerait comme d'elle-même par l'ensemble de ses doctrines, dont les diverses parties forment un tout si homogène.

Se conformant, comme il le fait ordinairement, aux règles de la logique aristotélicienne, il commence par établir la définition nominale du beau. « Nous appelons beau, dit-il, ce dont la vue nous plaît : *pulchra dicuntur quæ visa placent* (1). » En effet, ce dont nous avons pris connaissance par la vue ou par l'ouïe, ce que nous voyons par l'imagination et qui nous plaît, nous l'appelons beau.

Mais quelles qualités, quels caractères faut-il reconnaître à ces choses qui nous plaisent et que nous nommons belles? Saint Thomas répond aussitôt en donnant la définition réelle ou formelle du beau : « Il y a dans ces objets la proportion qu'ils doivent avoir. » *Unde pulchrum consistit in debitâ proportione* (2). Ces mots *proportione debitâ*, donnant comme loi et comme raison du beau la proportion, non pas d'une manière générale, mais la proportion requise pour l'objet qui est devant nos yeux, ces mots sont d'une grande importance et il nous faut toute la suite de cette étude pour les expliquer complètement.

Où réside la beauté que saint Thomas vient de définir, où la percevons-nous d'abord? Sans aucun doute, dans les choses sensibles. Il est vrai que le beau s'adresse surtout à notre intelligence, parce que, seule, elle peut comparer, percevoir les rapports et la proportion ; mais quoiqu'elle ne soit pas confinée dans le monde matériel et qu'elle élève promptement son regard au monde *supra-sensible*, néanmoins ce qu'elle connaît tout d'abord, saint Thomas nous le dit en des textes nombreux, c'est la nature des choses sensibles (3), et par là même la beauté sensible sera la première qui s'offrira à notre regard pour le réjouir. Non pas qu'il y ait des beautés purement matérielles, c'est-à-dire qui ne s'adressent qu'aux sens mais ces beautés sont dites sensibles par opposition à la beauté morale. Ce genre de beauté est très bien défini par le cardinal Zigliara, l'un des interprètes les plus autorisés du Docteur angélique : « *Splendor ordinis in rebus materialibus, seu realium partium integrantium ordo cum debiti coloris aut soni suavi claritate vel harmoniâ.* » Cette définition ne fait qu'expliquer, avec plus de développement, les deux

---

(1) *Summa theol.*, I, q. v, a 4.
(2) *Idem*.
(3) « Secundum Aristotelis sententiam quam magis experimur intellectus noster, secundum statum præsentis vitæ, naturalem respectum habet ad naturas rerum materialium. Unde nihil intelligit nisi convertendo se ad phantasmata. Et sic manifestum est quod substantias immateriales, quæ sub sensu et imaginatione non cadunt, primo et per se, secundum modum cognitionis nobis expertum, intelligere non possumus. » (*Sum. th.*, p. I, q. 88, a 1.)

mots employés par saint Thomas, la proportion requise *debitâ proportione*, la juste proportion que doivent avoir toutes les parties de l'objet, que ce soient d'ailleurs des formes et des couleurs ou des sons.

Il y a plus : non seulement nous connaissons en premier lieu la beauté sensible, mais pour que nous atteignions la beauté spirituelle elle-même, la beauté morale, pour que nous en jouissions, il faut que la beauté sensible lui prête pour ainsi dire sa forme ; sans cet emprunt, elle demeurerait absolument invisible pour nous. L'expérience nous l'apprend, et cette loi tient à notre constitution elle-même : nous sommes corps et âme (1). Cette loi s'impose si impérieusement, que saint Thomas ne craint pas de définir la beauté spirituelle ou morale par comparaison avec la beauté sensible : « *Sicut accipi potest ex verbis Dionysii (De div. nomin. c. 4) ad rationem pulchri sive decori, concurrit et claritas et debita proportio. Dicit enim quod Deus dicitur pulcher, sicut universorum consonantiæ et claritatis causa. Unde pulchritudo corporis in hoc consistit quod homo habeat membra corporis bene proportionata cum quadam debiti coloris claritate. Et similiter pulchritudo spiritualis in hoc consistit quod conversatio hominis sive actio ejus sit bene proportionata secundum spiritualem rationis claritatem* (2). » C'est l'éclat et la proportion requise qui nous donnent la raison de la beauté. En effet, la beauté de Dieu nous apparaît dans l'ordre et l'harmonie qu'il a donnés aux choses créées; et de même que le corps de l'homme est beau quand il a l'éclat de la proportion requise, de même la beauté morale nous apparaît dans les actes et la conduite de l'homme qui brillent de l'éclat de la loi parce qu'ils sont d'accord avec elle. »

Ne craignons pas de chercher tout ce qu'il y a dans cette beauté sensible à laquelle saint Thomas donne une si grande importance, et comprenons bien tout ce qu'il nous en dit. Le texte que nous venons de citer attribue à la beauté corporelle comme deux éléments : la proportion des membres et la clarté convenable du coloris : *membra corporis bene proportionata cum quadam debiti coloris claritate.* Cette clarté du coloris a de la valeur en elle-même, mais de plus, elle rend

---

(1) Intellectus humani, qui est conjunctus corpori, proprium objectum est quidditas sive natura in materiâ corporali existens ; et per hujusmodi naturas rerum visibilium etiam invisibilium rerum *aliqualem* cognitionem ascendit. (*Ibid.*, 84, a 7.)

(2) *Sum. theol.*, II* II**, q. 45, a 2.

la beauté visible en lui donnant comme une évidence objective. De là nous pouvons déduire cette observation capitale qui nous donne comme la clef de toute la doctrine du saint Docteur, c'est que cette beauté sensible par là même qu'elle est sensible, est extérieure et comme extrinsèque : elle est un vêtement brillant, mais elle n'est qu'un vêtement.

Sous ce vêtement, il y a la substance, et dans cette substance, il y a la forme substantielle, et c'est cette forme substantielle qui va nous donner la raison complète du beau.

Sans doute, si nous voulions être complet pour ceux qui ne sont point initiés au langage de la scolastique, il nous faudrait ici donner, sur certains termes, des explications qui deviendraient longues, et nous ne le pouvons pas.

Qu'il nous suffise de dire que dans tous les objets de notre monde sensible il y a la matière et la forme (1).

Dans le langage ordinaire, la forme n'est autre chose que la figure de l'objet ; c'est ainsi que l'on dit : une forme ronde, conique, cubique, etc. ; elle est saisie par les sens.

Dans l'école, ce mot a une signification plus étendue : il exprime le principe qui, uni à la matière, fait que l'être est de telle espèce. La forme donne à l'être son utilité, son pouvoir d'agir.

Les propriétés ou les accidents d'un être sont toujours dans l'*intention* de la nature, en parfaite harmonie avec l'essence. Ce qui a fait dire à saint Thomas que l'essence *cause* les accidents. *« Subjectum est causa proprii accidentis, et finalis, et quodammodo activi, et etiam ut materialis, in quantum est susceptivum accidentis* (2).

Ajoutons encore que dans l'homme c'est son âme qui est la forme substantielle.

Cette forme substantielle, nous ne l'atteignons point directement et en elle-même, mais nous la voyons par le sensible qui nous la manifeste et qui nous l'exprime (3). Et précisément nous jouissons de

---

(1) « Omnia quæ in hoc mundo aspectabili sunt, materia et forma conflantur. » (SAN-SEVERINO, *Elem. phil. cosmol.*, art. v, 46.)

(2) *Sum. theol.*, I, p. q. 77, a. 6.

(3) « Fateor nos quoad determinatas substantiarum essentias in præsenti vita non adipisci notitiam *intuitivam* et a priori, sed argutivam et a posteriori. Non enim essentias nude in seipsis et independenter a phænomenis contuemur, sed eas dignoscimus ope proprietatum et accidentium quibus vestiuntur, aut per effectus quos ut causæ progignunt. Sed hæc non vetant quominus de nonnullis substantiis vere distincteque essen-

la beauté dans la mesure où elle nous est exprimée. C'est ainsi que saint Thomas, dans son *Commentaire sur les noms divins* de saint Denis, nous dit que « la raison du beau en général consiste dans le resplendissement de la forme sur les parties bien proportionnées de l'objet, ou sur diverses forces ou sur diverses actions (1). •

Un peu plus loin il donne cette autre formule : « La beauté ne consiste pas dans les éléments composants qui en sont comme les matériaux, mais elle consiste dans l'éclat de la forme qui en est l'élément constitutif (2). »

En commençant à établir sa thèse, saint Thomas donnait encore cette autre définition : « La splendeur de la forme substantielle ou actuelle sur les parties proportionnées et définies de la matière donne la raison spécifique du beau. Ainsi, un corps est beau par l'éclat que nous vous voyons rayonner sur ses parties bien proportionnées (3).

Ces formules, en prenant la question à différents points de vue, ne font que se compléter mutuellement.

Nous pouvons donc dire que, pour saint Thomas, la raison spécifique du beau réside dans la splendeur de la forme substantielle ou actuelle répandant son éclat sur les parties bien proportionnées de l'objet et s'exprimant par elles. Ce n'est pas dans les composants que réside la beauté, ils n'en sont que les matériaux ; ils en sont les supports, et c'est sur eux que la beauté resplendit. Plus les développements de chaque être nous manifesteront son essence, plus ils auront de valeur et d'éclat, et plus nous jouirons de la beauté : nous jouirons de la beauté dans la mesure où ils auront la proportion vou-

---

tias cognoscamus, licet per respectum ad affectus et phænomena, quorum quidditatem immediate intelligimus. » (Liberatore, *Institutiones phil.*, vol. I, p. 276.)

Et saint Thomas nous dit brièvement : « In naturalibus essentiæ et virtutes rerum propter hoc quod in materia sunt, sunt occultæ, sed innotescunt nobis per ea quæ exterius de ipsis apparent. » (*In poster. analyt.*, lib. I, c. II, lect. 5.)

(1) « Ratio pulchri in universali consistit in resplendentia formæ super partes materiæ proportionatas, vel super diversas vires vel actiones. » — *De pulchro et de bono*. Ex commentario anecdoto sancti Thomæ Aquinatis, in librum sancti Dionysii de divinis nominibus, cap. IV, lect. 5, partim ex cod. autographo et partim ex cod. Vaticano. Nous empruntons nos citations à l'exemplaire publié à Naples, en 1689, d'après un manuscrit très ancien collationné avec l'exemplaire du Vatican.

(2) « Pulchritudo non consistit in componentibus sicut in materialis, sed in resplendentia formæ sicut in formali. » (*Opusc. citat.*, page 30.)

(3) « Dicendum quod pulchrum in ratione sui plura concludit, scilicet splendorem formæ substantialis vel actualis supra partes materiæ proportionatas et terminatas; sicut corpus dicitur pulchrum ex resplendentiâ coloris supra membra proportionata, hoc est quasi differentia specifica complens rationem pulchri. » (*De pulchro*, p. 29.)

lue, *debita proportio*. Ainsi s'expliquent ces mots, dont nous ne pouvions d'abord donner toute la signification et le sens profond.

La proportion, pour nous faire jouir du beau, doit donc être telle que l'exige la forme substantielle ou l'essence intime des corps, elle doit être d'accord avec la loi qui règle les actes ou qui doit diriger les forces, *super diversas vires vel actiones*, elle est déterminée par la loi de chaque être, ou, en d'autres termes, elle doit être telle que l'exige la loi divine, ainsi que nous le dit saint Thomas.

En effet, l'Ange de l'Ecole prend la dernière raison du beau à sa véritable source, en Dieu.

« Les différents êtres, dit le grand Docteur, auront chacun une beauté particulière, selon leur raison d'être, selon leur forme (1). » D'ailleurs toutes les essences des êtres, toutes les formes ont été conçues de toute éternité par l'intelligence du Créateur et réalisées dans le temps par son Verbe. « Dieu connaît parfaitement son essence, il la connaît sous tous les aspects où elle peut être connue. Mais elle peut être connue en elle-même absolument et d'une façon relative, en tant qu'imitable (*participabilis*) à quelque degré de ressemblance par les créatures ; car l'essence de chaque créature n'est pas autre chose qu'une certaine participation à l'essence divine. D'où il suit que Dieu, connaissant son essence comme imitable à quelque degré par telle créature, la connaît comme exemplaire ou idée de cette créature, et ainsi des autres (2)... La divine sagesse contient en elle les types de toutes choses, que nous avons appelés idées, c'est-à-dire formes, exemplaires ; ainsi le premier exemplaire n'est autre chose que Dieu lui-même (3). »

« La forme qui constitue chaque être est donc une participation de l'essence divine, une manifestation de la pensée de Dieu (4) ; » et « la forme de laquelle dépend la raison de chaque être lui donne sa lumière, sa clarté (5) ». « La beauté de la créature n'est donc pas

---

(1) « Singula sunt pulchrum secundum propriam rationem, id est secundum formam. » (*Ibd.*)

(2) *Summa theol.*, I a, q. 15, a. 2.

(3) *Ib.* Iᵃ, q. 44, art. 4.

(4) « Omnis forma per quam res habet esse, est participatio quædam divinæ claritatis. » (*De pulchro.*)

(5) « Forma a qua dependet propria ratio rei pertinet ad claritatem. » (*In lib. sent. dist.* 3, q. 2.)

autre chose qu'une participation de la divine beauté (1), et tout a été fait pour reproduire cette beauté divine (2).

Sans doute la création ne nous donne qu'un reflet bien affaibli de la beauté de Dieu, comme une eau troublée réfléchit mal la limpidité du ciel, mais il n'en est pas moins vrai que « toutes les choses tendent à ressembler à Dieu qui est leur fin ; elles sont son image et la perfection de l'image est dans la ressemblance avec le modèle (3) ». Et les différents êtres seront beaux dans la mesure où ils nous manifesteront la beauté qui est en Dieu.

Telle est la doctrine de saint Thomas sur le beau. Si cet exposé n'est pas complet, il ne présente aucune pensée qui n'appartienne au saint docteur, nous le croyons du moins.

Dans une question de sa *Somme théologique* (4), saint Thomas se demande quels sont les attributs qui conviennent à chacune des personnes divines, et il attribue comme nous l'avons fait, la beauté au Fils : *Species, sive pulchritudo, habet similitudinem cum propriis Filii.* Et, pour appuyer sa proposition, il remarque que trois conditions sont requises pour la beauté : l'intégrité, la proportion, la clarté (5).

Il n'y a rien dans ce passage qui soit en désaccord avec les passages que nous avons cités : l'accord le plus parfait règne entre les différentes parties des doctrines du saint Docteur. Seulement, ici, saint Thomas ne cherche pas la raison du beau, mais il veut montrer comment la beauté doit être attribuée au Fils.

Or il fait observer que trois choses sont requises pour la beauté : l'intégrité, la proportion et la clarté. En effet, pour la beauté, il faut l'intégrité ou la perfection : les choses qui sont diminuées sont lai-

---

(1) « Pulchritudo creaturæ nihil est quam similitudo divinæ pulchritudinis in rebus participatæ. » (*De pulchro.*)

(2) « Omnia enim facta sunt ut divinam pulchritudinem qualitercumque imitentur. » (*De pulchro.*)

(3) « Omnia tendunt, sicut ad ultimum finem, Deo assimilari. Res omnes creatæ sunt quædam imagines primi agentis, scilicet Dei. Agens enim agit simile sibi; perfectio enim imaginis est ut repræsentet suum exemplar per similitudinem ad ipsum; ad hoc enim imago constituitur. » (*Summa contra gent.*, l. III, c. XIX.)

(4) Utrum convenienter a sacris doctoribus sint essentialia personis attributa.

(5) « Ad pulchritudinem tria requiruntur : primo quidem integritas sive perfectio... et debita proportio sive consonantia, et iterum claritas... Quantum igitur ad primum, similitudinem habet cum proprio Filii, in quantum est Filius habens in se vere et perfecte naturam Patris... Quantum vero ad secundum, convenit cum proprio Filii, in quantum est imago expressa Patris... ; quantum vero ad tertium, convenit cum proprio Filii, in quantum est verbum quod quidem lux est et splendor intellectûs... » (*Ibidem.*)

des ; il faut la proportion et la clarté. Mais ces considérants ne nous feraient point caractériser la beauté autrement que nous l'avons fait, d'après les passages sur lesquels nous nous sommes appuyés. En effet, d'après la notion que nous avons donnée de la beauté, elle n'existerait pas si l'intégrité faisait défaut, si l'objet était amoindri de quelque manière. De plus, nous avons réclamé la juste proportion et la splendeur de la forme. S'il était besoin de justifier notre explication, nous pourrions nous appuyer sur l'autorité de l'éminentissime cardinal Zigliara. Le savant auteur, après avoir donné comme conditions du beau, l'intégrité, la proportion, la clarté, résume son explication en mettant la notion du beau dans la splendeur de l'ordre : *Ex his possumus philosophice definire... pulchrum est splendor ordinis.* Or, pour nous aussi, le beau c'est l'ordre réalisé, la loi brillant dans les êtres, ou, comme le dit M. T. Cochin, « le « le beau est l'ordre revêtu de la vie (1). »

(1) Il vient de paraître un volume : *L'Idée du beau dans la philosophie de saint Thomas d'Aquin*, par P. VALLET, professeur de philosophie au séminaire d'Issy. Nous n'en ferons point l'analyse complète ; toutefois il n'est pas inutile que nous en présentions les principales idées, ne serait-ce que pour justifier les différences apparentes, plutôt que réelles, que l'on pourrait voir entre ce que nous venons de dire et ce que dit l'auteur.

Il parle d'abord longuement de la variété, de l'intégrité, de la proportion, de l'unité, et il dit, comme nous, que ces qualités sont des conditions du beau, mais non sa raison spécifique.

Au chapitre sixième, il arrive à la formule de saint Thomas que nous avons expliquée nous aussi, et d'après laquelle « la raison spécifique du beau est la splendeur de la forme. » — Habitué à enseigner la philosophie de saint Thomas, l'auteur disserte avec autorité sur la matière et la forme. Il dit très bien que « la forme est l'essence d'un être. » — « C'est d'après son idée que l'être a été conçu et créé de Dieu ; c'est elle qu'il doit cultiver et faire resplendir. Il est pour elle et par elle. » — « L'idée d'un être n'est pas autre chose que le type ou l'idéal de cet être, idéal qu'il ne réalise jamais entièrement, mais dont il doit s'approcher le plus possible, afin d'acquérir la somme de sa plus grande beauté possible. » (p. 80-81.) « Dans la même espèce, un individu sera d'autant plus beau qu'il se rapprochera davantage de son idéal ; un homme sera d'autant plus beau qu'il sera plus homme. » (p. 90). D'ailleurs, toutes les beautés existantes sont incomplètes : « Quelle est la fleur qui réalise toute l'idée de la fleur, l'homme qui réalise toute l'idée de l'homme ? » (p. 81.)

Dans le paragraphe 4e, l'auteur parle de « *l'influence de la beauté idéale sur la beauté réelle.* » — L'idéal d'un être, c'est son type, c'est l'idée divine, autant que nous pouvons la concevoir ici-bas. Nous nous élevons du beau réel au beau idéal, et le premier est toujours inférieur au second, du moins il ne réalise jamais l'idéal parfait. — Mais nous ne voyons pas comment la beauté idéale peut avoir quelque influence, quelque action sur la beauté réelle, à moins que par beauté idéale on entende Dieu lui-même. Du reste, la difficulté est plus dans le titre que dans le texte, et l'auteur s'explique lui-même.

Le paragraphe cinquième, « Nécessité de la clarté ou de la splendeur sur le beau », suscite une difficulté plus grave, parce que l'auteur semble modifier la notion du beau en y ajoutant un nouvel élément.

« La clarté, dit-il, est un principe de beauté » (p. 96). Pour nous, cette clarté de la beauté, cette splendeur, n'est qu'un effet, un résultat inséparable de la perfection de

Est-il besoin de montrer maintenant comment notre théorie
est bien d'accord avec la doctrine de saint Thomas? Ceux qui ont
bien voulu nous lire l'ont déjà constaté.

Nous avons d'abord établi que le beau ne réside pas dans la vérité abstraite. C'est un point qui résulte de toute la doctrine du saint
Docteur, et il est nettement établi par la notion qu'il donne de la
beauté : « Le beau est la splendeur de la forme, c'est l'éclat qui
brille dans les essences réalisées ; il est formé des essences substantielles des existences (1). » On ne saurait exclure du beau, d'une
façon plus absolue, la vérité abstraite ; et si cette notion n'avait pas
été trop métaphysique au début de notre ouvrage, nous n'en aurions pas eu de meilleure à donner pour clore la discussion sur ce
point.

Nous avons donné beaucoup d'importance à l'expression ; mais
cette importance peut être déduite de toute la doctrine de saint

la forme. « Et, comme le dit M. Vallet, la clarté a son foyer dans l'être ; elle se mesure
au degré de sa perfection, elle croît et décroît avec lui » (p. 95). C'est le rayonnement
qui nous enchante. Voilà ce qui nous semble vrai.

Mais l'auteur parle non seulement de la lumière qui vient de l'objet, qui résulte de
sa perfection et se répand sur toutes les parties, *claritas formæ super partes* ; il parle aussi
de la lumière qui doit éclairer l'objet. Il dit avec raison que « si la lumière vient à éclairer
un tableau laid ou triste, elle ne lui ôte rien de sa laideur ou de sa tristesse » (p. 94). Et
en effet, cette lumière n'est qu'une condition pour que nous voyions l'objet ; elle n'en
constitue aucunement la valeur. Si nous sommes dans la nuit, le plus beau tableau serait
devant nos yeux, que nous n'en jouirions pas, à moins que l'on allume un flambeau.
Mais cette lumière est une condition pour que nous jouissions de l'objet et non « un principe de beauté », et il ne faut pas la confondre avec la clarté de la forme, qui part de
l'objet, de son fonds, et rayonne sur toutes ses parties ; peut-être M. Vallet n'établit-il
pas assez clairement cette distinction.

Nous croyons avec M. Valet que l'éclat est au beau ce que l'évidence est à la vérité
(p. 95), que l'évidence est l'aptitude de l'être à se manifester, et que « tout être, fût-il
le dernier dans l'échelle des êtres... jouit, par là même qu'il est, de la faculté de se faire
connaître. » Nous savons d'ailleurs que le mal c'est du non-être. Mais cependant, il faut
bien admettre que la laideur, qui sort du mal, elle aussi, peut être connue de nous avec
ses défectuosités ; sans cela, s'il suffit pour qu'un être soit beau qu'il soit connu de nous,
il n'y aura plus pour nous de laideur. Nous connaissons les êtres, les uns comme beaux
les autres comme laids ; il y en a d'ailleurs qui sont beaux et dont la beauté ne nous séduit pas, comme toute vérité a son évidence bien qu'elle ne soit pas toujours saisie par
nous ; mais la connaissance que nous avons d'un être ne fait pas sa valeur, pas plus que
la négation d'une vérité ne saurait la détruire.

En tout cas, notre désir n'est point de nous mettre en contradiction avec le savant
professeur. Si nous avons discuté ce paragraphe, c'est pour avoir occasion d'expliquer
avec plus de précision comment l'éclat de la forme résulte de la perfection de l'être, et
ne fait qu'un avec elle, et, en cela, nous sommes d'accord avec saint Thomas, M. Vallet
nous le dit : « l'Ange de l'Ecole se tient fidèle à son principe, c'est toujours de la forme
qu'il tire l'éclat, la beauté des parties » (p. 93).

(1) « Omnes existentium substantiales essentiæ » (Opusc. cit., *De pulchro et de bono*).

Thomas, et, pour expliquer comment nous avons besoin du sensible pour saisir l'invisible, comment l'invisible nous est traduit par le sensible, nous avons beaucoup emprunté au saint Docteur, nous l'avons cité longuement.

Sans doute, saint Thomas n'a pas expliqué, comme nous l'avons fait, l'expression ; mais il n'a pas donné une théorie complète du beau, et d'ailleurs l'étude que nous avons faite de l'expression ne tient pas au fond même de la théorie : elle a pour but d'en faciliter les applications.

Nous avons mis la raison du beau dans le développement normal de l'activité, mais ce développement normal de l'activité est pour saint Thomas la proportion voulue, et l'éclat de la forme, rayonnant sur les parties bien proportionnées de l'objet et leur donnant le charme de la beauté, est ce même charme que nous avons vu rayonner sur le sensible nous exprimant l'invisible qui s'est développé selon sa loi.

Quand nous avons étudié la beauté en Dieu lui-même, nous n'avons fait que traduire saint Thomas.

Il nous est facile de résumer en quelques mots l'histoire de la marche qu'a suivie l'esprit humain dans l'étude du beau.

L'antiquité donna sur cette question des aperçus splendides, mais elle n'essaya pas de définir la beauté. Les premiers qui entreprirent ce travail ne firent pas une analyse bien profonde des éléments qui la constituent, ils ne la considérèrent que dans ses aspects extérieurs ; ils lui donnèrent pour caractère l'unité et la variété, la proportion et l'harmonie, mais il n'y a là que ses éléments matériels, ses composants, à moins que l'on explique l'ordre et l'harmonie comme nous l'avons fait dans plusieurs endroits, et comme saint Thomas l'entend de la proportion voulue. En dernière analyse, ce qui produit la beauté et ce qui nous l'explique, c'est la vie.

Thomas Reid, et après lui, Jouffroy, pénétrèrent davantage dans l'âme de la question ; ils analysèrent avec soin les effets que le beau produit sur notre âme ; mais ils s'attachèrent trop exclusivement à l'étude des faits psychologiques.

Dans cette question complexe, sans doute il faut commencer par
la psychologie, mais il faut continuer et finir par la métaphysique,
pour s'appuyer sur les lois générales qui régissent le monde matériel et le monde des intelligences, et déterminer ainsi les caractères
du beau, en les mettant d'accord avec ceux qu'il faut attribuer au
vrai et au bien. Les philosophes de l'école écossaise n'arrivèrent
donc point à déterminer la notion vraie du beau, laquelle doit être
prise, non dans nos émotions, mais dans l'objet lui-même.

Les philosophes allemands qui ont étudié le beau ont émis sur
cette grande question des idées élevées ; mais leurs théories manquent de point d'appui et sont faussées par le panthéisme, qui, en
ne faisant qu'un de la création et de son divin Auteur, ne permet
plus de distinguer les lois de leurs applications.

Les notions que saint Thomas donne de la beauté nous ont sem-
blé rigoureusement exactes, d'une admirable concision et ce qu'il
y a de mieux pour ceux qui sont faits au langage de la scolastique.

Le Docteur angélique avait tout ce qu'il fallait pour arriver à cet
admirable résultat ; il avait analysé, de la façon la plus complète,
le jeu des facultés humaines, et il avait été sur ce point aussi loin
et plus loin que nos psychologistes modernes, qui croient cependant
avoir fait beaucoup de découvertes.

Dans la question du beau, il est important de prendre comme
point de départ l'observation. Saint Thomas ne procède jamais autrement ; il précise l'état de la question, il consigne les conquêtes
faites avant lui, discute le tout, détermine la solution, et l'on sait
d'ailleurs avec quelle sûreté le Docteur angélique s'élève des faits
aux principes : sans effort il monte aux plus hauts sommets de la
métaphysique, qui sont pour lui une région connue, il les fréquente
habituellement ; sans hésitation, il arrive aux lois générales et il
les formule dans le langage le plus précis.

Ainsi, il n'y a pas un des éléments vrais, indiqués par toutes les
définitions que nous avons citées, qui ne soit compris en substance
dans la notion qu'il donne de la beauté (1). De plus, cette définition

---

(1) « Tout ce que l'esthétique nous enseigne d'intéressant et de vrai sur le concept
du beau se trouve consigné dans les œuvres du saint Docteur avec cette concision philosophique qui le caractérise. Le développement convenable de cette doctrine suffirait
pour donner la théorie la plus complète et la plus philosophique sur la beauté, considérée dans toutes ses phases et applications. » (GONZALEZ, *Estudios sobre la philosofia de
santo Thomas*, I, 429, 430.)

prend la raison spécifique du beau à sa source première, elle nous montre l'intelligence divine dessinant les types d'après lesquels tous les êtres devront se modeler pour posséder la part de beauté qui leur est destinée, elle nous donne la mesure d'après laquelle nous évaluerons la beauté qu'ils possèdent en réalité : ils seront beaux dans la mesure où ils auront la splendeur de la forme, où ils exprimeront l'idée divine, le Verbe de Dieu.

L'ensemble des doctrines de saint Thomas lui donnait un point d'appui inébranlable pour établir la notion du beau, un cadre parfaitement ordonné, dans lequel cette notion prenait tout naturellement place près de la notion du vrai et du bien.

La définition que nous avons donnée nous-même ne diffère pas de celle de saint Thomas, nous le croyons du moins, et nous sommes heureux de pouvoir tirer cette conclusion, parce qu'en rendant hommage à l'Ange de l'Ecole nous nous abritons sous son autorité.

Note de la page 64

Nous avons dit que nous n'examinons point, à la manière de Lavater, si l'on peut considérer tel trait, telle forme de visage comme l'indice certain de telle faculté.

En effet, nous ne voulons point essayer de faire revivre la théorie de ce philosophe ; cependant nous pouvons reconnaître la justesse d'un grand nombre de ses observations. Ses intentions étaient pures et dignes d'éloges, son but élevé, et il était toujours animé de sentiments de bienveillance que l'on peut recommander à ceux qui voudraient se livrer à ce genre d'études.

« Lecteur, à qui j'offre mes essais, dit-il dans sa préface, ne les lisez pas à la hâte et sans attention. Si vous voulez en bien juger, lisez-les deux fois, et si vous vous proposez de les réfuter publiquement, lisez-les au moins une fois.

« Je ne vous dis pas de les lire sans prévention pour ou contre moi, pour ou contre la science dont je m'occupe, ce serait trop exiger peut-être, mais lisez-moi avec toute l'attention et la réflexion dont vous êtes capable, et si, avec cette disposition, vous n'apprenez point dans cet écrit à mieux connaître et vous-même, et vos semblables, et notre commun Créateur ;

« Si vous n'êtes point excité à le bénir de votre existence et de celle de tels ou tels hommes placés autour de vous ;

« Si vous ne découvrez pas une nouvelle source de plaisirs doux et purs, assortis à la nature humaine ;

« Si vous ne sentez pas naître en vous plus de respect pour la dignité de cette nature, une douleur plus salutaire de sa dégradation, plus d'amour pour certains hommes en particulier, une vénération plus tendre, une joie plus vive à l'idée de l'auteur et du modèle de toute perfection ;

« Si, dis-je, vous ne retirez aucun de ces avantages, hélas ! c'est donc en vain que j'ai écrit et me suis laissé séduire par la plus ridicule chimère. Publiez alors que je vous ai trompé, jetez mon livre au feu, ou renvoyez-le-moi, et je vous rendrai l'argent qu'il a coûté. »

Dans le cours de son ouvrage, il disait encore :

« Que n'ai-je assez d'éloquence, que n'ai-je assez d'ascendant pour faire passer dans les cœurs les ravissements que j'éprouve quand je considère la structure merveilleuse du corps humain ! Que ne puis-je rassembler, dans les langues de tous les peuples, les expressions les plus énergiques pour fixer l'attention des hommes sur leurs semblables et pour les ramener ainsi à eux-mêmes. Je serais le premier à mépriser mon ouvrage si je n'avançais pas ce grand dessein... Le moindre trait, la moindre inflexion du visage me retrace la sagesse et la bonté du Créateur ; chaque nouvelle méditation me plonge dans une douce rêverie, et je n'en sors que pour me féliciter du bonheur d'être homme.

« Dans le plus petit contour du corps humain, et à plus forte raison dans

l'ensemble, dans la moindre partie, et bien plus, dans toute la structure de
l'édifice, quelque délabré qu'il soit par la vétusté, je reconnais toujours la main
puissante de Dieu. Quand je m'abandonne à cette étude, mon cœur embrasé
n'est plus capable d'approfondir avec assez de calme ces révélations divines,
un frisson religieux me saisit, et mes hommages ne me paraissent ni assez purs,
ni assez respectueux. En vain je cherche à exprimer mon admiration, je ne
trouve ni paroles ni signes pour la rendre.

« Dieu incompréhensible et qui t'es manifesté dans tes œuvres, quel est
donc ce voile qui couvre nos yeux pour nous empêcher de voir ce qui est clairement devant nous ? Le visible ne nous manifestera-t-il jamais l'invisible ? Ne
trouverons-nous jamais nos semblables en nous-mêmes et nous-mêmes en nos
semblables (1) ? »

« Où l'œil faible et novice du spectateur inattentif ne soupçonne rien, l'œil
exercé du connaisseur trouve une source inépuisable de plaisirs intellectuels et
moraux. Lui seul comprend la plus belle, la plus éloquente, la moins arbitraire,
la plus invariable et la plus énergique des langues : *la langue naturelle de l'esprit
et du cœur, de la sagesse et de la vertu.* Il apprend à lire sur le visage de ceux qui
parlent sans le savoir ; il reconnaît la vertu à travers tous les voiles qui la ca-
chent. C'est avec un secret ravissement que le physionomiste, ami de l'humanité, pénètre dans l'intérieur de ses semblables et y aperçoit les plus nobles dispositions ; au moins il en voit le germe, qui peut-être ne se développera que
dans le monde à venir. Il distingue, dans les caractères, le fond d'avec l'habituel et l'habituel d'avec l'accidentel. Aussi il ne juge l'homme que d'après lui-
même.

« Je ne saurais décrire le plaisir que j'éprouve souvent, je dirais presque tous
les jours, lorsqu'au milieu d'une foule de gens inconnus, je découvre des hommes
qui portent sur leurs fronts, si je puis m'exprimer ainsi, le sceau de l'approbation divine et d'une haute destinée, lorsque je vois entrer dans ma chambre un
étranger, dont le visage réfléchit l'intégrité et m'annonce au premier coup d'œil
le triomphe de la raison ! C'est alors que l'esprit et le cœur s'ouvrent au bonheur,
que l'âme s'exalte, s'agrandit ! O Dieu tout bon, tu as voulu que l'homme fût
heureux par ses semblables (2) !

« Vous me dites qu'il est difficile d'acquérir de l'habileté dans cette science.
Ne vous en étonnez pas. Nous avons tous le sentiment qui peut nous guider,
mais l'habileté, le génie, sera très rare dans ce genre comme dans les autres.
Tous les hommes ont des dispositions pour le dessin, car ils peuvent tous apprendre à écrire bien ou mal, mais un seul à peine entre dix mille deviendra
bon dessinateur. Il en est ainsi de la poésie et de l'éloquence.

« Le physionomiste doit joindre à un corps bien fait et bien organisé, le
talent de l'observation, une imagination forte, un esprit vif et pénétrant, beaucoup de connaissance et d'habileté dans les arts. Le dessin lui sera très utile
pour retenir les formes, les analyser, les comparer, les décrire. Il devra se connaître lui-même, sans cela il est incapable de connaître les autres. Il faut que
son âme soit ferme et douce, innocente et calme, que son cœur soit bienveillant
et généreux. Personne ne comprendra l'expression de la générosité, ne distinguera les signes qui annoncent une grande qualité, s'il n'est généreux lui-même,
animé de nobles sentiments et capable de grandes actions.

(1) Tome II, p. 28.
(1) Tome I, p. 78

« Si tu ne veux pas que le talent d'observer tourne au dommage de tes frères et devienne ton propre tourment, oh ! combien ton cœur ne doit-il pas être bon, pur, tendre et généreux ! Comment reconnaîtras-tu les signes de la bienveillance et de la charité, si toi-même es dépourvu d'amour ! Comment, si l'amour n'aiguise ton regard, pourras-tu discerner l'empreinte de la vertu, l'expression d'un noble sentiment ; comment sauras-tu en démêler la trace sur un visage défiguré par un accident, ou rebutant au premier coup d'œil ? Si de viles passions assiègent ton âme, combien de faux jugements elles te dicteront. Que l'orgueil, l'envie, la haine et l'égoïsme fuient loin de ton cœur, sans quoi, ton œil étant mauvais, tout ton corps ne sera que ténèbres ! Tu liras le crime sur des fronts où la vertu est écrite, et tu supposeras chez les autres tous les vices dont ta conscience t'accuse. Celui qui a quelque ressemblance avec ton ennemi aura tous les défauts et tous les vices que ton amour-propre blessé suppose peut-être faussement à ton ennemi. Les beaux traits t'échapperont, les mauvais seront exagérés, et tu n'observeras que des caricatures et des difformités (1). »

Lavater veut, par dessus tout, que le physionomiste ait une grande délicatesse de sentiments.

« Celui qui n'éprouve pas un sentiment de respect lorsqu'il surprend quelqu'un faisant le bien sans se croire aperçu ; celui que la voix de l'innocent, le regard ingénu de la pudeur, l'aspect d'un bel enfant qui dort sur le sein de sa mère penchée sur lui et respirant son haleine ; celui que le serrement de main d'un ami fidèle et le langage de ses yeux attendris ne touchent pas ; celui qui, indifférent sur tous ces objets, peut même en détourner la vue avec un ris moqueur, égorgera plutôt son père qu'il ne deviendra physionomiste (2). »

Il ne cherchait point à nier que l'on porte de faux jugements.

« Je frémis, dit-il, quand je songe aux fausses ressemblances qu'on trouve entre certains portraits et silhouettes et des personnes encore vivantes ; quand je vois qu'à certains yeux, chaque caricature peut se changer en portrait fidèle, ou même passer pour un parfait idéal. Ces jugements ont une parfaite analogie avec ceux que prononce le commun des hommes sur le caractère de leurs semblables. Toute calomnie, pour peu qu'elle ait un air de vraisemblance, est avidement accueillie et passe pour une vérité. C'est ainsi que mille portraits manqués ne laissent point de passer pour ressemblants.

Il faut donc condamner les jugements précipités, les appréciations qui ne sont point appuyées sur des observations assez sérieuses.

« Plus vous ferez de progrès, et plus vous serez réservé. Plus vous acquerrez de connaissances, et plus vous serez circonspect dans vos jugements. Il en est ainsi dans toutes les sciences (3). »

Lavater lui-même, dans l'analyse qu'il fait de certaines physionomies, se laisse égarer par des préjugés et des antipathies ; dans certains portraits, il il devient même tout à fait injuste. Mais quelle est donc la base d'appréciations qui peut prémunir contre toute erreur ? Les passions politiques font fausser complètement l'histoire.

Lavater ajoute avec raison que « si l'étude de la physionomie contribue à faire prononcer de faux jugements, elle redresse aussi bien des opinions formées trop précipitamment et sur de faux rapports...

(1) Tome I, p. 126.
(2) Tome I, p. 108.
(3) Tome IV, p. 387.

« Cet homme, dit-on, est violent et colère ; — comment le savez-vous? — Par ses actions. — Mais je suis étonné de ce que vous me dites ; je viens de rencontrer cet homme : je suis frappé de la douceur, de la modestie qu'expriment son visage et tout son maintien. Son regard n'est pas sans vivacité, mais l'ensemble de ses traits ne m'annonce point un caractère violent. Dès lors, je ne néglige rien pour éclairer les faits qui ont donné lieu à cette imputation. On m'apprend qu'il lui est échappé quelques paroles indiscrètes. — Et à quel propos? — Hélas ! un homme hautain et dur l'avait poussé à bout par les prétentions les plus injustes. Sa physionomie m'a fait revenir sur une calomnie. »

Lavater établit que ces connaissances constituent une véritable science, tout aussi bien que la médecine, la physique, la littérature, la peinture. Cette science présente des principes certains, et si elle laisse de l'indécis et de l'indéterminé, il n'est aucune science à laquelle on ne puisse faire les mêmes reproches.

Il est des hommes habiles qui vont plus loin, comme il arrive dans tous les genres.

« Albert Durer mesura l'homme, Raphaël le mesura aussi, mais il le sentit et le pénétra. Le premier copia la nature en suivant des règles précises ; l'autre traça l'idéal avec ses proportions et ses dessins n'en furent pas moins l'expression de la nature (1). »

Le physionomiste purement savant mesure comme Durer. Le génie physionomiste mesure et sent comme Raphaël.

Ajoutons quelques indications plus précises empruntées aux auteurs les plus sérieux, parmi lesquels nous pouvons compter saint Bonaventure qui n'a pas dédaigné de s'occuper de ces questions.

On peut distinguer dans l'homme la vie physique, la vie intellectuelle, la vie morale. Or Lavater et les autres écrivains qui se sont occupés de l'étude de la physionomie s'accordent à dire que chacune de ces trois vies se caractérise et se révèle plus spécialement dans une des parties du visage.

Le front jusqu'aux sourcils, est le miroir de l'intelligence ; le nez et les joues expriment la vie morale et sensible ; la bouche et le menton font connaître davantage la vie animale.

L'œil est le sommaire et le centre qui révèle l'âme tout entière.

« Certaines gens, dit Lavater, ont naturellement quelque chose de si grand et de si noble dans le regard, qu'ils inspirent le respect dès le premier abord. Cette dignité innée a son siège dans les yeux, dans le contour et la forme des paupières. Le nez, alors est toujours très osseux près de la racine et légèrement arqué (2). »

Les anciens nommaient le nez *honestamentum faciei*. Un beau nez ne s'associe jamais avec un visage difforme. On peut être laid et avoir de beaux yeux, mais un nez régulier exige nécessairement une heureuse analogie avec les autres traits. Aussi voit-on mille beaux yeux pour un nez parfait en beauté, et là où il se trouve il suppose toujours un caractère excellent et distingué.

La bouche est l'interprète de l'esprit et du cœur. Elle rassemble, dans son état de repos comme dans la variété de ses mouvements, un monde de caractères. Elle est éloquente jusque dans son silence.

(1) Tome I, p. 86.
(2) Tome I, p. 66.

La bouche est la partie qui, de tout le visage, marque plus particulièrement les mouvements du cœur. Lorsqu'il se plaint, la bouche s'abaisse par les côtés ; lorsqu'il est content, les coins de la bouche s'élèvent.

M. Auguste Couder voit dans le crâne comme le point de départ et le résumé de l'expression de tout le corps humain.

« Si l'on parcourt l'échelle ascendante des êtres organisés jusqu'à l'homme, on voit l'enveloppe cervicale s'élever de plus en plus, mais s'arrêter à la limite qui sépare absolument l'être inférieur de la créature humaine, de la créature privilégiée, douée de la faculté de penser, de connaître et d'admirer la nature et d'aspirer à comprendre Dieu.

« Le caractère absolu de cette incomparable différence est marqué par l'angle droit (90°) que déterminent deux lignes, l'une allant de l'orifice du canal auditif vers la base nasale, et l'autre se dirigeant de ce point vers le front. L'angle droit que forment ces deux lignes n'existe que chez l'être humain, et seulement chez celui qui en présente la parfaite organisation.

« La vaste capacité cérébrale qui résulte de l'élévation de ce dôme qu'on appelle le crâne contient, comme on le sait, le merveilleux organe des aptitudes universelles, qui sont l'apanage de la créature humaine.

« La perfection du crâne détermine la perfection de l'ossature générale (1). »

Terminons par quelques pages de saint Bonaventure.

Le grand docteur cite d'abord les autorités sur lesquelles il s'appuie lui-même :

« La disposition des parties dont l'ensemble constitue le corps humain offre de nombreuses variétés qui, interprétées avec art, semblent correspondre aux diverses dispositions de l'âme... Nos maîtres dans ce genre d'interprétation sont : Aristote, Avicenne, Constantin, Philémon, Loxus, Palemotius (2) ; nous marcherons à leur suite.

« ... La grosseur de la tête, lorsqu'elle est démesurée, est un indice ordinaire de stupidité ; sa petitesse extrême trahit l'absence du jugement et de la mémoire. Une tête plate et affaissée par le sommet annonce l'incontinence de l'esprit et du cœur ; allongée, et de la forme d'un marteau, elle a tous les signes de la prévoyance et de la circonspection. Un front étroit accuse une intelligence indocile et des appétits brutaux, trop élargi, il annoncerait peu de discernement. S'il est carré et d'une juste dimension, il est marqué au sceau de la sagesse et peut-être du génie.

« Les sourcils arqués et se réunissant à la racine du nez annoncent un esprit délié et vigilant dans toutes ses entreprises. Les sourcils formés de poils longs et nombreux annoncent un esprit courageux et capable de grandes entreprises.

« Les yeux bleus et brillants expriment l'audace et la vigilance. Ceux qui semblent troublés et vacillants révèlent l'habitude des boissons fortes et des voluptés grossières. Ceux qui sont noirs, sans aucune nuance, désignent une nature débile et peu généreuse... Mais quand le regard est perçant, quoique voilé d'une légère humidité, il annonce la véracité dans le discours, la prudence dans le conseil, la promptitude dans l'action. Les yeux qui se ferment et s'ouvrent sans cesse indiquent un caractère timide et faible....

« Une bouche bien fendue, fermée par des lèvres minces, et dont la supérieure déborde médiocrement l'inférieure, exprime des sentiments nobles et courageux. Une bouche petite, et dont les bords amincis se pressent pour réprimer le mou-

(1) *Considérations sur le but moral des beaux-arts*, p. 44, 45.
(2) Cicéron s'est occupé aussi de ce sujet : *De legibus*, I.

vement, laisse percer la ruse ressource habituelle de la faiblesse. Les lèvres entr'ouvertes et pendantes donnent le symptôme de l'inertie et de l'incapacité. Cette observation peut se répéter sur plusieurs animaux.

« Les narines bien ouvertes sont l'indice de l'entrain et du courage...

« Un menton un peu long est l'indice d'un caractère qui ne se trouble pas et n'est point enclin à la colère. Ceux qui ont une bouche petite et un menton court sont envieux et cruels. Platon les comparait aux serpents. Un menton de moyenne grandeur et carré est un indice beaucoup plus avantageux.

« La voix qui se rapproche de celles des oiseaux ou des chèvres est un signe de bêtise...Une voix faible et languissant · indique un caractère triste et soupçonneux....

« Les hommes qui marchent à grands pas sont presque tous d'un caractère élevé et d'une activité infatigable. Ceux qu'on voit hâtant leur course, repliés sur eux-mêmes et portant bas la tête, ont les apparences certaines de l'avarice de l'astuce et de la timidité.

« En général, quand toutes les parties du corps gardent leurs proportions naturelles, et qu'il règne entre elles une parfaite harmonie de formes, de mesures, de couleurs, de situations, de mouvements, il est permis de supposer une disposition non moins heureuse des facultés morales, et réciproquement, la disproportion des membres laisse aisément soupçonner un désordre pareil dans l'intelligence et dans la volonté.

« On pourra même dire, avec Platon, que souvent nos traits portent la ressemblance de quelque animal dont notre conduite reproduit aussi les mœurs... Mais, surtout, il faut se souvenir que les formes extérieures ne marquent pas au coin de la nécessité les caractères intérieurs qui leur correspondent : elles ne sauraient détruire la liberté de l'âme, dont elles indiquent les tendances. Encore la valeur de ces indices est-elle conjecturale et quelquefois incertaine, de façon qu'en cette matière, ce serait témérité que de précipiter son jugement, car l'indice peut se trouver accidentel, et s'il est l'ouvrage de la nature, l'inclination qu'il représente peut céder à l'ascendant d'une habitude opposée ou se reposer sous le frein modérateur de la raison. Ainsi, Aristote raconte que les disciples d'Hippocrate présentèrent un portrait de leur maître à Philémon, habile physionomiste. Celui-ci déclara qu'Hippocrate était enclin aux plus honteuses passions. Ils s'indignèrent, blâmèrent Philémon, de ce qu'il jugeait si mal un homme irréprochable, et ils rapportèrent à Hippocrate ce qui s'était passé. Celui-ci déclara que le jugement de Philémon était juste ; que l'amour de la philosophie et de la vertu lui avait fait comprimer les entraînements de son cœur, et qu'il devait à ses efforts ce que la nature lui avait refusé.

« Il faut se rappeler surtout que les yeux sont la partie principale de la physionomie, que les autres traits ne font que compléter leurs révélations, et que nous ne devons pas tenir compte des indices qui seraient en désaccord avec ce qu'ils nous disent. C'est pour cela que tous les physionomistes appellent les yeux le miroir de l'âme, et que saint Augustin dit qu'un regard impudent est l'indice d'un cœur corrompu (1). »

(1) *Compendium theologicæ veritatis*, lib. II, cap. XVIII, LIX.

TABLE DES MATIÈRES

CHAPITRE IV

POURQUOI LES OBJETS QUI ONT L'EXPRESSION SONT BEAUX OU POURQUOI ILS SONT LAIDS.

CHAPITRE V

APPLICATION DES PRINCIPES.

CHAPITRE VI

LE BEAU DANS SES RAPPORTS AVEC L'HOMME ; SES EFFETS.

CHAPITRE VII

LE BEAU DANS SES RAPPORTS AVEC DIEU ET EN DIEU LUI-MÊME.

APPENDICE

ÉTUDE DES THÉORIES ÉMISES SUR LE BEAU.

TABLE DES GRAVURES

Imp. E, VITTE, rue de la Quarantaine, 18 — LYON

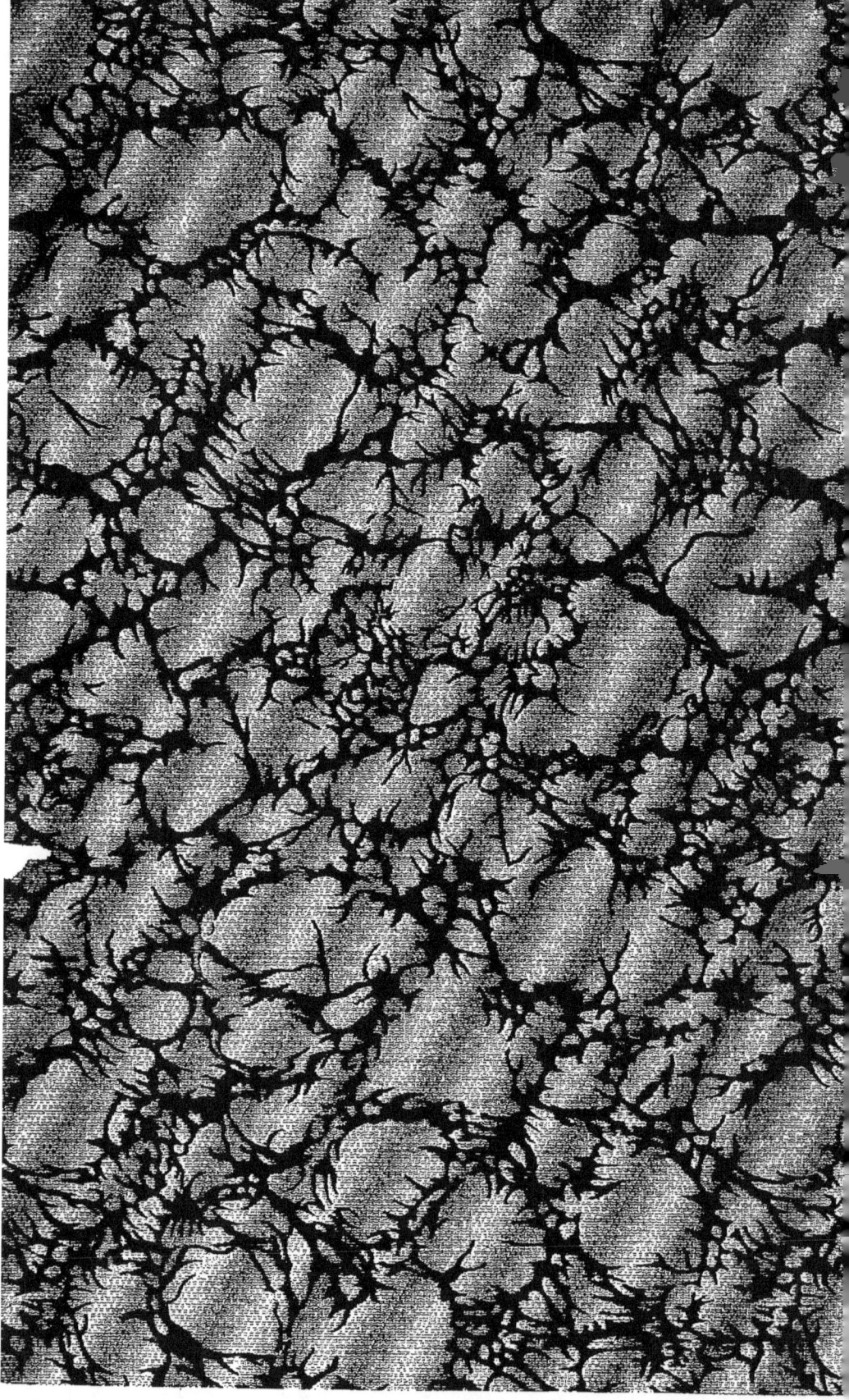

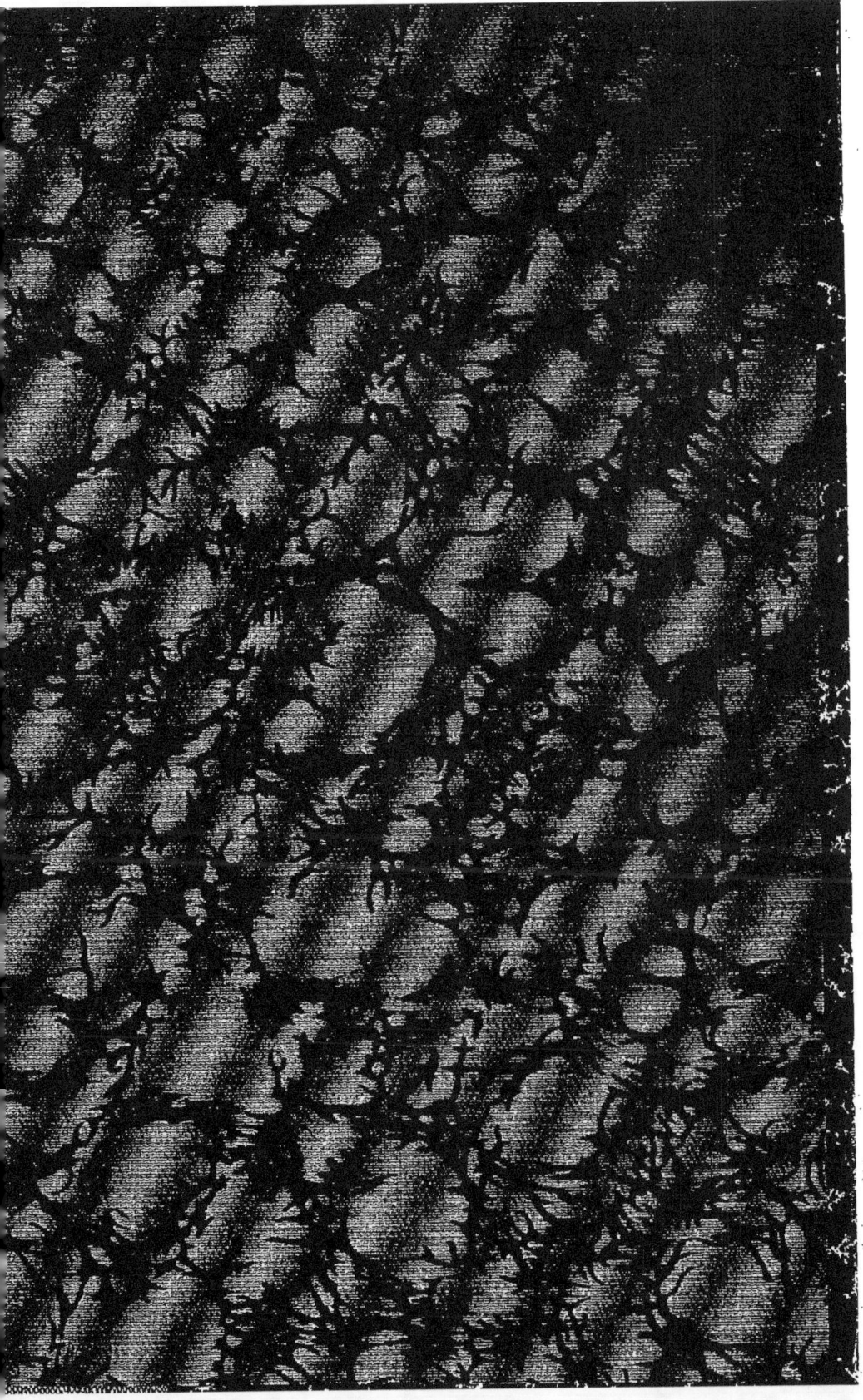

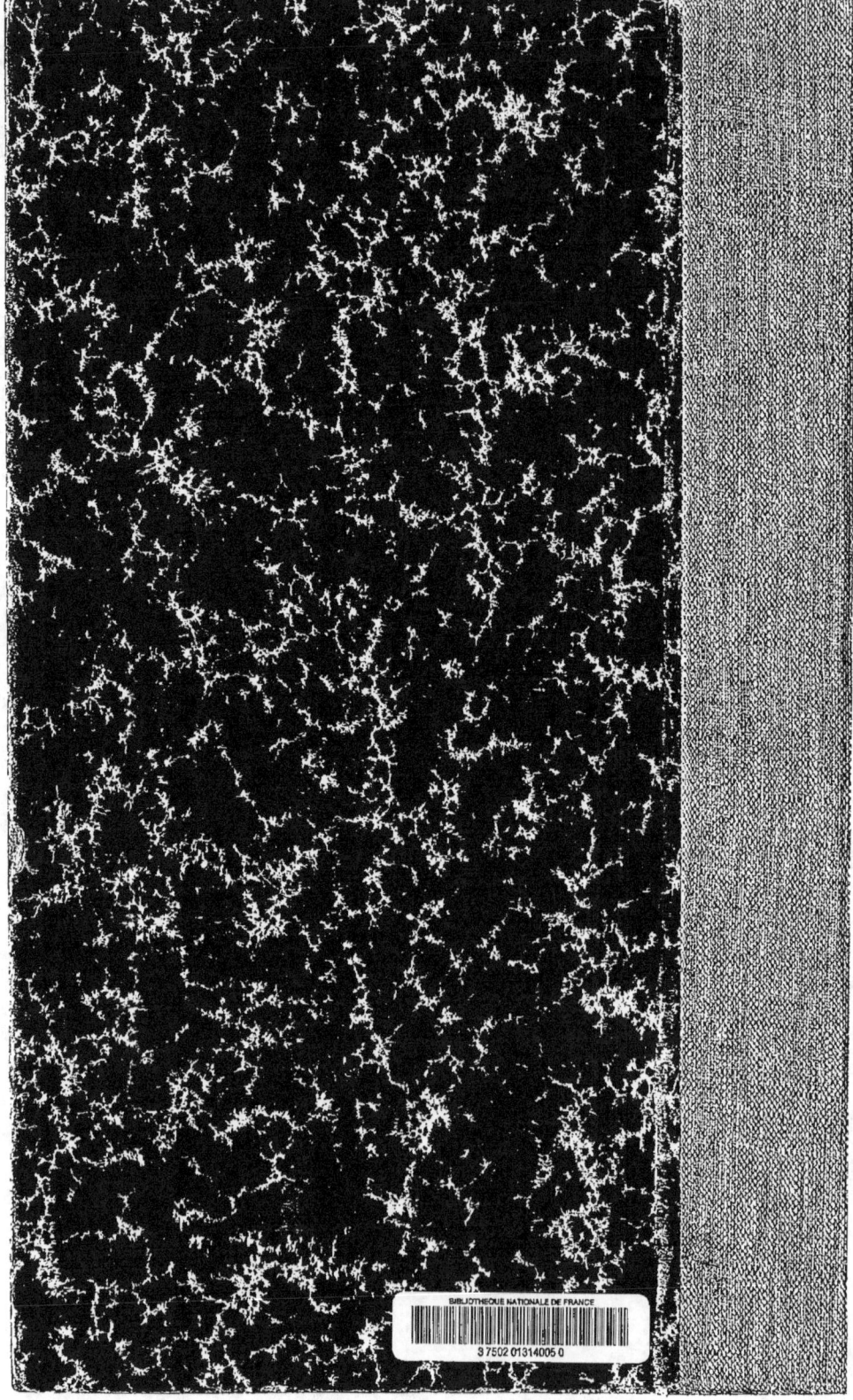

www.ingramcontent.com/pod-product-compliance
Lightning Source LLC
Chambersburg PA
CBHW050159030726
47505CB00005B/1434